10대, 소설로 배우는 인간 관계 3

10대, 소설로 배우는 인간 관계 3

제1판 제1쇄 발행 2020년 4월 13일

지은이 따돌림사회연구모임 서사교육팀
펴낸이 강봉구

펴낸곳 작은숲출판사
등록번호 제406-2013-000081호
주소 10880 경기도 파주시 신촌로 21-30(신촌동)
서울사무소 04627 서울시 중구 퇴계로32길 34
전화 070-4067-8560
팩스 0505-499-8560
홈페이지 http://cafe.daum.net/littlef2010
이메일 littlef2010@daum.net

ISBN 979-11-6035-090-6 44810
ISBN 979-11-6035-089-0 44810 세트(3권)
값은 뒤표지에 있습니다.

작 은 숲
작은학교

평화를 만드는 소설읽기

10대, 소설로 배우는 인간 관계 3

따돌림사회연구모임 서사교육팀 엮어씀

작은숲

여는글

『10대, 소설로 배우는 인간관계』 1편이 세상 빛을 본 지 1년여의 시간이 흘렀습니다. 그동안 이 책이 학교와 여타 교육 현장에서 활용되는 것을 목격하며, 학교폭력 예방과 소설교육에 좋은 영향을 끼치고 있음에 보람을 느꼈습니다. 또한 본책과 『익힘책』으로 공부한 선생님, 학생들이 삶 곳곳에 자리 잡은 폭력에 대해 각성하고, 그에 대한 해결책을 찾고자 고심하는 것을 확인할 수 있었습니다. 이에 용기를 얻어 후속으로 2, 3편을 내놓게 되었습니다. 후속편은 1편에서 가졌던 문제의식과 실천의지를 그대로 이어가되, 폭력에 대해서 1편보다 더 심화하여 성찰 · 비판해 볼 수 있도록 구성하였습니다.

우리가 폭력을 깊이 공부하는 이유는 폭력에 대해 이해하고 각성할수록 평화를 얻는 길에 가까워지기 때문입니다. 폭력을 알기 위해서는 선악에 대해 아는 것이 중요합니다. 악에 대해 깊이 분석하고 비판할수록 선의 가치가 무엇인지 이해하게 되기 때문입니다. 소설에는 선과 악의 세상이 무수히 많이 펼쳐져 있습니다. 선과 악은 거대한 역사적 사건에서부터 개개의 사소한 일들에까지 혼재되어 존재합니다. 그런 다양한 장면에서 선악을 구현하는 것은 인물입니다. 물론 시대적 배경이나 사상(이데올로기)도 중요하지만, 인물이 어떤 욕망과 가치를 기준으로 선택을 하는가가 큰 역할을 합니다.

소설에는 선악의 대립이 선명하게 드러나는 이야기도 있고, 일상의 삶 속에서 평범하게 존재하는 악의 이야기도 있습니다. 선악은 인물의 행위나 심리가 충분히 묘사되거나, 작가나 서술자의 관점이 정확히 파악된다면 충분히 가려낼 수 있습니다. 그러나 그런 묘사에 충실한 소설이 있는가 하면 그렇지 않은 것이 있고, 작가의 의도를 정확히 알 수 있는 작품이 있는가 하면 그렇지 않은 것도 있습니다. 여기에서 우리가 염두에 두어야 할 것이 있습니다. 비록 악의 얼굴이 천 가지, 만 가지로 보일지라도, 악의 본질은 하나라는 것입니다. 악은 나의 고통을 줄이기 위해, 나의 욕망과 즐거움을 위해 남을 불행과 고통에 빠뜨리는 것입니다. 우리는 악의 기본 속성을 기억하며 소설을 읽어나가야 할 것입니다. 다양한 폭력의 양상을 보며 그 안에서 선악을 옳게 분별하고, 선악을 가르는 기준이 무엇인지 고민해야 할 것입니다.

『10대, 소설로 배우는 인간관계』 2, 3편은 폭력과 선악에 대해 고찰하고, 진정한 평화와 진실을 찾아볼 수 있는 소설들로 채워져 있습니다.

첫 번째로, 일제 강점기라는 시대적 폭력에서 드러난 선악을 그린 작품이 있습니다. 친일 경찰과 친일 지식인의 변명을 그린 「김덕수」, 「반역자」, 3.1운동으로 죽은 독립운동가의 숭고함을 그린 「피눈물」은 악의 평범성과 역사적 진실을 생각하게 합니다. 또, 나약한 지식인의 외로운 반항을 그린 「소망」, 착취와 수탈에 맞서 홀로 저항하는 농민의 용기를 그린 「농촌 사람들」, 힘없는 피해자의 이기적 생존 전략을 그린 「논 이야기」는 폭압 속에서 살아간 서민들의 삶을 상상하게 합니다.

두 번째는, 「강한 자들의 힘」이라는 우화 소설로 이 소설은 지배체제가 발생하고 폭력적으로 변질되는 과정을 보여줍니다. 여러분은 이 소설을 읽으며 평화로운 집단을 만들기 위해서는 지식인이 어떤 역할을 해야 하는지 고민하게 될 것입니다.

세 번째로, 위의 소설들과 달리 일상적인 인간관계에서 펼쳐지는 폭력과 선악을 다룬 작품들이 있습니다.

인간관계의 파탄을 가져오는 원인으로 공감 구걸과 위선을 그린 「애수」, 「적들」, 탐욕과 진실한 사랑이 가져온 각기 다른 결말을 그린 「스페이드 여왕」, '외투'라는 상징자본에 휩쓸린 삶과 그것에서 해방된 삶을 그린 「외투」. 이 세 작품은 인간이라면 한 번씩은 품었음직한 이기적인 욕망이 어떻게 악이 되는지를 성찰하게 합니다.

피해자의 삶을 통해 일상 속에 존재하는 악의 평범성을 그린 작품도 있습니다. 타인의 욕망으로 인해 피해자가 되어간 「백치 아다다」, 나약한 약자로서의 고통스런 삶을 살다 간 「키 작은 프리데만 씨」, 극심한 고립 속에서 벌레로 변한 사람의 최후를 그린 「변신」. 이 세 소설 속의 타자들은 언뜻 보면 선악의 경계가 모호한 존재로 보이지만, 약자를 욕망 충족의 희생양으로 내모는 이기주의자이자 가해자입니다. 이와 달리 생존전략으로서 피해자의 삶을 선택한 불쌍한 주인공도 등장합니다. 「원미동 시인」은 피해자가 자신이 당한 폭력에 침묵하고, 진실을 알고 있는 목격자가 동조, 방관하면서 폭력의 체제가 고착화되는 과정을 그린 작품입니다.

가해자가 주인공으로 등장하는 작품도 있습니다. 피해자에게 용서받을 수 없었던 과거를 회상하며 진실화해의 중요성을 그린 「공작나방」, 호랑이가 된 주인공이 과거의 잘못을 고백한 「산월기」는 폭력을 행한 가해자가 느끼는 심리를 드러냅니다. 이 소설들은 가해자의 심리를 분석해 볼 수 있다는 점에서 중요한 작품입니다.

네 번째로, 선한 욕망과 선한 가치의 가능성을 그린 작품이 있습니다. 참된 지도자로서 가져야 할 자질인 인의(仁義)를 내세운 「두포전」, 자본주의의 탐욕 속에서도 선한 욕망을 추구한 주인공을 그린 「삼풍별곡」, 노예화된 삶에서 벗어나 주체적으로 살 수 있다는 희망을 그린 「배교자」, 자기 희생을 통해 파탄 난 관계를 회복한 형제 이야기 「눈먼 제로니모와 그의 형」이 그런 작품입니다.

이 책이 궁극적으로 지향하는 것은 폭력에 대한 감수성을 키우고, 폭력에 맞서는 평화역량을 키우는 것입니다. 평화역량을 갖기 위해서 독자는 서사적, 비판적, 창조적 주체가 되어야 합니다. 소설을 읽으며 비판적 관점에서 이야기를 분석하고, 폭력을 해결할 창의적인 대안을 제시할 수 있어야 합니다. 그런데 독자들은 이 과정을 다소 어렵게 느낄 수도 있습니다. 그래서 각 소설의 뒷부분에 해설문을 제시하여 소설 내용 분석과 비판적 재해석을 돕고, 문제 해결의 실마리를 찾도록 인도하고 있습니다. 여기에서 한 걸음 더 나아가 본책 읽기와 『익힘책』 활동을 병행하게 되면, 독자가 직접 분석, 비판, 창작활동을 함으로써

보다 더 능동적이고 주체적인 독자로 변화하게 될 것입니다.

『10대, 소설로 배우는 인간관계』 2, 3편은 1편보다 많은 분들이 해설문의 필자로 참여했습니다. 소설 분석–논의–수정이 반복되는 지난한 과정을 잘 극복하고, 좋은 글을 통해 폭력과 평화에 대한 메시지를 전할 수 있어 매우 기쁩니다. 우리는 이 결과물이 더 많은 학교에서 학교폭력 예방과 평화역량 키우기의 디딤돌이 되기를 바랍니다. 학생과 선생님 모두 평화로운 삶의 주인공으로 거듭나기를 바라며, 이 책이 거기에 초석처럼 버티어 주기를 기대합니다.

2020년 3월

따돌림사회연구모임 서사교육팀

차례

국내편

국외편

피해자 만들기 : 타인들의 욕망에 포위당한 희생자

주인공 아다다처럼 약하지만 선한 사람을 희생양으로 삼아 그에게 상처를 주거나 몰락시킨 경우는 없었나요?

왜 사람들은 유독 약자이거나 선한 사람을 보호해주지 못하고, 폭력의 대상으로 삼을까요? 우리는 그런 사람들에게 어떻게 대해야 할까요?

백치 아다다

계용묵1910~1961

초기에는 현실주의적 · 경향파적인 작품세계를 보였으나, 1935년 「백치 아다다」를 발표한 이후 인생파적 · 예술파적 작품세계로 변화했다. 인간이 가지는 선량함과 순수성을 옹호하면서 인간 존재와 삶의 의미를 추구하였다. 『병풍에 그린 닭이』, 『별을 헨다』, 『상아탑』 등이 있다.

질그릇이 땅에 부딪히는 소리가 났다고 들렸는데 마당에는 아무도 없다.

부엌에 쥐가 들었나? 샛문•을 열어 보려니까,

"아아 아이 아아 아야!"

하는 소리가 뒤란 곁으로 들려온다. 샛문을 열려던 박씨는 뒷문을 밀었다.

장독대 밑, 비스듬한 켠 아래, 아다다가 입을 헤벌리고 납작 엎뎌져, 두 다리만을 힘없이 버지럭거리고 있다.

그리고 머리 편으로 한 발쯤 나가선 깨어진 동이• 조각이 질서 없이 너저분하게 된장 속에 묻혀 있다.

"아이구매나! 무슨 소린가 했더니 이년이 동에를 또 잡았구나! 이년아! 너더러 된장 푸래든! 푸래?"

어머니는 딸이 어딘가 다쳤는지 일어나지도 못하고 아파하는 데 가는 동정심보다, 깨어진 동이만이 아깝게 눈에 보였던 것이다.

"어 아마! 아다아다 아다 아다아다……."

모닥불을 뒤집어쓰는 듯한 끔찍한 어머니의 음성을 또다시 듣게 되는 아다다는 겁에 질려 얼굴에 시퍼런 물이 들며 넘어진 연유를 말하여 용서를 빌려는 기색이나 말이 되지를 않아 안타까워한다.

아다다는 벙어리였던 것이다. 말을 하려 할 때에는 한다는 것이 아다다 소리만이 연거푸 나왔다. 어찌어찌하다가 말이 한마디씩 제법 되어 나오는 적도 있었으나, 그것은 쉬운 말에 그치고 만다.

그래서 이것을 조롱삼아 확실이라는 뚜렷한 이름이 있음에도 불구하고 누구나 그를 부르는 이름은 '아다다'였다. 그리하여 이것이 자연히 이름으로 굳어져, 그 부모네까지도 그렇게 부르게 되었거니와, 그 자신조차도 '아다다!'하고 부르면 마땅히 이름인 듯이 대답을 했다.

"이년까타나 끌이 세누나! 시켠• 엘 못 가갔으문 오늘은 어드메든지 나가서 뒈디고 말아라, 이년아! 이년아! 아, 이년아!"

어머니는 눈알을 가로세워 날카롭게도 흰자위만으로 흘기며 성큼 문턱을 넘어선다.

아다다는 어머니의 손길이 또 자기의 끌채•를 감아 쥘 것을 연상하고 몸을 겨우 뒤쳐 비꼬아 일어서서 절룩절룩 굴뚝 모퉁이로 피해 가며 어쩔 줄을 모르고 일변 고개를 좌우로 둘러 살피며 아연하게도,

• 샛문 정문 외에 따로 만든 작은 문.
• 동이 배가 부르고 아가리가 넓으며 키가 작고 양 옆에 손잡이가 달린 질 그릇.
• 시켠 시댁, 시집.
• 끌채 '머리채'의 방언.

"아다 어 어마! 아다 어마 아다다다다다!"

하고 부르짖는다. 다시는 일을 아니 저지르겠다는 듯이, 그리고 한 번만 용서를 하여 달라는 듯싶게. 그러나 사정 모르는 체 기어코 좇아간 어머니는,

"이년! 어서 뒈데라. 뒈디긴 싫건 시집으로 당장 가 거라. 못 가간?"

그리고 주먹을 귀 뒤에 넌지시 얼메고 마주선다. 순간 주먹이 떨어지면? 하는 두려운 생각에 오싹하고 끼치는 소름이 튀해• 놓은 닭같이 전신에 돋아나는 두드러기를 느끼는 찰나, 턱 하고 마침내 떨어지는 주먹은 어느새 끌채를 감아쥐고 갈지자로 흔들어 댄다.

"아다 어어! 어마 아 아고 어 어마!"

아다다는 떨며 빌며 손을 모은다.

그러나 소용이 없다. 한번 손을 댄 어머니는 그저 죽어 싸다는 듯이 자꾸만 흔들어댄다. 하니, 그렇지 않아도 가꾸지 못한 텁수룩한 머리는 물결처럼 흔들리며 구름같이 피어나선 얼크러진다.

그래도 아다다는 그저 빌 뿐이요, 조금도 반항하려고는 않는다. 이런 일은 거의 날마다 지내보는 것이기 때문에 한대야 그것은 도리어 매까지 사는 것이 됨을 아는 것이다. 집에 일이 아무리 밀려 돌아가더라도 나 모르는 체 손 싸매고 들어앉았으면 오히려 이런 봉변은 아니 당할 것이, 가만히 앉아있지는 못했다.

선천적으로 타고난 천치에 가까운 그의 성격은 무엇엔지 힘에 부치는 노력이 있어야 만족을 얻는 듯했다. 시키건 안 시키건, 헐하나• 힘차나 가리는 법이 없이 하여야 될 일로 눈에 띄기만 하면 몸을 아끼는 일이 없이 하는 것이 그였다. 그래서 집안의 모든 고된 일은 실로

아다다가 혼자서 치워 놓게 된다.

그러나 어머니는 그것이 반갑지 않았다. 둔한 지혜로 마련 없이 뼈가 부러지도록 몸을 돌보지 않고, 일종 모험에 가까운 짓을 하게 되므로, 그 반면에 따르는 실수가 되레 일을 저질러 놓게 되어, 그릇 같은 것을 깨쳐 먹는 일은 거의 날마다 있다 하여도 옳을 정도로 있었다.

그래도 아다다의 힘을 빌리지 않고는 집안일을 못 치겠다면 모르지만, 그는 참여를 하지 않아도 행랑에서 차근차근히 다 해줄 일을 쓸데없이 가로맡아선 일을 저질러 놓고 마는데 그 어머니는 속이 상했다.

본시 시집을 보내기 전에도 그 버릇은 지금이나 다름이 없어, 벙어리인데다 행동까지 그러하였으므로 내용 아는 인근에서는 그를 얻어 가려는 사람이 없었다. 그리하여 열아홉 고개•를 넘기도록 처묻어 두고 속을 태우다 못해 깃부(持參金)•로 논 한 섬지기를 처넣어 똥 치듯 치워 버렸던 것이 그만 오 년이 멀다 다시 쫓겨 와, 시집에는 아예 갈 생각도 아니하고 하루같이 심화•를 올렸다. 그래서 어머니는 역겨운 마음에 아다다가 실수를 할 때마다 주릿대•를 내리고 참여를 말라건

• 튀해　새나 짐승의 털을 뽑기 위해 끓는 물에 잠깐 넣었다가 꺼내.
• 헐하나　생각한 것보다 힘이 덜 들어 수월하나.
• 열아홉 고개　열아홉 살.
• 깃부　신부가 시집갈 때에 친정에서 가지고 가는 돈.
• 심화　마음속에서 북받쳐 나는 화.
• 주릿대　모진 벌.

만 그는 참는다는 것이 그 당시뿐이요, 남이 일을 하는 것을 보면 속이 쏘는 듯이 슬그머니 나와서 곁을 슬슬 돌다가는 손을 대고 만다.

바로 사흘 전엔가도 무명 넘•을 할 때 활짝 달은 솥뚜껑을 마련• 없이 맨손으로 열다가 뜨거움을 참지 못해 되는 대로 집어 얹는 바람에 그만 자배기•를 하나 깨쳐서 욕과 매를 한 모태• 겪고 났었건만 어제 저녁 행랑 색시더러 오늘은 묵은 된장을 옮겨 담아야 되겠다고 이르는 말을 어느 겨를에 들었던지 아다다는 아침밥이 끝나자 어느새 나가서 혼자 된장을 퍼 나르다가 그만 또 실수를 한 것이었다.

"못 가간? 시집이! 못 가간? 이년! 못 가갔음 죽어라!"

움켜쥐었던 머리를 힘차게 휘두르며 밀치는 바람에 손에 감겼던 머리카락이 끊어지는지 빠지는지 무뚝 묻어나며 아다다는 비칠비칠 서너 걸음 물러난다.

순간, 정신이 아찔해진 아다다는 넘어지지 않으려고 애써 버지럭거리며 삐치는 다리에 겨우 진정•을 얻어 세우자,

"아다 어머! 아다 어머! 아다 아다!"

하고 다시 달려들 듯이 눈을 흘기고 섰는 어머니를 향하여 눈물 글썽한 눈을 끔벅 한 번 감아 보이고, 그리고 북쪽을 손가락질하여 어머니의 말대로 시집으로 가든지 그렇지 않으면 죽어라도 버리겠다는 뜻으로 고개를 주억이며 겁에 질려 어쩔 줄을 모르고 허청허청 대문 밖으로 몸을 이끌어 댔다.

나오기는 나왔으나 갈 곳이 없는 아다다는 마당귀•를 돌아서선 발길을 더 내놓지 못하고 우뚝 섰다.

시집으로 간다고 하였으나, 아무리 생각해도 남편의 매는 어머니

의 그것보다 무섭다. 그러면 다시 집으로 돌아가나? 이번에는 외상없는 매가 떨어질 것 같다. 어디로 가야 하나? 갈 곳 없는 갈 곳을 짜 보자니 눈물이 주는 위로밖에 쓸데없는 오 년 전 그 시집이 참을 수 없이 그립다.

—추울세라, 더울세라, 힘이 들까, 고단할까, 알뜰살뜰히 어루만져 주던 시부모, 밤이면 품속에 꼭 껴안아 피로를 풀어 주던 남편, 아! 얼마나 시집에서는 자기를 위하여 정성을 다하던 것인가—

참으로 아다다가 처음 시집을 가서의 오 년 동안은 온 집안의 사랑을 한 몸에 받아 왔던 것이 사실이다.

벙어리라는 조건이 귀에 들어맞는 것은 아니었으나, 돈으로 아내를 사지 아니하고는 얻어 볼 수 없는 처지에서 스물여덟 살에 아직 장가를 못 들고 있는 신세로 목구멍조차 치기 어려운 형세이었으므로 아내를 얻게 되기의 여유를 기다리기까지에는 너무도 막연한 앞날이었다. 벙어리이나마 일생을 먹여 줄 것까지 가지고 온다는 데 귀가 번틔어 그 자리를 앗기울까• 두렵게 혼사를 지었던 것이니, 그로 의해

• 뉨　피륙을 잿물에 담갔다가 솥에 찜. 누임의 준말.
• 마련　어떤 일을 하기 위한 속셈이나 궁리.
• 자배기　둥글넓적하고 아가리가 넓게 벌어진 질그릇.
• 모태　'바탕'의 방언.
• 진정　몹시 소란하던 일을 가라앉힘.
• 마당귀　마당 구석. 귀는 구석의 방언.
• 앗기울까　빼앗길까.

서 먹고 살게 되는 시집에서는 아다다를 아니 위할 수가 없었던 것이다. 그러한 가운데 또한 아다다는 못 하는 일이 없이 일 잘하고 고분고분 말 잘 듣고 조금도 말썽을 부리는 일이 없었다. 그래서 생활고가 주는 역겨움이 쓸데없이 서로 눈독•을 짓게 하여 불쾌한 말만으로 큰소리가 끊일 새 없이 오고 가던 가족은 일시에 봄비를 맞은 동산같이 화락한 웃음의 꽃이 피었다.

원래 바른 사람이 못 되는 아다다에게는 실수가 없는 것이 아니었으나 그로 인해서 밥을 먹게 되는 시집에서는 조금도 역겹게 안 여겼고, 되레 위로를 하고 허물을 감추기에 서로 힘을 썼다.

여기에 아다다가 비로소 인생의 행복을 느끼며, 시집가기 전 지난날 어머니 아버지가 쓸데없는 자식이라는 구실 밑에, 아니, 되레 가문을 더럽히는 앙화(殃禍)• 자식이라고 사람으로서의 푼수•에도 넣어주지 않고 박대하던 일을 생각하고는 어머니 아버지를 원망하는 나머지 명절목이나 제향 • 때이면 시집에서는 그렇게도 가보라는 친정이었건만 이를 악물고 가지 않고, 행복 속에 묻혀 살던 지나간 그날이 아니 그리울 수가 없었다.

그러나 그 날은 안타깝게도 다시 못 올 영원한 꿈속에 흘러가고 말았다. 해를 거듭하며 생활의 밑바닥에 깔아 놓았던 한 섬지기라는 거름이 차츰 그들을 여유한 생활로 이끌어, 몇백 원 돈이 눈앞에 굴게 되니 까닭 없이 남편 되는 사람은 벙어리로서의 아내가 미워졌다.

조그만 실수가 있어도 눈을 흘겼다. 그리고 매를 내렸다. 이 사실을 아는 아버지는 그것을 들어오는 복을 차 버리는 짓이라고 타이르나 듣지 않았다. 그리하여 부자간에 때로는 충돌이 일어났다. 이럴 때마다 아버지에게는 감히 하고 싶은 행동을 못 하는 아들은 그 분을 아내에게로 돌려 풀기가 일쑤였다.

"이년 보기 싫다! 네 집으로 가거라."

그리고 다음에 따르는 것은 매였다. 그러나 아다다는 참아 가며 아내로서의, 그리고 며느리로서의 임무를 다했다. 이것이 시부모로 하여금 더욱 아다다를 귀엽게 만드는 것이어서 아버지에게서는 움직일 수 없는 며느리인 것을 깨닫게 되어 아들은 가정적으로 불만을 느끼게 되어 한 해의 농사를 지은 추수를 온통 팔아 가지고 집을 떠나서, 마음의 위안을 찾아 돌다가 주색에 돈을 다 탕진하고 동무들과 물거품같이 밀리어 안동현(安東縣)으로 건너갔다.

그리하여 이 투기적인 도시에 뒹굴며 노동의 힘으로 밑천을 얻어선 '양화'• 와 '은떼루•'에 투기하여 황금을 꿈꾸어 오던 것이 기적적으로 맞아 나기 시작하여 이태 만에는 이만 환에 가까운 돈을 손에 쥐게 되었다. 그리하여 언제나 불만이던 완전한 아내로서의 알뜰한 사랑에 주렸던 그는 돈에 따르는 무수한 여자 가운데서 마음대로 흡족히 골라 가지고 집으로 돌아왔다.

• 눈독 욕심을 내어서 눈여겨보는 기운.
• 앙화 어떤 일로 인하여 생기는 재난.
• 푼수 상태나 형편.
• 제향 '제사'를 높여 이르는 말.
• 양화 서양에서 들어온 물건.
• 은떼루 은 덩어리.

그리고는 새로운 살림을 꿈꾸는 일변 새로이 가옥을 건축함과 동시에 아다다를 학대함이 전에 비할 정도가 아니었다. 이에는 그 아버지도 명민하고 인자한 남부끄럽지 않은 새 며느리에게 마음이 쏠리는 나머지, 이미 생활은 걱정이 없이 되었으니, 아다다의 것으로서가 아니라도 유족한 앞날의 생활을 내다볼 때 아들로서의 아다다를 대하는 태도는 조금도 마음에 걸리는 것이 없었다. 그리하여 시부모의 눈에서까지 벗어나게 된 아다다는 호소할 곳조차 없는 사정에 눈감은 남편의 매를 견디다 못해 집으로 쫓겨오게 되었던 것이니, 생각만 하여도 옛 매 자리가 아픈 그 시집은 죽으면 죽었지 다시는 찾아갈 생각이 없었던 것이다.

그래서 집에 있게 되니 그것보다는 좀 헐할망정 어머니의 매도 결코 견디기에 족한 것이 아니다. 그리고 그것은 날마다 더 심해만 왔다. 오늘도 조금만 반항이 있었던들 어김없이 매는 떨어지고 말았을 것이다.

그러나 어디로 가나? 아무리 생각을 해보아야 그저 이 세상에서는 수롱이네 집밖에 또 찾아갈 곳은 없었다.

수롱은 부모 동생조차 없이 삼십이 넘은 총각으로 누구보다도 자기를 사랑하여 준다고 믿는 단 한 사람이었다. 그리하여 쫓기어 날 때마다 그를 찾아가선 마음의 위안을 얻어 오던 것이다.

아다다는 문득 발걸음을 떼어 아지랑이 어른거리는 마을 끝 산턱 아래 떨어져 박힌 한 채의 오막살이를 향하여 마당귀를 꺾어 돌았다.

수롱은 벌써 일 년 전부터 아다다를 꾀어 왔다. 시집에서까지 쫓겨난 벙어리였으나, 김 초시의 딸이라 스스로도 낮추 보여지는 자신으로서는 거연히• 염을 내지 못하고 뜻 있는 마음을 속을 건너 볼 길이 없어 속을 태워 가며 눈치만 보아 오던 것이, 눈치에서보다는 베풀어진 동정이 마침내 아다다의 마음을 사게 된 것이었다. 아이들은 아다다를 보기만 하면 따라다니며 놀렸다. 아니, 어른들까지도 '아다다, 아다다' 하고 골을 올려서, 분하나 말은 못하고 이상한 시늉을 하며 투덜거리는 것을 봄으로 행복을 느끼는 듯이 손뼉을 치며 웃었다.

그래서 아다다는 사람을 싫어하였다. 집에 있으면 어머니의 욕과 매, 밖에 나오면 뭇사람들의 놀림, 그러나 수롱이만은 자기를 사랑하는 것이었다. 아이들이 따라다닐 때에도 남 아니 말려 주는 것을 그는 말려 주고, 그리고 매에 터질 듯한 심정을 풀어 주는 것이었다.

그리하여 아다다는 마음이 불편할 때마다 수롱을 생각해 오던 것이, 얼마 전부터는 찾아다니게까지 되어 동네의 눈치에도 이미 오른지 오랬다.

그러나 아다다의 집에서도 그 아버지만이 지체를 가지기 위하여 깔맵게• 아다다의 행동을 경계하는 듯하고 그 어머니는 도리어 수롱이와 배가 맞아서• 자기 눈앞에 보이지 아니하고 어디로든지 달아났으면 하는 눈치를 알게 된 수롱이는 지금에 와서는 어느 정도까지 내어 놓다시피 그를 사귀어 온다.

아다다는 제집이나처럼 서슴지도 않고 달리어오자마자 수롱이네

• 거연히 별 어려움이 없이 수월하게.
• 깔맵게 깔끔하고 매섭게.
• 배가 맞아서 뜻이 통해서.

집 문을 벌컥 열었다.

"어, 아다다."

수롱은 의외에 벌떡 일어섰다.

"네 또 울었구나!"

울었다는 것이 창피하긴 하였으나 숨길 차비가 아니다. 호소할 길 없는 가슴속에 꽉 찬 설움은 수롱이의 따뜻한 위무가 어떻게도 그리웠는지 모른다.

방 안에 들어서기가 바쁘게 쫓기어 난 이유를 언제나같이 낱낱이 고했다.

"그러기 이젠 아야 다시는 집으로 가지 말구 나하구 둘이서 살아, 응?"

그리고 수롱은 의미 있는 웃음을 벙긋벙긋 웃어 가며 아다다의 등을 척척 두드려 달랬다. 오늘은 어떻게 해서든지 자기의 것으로 영원히 만들어 보고 싶은 욕망에 불탔던 것이다.

그러나 아다다는,

"아다 무 무서! 아바 무 무서! 아다아다다다!"

하고 그렇게 한다면 큰일난다는 듯이 눈을 둥그렇게 뜬다. 집에서 학대를 받고 있느니보다는 수롱의 사랑 밑에서 살았으면 오죽이나 행복되랴! 다시 집으로는 아니 들어가리라는 생각이 없었던 바도 아니었으나 정작 이런 말을 듣고 보니, 무엇엔지 차마 허하지 못할 것이 있는 것 같고, 그렇지 않은지라 눈을 부릅뜨고 수롱이한테 다니지 말라는 아버지의 말이 연상될 때 어떻게도 그 말은 엄한 것이었다.

"우리 둘이 달아났음 그만이디, 무섭긴 뭐이 무서워?"

"……."

아다다는 대답이 없다. 딴은 그렇기도 한 것이다. 당장 쫓기어 난 몸이 갈 곳이 어딘고? 다시 생각을 더듬어 볼 때 어머니의 매는 아버지의 그 눈총보다 몇 배나 더한 두려움으로 견딜 수 없이 아픈 것이다. 그러마고 대답을 못하고 거역한 것이 몹시 후회스러웠다.

"안 그래? 무서울 게 뭐야, 이젠 아야 가지 말구 나하구 있어, 응?"

"응, 아다 이 있어, 아다 아다."

하고 아다다는 다시 있자는 말이 나오기나 기다렸던 듯이, 그리고 살길을 찾았다는 듯이, 한숨과 같이 빙긋 웃으며 있겠다는 뜻을 명백히 보이기 위하여 고개를 주억이며• 혓바닥을 손으로 툭툭 두드려 보인다.

"그렇지 그래, 정 있어야 돼, 응?"

"응, 이서 이서 아다 아다……."

"정말이냐?"

"으, 응 정 아다 아다다……."

단단히 강문을 받고• 난 수롱이는 은근히 솟아나는 미소를 금할 길이 없었다.

벙어리인 아다다가 흡족할 이치는 없었지만 돈으로 사지 아니하고는 아내라는 것을 얻어 볼 수 없는 처지였다. 그저 생기는 아내는 벙

• 주억이며 천천히 고개를 위아래로 끄덕거리며.
• 강문을 받고 따져 물어 확답을 받다.

어리였어도 족했다. 그저 자기의 하는 일이나 도와 주고, 아들 딸이나 낳아 주었으면 자기는 게서 더 바랄 것이 없었다. 아내를 얻으려고 십여 년 동안을 불피풍우• 품을 팔아 궤 속에 꽁꽁 묶어 둔 일백오십 원이란 돈이 지금에 와서는 아내 하나를 얻기에 그리 부족할 것이 아니나 장가를 들지 아니하고 아다다를 꾀어 온 이유도 아다다를 꾐으로 돈을 남겨서 그 돈으로는 살림의 밑천을, 가정의 마루를 얹자•는 데서였던 것이다. 이제 그 계획이 은근히 성공에 가까워 옴에 자기도 남과 같이 가정을 이루어 보게 되누나 하니 바라지도 못하였던 인생의 행복이 자기에게도 이제 찾아오는 것 같았다.

"우리 다다."

수롱이는 아다다의 등에 손을 얹으며 빙그레 웃었다.

"아다 아다다."

아다다도 만족한 듯이 히쭉 입이 벌어졌다.

그 날 밤을 수롱의 품안에서 자고 난 아다다는 이미 수롱의 아내 되기에 수줍음조차도 잊었다. 아니, 집에서 자기를 받들어 들인다 하더라도 수롱을 떨어져서는 살 수 없으리만큼 마음은 굳어졌다. 수롱이가 주는 사랑은 이 세상에서는 더 찾을 수 없는 행복이라 느끼어졌던 것이다.

그러나 영원한 행복을 위하여는 이 자리에 그대로 박혀서는 누릴 수 없을 것이 다음에 남은 근심이었다. 수롱이와 같이 살자면 첫째 아버지가 허하지 않을 것이요, 동네 사람도 부끄럽지 않은 노릇이 아니다. 이것은 수롱이도 짐짓 근심이었다. 밤이 깊도록 의논을 하여 보았으나 동네를 피하여 낯모르는 곳으로 감쪽같이 달아나는 수밖에는 다른 묘책이 없었다.

예식 없는 가약을 그들은 서로 맹세하고 그 날 새벽으로 그 마을을 떠나 '신미도'라는 섬으로 흘러가서 그 곳에 안주를 정하였다. 그러나 생소한 곳이므로 직업을 찾을 길이 없었다. 고기를 잡아먹고 사는 섬이라 뱃놀음을 하는 것이 제 길이었으나, 이것은 아다다가 한사코 말렸다. 몇 해 전에 자기네 동네에서도 농토를 잃은 몇몇 사람이 이 섬으로 들어와 첫배를 타다가 그만 풍랑에 몰살을 당하고 만 일이 있던 것을 잊지 못하는 때문이었다.

그렇지 않은지라 수롱이조차도 배에는 마음이 없었다. 섬으로 왔다고는 하지만 땅을 파서 먹는 것이 조마구• 빨 때부터 길러 온 습관이요, 손 익은 일이었기 때문에 그저 그 노릇만이 그리웠다. 그리하여 있는 돈으로 어떻게 밭날갈이•나 사서 조 같은 것이나 심어 가지고 겨울의 시탄•과 양식을 대게하고 짬짬이 조개나 굴, 낙지, 이런 것들을 캐어서 그날그날을 살아갔으면 그것이 더할 수 없는 행복일 것만 같았다.

그렇지 않아도 삼십 반생에 자기의 소유라고는 손바닥만한 것조차 없어, 어떻게도 몽매에 그리던 땅이었는지 모른다. 완전한 아내를 사

• 불피풍우 바람과 비를 무릅쓰고 일을 함.
• 마루를 얹자 결혼하여 가정을 만들자.
• 조마구 '주먹'의 방언.
• 밭날갈이 소로 며칠 동안 걸려서 갈 만큼 큰 밭.
• 시탄 땔나무와 숯.

지 아니하고 아다다를 꾀여 온 것도 이 소유욕에서였다. 아내가 얻어진 이제, 비록 많지는 않은 땅이나마 가져 보고 싶은 마음도 간절하였거니와, 또는 그만한 소유를 가지는 것이 자기에게 향한 아다다의 마음을 더욱 굳게 하는 데도 보다 더한 수단일 것 같았기 때문이다.

그런데다 본시 뱃놀음판인 섬인데, 작년에 놀구지•가 잘되었다 하여 금년에 와서는 더욱 시세를 잃은 땅은 비록 때가 기경시•라 하더라도 용이히• 살 수까지 있는 형편이었으므로, 그렇게 하리라 일단 마음을 정하니 자기도 땅을 마침내 가져 보누나 하는 생각에 더할 수 없는 행복을 느끼며 아다다에게도 이 계획을 말하였다.

"우리 밭을 한 뙈기 사자, 그래두 농사허야 사람 사는 것 같다. 내가 던답•을 살라구 묶어 둔 돈이 있거든."

하고 수롱이는 봐라는 듯이 실경• 위에 얹힌 석유통 궤 속에서 지전 뭉치를 뒤져 내더니, 손끝에다 침을 발라 가며 펄딱펄딱 뒤져 보인다.

그러나 그 돈을 본 아다다는 어쩐지 갑자기 화기•가 줄어든다.

수롱이는 그것이 이상했다. 돈을 보면 기꺼워•할 줄 알던 아다다가 도리어 화기를 잃은 것이다. 돈이 있다니 많은 줄 알았다가 기대에 틀림으로써인가?

"이것 봐! 그래봬두, 이게 일백오십 원(一白五十圓)이야. 지금 시세에 이천 평은 한참 놀다가두 떡 먹두룩 살 건데!"

그래도 아다다는 아무 대답이 없다. 무엇 때문엔지 수심의 빛까지 연연히 얼굴에 떠오른다.

"아니 밭이 이천 평이믄 조를 심는다 하구 잘만 가꿔 봐, 조가 열 섬이 조짚이 백여 목 날 터이야. 그래 이걸 개지구 겨울 한동안이야 못 살아? 그렇거구 둘이 맞붙어 몇 해만 벌어 봐! 그 적엔 논이 또 나오는 거야. 이건 괜히 생…….”

아다다는 말없이 머리를 흔든다.

“아니, 내레 이거, 거즈뿌레기•야? 아 열 섬이 못 나?”

아다다는 그래도 머리를 흔든다.

“아니, 고롬 밭은 싫단 말인가?”

“아다 시 싫어.”

그리고 힘없이 눈을 내리깐다.

아다다는 돈이 있다 해도 실로 그렇게 많은 줄은 몰랐다. 그래서 그 많은 돈으로 밭을 산다는 소리에 지금까지 꿈꾸어 오던 모든 행복이 여지없이도 일시에 깨어지는 것만 같았던 것이다. 돈으로 인해서 그렇게 행복일 수 있던 자기의 신세는 남편(전 남편)의 마음을 악하게 만듦으로 그리고 시부모의 눈까지 가리는 것이 되어, 필야• 엔 쫓겨나

• 놀구지 노는 땅, 이용 가치가 없는 땅.
• 기경시 논밭을 갈 때.
• 용이히 어렵지 않고 매우 쉽게.
• 던답 ‘전답(밭과 논)’의 사투리.
• 실겅 시렁. 물건을 얹기 위해 방이나 마루의 벽에 가로지른 두 개의 긴 나무.
• 화기 온화한 기색.
• 기꺼워 은근히 마음속으로 기뻐.
• 거즈뿌레기 거짓말의 방언.
• 필야 나중에는.

지 아니치 못하게 되던 일을 생각하면 돈 소리만 들어도 마음은 좋지 않던 것인데, 이제 한푼 없는 알몸인 줄 알았던 수롱이에게도 그렇게 많은 돈이 있어 그것으로 밭을 산다고 기꺼워하는 것을 볼 때, 그 돈의 밑천은 장래 자기에게 행복을 가져다 주리람보다는 몽둥이를 벼리는 데 지나지 못하는 것 같았고, 밭에다 조를 심는다는 것은 불행의 씨를 심는다는 것만 같았기 때문이다.

아다다는 그저 섬으로 왔거니 조개나 굴 같은 것을 캐어서 그날그날을 살아야 할 것만이 수롱의 사랑을 받는데 더할 수 없는 살림인 줄만 안다. 그래서 이러한 살림이 얼마나 즐거우랴! 혼자 속으로 축복을 하며 수롱을 위하여 일층 벌기에 힘을 써야 할 것을 생각해 오던 것이다.

"그롬 논을 사재나? 밭이 싫으문?"

수롱은 아다다의 의견이 알고 싶어 이렇게 또 물었다.

그러나 아다다는 그냥 고개를 주억일 뿐이었다. 논을 산대도 그것은 똑같은 불행을 사는 데 있을 것이다. 돈이 있는 이상 어느 것이든지간 사기는 반드시 사고야 말 남편의 심사이었음에 머리를 흔들어 댔자 소용이 없을 것이었다. 그리하여 그 근본 불행인 돈을 어찌할 수 없는 이상엔 잠시라도 남편의 마음을 거슬림으로 불쾌하게 할 필요는 없다고 아는 때문이었다.

"홍! 논이 좋은 줄은 너두 아누나! 그러나 가난한 놈깬 밭이 논보다 나앗디 나아……."

하고 수롱이는 기어이 밭을 사기로 그 달음에• 거간•을 내세웠다.

그 날 밤 아다다가 자리에 누웠으나 잠이 오지 않았다.

남편은 아무런 근심도 없는 듯이 세상모르고 씩씩 초저녁부터 자 내건만 아다다는 그저 돈 생각을 하면 장차 닥쳐올 불길한 예감에 잠을 이룰 수가 없었다. 이불을 붙안고 밤새도록 쥐어틀며 아무리 생각을 해야 그 돈을 그대로 두고는 수롱의 사랑 밑에서 영원한 행복을 누릴 수 있으리라고는 믿어지지 않았다.

짧은 봄밤은 어느덧 새어 새벽을 알리는 닭의 울음소리가 사방에서 처량히 들려온다.

밤이 벌써 새누나 하니 아다다의 마음은 더욱 조급하게 탔다. 이 밤으로 그 돈에 대한 처리를 하지 못하는 한, 내일은 기어이 거간이 밭을 흥정하여 가지고 올 것이다. 그러면 그 밭에서 나는 곡식은 해마다 돈을 불려 줄 것이다. 그 때면 남편은 늘어 가는 돈에 따라 차차 눈은 어둡게 되어 점점 정은 멀어만 가게 될 것이다. 그 다음에는, 그 다음에는? 더 생각하기조차 무서웠다.

닭의 울음소리에 따라 날은 자꾸만 밝아 온다. 바라보니 어느덧 창은 희끄스름하게 비친다. 아다다는 더 누워 있을 수가 없었다. 옆에 누운 남편을 지그시 팔로 밀어 보았다. 그러나 움찍하지도 않는다. 그래도 못 믿어지는 무엇이 있는 듯이 남편의 코에 가까이 귀를 가져다 대고 숨소리를 엿들었다. 씨근씨근 아직도 잠은 분명히 깨지 않고 있다. 아다다는 슬그머니 이불 속을 새어 나왔다. 그리고 실경 위의 석

• 달음에　곧바로.
• 거간　거간꾼의 줄임말. 사고파는 사람 사이에 들어 흥정을 붙이는 일을 업으로 하는 사람.

유통을 휩쓸어 그 속에다 손을 넣었다. 그리하여 마침내 지전 뭉치를 더듬어서 손에 쥐고는 조심조심 발자국 소리를 죽여 가며 살그머니 문을 열고 부엌으로 내려갔다.

그리고는 일찍이 아침을 지어 먹고 나무새기를 뽑으러 간다고 바구니를 끼고 바닷가로 나섰다. 아무도 보지 못하게 깊은 물 속에다 그 돈을 던져 버리자는 것이다.

솟아오르는 아침 햇발을 받아 붉게 물들며 잔뜩 밀린 조수는 거품을 부걱부걱 토하며 바람결조차 철썩철썩 해안을 부딪친다.

아다다는 그 바구니를 내려놓고 허리춤 속에서 지전 뭉치를 쥐어 들었다. 그리고는 몇 겹이나 쌌는지 알 수 없는 헝겊 조각을 둘둘 풀었다. 헤집으니 일 원짜리, 오 원짜리, 십 원짜리 무수한 관 쓴 영감들이 나를 박대해서는 아니 된다는 듯이 모두를 마주 바라본다. 그러나 아다다는 너 같은 것을 버리는 데는 아무런 미련도 없다는 듯이, 넘노는 물결 위에다 훽 내어 뿌렸다. 세찬 바닷바람에 채인 지전은 바람결 좇아 공중으로 올라가 팔랑팔랑 허공에서 재주를 넘어 가며 산산이 헤어져 멀리, 그리고 가깝게 하나씩 하나씩 물 위에 떨어져서는 넘노는 물결 좇아 잠겼다 떴다 숫구막질을 한다.

어서 물 속으로 가라앉든지, 그렇지 않으면 흘러내려가든지 했으면 하고 아다다는 멀거니 서서 기다리나 너저분하게 물 위를 덮은 지전 조각들은 차마 주인의 품을 떠나가기 싫은 듯이 잠겨 버렸는가 하면 다시 기웃거리며 솟아올라서는 물 위에 빙글빙글 돈다.

하더니 썰물이 잡히자부터야 할 수 없는 듯이 슬금슬금 밀이 떨어져 흐르기 시작한다.

아다다는 상쾌하기 그지 없었다. 밀려 내려가는 무수한 그 지전 조각들은 자기의 온갖 불행을 모두 거두어 가지고 다시 돌아올 길이 없는 끝없는 한 바다로 내려갈 것을 생각할 때 아다다는 춤이라도 출 듯이 기꺼웠다.

그러나 그 돈이 완전히 눈앞에 보이지 않게 흘러가기까지에는 아직도 몇 분 동안을 요하여야 할 것인데, 뒤에서 허덕거리는 발자국 소리가 들리기에 돌아다보니 뜻밖에도 수롱이가 헐떡이며 달려오는 것이 아닌가.

"야! 야! 아다다야! 너 돈 돈 안 건새했•? 돈, 돈 말이야, 돈……?"

청천의 벽력같은 소리였다. 아다다는 어쩔 줄을 모르고 남편이 이까지 이르기 전에 어서어서 물결은 휩쓸려 돈을 모두 거둬 가지고 흘러 버렸으면 하나 물결은 안타깝게도 그닐그닐• 한가히 돈을 이끌고 흐를 뿐, 아다다는 그 돈이 어서 자기의 눈앞에서 자취를 감추어 버리는 것을 보기 위하여 거덜거리고 있는 돈 위에 쏘아 박은 눈을 떼지 못하고 쩔쩔매는 사이, 마침내 달려오게 된 수롱이 눈에도 필경 그 돈은 띄고야 말았다.

뜻밖에도 바다 가운데 무수하게 지전 조각이 널려서 앞서거니뒤서거니 둥둥 떠내려가는 것을 본 수롱이는 아다다에게 그 연유를 물을 겨를도 없이 미친 듯이 옷을 훨훨 벗고 첨버덩 물 속으로 뛰어들었다.

• 건새핸? 가지고 갔냐?
• 그닐그닐 살갗에 벌레가 기는 듯이 근지럽고 자릿한 느낌.

그러나 헤엄을 칠 줄 모르는 수롱이는 돈이 엉키어 도는 한복판으로 들어갈 수가 없었다. 겨우 가슴패기까지 잠기는 깊이에서 더 들어가지 못하고 흘러 내려가는 돈더미를 안타깝게도 바라보며 허우적허우적 달려갔다. 차츰 물결에 휩쓸려 떠내려가는 속력이 빨라진다. 돈들은 수롱이더러 어디 달려와 보라는 듯이 획획 솟구막질을 하며 흐른다. 그러나 물결이 세어질수록 더욱 걸음발은 자유로 놀릴 수 없게 된다. 더퍽더퍽 물과 싸움이나 하듯 엎어졌다가는 일어서고, 일어섰다가는 다시 엎어지며 달려가나 따를 길이 없다. 그대로 덤비다가는 몸조차 물 속으로 휩쓸려 들어갈 것 같아 멀거니 서서 바라보니 벌써 지전 조각들은 가물가물하고 물거품인지도 분간할 수 없으리만큼 먼 거리에서 흐르고 있다. 그러나 그것도 한 순간이었다. 눈앞에는 아무것도 보이는 것이 없다. 획획 하고 밀려 내려가는 거품진 물결뿐이다.

수롱이는 마지막으로 돈을 잃고 말았다고 아는 정도의 물결 위에 쏘아진 눈을 돌릴 길이 없이 정신 빠진 사람처럼 그냥그냥 바라보고 섰더니 쏜살같이 언덕켠으로 달려오자 아무런 말도 없이 벌벌 떨고 섰는 아다다의 중동•을 사정없이 발길로 제겼다.

"흥앗!"

소리가 났다고 아는 순간, 철썩 하고 감탕•이 사방으로 튀자 보니, 벌써, 아다다는 해안의 감탕판에 등을 지고 쓰러져 있다.

"이! 이! 이……."

수롱이는 무슨 말인지를 하려고는 하나, 너무도 기에 차서 말이 되지를 않는 듯 입만 너불거리다가, 아다다가 움찍하는 것을 보더니 아직도 살았느냐는 듯이 번개같이 쫓아 내려가 다시 한 번 발길로 제겼다.

"푹!"

하는 소리와 같이 아다다는 가꿉선• 언덕을 떨어져 덜덜덜 굴러서 물 속에 잠긴다.

한참 만에 보니 아다다는 복판도 한복판으로 밀려가서 솟구어 오르며 두 팔을 물 밖으로 허우적거린다. 그러나 그 깊은 파도 속을 어떻게 헤어나랴! 아다다는 그저 물 위를 둘레둘레 요동을 칠 뿐, 그러나 그것도 한 순간이었다. 어느덧 그 자체는 물 속에 사라지고 만다.

주먹을 부르쥔 채 우상같이 서서 굼실거리는 물결만 그저 뚫어져라 쏘아보고 섰는 수롱이는 그 물 속에 영원히 잠들려는 아다다를 못 잊어함인가? 그렇지 않으면 흘러 버린 그 돈이 차마 아까워서인가?

짝을 찾아 도는 갈매기떼들은 눈물겨운 처참한 인생 비극이 여기에 일어난 줄도 모르고 '끼약끼약' 하며 흥겨운 춤에 훨훨 날아다닌 깃(羽)치는 소리와 같이 해안의 풍경만 도웁고.•

• 중동　사물의 중간이 되는 부분.
• 감탕　아주 곤죽같이 된 진흙.
• 가꿉선　가파른의 방언.
• 도웁고　'돕고'의 방언.

이렇게 읽어 보세요

피해자 만들기 : 타인들의 욕망에 포위당한 희생자

이 소설의 주인공 아다다는 말을 못한다는 이유로 늘 주변인들의 놀림감이 되고, 부모나 가족에게서도 사랑을 받지 못하는 삶을 삽니다. 말을 하지 못하는 벙어리 아다다에게도 인간이라면 누구나 갖는 욕망이 있습니다. 가까운 사람에게 사랑을 받고 싶고, 주변 사람들과 행복하게 어울리며 평화롭게 살고 싶고, 다른 사람에게 도움을 주는 쓸모 있는 사람으로 인정받고 싶은 소박한 욕망 말입니다. 그러나 아다다는 이러한 순수하고 소박한 욕망조차 주장하지 못하고, 주변사람들의 무시와 멸시를 받으며 쓸모없는 존재 취급을 받습니다.

자식의 단점만 꼬투리를 잡아 구박하고 매질을 하는 엄마, 겁에 질려 아무런 변명조차 못하고 있는 아다다. 아다다의 엄마는 말 못하는 어리석은 아다다를 자식이라기보다는 무거운 짐처럼 느끼는지, 여러모로 모자란 아다다를 지참금까지 얹어서 멀리 시집을 보내버립니다. 가난했던 남편과 시댁 식구들은 일생을 먹여줄 지참금을 들고 온 백치 아다다를 흔쾌히 맞아들입니다. 아다다가 가지고 온 밑천으로 돈을 벌어들인 남편은 점점 물질적인 것에 눈이 멀어버립니다. 아다다의 단점에 불만을 갖고, 조금만 잘못해도 구박을 하고 매질을 합니다. 결국 새로운 아내를 맞아들이자 아다다는 거추장스러운 사람이 되어 시집에서 쫓겨나게 됩니다. 남편은 아다다를 사랑했다기보다 아다다가 가지고 온 돈을 사랑했던 것이지요.

가야할 곳이 없는 아다다는 평소에 다른 사람들이 자기를 놀리고 괴롭힐 때 방패가 되어줬던 수롱이를 떠올리며, 그를 찾아갑니다. 수롱이만은 자신에게 영원한 사랑과 행복을 줄 수 있는 사람이라 생각하고 신미도에서 새로운 삶을 시작합니다. 그러나 수롱이마저도 아다다의 순수함과 소박함을 이해하지 못합니다. 가난 때문에 장가를 들지 못한 수롱은 아다다 덕분에 돈 들이지 않고 아내를 얻을 수 있게 되었습니다. 수롱은 아다다와 함께 돈을 벌어서 자기 소유의 땅도 가지고 다른 사람에게 인정도 받고 싶었습니다. 수롱이에게 돈이라는 것은 자신이 바라는 모든 것을 해소해 줄 수 있는 절대적인 존재였습니다. 그러나 아다다에게 돈은 버림받은 과거를 떠올리게 하는 트라우마였습니다. 아다다와 수롱이가 추구하는 행복이 다르기에 비극의 결말이 빚어집니다.

아다다는 다른 인물에 비해서 욕망도 작고 소박합니다. 그리고 모질고 거센 세상의 어려움에 시달려도 순수함과 소박함을 잃지 않았습니다. 끝없는 욕망을 추구하는 사람들의 틈바구니에서 그 순수함과 소박함을 지켜내려고 애쓰다가 결국은 더 큰 욕망을 추구하는 사람들에게 희생당합니다. 말은 못하지만 다른 사람들을 배려하며 착실하게 살아가려고 애쓰는 아다다, 아다다를 이용하여 자신의 이익을 취하려고 하는 아다다 주변의 자기중심적인 인물들, 여러분은 누가 더 나은 삶을 살았다고 생각하나요? 아다다는 순수하고 소박한 욕망을 구현할 만한 지혜조차 가지고 있지 않았고, 다른 사람과 소통도 할 수 없는 상황이었습니다. 이런 상황에서 더 큰 욕망을 가진, 자기중심적인 사람들 사이에서 버림받고 고립되어 비극적으로 죽어간 것입니다.

오늘날 우리 사회 모습도 이 소설의 내용과 별반 다르지 않습니다. 어쩌면 아다다가 살았던 시대보다 더 치열한 욕망의 시대를 살고 있을지도 모릅니다. 무한 경쟁, 비인간화, 욕망투성이의 사회에서 아다다와 같이 소박한 꿈을 꾸는 순수한 사람들이 자기중심적인 욕망을 추구하는 사람들의 틈바구니에서 상처를 받는 경우가 많습니다. 심지어 순수하고 소박한 사람을 찌질이라고 하면서 놀리고 괴롭히며 따돌리기까지 합니다. 약하고, 순진하고, 소박한 사람들은 주변 사람들과 진실하고 평등한 만남을 갖기가 힘듭니다. 또 사람들과의 진정한 교류를 통해 삶의 지혜를 얻기 전에 폭력적인 상황에 노출되는 경우가 많습니다.

우리 주변에는 아다다와 같은 사람들이 무수히 존재합니다. 혹시 우리도 부모는 자식에게, 남편은 아내에게, 비장애인은 장애인에게, 지배세력은 피지배세력에게 폭력을 행사하는 것을 정당하게 받아들이며 살고 있지는 않은지 우리의 삶을 성찰해보았으면 합니다. 욕망투성이의 사회를 살아갈 때, 소박한 욕망조차도 실현할 지혜가 없는 순수한 사람은 어떻게 살아야 하며, 우리는 아다다와 같은 사람들과 어떻게 만나야 할까요? 우리가 잃어버린 순수와 소박의 의미를 되새기며, 이 작품을 읽어보았으면 합니다.

인정받을 수 없는 외로운 반항

소설 속 남편이 벌이고 있는 싸움은 무엇을 위한 것인가요? 남편은 그 싸움에서 진정한 의미의 승리감과 해방감을 느낄 수 있었을까요?

타인이 이해할 수 없는, 외로운 반항을 끝내고 보다 긍정적으로 문제를 해결하기 위해서는 어떻게 해야 할까요?

• 소망(少妄) 노망의 반대말. 젊어서 망령이 남.

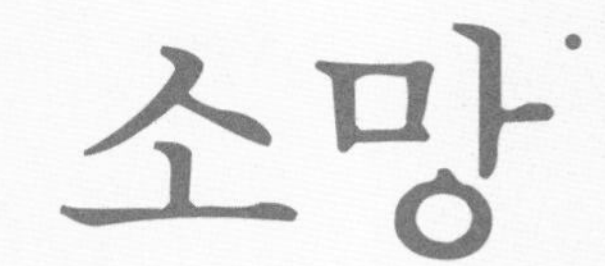

소망

채만식 1902~1950

일제 강점기에 대한 부정적 인식을 주로 풍자의 수법을 활용해 표현하였으며, 1930년대 '조선 노동자 예술가 동맹(카프)'의 동반자 작가로 활동하며 지식인 계층에 대한 비판이 두드러진 작품을 쓰기도 했다. 대표적인 작품으로 장편소설 『탁류』, 『태평천하』가 있다.

남아여든 모름지기 말복날 동복을 떨쳐 입고서 종로 네거리 한복판에 가 뻗치고 서서 볼지니…… 외상진 싸전 가게 앞을 활보해 볼지니…….

아이, 저녁이구 뭣이구 하도 맘이 뒤숭숭해서, 밥 생각도 없구…….

괜찮아요, 시방 더위 같은 건 약관걸.

응. 글쎄. 그애 아버지 말이우. 대체 어떡하면 좋아! 생각하면 고만.

냉면? 싫어. 나는 아직 아무것도 먹고 싶잖어. 그만두고서 뭐 과일즙이나 시원하게 한 대접 타주. 언니는 저녁 잡쉈수? 이 집 저녁하구는 꽤 일렀구려.

아저씨는 왕진• 나가셨나 보지? 인력거가 없구, 들어오면서 들여다보니깐 진찰실에도 안 기실 제는…….

옳아, 영락없어. 그 아저씨가 진찰에두 왕진두 안 나가시구서, 언니

하고 마주 안 붙어 앉었을 때가 있다가는 큰일나라구?

웬, 눈도 삐뚤어졌지. 우리 언니 저 아씨가 어디가 이쁜 디가 있다구 그래애! 시굴뜨기는 헐 수 없어. 아따, 저 누구냐 '쇄알?' 읽은 지가 하두 오래돼서, 다아 잊었네, 뭣이냐 '보바리이 부인' 남편 말이야…….

허는 소리 좀 봐요. 늙어 가는 동생더러 망할 년이 뭐야? 하하하…….

내가 웃기는 웃는다마는, 남의 정신이지, 내 정신은 하나두 아니야.

양복장 새루 맞췄다더니, 벌써 들여왔구려. 아담스럽게 이쁘우.

제엔장! 나는 더러 와서 언니네가 모두 이렇게 재미나게 사는 걸 본다 치면, 새앰이 나구 속이 상해 죽겠어.

무얼? 양복장을 하나 사 주겠다구? 언니두 참! 누가 그까짓 양복장 말이우?

그런 건 백날 없어두 좋아. 낡으나따나 한 개 있으면 고만이지 머.

가난해서 좀 고생하구 그리는 건 아무렇지두 않어요.

글쎄, 다 같은 한 아버지 딸에 한 어머니 뱃속에서 생겨나 가지굴랑, 똑같이 자라구, 똑같이 공부허구 그랬으면서두, 언니는 이렇게 안존•하게 아무 근심 없이 사는데, 나는 하필 그이 때문에 육장 애가 밭구, 맘이 불안하니, 그런 고루잖을 디가 어디며, 생각하면 화가 더럭

• 왕진　의사가 병원 밖의 환자가 있는 곳으로 가서 진료함.
• 안존　아무런 탈 없이 평안히 지냄.

더럭 난다니깐.

구식 여자들이 걸핏하면 팔자니 사주니 하는 게 아마 그런 소린가 봐.

아닌게아니라, 미신이라두 좋으니 오늘 같아서는 어디 무꾸리•라두 가서 해 보구 싶습니다.

그러나마 참 사람이라두 변변치 못했을세 말이지, 아, 유식하것다. 기개 좋것다. 무엇 굽힐 게 있수? 부모 유산 넉넉히 못 타구난거야 어디 그이 탓이요? 돈이야 부자질 안 할 바에 기를 쓰구 모아서는 무얼 해.

애개개!

그이는 이 집 아저씨더러 하등동물•이란다. 병자 고름 긁어서 돈이나 모을 줄 알지, 세상이 곤두서건 인간이 돼지가 되건 감각두 못허구, 그저 맛있는 음식에 좋은 옷, 편안헌 집에서 호박 같은 마나님•이나 이뻐허구. 그런 것밖에는 아무것두 모른다구. 하하하. 언니두 그런 줄은 잘 아는구려?

참, 결혼을 하면 남편 성질을 닮는다던데, 그게 정말인가 봐? 우리가 어려서는 언니가 되려 신경질루 감정이 섬세허구 잔 결벽이 유난스럽구 했는데. 그리고 나는 덜렁이구. 안 그랬수? 그랬는데, 시방은 꼭 반대니.

아무튼 나두 언니처럼 의사허구 결혼이나 했더라면 시방쯤 언니 부러워 않구서 엄벙덤벙• 아무 근심 걱정 없이 살아갔을 거야.

네에. 옳습니다. 이번에는 내가 언니한테 졌습니다. 가치는 어디루 갔든지 간에 당장 언니가 나보담 팔자가 좋구, 그걸 내가 한편으루 부러워하는 게 사실은 사실이니깐요.

그러나저러나 대체 어떡하면 좋수? 이 일을…….

나 혼자서 두루두루 생각다 못해 이 집 아저씨허구나 상의를 좀 해볼까 허구서 부르르 오기는 왔어두, 상의를 하자면, 그세 통히• 토설•을 않던 속사정을 다아 자상하게 언니한테랑 설파•를 해야 하겠구, 그랬다가 그런 줄을 그이가 알든지 헐 양이면, 성미에 생벼락이 내릴 테구, 멀쩡한 사람 가져다 미친 놈 만들려구 헌다구.

그래서 섬뻑• 엄두가 나든 않지만, 그래두 어떡하우. 증세가 좀처럼 심상털 않어 뵈구. 그러니깐 무슨 도리를 좀 차리기는 차려야지만 할 것 같은데.

이 집 아저씨 동창이든지 친구든지 누구 신경과 전문하는 이 없나 모르겠어?

신경쇠약이냐구?

그렇지. 신경쇠약은 신경쇠약이지, 머. 그런데 시방은, 오늘버틈

• 무꾸리 무당이나 판수에게 가서 길흉을 알아보거나 무당이나 판수가 길흉을 점침.
• 하등동물 진화 정도가 낮아 몸의 구조가 단순한 원시적인 동물.
• 마나님 나이가 많은 부인(婦人)을 높여 이르는 말.
• 엄벙덤벙 주관 없이 되는대로 행동하는 모양.
• 통히 도무지.
• 토설 숨겼던 사실을 비로소 밝히어 말함.
• 설파 어떤 내용을 듣는 사람이 납득하도록 분명하게 드러내어 말함.
• 섬뻑 어떤 일이 행하여진 후 곧바로.

은 암만 해두 여느 우리가 생각하는 신경쇠약에서 한 고패•를 넘을 기미야.

언니네는 시굴서 올라온 지 얼마 안 되구. 또 내가 이것저것 털어놓구 설파를 안 했구 해서 모르기두 했겠지만. 실상 나두 그새까지는 좀 심한 신경쇠약이거니, 신경쇠약으루 저만큼 심하니깐 더 도질 리야 없구 차차 나어 가겠거니, 일변• 걱정은 하면서두 한편으로는 낙관을 허구 있었더라우.

아, 그랬는데 글쎄 오늘은, 아까 점심나절이야. 사람이 사뭇 십년감수를 했구려. 시방두 가끔 이렇게 가슴이 울렁거리군 하는걸. 내 온 참, 어떻게 생각하면 어처구니가 없기두 허구.

아까, 그게 그러니까 두시가 조꼼 못 돼서야. 부엌에서 무얼 좀 허구 있는 참인데, 뚜벅뚜벅 구두 소리가 나요.

무심결에 돌려다봤지. 봤더니, 웬 시꺼먼 양복쟁이야. 첨에는 몰라봤어. 그게 웬 사람인가 허구 자세 보니깐 그이겠지! 그이가 쇠통• 글쎄 겨울 양복을 꺼내 입었어요. 이 삼복 중에 겨울 양복을.

저를 어쩌니!가 아니라, 머 정신이 아찔하더라니깐.

그게 제정신 지닌 사람이 할 짓이우? 하얀 아사 양복을 싹 빨아 대려서 양복장에다가 걸어 준 걸 두어 두고는, 이 삼복 염천•에 생판 겨울양복이 어디 당한 거유? 겨울양복허구두 그나마 머 홈스팡•이라든디, 그 손구락같이 올 굵구 시꺼무레한 거, 게다가 맥고모자•며 흰 구두까지 멀쩡한 걸 놓아 두구서 겨울 모자에 검정 구두에 넥타이, 와이셔츠꺼정 언뜻 봐두 죄다 겨울거구려.

그러니, 그렇잖아두 늘 맘이 조마조마하던 참인데, 문뜩 그 광경을 당허니 얼마나 놀랐겠수? 내가 말이야, 그냥 가슴이 더럭 내려앉구, 어쩔 줄을 모르겠어. 팔다리허며 입술이 사시나무 떨리듯 떨리구.

아이머니, 저이가아! 이 소리 한 마디를 죽어 가는 소리루 거의 입술만 달싹거리구는 넋이 나간 년 매니루 멍해니 섰느라니깐, 그이 좀 보구려! 마당에 우뚝 선 채 나를 마주 빼언히 바라보더니, 아 혼자서 벌심허구 웃겠지! 웃어요 글쎄.

작년 가을 이짝 도무지 웃는 일이라구는 없던 사람이, 근 일 년 만에 웃는구려. 전에 혹시 무슨 유쾌한 일이 있든지 허면, 벌심• 허구 웃던, 꼭 그런 웃음째야.

일변 반갑기두 허구, 그리면서두 가슴이 더 두근거려쌓는군. 그럴 게 아니우? 일 년짝이나 웃질 않던 사람이 갑자기 웃으니. 여편네 된 맘에 웃는 그것만은 반가워두 저이가 영영 상성• 이 된 게 아닌가 해서 말이야.

어떻다구 맘을 진정할 수가 없구, 눈물이 주르르 쏟아지는 것을, 그

• 고패 어떤 일의 가장 어려운 상황. '고팽이'의 방언.
• 일변 한편.
• 쇠통 세상에.
• 염천 몹시 더운 날씨.
• 홈스팡 원단 종류 중 하나.
• 맥고모자 맥고로 만든 모자. 개화기에 젊은 남자들이 주로 썼음.
• 벌심 탄력 있는 물체가 넓고 부드럽게 자꾸 벌어졌다 우므러졌다 하는 모양. '벌름'의 방언.
• 상성 본래의 성질을 잃어버리고 전혀 다른 사람처럼 됨.

제서야 힝낳게• 마당으로 쫓아 나가서 두 팔을 넙죽 잡었대지만, 목이 미어 말이 나오우? 그이는 내가 사색이 질려 가지구는—내 얼굴이 다아 죽었을 게 아니겠수? 그래 가지구서 당황하다가, 끝내 울구 달려나오니깐, 첨에는 성가신 듯이 이맛살을 찌푸리더니, 용히 제가 채림새가 생각이 나던가 봐. 실끔 아랫도리를 한번 내려다보더니, 좀 점직하다•는 속인지 피씩 웃어요. 그 웃는 데 사람의 애가 더 받더•라니까.

"왜 그래? 여름에 동복을 입었기루서니, 왜 죽는 시늉이야?"

혀를 끌끄을 차면서 얼굴을 기색하며. 말소리허며 아주 천연스럽구 전대루지, 죄끔두 공허한 데가 없어요. 사람이 실성을 하면은 어덴지 말하는 음성이며 태도허며, 건숭•이구 공허해 보이잖우?

"천민! 속물! 세상이 곤두서는 데는 태평이면서, 옷 좀 거꾸로 입은 건 저대지 야단이야."

속물이란 소리는 노상 듣던 독설이구, 나는 그이 눈을 주의해 보느라구 경황 중에두 정신이 없지. 저 뭣이냐. 사람이 영 미치구 나면 눈자가 틀린다구 않수?

그런데 암만 찬찬히 파구 보아야 전대루 정기가 돋구 맑지 머 아무렇지두 않어.

그래두 그걸루 어디 안심이 되우?

그래 팔을 흔들면서, 아이 여보오, 부르니까,

"왜 그래, 글쎄!"

하면서 보풀스럽게• 톡 쏘아붙이는 것까지도 여전해요.

"대체, 이 모양을 허시구 어디를 나갔다가 오시우?"

분명 어디를 나갔다가 오는 참이야. 얼굴이 버얼겋게 익구, 땀을 흠뻑 흘리는게. 탈은 거기가 붙었어, 탈은.

아아니, 그이가 글쎄 갑작스런 의관을—동복은 동복이라두—단정허게 채리구서는 출입을 허다께. 그게 사람이 기색•을 헐 노릇이 아니우? 이건 천지가 개벽을 했다면 모르지만.

그이가 작년 초가을에 신문사를 그만두던 그날버틈서 인해 일년짝을 굴 속 같은 그 건넌방에만 처박혀 누워서는, 통히 출입이라구 하는 법이 없구. 산보가 다 뭐야. 기껏해야 화동 사는 서씨라는 친구나 닷새에 한 번큼, 열흘에 한 번큼 찾어가는 게 고작이더라우.

그러구는 허는 일이라는 게 책 들이파기, 신문 잡지 뒤지기, 그렇잖으면 끄윽 드러누워서 웃지도 않구, 이야기두 않구, 입 따악 봉허구서는, 맘 내켜야 겨우 마지못해 묻는 말 대답이나 허구, 그리다가는 다럭 짜징이 나가지굴랑은 날 모라세기나 허구. 그럴 때만은 여전한 웅변•이지. 그러니 나만 죽어날밖에.

아, 아무 데두 맨 데가 없는 몸이겄다. 조옴 좋수? 집 뒤 바루 중앙

• 힝낳게 횡하니. 재빠르게.
• 점직하다 부끄럽고 미안하다.
• 밭다 근심, 걱정 따위로 몹시 안타깝고 조마조마해지다.
• 건숭 어떤 일을 성의 없이 대충 겉으로만 함. '건성'의 방언.
• 보풀스럽게 매우 모질고 날카로운 데가 있게. '앙칼스럽게'의 방언.
• 기색 심한 흥분이나 충격으로 호흡이 일시적으로 멎음.
• 웅변 조리가 있고 막힘이 없이 당당하게 말함. 또는 그런 말이나 연설.

학교 후원으로 해서 조금만 가면은 삼청동이요. 풀이 있것다. 마침 태호 녀석이 유치원두 쉬는 때라, 동무가 없어서 어린 것이 심심해 못 견디기두 허구허니 기직•이나 한닢 들구 그애 손목이나 잡구 매일 거기라두 가서 물에두 들어가 놀구, 물에 지치거든 그늘 좋은 솔밭으루 나와 누워서 독서두 허구, 그러느라면 몸에두 좋구, 더우두 잊구, 또 아는 사람두 만나구, 새루 사귀는 사람두 생기구 해서, 어우렁더우렁 만사 다아 잊구 지낼 게 아니겠수? 그런 걸 글쎄, 내가 혀가 닳두룩 말을 해두 안 들어요.

뎁다 나더러, 신경이 둔한 속물이 돼서, 자꾸만 보기 싫은 인간들허구 섭슬려•, 돼지처럼 엄벙덤벙 지내란다구 독설이나 뱉구.

그뿐인가 머. 언니두 알 테지만, 집에서 어머니가 지난 첫여름버틈 벌세 네 번째나 편지를 하셨다우.

아이 아범이 올해는 아무 데두 맨 데가 없다면서 예가 바루 해변이겄다, 넉넉진 못하지만 느이들이 서울서 지내느니보담야 다만 생선 한 토막을 먹어두 나을 테니, 집일란컨 예서 서울 속내 잘 알구 착실한 여인네 하나가 마침 있으니깐 올려보내서, 한 여름 동안 집을 봐주게 하께시니, 부디 어린놈 데리구 세 식구 다 내려와서 이 여름 더웁잖게 지나라구, 제일에 내가 어린놈이 보구 싶어 못 살겠다구. 그리구 요전번 네 번째 하신 편지에는 혹시 여비라두 없어서 못 내려가는 줄 아시구서 내려오겠다면, 집 보아 줄 사람 올려 보내는 편에 돈을 얼마간 보낼 테니 곧 기별•허라구까지 하셨구려.

사우 이뻐할사 장모라구. 그게 다아 딸이나 외손주놈보담두 실상 알구 보면 그 알뜰한 사우양반 생각허시구 그러시는 거 아니우?

그러니 말이우. 그렇게 살뜰스럽게 오래지 않는다구 하더래두, 딴 비발• 써 가면서 남들은 위정• 피서두 갈라더냐. 거 봐요! 언니네는 갈 맘이 꿀안 같어두 못 가잖수? 그러니 글쎄 선뜻 내려갔으면 오죽 좋수?

그러나마 처가래여 처남인들 하나나 있으니 어려운 생각이며 편안찮은 맘이 나겠수? 장인 장모 단 두 분이것다. 참말이지 제가 본가집보담두 더 임의롭구• 호강바디루 지낼 건데.

내가 얼마를 졸랐다구. 그래두 영 도래질이야. 그러구는 헌닷 소리가, 나를 목을 베어 봐라, 단 한 발이라두 서울서 물러서나, 이러는구려!

대체 무엇이 그대지 서울이 탐탐해서 죽어두 안 떠날 테냐구 캘라치면 네까짓것 하등동물이, 동아줄 신경이, 설명을 해 준다구 알아들으면 제법이게? 설명해서 알 테면 설명해 주기 전에 알아 챌 일이지, 이리면서 몰아세요.

그러구두 졸리다졸리다 못하면, 임자나 태호 데리구 가겠거든 가래는 거야. 웬만하거든 아주 영영 가 버리라구. 시방, 세상이 통째루

• 기직 왕골껍질이나 부들 잎으로 짚을 싸서 엮은 돗자리.
• 섭슬려 함께 섞여 휩쓸려.
• 기별 다른 곳에 있는 사람에게 소식을 전함. 또는 소식을 적은 종이.
• 비발 어떤 일을 하는 데 드는 돈.
• 위정 일부러.
• 임의롭다 일정한 기준이나 원칙이 없어 하고 싶은 대로 할 수 있다.

사개•가 벙그러지는• 판인데 부부구 자식이구 가정이구 그런건 다아 가 버리라구. 시방, 세상 고담• 같내나. 내 어디서, 온.

왜 혼자라두 안 가느냐구 말이지? 언니두 그런 말 마시우.

허기야 참, 몇 번 별르기두 했더라우.

그래두 차마 훌쩍 못 떠나겠습니다! 그런 사람을 여기다가 때워 놔두구서, 나 혼자 가다께 될 말이우? 것두 신경이 노오말한 사람이면 몰라. 그렇지만 병인인걸, 병인을 혼자 남의 손에 맡겨 두구서야 어디.

에구 무척! 언니는 아저씨라면 들입다 깨질 똥단지 위하듯 위하면서, 하하하, 내가 그이 물이 들어서 자꾸만 이렇게 입이 걸쭉해가나 봐.

신문사 나온 거? 머 누구 동료나 손윗사람허구 다투거나 의견 충돌이 생겼던 것두 아니구, 그저 불시•루 그날 그 자리서 사직원을 써서는 편집국장 앞에다가 내놓고 나왔다는 걸. 그게 벌써 신경이 심상찮어진 표적 아니우?

신문사서두 어디루 보구, 어떻게 생각했던지 첨에는 편지가 오구, 둘째 번은 정치부장이 오구, 셋째 번은 사장의 전갈이라구 편집국장이 명함을 적어 보내구, 도루 사에 나오라는 권면•이야. 그래두 번번이 몸이 건강털 못해서 일 감당을 못하겠다는 핑계만 대지. 종시• 움쩍을 안 했더라우.

남들은 다 같이 대학을 마치구 나와서두 삼사 년씩 취직을 못해 쩔쩔매는 세상에, 그해 동경서 나오던 걸루 신문사에 들어갔구, 인해 오년이나 말썽없이 있어 왔으니깐. 그만하면 신문사 인심두 얻구 또 사장두 자별•하게 대접을 했답디다. 그런 것을 헌신짝 벗어 내던지듯 내던지구는 사람마저 저 지경이 됐으니…… 허기는 눈동자가 옳게 박힌 놈은 이짓 못해 먹겠다구, 그 무렵에 바싹 더 침울해 허기는 했었지만서두.

생활비?

머 그저, 작년 가을 겨울 두 철은 신문사서 나온 퇴직금 한 삼백원 되는 걸루 그럭저럭 지냈구. 올봄으루 첫여름은 시댁에서 두 번인가 백 원씩 보낸 걸루 지내는 시늉은 했지만.

시댁두 별수는 없구. 막내 시아재가 작년버틈 금광을 해요. 그리 우난 건 아니지만, 동기간이 객지서 어려히 지낸다구 가끔 돈 백 원씩 그렇게 띄워 보내군 했는데. 그 뒤에 광이 팔리기루 됐다나 봐. 팔리기만 하면은 몇만 원 생길 텐데, 매매에 걸려 가지구는 두 달 장간•이나 오늘 내일 밀려 나려오기만 허구, 돈이 들어오덜 않는대나 봐.

그걸 바라구 있다가, 우리두 고슴도치 오이 지듯 빚을 다뿍 짊어

• 사개　상자 따위의 모퉁이를 끼워 맞추기 위하여 서로 맞물리는 끝을 들쭉날쭉하게 파낸 부분을 의미하는 말로, 관용적으로 말이나 사리의 앞뒤 관계를 비유적으로 표현하는 말.
• 벙그러지다　맺힘을 풀고 툭 터지며 활짝 열리게 되다.
• 고담　예전부터 전해져 내려오는 이야기.
• 불시　뜻하지 아니한 때.
• 권면　알아듣도록 권하고 격려하여 힘쓰게 함.
• 종시　끝까지 내내.
• 자별　본디부터 남다르고 특별함.
• 장간　긴 동안.

진걸.

그렇지만 괜찮아요. 영 몰리면 집은 우리 것이니깐 팔아서 빚두 가리구 한동안 먹구 살거리만 냉기구서 시외루 오막살이나 한 채 얻어 나앉지. 그런 것은 나두 뱃심• 유해졌다우. 의식주 같은 건 근심하지 말구서 돼 가는 대루 살아가기루.

정말이지 그런 건 죄꼼두 걱정두 안 되구, 위협두 느끼잖어요. 그저 그이만 몸을 도루 일으켜 가지구, 생화•야 있든지 없든지, 남처럼 활달하게 나돌아다니구 허기만 해 주었으면, 머 내가 어디가서 빨래품을 팔아다가 사흘에 한 끼씩 먹구 살아두 좋아요.

힌말•이 아니라우. 진정이야. 그런데 글쎄, 아유 답답해! 아, 밖에 나가서 돌아다니구, 머 삼청동 풀에를 다니구, 피서를 떠나구 그런 것두 외려 열 둘째야. 내 참!

언니두 와서 봤으니까 알 테지만, 우리 집 건넌방이라는 게 그게 방이우? 여름 한 철은 도무지 사람이 거처를 못해요. 앞문이 정서향으로 나놔서 오정만 지나면 그 더운 불볕이 쨍쨍 들이쬐지요. 게다가 처마 끝이 함석 채양에서는 후끈후끈 더운 기운이 숨이 막히게 우리지요. 북창 하나 없구 겨우 마루루 샛문이 한쪽 났다는 게 바람 한 점 드나들덜 않지요. 머 방속이 아니라 영락없는 한징가마 속이야. 나더러는 단 십 분을 들앉어 있으래두 죽으면 죽었지 못해. 어느 쟁이녀석이 고 따우루 소견•머리 없이두 집을 지어 놨는지.

그런 걸 글쎄 그이는 꼬박 그 속에서 배겨내는군. 가을이나 겨울이나 또 봄철은 외려 괜찮아요. 아, 이건 이 삼복중에 그 뜸가마 속에서 끄윽 들박혀 있으니, 더웁긴들 오죽허며, 여느 사람두 더위에 너무 부대끼면은 신경이 약해져서 못 쓰는 법인데. 이건 가뜩이나 뭣한 사람이 그 지경을 허구 있다께. 멀쩡한 자살이 아니우?

제에발 마루루라두 나와서 누웠으라구 경을 읽어두 안 들어요. 마룬들 그대지 신통할꼬만서두, 그래두 건넌방보담은 더얼허구. 또 안방은 앞뒷문으루 맞바람이 쳐서 제법 시원하다우. 단 두 내외에 어린 몸 하나겠다, 남의 식구라고는 없으니. 아녈말루• 활씬 벗구는 여기저기 시원한 자리를 골라 눕던 못 허우?

성가시구 다아 힘이나 드는 노릇이라면 그두 몰라. 누웠던 자리에서 몸 한 번만 뒤치면 마루루 나와지구, 또 한 번만 뒤치면 안방 뒷문치루 옮아 누워지구 하는걸. 웬 고집이며 무슨 도섭•으루다가 고걸 꼼지락거릴랴구 않구서, 생판 뜸가마 속에서만 늘어붙어설랑 육성으루 그 고생이우?

가슴이 지레 터지구, 내가 얼마나 폭폭•하겠수? 사뭇 살이 내려요.

허기야 사람이 전에두 고집이 세구 신경질이 돼서, 편성•이구 허기는 했지만, 시방 저러는 건 고집두 편성두 아니구서, 그저 나무 토막

• 뱃심 염치나 두려움이 없이 제 고집대로 버티는 힘.
• 생화 먹고 살아가는 데 도움이 되는 벌이나 직업.
• 흰말 터무니없는 말.
• 소견 어떤 일이나 사물을 살펴보고 가지게 되는 생각이나 의견.
• 아녈말루 아니할 말로.
• 도섭 주책없이 능청맞고 수선스럽게 변덕을 부리는 짓.
• 폭폭 심하게 썩거나 삭는 모양.
• 편성 한쪽으로 치우친 성질.

이구 돌덩어리라니깐. 그러니 병이지 병이 아닌 담에야 어디 그럴 법이 있수.

병원? 진찰?

흥! 그런 말만 내보우. 생사람 하나 죽구 말지 안 돼요. 안 되구. 아까 이야기하다 말았지만, 여기 아저씨가 누구 잘 아는 이루 신경과 전문의사가 있으면 미리 짜구서 그런 눈치 저런 눈치 뵐게 아니라, 놀러 온 양으로 어물쩌억허구 좀 보아 달래야지. 내 억칙으루는 천하 없어두 병원에는 데리구 가는 장사는 없어요.

이거 봐요. 글쎄, 오늘은 이런 재주를 다아 부려 보잖었겠수?

오정•이 조꼼 못 돼서야. 태호 벙어리를 털으니깐 제법 일 원짜리루 두 장이나 나오구, 죄다 해서 한 오륙 원은 돼요. 옳다꾸나 태호허구두 구누를 해 가지고서는 모자가 건넌방으루—그 양반이 농성을 허구 있는 그 한징가마 속이었다—글러루 처억 쳐들어 갔구려.

들어가설랑, 아 날두 이렇게 몹시 더웁구 이애두 벌써 며칠째 어디를 가자구 조르구 허니깐, 우리 가서 수박두 먹을 겸, 물에두 들어갈 겸, 안양이나 잠깐 갔다가 오자구, 듣자니 사람두 그리 많지두 않구, 조용한 자리두 얼마든지 있다더라구. 머 있는 소리 없는 소리 주워 보태 가면서 은근히 추실르지를 안 했다구요. 태호는 태호대루 내가 외워 준 말을 강한다는 게 '안양' 먹으로 '수박' 가자구 앉았구.

첨에는 대답두 안 해요. 그래두 자꾸만 앉어서 조르니깐, 겨우 한닷소리가, 태호 데리구 갔다오구려, 이리는군! 그리면서 슬며시 돌아눕는데, 글쎄 잠뱅이•만 입구 알몸으로 누웠던 등허리가 땀이 어떻게두 지독으로 났는지 방바닥이 흔그은해요. 오죽해서 내가 걸레를 집어

다가 닦었으니, 천주학이라구는!

일 글른 줄 알면서두, 그리지 말구 같이 갑시다, 당신두 같이 가서 소풍두 허구 그래야 좋지, 우리 둘이만 무슨 재미루다가 가겠수. 자, 어서 일어나서 우선 냉수루 저 땀두 좀 씻구, 그리라구 비선허듯 애기 달래듯 하니깐,

"재미?"

암 말두 않구 한참 있다가, 따잡듯 시비조야.

"재미라……? 게 임자네 재미보자구 나는 고통을 받아야 하나?"

"그런 억짓소릴랑컨 내지두 마시우!"

나두 그제서는 속에서 부애•가 치밀다 못해 쏠밖에.

"원. 놀러 가는 게 어쩌니 고통이며, 당신 말대루 고통이 된다고 합시다. 당신 좀 고통 받구서, 머 나는 둘째야, 저 어린 것 하루 실컷 즐겁게 해 주면, 그게 못할 일이우?"

"그것두 천하사•를 도모하는 노릇이라면……."

"에구! 그저……."

"……."

"글쎄, 여보!"

"……."

• 오정 낮 열두 시. 곧 태양이 표준 자오선을 지나는 순간.
• 잠뱅이 가랑이가 무릎까지 내려오도록 짧게 만든 홑바지.
• 부애 부아. 노엽거나 분한 마음.
• 천하사 천하(세상)의 일.

"당신 이러다가 아널 말루 죽기나 하면 어떻거자구 그러시우?"

"헐 수 없겠지. 인간 목숨이 소중하다는 것두 요새는 전설 같아서 까마득허이!"

"듣그러워요!• 내가 어디 가서 기두 맥두 없이 죽어 버려야 당신이 정신을 좀 채릴려나 보우."

"야몽거리지• 않는 여편네는 넉넉 만큼 값이 있어. 아닌게아니라 아씨의 그 다변•은 좀 성가셔!"

"그렇다면은 아무래두 나는 죽어야 하겠구려? 당신 성가시지 않게. 또 정신을 버쩍 좀 차리게. 소원이라면 죽어 드리리다."

"나를 위해서…… 죽는다……."

"빈말이 아니라, 두구 봐요."

"남을 위해서 내가 죽는 것두 개죽음일 경우가 많아. 제일차 세계대전 후에, 아메리카 녀석들이 무얼루 오늘날 번영을 횡재했게! 귀곡성이 이천만이 합창을 하잖나! 억울하다구, 생때 같던 장정 이천만 명!"

"아이구, 답답이야! 이 답답. 제에발 덕분 하느라구 저기 마루나 안방으루라두 좀 나가서 누워요, 제에발."

"그만 입 다물지 못해! 이 하등동물 같으니라고."

소리를 버럭 지르면서 도사리구 일어나 앉어요, 화가 나설랑.

"이 동물아! 내가 이렇게 꼼짝 않구서 처박혀만 있으니깐, 아무 내력 없이 그리는 줄 알아? 나는 이게 싸움이라구, 이래봬두. 더위가 나를 볶으니까, 누가 못 견디나 보자구 맞겨누는 싸움이야. 싸움!"

내 원, 어처구니가 없어서, 더 옥신각신해야 되려 그이 신경에만 해롭겠어서 벌떡 일어나 나와 버렸지.

속두 상허구, 허는 깐으루는 제가 말대루 태호나 데리구 안양이루 곧 가겠어. 그렇지만, 어디 그럴 수가 있어야지. 내가 애를 폭신 삭히구 말았지.

그러자 마침 생각하니깐 오늘이 말복이야. 그래, 온 여름 내내 그 생지옥에 쳐박혀 있으면서, 영계 한 마리두 못 얻어먹구 꼬치꼬치 야윈 게 애처롭기도 허구, 또 태호두 며칠 설사 끝에 눈이 빠아꼼하구. 에라, 남대문 장에나 가서 영계를 두어 마리 사다가 삶어 주리라구, 태호를 앞세우구 나섰지.

그이더러는 장에 가서 닭 사 가지구 오마구, 좋은 말루 말을 허구 나가려니깐 되부르더니, 내려가는 길에 싸전• 가게 주인더러 제가 엊그제 시굴서 올라오기는 했는데, 일이 여의치 못했다구. 미안한 대루 이달 팔월 그믐• 꺼정만 더 참아 달라구 이르라는군. 그런 걸 봐두 정신 말짱하잖수?

대놓구 먹던 아랫거리 싸전에 묵은 외상값이 한 이십 원 돼요. 지난 봄부터 몇 번 밀어 오다가 유월 그믐껜가는 제가 돈을 마련하러 시굴을 내려가니, 수히 올라와서 셈을 막어 주마구 그랬다는군, 그래 놓구는 칠월 그믐을 문뚜름히 넹겼는데, 그이 하는 짓을 좀 봐요.

• 듣그럽다　듣기 싫게 떠드는 데가 있다.
• 야몽거리다　우는 소리를 자꾸 내다.
• 다변　말이 많음.
• 싸전　쌀과 그 밖의 곡식을 파는 가게.
• 그믐　음력으로 그달의 마지막 날.

시굴 내려갈 줄루 거짓말을 하구서는, 그 담부터는 그 앞으루 지내다니기가 안됐으니깐, 화동 서씨네 집을 갈 때면은 곧장 내려와서 가회동으루 넘어가덜 못 하구서는 위정 중앙학교 뒤루 길을 피해 비잉빙 돌아다니는구려!

애초에 시굴이니 뭣이니 할 게 아니라, 그대루 이럭저럭 한동안 밀어 가다가, 생기는 날 갚어 줄 것이지 또 그래 놓구서, 그 앞을 얼찐 못할 건 무엇이며, 사람이 고렇게 소심하다구는! 그런 걸 보면 천하 졸장부야.

그래 아무려나, 시키는 대루 싸전엘 들러서 말을 그대루 일르구는, 전차를 타구 남대문장까지 가서, 영계 세 마리를 털 뜯고 속낸 걸루 사 가지구, 그리구 돌아오니깐 한 시가 조꼼 못 됐더군. 아마 한 시간 남짓했나 봐. 그런데 집에를 당도하니깐, 그이가 어디루 가고 없어요. 집은 텅 비어 놓구 대문만 지쳐 두구서.

그저 짐작에, 화동 서씨네 집에 나갔나 보다구 심상하게 여기구서 별 치의•두 안 했지. 늘 동저구릿 바람으로 시간 대중 없이 주르르 가군 하니깐 그랬지, 누가 글쎄 동복을 지성으루 꺼내 입구, 그 야단을 떨었을 줄야 꿈엔들 생각했수?

그랬는데, 그래 시방 부랴부랴 닭을 삶는다, 또 그이가 칼국수를 좋아허길래 밀가루 반죽해 가지구 늘여서, 썰어서, 삶어 건져 놓는다, 양념을 장만한다, 거진거진 다아 돼 가는 판에, 마침 들어오기는 때맞추어 잘 들어왔다는 게 쇠통 그 모양을 해 가지구 처억 들어서지를 않는다구요?

하마 조꼼 뭣했으면 내가 미칠 뻔했다우. 허겁이 아니라, 시댁두 시댁이지만 집에서 만약 어머니가 아시면 기절을 하셨지. 그래 겨우 정신을 채려 가지구, 그 얼뚱애기•를 데려다가 마룻전에 걸터 앉히구서, 모자를 벗기구, 저구리를 벗기구, 조끼를 벗기구, 부채질을 하면서 대체 어디를 갔다가 오느냐구 재쳐 물으니깐, 종로! 종로를 갔다온대요. 자그만치 종로를.

나는 기가 막혀서 울다가 웃었구려.

젊은이 망령은 참나무 몽둥이루 고친다는데, 이건 몽둥이질을 하잔 말두 안 나구, 아닌게아니라, 국수를 늘이느라구 거기 마루에 놓아둔 방망이가 돌려다보입디다!

"아아니 여보, 말쑥한 여름 양복은 두어 두고서 무슨 내력•으루 이걸 꺼내 입구, 종로는 또 무엇 하러 가셨단 말이오?"

"속 모르는 소리 말아. 이걸 떠억 입구 이걸 푸욱 눌러쓰구, 저 이글이글한 불볕에, 어때? 온갖 인간들이 더위에 항복하는 백기 대신 최저한도루다가 엷구 시원한 옷을 입구서 그리구서 허어덕허덕 쩔쩔매구 다니는 종로 한복판에 가 당당하게 겨울옷을 입구서 처억 버티구 섰는 맛이라니! 그게 어떻게 통쾌했는데!"

연설조루 팔을 내저으면서 마구 기염•을 토하겠지.

"남들이 보구 웃잖습니까?"

• 치의　의심을 둠.
• 얼뚱애기　얼뚱아기(얼러주고 싶은 정도로 예쁜 아기)의 방언.
• 내력　일정한 과정을 거치면서 이루어진 까닭.
• 기염　불꽃처럼 대단한 기세.

"그까짓 속충들이 뭘 알아서? 어허허, 그 친구 토옹쾌허다! 이 소리 한번 치는 놈 없구. 모두 피쓱피쓱 웃기 아니면 넋나간 놈처럼 멍허니 입을 벌리구는 치어다보구 섰지."

보니깐 그 두꺼운 양복 밖으루 땀이 뱄겠지. 얼마나 더워서!

"그리구 참, 내 올라오면서 싸전 가게 앞으루 지내와 봤는데……."

"무어랍디까?"

"그저, 안녕히 다녀오셨느냐구. 그런데 말이야, 그 앞을 지내오면서 가만히 생각하니까 썩 유쾌하겠지."

"진작 그러실 거지."

"응, 길을 피해서 돌지두 말구. 맘을 터억 놓구서, 고개를 들구서 팔을 커다랗게 치면서 그 앞을 어엿하게 지내왔단 말이야. 아주 당당히. 그래! 그게 해방이란 거야. 해방! 해방은 유쾌한 거야!"

사뭇 우쭐거리는데 얼굴은 보니깐, 그새처럼 침울하기는 침울해두, 말소리는 애기같이 명랑하겠지!

제가 말대루 통쾌하구 유쾌하구 한 덕분인지는 모르겠어두, 닭국에다가 국수를 말어 주니깐 큰 바리•루 하나를 다 먹구 또 주발•을 반이나 먹더군. 그러니 말이우. 그게 요행 병을 돌려서 그리는 거라면 오죽 기쁠 일이우. 그렇지만 불행히 병이 도져 가는 징조라면 그 일을 장차 어떡헌단 말이우?

혈통? 없어요. 시방 당대구, 선대구 그런 일은 없어요. 아니야, 내가 글쎄, 그이허구 결혼한 지가 칠 년인데, 그이 학부 마칠 동안 삼 년허구 취직한 뒤에 살림 시작하기 전 이 년허구. 오 년이나 시댁에서 지냈는걸, 아무런들 그이 집안에 정신병 혈통이 있는지 없는지 몰랐겠

수?

옳아, 언니 시방 하는 말이 맞았어. 나두 실상 그렇게 짐작은 했다우. 그러니 말이지, 사내대장부가 어찌 그대지 못났수? 이건 과천서 뺨 맞구 서울 와서 눈 흘기기 아니우? 제엔장맞을. 차라리 뛰쳐나서서 냅다 한바탕…… 응? 그럴 것이지, 그렇잖수?

그러구저러구 간에 시방 나루서는 병 시초나 또 뿌렁구•나 그게 문제가 아니야. 다만 그이가 정말루 못 쓰게 신경 고장이 생겼느냐, 요행• 일시적이냐, 만약에 중한 고장이라면은 어떻게 해야만 그걸 낫우어 주겠느냐 이것뿐이지, 그 밖에는 아무것두 내가 참견할 게 아니야.

나더러 그이를 이해를 못 한다구? 딴전을 보구 있네! 그게 어디 이해를 못하는 거유?

마침맞게 아저씨가 들어오시는군.

내친걸음•이니 아무려나 같이 앉아서 상의를 좀 해보구…….

• 바리 놋쇠로 만든 여자의 밥그릇.
• 주발 놋쇠로 만든 밥그릇. 위가 약간 벌어지고 뚜껑이 있음.
• 뿌렁구 '뿌리'의 방언.
• 요행 뜻밖에 얻는 행운.
• 내친걸음 이왕 나선 걸음.

이렇게 읽어 보세요

인정받을 수 없는 외로운 반항

이 소설에는 남편을 심히 걱정하는 아내가 등장합니다. 그도 그럴 것이 그녀의 남편은 한 여름에 두꺼운 겨울옷을 입고 땀을 뻘뻘 흘리며 종로 한복판을 돌아다니고, 바람 한 점 통하지 않는 뜸가마 같은 방 안에서 꼼짝도 하지 않습니다. 도대체 왜 그러냐고 말이라도 걸라치면 하등동물이나 속물을 들먹거리며 아내를 무시하기 일쑤입니다. 그런 남편을 두고 친정에 가려고 하지만 남편을 혼자 두는 것이 못내 걱정되어 쉽게 떠나지도 못합니다.

그렇다면 남편은 왜 이렇게 이상한 행동을 하는 걸까요? 그는 혼자서 치열한 싸움을 하고 있는 중입니다. 스스로도 '나는 이게 싸움이라구'라며 항변합니다. 일제강점기에 동경에서 유학을 하고 와 신문 기자로 일한 남편은 그 당시 최고의 지식인이라고 할 수 있습니다. 그가 신문사를 그만두고 골방에 틀어박힌 이유는 개인적인 문제 때문이 아니라 '식민지'라는 부조리한 사회적 문제 때문이었을 것입니다. 지식인으로서 부조리한 사회 체제에 대해 불만이 쌓이고 쌓이다가 결국엔 그런 사회를 견디지 못하고 골방에 틀어박히게 된 것이죠. 이런 사정을 알아주기는커녕 생활에 급급한 아내가 남편에게는 하등동물이나 속물로 보일 뿐입니다. 그는 이렇게 불만스러운 현실에 대항해 자기 나름대로 싸우는 방법을 찾습니다. 한여름에 겨울옷을 입고 서울의 중심지인 종로로 나가 더위를 이겨내는 일이나 외상 진 가게 앞을 당당하게 지나며 해방감을 느끼는 일이 그것입니다. 그런데 더위와의 싸움에서 이겼다고 그가 진정으로 승리한 것일까요? 외상 진 가게 앞을 당당하게 지나며 그는 진정한 해방감을 맛보았을까요?

문제가 있을 때는 그 문제에 대한 해결 방법을 찾는 것이 합리적인 행동입니다. 그런데 남편의 행동은 일제강점기 사회적 부조리라는 문제를 해결하기 위한 것으로 보기 힘듭니다. 소설 속에는 구체적으로 나오지 않지만, 남편 나름대로 문제를 해결해보려고 노력하다가 좌절했을 수도 있죠. 그래서 이렇게 엉뚱한 싸움을 벌이고 있는지도 모릅니다. 하지만, 아무리 생각해도 그의 행동은 이상해 보입니다. 그가 정말 해결해야 할 사회적 문제와는 전혀 관계가 없는 행동을 하고 있으니까요.

그렇다면 이 이상한 행동의 목적은 무엇인지 생각해 볼까요? 그는 다른 사람보다 자신이 우월하다는 것을 증명하는 데에 집중하고 있습니다. 자신을 다른 사람과는 다른 존재로 생각하고, 이를 인정하지 않는 타인은 모두 한심한 사람으로 여깁니다. 한 여름에 여름옷을 입고 있는 사람들을 더

위에 항복한 '속충'이라고 한 것이나 아내에게 '속물, 하등동물'이라는 말을 서슴지 않는 태도에서 타인을 낮추어 보는 그의 시선을 엿볼 수 있습니다. 그리고 타인이 자신의 우월성을 인정하지 않는다면 스스로라도 그것을 증명하려고 합니다. 마치 여름옷을 입는 대다수의 대중들과 싸우고, 자신을 걱정하고 있는 아내와도 맞서 싸우고 있는 형국입니다. 사회에서 인정받기는커녕 사회생활을 할 수조차 없는 상황에서 더위에 싸워 이기거나 외상값 앞에 주눅 들지 않는 것으로 우월감을 느끼며 매우 유쾌해합니다.

남편은 정말 승리감과 해방감을 느꼈을까요? 그것이 남편이 바라던 진정한 승리와 해방일까요? 그는 아무도 자신을 인정하지 않는 현실에 맞서 엉뚱하고도 외로운 반항을 하고 있습니다. 이것은 사회적 부조리에 대한 저항도 아니고, 상황을 개선하기 위한 용기도 아닙니다. 결국에는 아무것도 바꿀 수 없는 반항일 뿐이죠. 오히려 상황은 더욱 악화됩니다. 가장 가까이에서 그를 지켜보던 아내조차 그를 이해하지 못한 채 남편의 신경쇠약을 의심할 지경에 이릅니다.

우월감을 추구한다는 것은 달리 보면 열등감에 시달리는 것으로 볼 수 있습니다. 스스로 열등감을 가지고 있기 때문에 다른 이들보다 어떤 면에서 우월하다는 점을 인정받고 싶어 합니다. 앞서 언급했듯이 남편은 당시의 지식인입니다. 일제강점기라는 사회적 부조리에 직면한 당시의 지식인들은 어떤 방식으로든 그에 대응할 수밖에 없었습니다. 동조하거나 맞서 싸우거나 이도저도 아니면 소설 속 남편처럼 피하는 것도 하나의 방법이었습니다. 그 어떤 방법도 쉬운 길은 아니었을 것입니다. 그리고 그 과정

속에서 무기력한 자신에 대해 열등감을 느끼는 것이 잘못된 일도 아닙니다. 사실 사람이라면 누구나 열등감을 가지고 있고, 그것을 극복하기 위해 노력합니다. 그 극복의 노력이 자신뿐 아니라 다른 사람들과 함께 누리는 이익과 풍요를 향해 나아간다면 매우 긍정적으로 열등감을 극복하게 됩니다. 하지만 열등감을 극복하기 위한 노력이 다른 이들을 향해 부정적으로 표출되거나 스스로를 고립시키는 방향으로 나아간다면 문제가 생기겠죠. 이 소설은 그 부정적인 사례를 매우 잘 표현하고 있습니다.

그렇다면 남편이 긍정적으로 자신의 열등감을 해소하고 사회적 문제를 해결하려면 어떻게 해야 할까요? 다른 사람을 바라보는 시각부터 바꿔야 할 것입니다. 타인을 낮추어 보는 태도로는 사회적 부조리를 해결하지 못할뿐더러 자신의 열등감을 극복하기도 힘듭니다. 그 누구도 그를 이해하려 하거나 그의 노력을 가치 있다고 인정해주지 않기 때문입니다. 아무리 많은 지식을 가지고 있어도 타인을 무시하고 자신의 우월감만 추구한다면 사회에 아무런 기여도 하지 못한 채 남편처럼 외로운 길을 걷게 됩니다.

오늘날에도 우리는 여러 가지 사회적 문제를 겪고 있습니다. 전쟁이나 식민지 등의 뚜렷한 사회적 부조리가 아니라도 사회적 의식이나 제도적 문제 등이 우리의 삶에 영향을 미치는 경우가 매우 많습니다. 교실 안에서조차 다양한 사회적 의식과 제도, 법칙들이 존재하니까요. 이런 사회적 문제의 해결은 다른 사람을 바라보는 긍정적인 시각과 협력적인 태도에서부터 출발해야 할 것입니다.

피해자의 보상심리 : 냉소적 이기주의

한생원은 역사적으로 혼란한 시대 속에서 힘없는 농민으로 살면서 땅을 빼앗겼습니다. 피해자로서 살아남기 위해 국가에 대해 냉소하고 이기적으로 자기 것만 챙기는 것은 어쩔 수 없는 일이 아니었을까요?

자신의 이익만 추구하던 한생원이 얻은 것은 무엇인가요? 살다 보면 누구나 피해자가 될 수 있습니다. 이때 어떤 태도로 대처하는 것이 가장 현명할까요?

논 이야기

채만식1902~1950

일제 강점기에 대한 부정적 인식을 주로 풍자의 수법을 활용해 표현하였으며, 1930년대 '조선 노동자 예술가 동맹(카프)'의 동반자 작가로 활동하며 지식인 계층에 대한 비판이 두드러진 작품을 쓰기도 했다. 대표적인 작품으로 장편소설 『탁류』, 『태평천하』가 있다.

1

일인들이 토지와 그 밖에 온갖 재산을 죄다 그대로 내어놓고 보따리 하나에 몸만 쫓기어 가게 되었다는 이야기를 듣는 한생원은 어깨가 우쭐하였다.

“거 보슈 송생원. 인전들, 내 생각 나시지?”

한생원은 허연 탑삭부리•에 묻힌 쪼글쪼글한 얼굴이 위아래 다섯 대밖에 안 남은 누런 이빨과 함께 흐물흐물 웃는다.

“그러면 그렇지, 글쎄 놈들이 제아무리 영악하기로소니 논에다 네 귀탱이 말뚝 박구섬 인도깨비처럼, 어여차어여차, 땅을 떠가지구 갈 재주야 있을 이치가 있나요?”

한생원은 참으로 일본이 항복을 하였고, 조선은 독립이 되었다는 그날—팔월 십오일 적보다도 신이 나는 소식이었다. 자기가 한 말이 꿈결같이도 이렇게 와 들어맞다니…… 그리고 자기가 한 말대로, 자기가 일인에게 팔아넘긴 땅이 꿈결같이도 도로 자기의 것이 되게 되었다니…… 이런 세상에 신기하고 희한할 도리라고는 없었다.

조선이 독립이 되었다는 팔월 십오일, 그때는 한생원은 섬뻑• 만세를 부르고 싶은 생각이 나지 않았어도, 이번에는 저절로 만세 소리가 나와지려고 하였다.

팔월 십오일 적에 마을에서는 젊은 사람들이 설도•를 하여 태극기를 만들고, 닭을 추렴•하고, 술을 사고 하여 놓고 조촐히 만세를 불렀다. 한생원은 그 자리에 참예를 하지 아니하였다. 남들이 가서 같이 만세를 부르자고 하였으나 한생원은 조선이 독립이 되었다는 것이 별양 반가운 줄을 모르겠었다. 그저 덤덤할 뿐이었었다.

물론 일본이 항복을 하였으니 전쟁은 끝이 난 것이요, 전쟁이 끝이 났으니 벼 공출•을 비롯하여 솔뿌리 공출이야, 마초 공출이야, 채소 공출이야, 가지가지의 그 억울하고 성가신 공출이 없어지고 말 것이었다.

또, 열여덟 살배기 손자놈 용길이가 징용에 뽑혀 나갈 염려가 없을 터이었다. 얼마나 한생원은 일찍이 애비를 여의고, 늙은 손으로 여지

• 탑삭부리 탑삭나룻(짧고 다보록하게 많이 난 수염)이 난 사람을 놀림조로 이르는 말.
• 섬뻑 어떤 일이 행하여진 후 곧바로.
• 설도 앞장서서 일을 주선함.
• 추렴 모임이나 놀이 또는 잔치 따위의 비용으로 여럿이 각각 얼마씩의 돈을 내어 거둠.
• 공출 국민이 국가의 수요에 따라 농업 생산물이나 기물 따위를 의무적으로 정부에 내어놓음.

껏 길러온 외톨 손자놈 용길이가 징용에 뽑히지 말게 하려고, 구장과 면의 노무계 직원과, 부락 담당 직원에게 굽은 허리를 굽실거리며 건사를 물고 하였던고. 굶는 끼니를 더 굶어 가면서 그들에게 쌀을 보내어 주기, 그들이 마을에 얼찐하면 부랴부랴 청해다 씨암탉 잡고 술대접하기, 한참 농사일이 몰릴 때라도 내 농사는 손이 늦어도 용길이를 시켜 그들의 논에 모심고 김매어 주고 하기. 이 노릇에 흰머리가 도로 검어질 지경이요 빚은 고패•가 넘도록 지고 하였다.

하던 것이 인제는 전쟁이 끝이 났으니, 징용 이자는 싹 씻은 듯 없어질 것. 마음 턱 놓고 두 발 쭉 뻗고 잠을 자도 좋았다.

이런 일을 생각하면 한생원도 미상불• 다행스럽지 아니한 것은 아니었다. 그러나 오직 그뿐이었다.

독립?

신통할 것이 없었다.

독립이 되기로서니, 가난뱅이 농투성이가 별안간 나으리 주사 될 리 만무하였다. 가난뱅이 농투성이가 남의 세토• 얻어 비지땀 흘려 가면서 일 년 농사 지어 절반도 넘는 도지• 물고 나머지로 굶으며 먹으며 연명이나 하여 가기는 독립이 되거나 말거나 매양 일반일 터이었다.

공출이야 징용이야 하여서 살기가 더럭 어려워지기는 전쟁이 나면서부터였었다. 전쟁이 나기 전에는 일 년 농사 지어 작정한 도지 실수 않고 물면 모자라나따나 아무 시비와 성가심 없이 내 것 삼아 놓고 먹을 수가 있었다.

징용도 전쟁이 나기 전에는 없던 풍도였었다. 마음 놓고 일을 하였고 그것으로써 그만이었지, 달리는 근심 걱정될 것이 없었다.

전쟁 사품•에 생겨난 공출이니 징용이니 하는 것이 전쟁이 끝이 남으로써 없어진 다음에야 독립이 되기 전 일본 정치 밑에서도 남의 세토 얻어 도지 물고 나머지는 천신•하는 가난뱅이 농투성이에서 벗어날 것이 없을진대, 한갓 전쟁이 끝이 나서 공출과 징용이 없어진 것이 다행일 따름이지, 독립이 되었다고 만세를 부르며 날뛰고 할 흥이 한생원으로는 나는 것이 없었다.

일인에게 빼앗겼던 나라를 도로 찾고, 그래서 우리도 다시 나라가 있게 되었다는 이 잔주•도, 역시 한생원에게는 시쁘둥한 것이었다. 한생원은 나라를 도로 찾는다는 것은, 구한국 시절로 다시 돌아가는 것으로밖에는 달리는 생각할 수가 없었다.

한생원네는 한생원의 아버지의 부지런으로 장만한 열서 마지기와 일곱 마지기의 두 자리 논이 있었다. 선대의 유업도 아니요, 공문서• 땅을 거저주운 것도 아니요, 버젓이 값을 내고 산 것이었다. 하되 그 돈은 체계나 돈놀이•로 모은 돈이 아니요, 품삯 받아 푼푼이 모으고

• 고패　어떤 일의 가장 어려운 상황. '고팽이'의 방언.
• 미상불　아닌 게 아니라 과연.
• 세토　해마다 일정한 양의 벼를 주인에게 세(稅)로 바치고 부치는 논밭.
• 도지　풍년이나 흉년에 관계없이 해마다 일정한 금액으로 정하여진 소작료.
• 사품　어떤 동작이나 일이 진행되는 바람이나 겨를.
• 천신　처음으로 또는 오랜만에 차례가 돌아와 얻을 수 있게 됨.
• 잔주　술에 취하여 지질구레한 말을 늘어놓음. 또는 그 말.
• 공문서　등기가 없는.
• 돈놀이　고리대금업.

악의악식•하면서 모은 돈이었다. 피와 땀이 어린 땅이었다.

그 피땀 어린 논 두 자리에서, 열서 마지기를 한생원네는 산 지 겨우 오 년 만에 고을 원에게 빼앗겨 버렸다.

지금으로부터 오십 년 전, 갑오 을미 병신 하는 병신년 한생원의 나이 스물한 살 적이었다.

그 안해 을미년 늦은 가을에 김 아무라는 원이 동학란에 도망 뺀 원 대신으로 새로이 도임•을 해 와서 동학의 잔당을 비질하듯 잡아 죽였다.

피비린내 나는 살육이 이듬해 병신년 봄까지 계속되었고, 그리고 여름…… 인제는 다 지났거니 하여 겨우 안도를 한 참인데 한태수(한생원의 아버지)가 원두막에서 동헌으로 붙잡혀 가 옥에 갇히었다.

혐의는 동학에 가담하였다는 것이었다.

한태수는 전혀 동학에 가담한 일이 없었다. 그의 말대로 하면, 동학 근처에도 가보지 아니한 사람이었다.

옥에 가두어 놓고는 매일 끌어내다 실토를 하라고, 동류의 성명을 불라고 주리를 틀면서 문초를 하였다. 육십이 넘는 늙은 정강이가 살이 으깨어지고 뼈가 아스러졌다.

나중 가서야 어찌될 값에 당장의 아픔을 견디다 못하여 동학에 가담하였노라고 자복을 하였다. 입에서 나오는 대로 아는 사람의 이름을 불렀다.

불린 일곱 사람이 잡혀 들어와 같은 문초를 받았다. 처음에는들 내뻗었으나 원체 아픔을 이기기 못하여 자복을 하였다.

남은 것은 처형을 하는 것뿐이었다.

하루는 이방이, 한태수의 아내와 아들(한생원)을 불렀다.

이방은 모자더러, 좌우간 살려낼 도리를 하여야 않느냐고 하였다. 모자는 엎드려 빌면서, 제발 이방님 덕택에 목숨만 살려지이다고 하였다.

"꼭 한 가지 묘책이 있기는 있는데…… 그럼 내가 시키는 대로 할 테냐?"

"불속이라도 뛰어들어가겠습니다."

"논문서를 가져오느라. 사또께다 바쳐라."

"논문서를요?"

"아까우냐?"

"……."

"가장이나 애비의 목숨보다 논이 더 소중하냐?"

"그 땅이 다른 땅과도 달라서……."

"정히 그렇게 아깝거던 고만두는 것이고."

"논문서만 가져다 바치면 정녕 모면을 할까요?"

"아니될 노릇을 시킬까?"

"그럼 이길로 나가서 가지고 오겠습니다."

"밤에 조용히 내아•로 오도록 하여라. 나도 와서 있을 테니. 그러고

• 악의악식　너절하고 조잡한 옷을 입고 맛없는 음식을 먹음. 또는 그 옷이나 음식.
• 도임　지방의 관리가 근무지에 도착함.
• 내아　조선 시대에, 지방 관아에 있던 안채.

네 논이 두 자리가 있겠다?"

"네."

"열서 마지기와 일곱 마지기?"

"네."

"그 열서 마지기를 가지고 오느라."

"열서 마지기를요?"

"아까우냐?"

"……."

"아깝거들랑 고만두려무나."

"그걸 바치고 나면 소인네는 논 겨우 일곱 마지기를 가지고 수다한 권솔•에 살아갈 방도가……."

"당장 가장이나 애비의 목숨은 어데로 갔던지?"

"……."

"땅이야 다시 장만도 할 수가 있는 것이 아니냐?"

모자는 서로 돌아보면서 말하였다.

"바칩시다."

"바치자."

사흘 만에 한태수는 놓여나왔다. 다른 일곱 명도 이방이 각기 사이에 들어, 각기 얼마씩의 땅을 바치고 놓여나왔다.

그 뒤 경술년에 일본이 조선을 합방하여 나라는 망하였다. 사람들이 나라 망한 것을 원통히 여길 때 한생원은,

"그깟 놈의 나라, 시언히 잘 망했지."

하였다. 한생원 같은 사람으로는 나라란 백성에게 고통이지 하나

도 고마운 것이 아니었다. 또 꼭 있어야 할 요긴한 것도 아니었다. 그런 나라라는 것을 도로 찾았다고 하여 섬빽 감격이 일지 아니한 것도 일변• 의당한 노릇이라 할 것이었다.

논 스무 마지기에서 열서 마지기를 빼앗기고 나니, 원통한 것도 원통한 것이지만, 앞으로 일이 딱하였다. 논이나 겨우 일곱 마지기를 가지고는 어림도 없었다.

하릴없이• 남의 세토를 얻어 그 보충을 하여야 하였다. 그러나 남의 세토는 도지를 물어야 하는 것이라, 힘은 내 논을 지을 때와 마찬가지로 들면서도 가을에 가서 차지를 하기는 절반이 못 되는 것이었었다. 그렇지만 그렇다고 남의 세토를 소작 아니할 수는 없었다.

이리하여 한생원네는 나라 명색이 망하지 않고 내 나라로 있을 적부터 가난한 소작농이었다.

경술년 나라가 망하고 삼십육 년 동안 일본의 다스림 밑에서도 같은 가난한 소작농이었다.

그리고 속담에 남의 불에 게 잡기로, 남의 덕에 나라를 도로 찾기는 하였다지만 한국 말년의 나라만을 여겨 그 나라가 오죽할 리 없고, 여전히 남의 세토나 지어 먹는 가난한 소작농이기는 일반일 것이라고 한생원은 생각하던 것이었었다.

• 권솔 한집에 거느리고 사는 식구.
• 일변 한편.
• 하릴없이 달리 어떻게 할 도리가 없이.

일본이 항복을 하던 바로 전의 삼사 년에, 공출이야 징용이야 하면서 별안간 군색함•과 불안이 생겼던 것이지, 그 밖에는 나라가 망하여 없어지고서 일본의 속국 백성으로 사는 것이 경술년 이전 나라가 있어 가지고 조선 백성으로 살 적보다 별양 못할 것이 한생원에게는 없었다.

여전히 남의 세토를 지어 절반 이상이나 도지를 물고 그 나머지를 천신하는 가난한 소작인이요, 순사나 일인이나 면서기들의 교만과 압박보다 못할 것도 없거니와 더할 것도 없었다.

독립이 된 이 앞으로도 그것이 천지개벽이 아닌 이상 가난한 농투성이가 느닷없이 부자 장자 될 이치가 없는 것이요, 원 · 아전• · 토반•이나 일본놈 대신에 만만하고 가난한 농투성이를 핍박하는 '권세 있는 양반들'이 생겨날 것이요 할 것이매, 빼앗겼던 나라를 도로 찾아 다시금 조선 백성이 되었다는 것이 조금도 신통하거나 반가울 것이 없었다.

원과 토반과 아전이 있어, 토색질•이나 하고 붙잡아다 때리기나 하고 교만이나 피우고 하되 세미•는 국가의 이름으로 꼬박꼬박이 받아가면서 백성은 죽어야 모른 체를 하고 하는 나라의 백성으로도 살아 보았다.

천하 오랑캐, 애비와 자식이 맞담배질을 하고, 남매간에 혼인을 하고, 뱀을 먹고 하는 왜인들이, 저희가 주인이랍시고서 교만을 부리고, 순사와 헌병은 칼바람에 조선 사람을 개도야지 대접을 하고, 공출을 내어라 징용을 나가거라 야미•를 하지 마라 하면서 볶아대고, 또 일본이 우리나라다, 나는 일본 백성이다 이런 도무지 그럴 마음이 우러나지를 않는 억지춘향이 노릇을 시키고 하는 나라의 백성으로도 살아보았다.

결국 그러고 보니 나라라고 하는 것은 내 나라였건 남의 나라였건 있었대자 백성에게 고통이나 주자는 것이지, 유익하고 고마울 것은 조금도 없는 물건이었다.

따라서 앞으로도 새 나라는말고 더한 것이라도, 있어서 요긴할 것도 없어서 아쉬울 일도 없을 것이었다.

2

신해년…… 경술합방 바로 이듬해였다. 한생원은―때의 젊은 한덕문은―빼앗기고 남은 논 일곱 마지기를 불가불 팔아야 할 형편에 이르렀다.

칠팔 명이나 되는 권솔인데, 내 논 일곱 마지기에다 남의 논이나 몇 마지기를 소작하여 가지고는 여간한 규모와 악의악식이 아니고서는 도저히 현상 유지를 하기가 어려웠다.

한덕문은 그 부친과는 달라 살림 규모가 없었다. 사람이 좀 허황•

• 군색함　필요한 것이 없거나 모자라서 딱하고 옹색함.
• 아전　조선 시대에, 중앙과 지방의 관아에 속한 구실아치.
• 토반　여러 대를 이어서 그 지방에서 붙박이로 사는 양반.
• 토색질　돈이나 물건 따위를 억지로 달라고 하는 짓.
• 세미　조세로 바치던 쌀.
• 야미　'뒷거래'를 뜻하는 일본말.
• 허황하다　헛되고 황당하며 미덥지 못하다.

하고 헤픈 편이었다.

부친 한태수가 죽고, 대신 당가산•을 한 지 불과 오륙 년에 한덕문은 힘에 넘치는 빚을 졌다.

이 빚은 단순히 살림에 보태느라고만 진 빚은 아니었다.

한덕문은 허황하고 헤픈 값을 하느라고 술과 노름을 쓸쓸히 좋아하였다.

일 년 농사를 지어야 일 년 가계가 번연히• 모자라는데, 거기다 술을 먹고 노름을 하니, 늘어가느니 빚밖에는 있을 것이 없었다.

빚은 갚아야 되었다.

팔 것이라고는 논 일곱 마지기 그것뿐이었다.

한덕문이 빚을 이리 틀어막고 저리 틀어막고, 오늘로 밀고 내일로 밀고 하여 오던 끝에, 마침내는 더 꼼짝을 할 도리가 없어 논을 팔기로 작정을 대었을 무렵에, 그러자 용말 사는 일인 길천이가 요새로 바싹 땅을 많이 사들인다는 소문이 들리었다. 그리고 값으로 말하여도 썩 좋은 상답•이면 한 마지기(200평)에 스무 냥으로 스물닷 냥(20냥 이상 25냥, 4원 이상 5원)까지 내고, 아주 박토•라도 열냥(2원) 안짝은 없다고 하였다.

땅마지기나 가진 인근의 다른 농민들도 다들 그러하였지만, 한덕문은 그중에서도 귀가 반짝 뜨였다.

시세의 갑절이었다.

고래실논•으로, 개똥배미• 상지상답•이라야 한 마지기에 열 냥으로 열두어 냥(2원~2원 4, 50전)이요, 땅 나쁜 것은 기지개 써야 닷냥(1원)이었다.

'팔자!'

한덕문은 작정을 하였다.

일곱 마지기 논이 상지상답은 못 되어도 상답은 되니, 잘하면 열 냥(2원)은 받을 것. 열 냥이면 이칠십사 일백마흔 냥(28원)

빚이 이럭저럭 한 오십 냥(10원) 되니, 그것을 갚고 나면 아흔 냥(18원)이 남아. 아흔 냥을 가지고 도로 논을 장만해. 판 일곱 마지기만한 토리•의 논을 사더라도 아홉 마지기를 살 수가 있어. 결국 논 한번 팔고사고 하는 노름에, 빚 오십 냥 거저 갚고도, 논은 두 마지기가 늘어 아홉 마지기가 생기는 판이 아니냐.

이런 어수룩한 노름을 아니하잘 며리•가 없는 것이었었다.

양친은 이미 다 없은 때요, 한덕문 그가 대주•였으므로 혼자서 일을 결단하여도 간섭을 받을 일은 없었다.

곡우머리의 어느 날 한덕문은 맨발짚신 풀상투에 삿갓 쓰고 곰방

• 당가산 집안 살림을 맡아 주관함.
• 번연히 어떤 일의 결과나 상태 따위가 훤하게 들여다보이듯이 분명하게.
• 상답 토양 조건과 물의 형편이 좋아서 농사가 잘되는 논.
• 박토 메마른 땅.
• 고래실논 바닥이 깊고 물길이 좋아 기름진 논.
• 개똥배미 집앞이나 집터에 붙어 있는 논.
• 상지상답 상답 중에서도 뛰어난.
• 토리 메마르거나 기름진 흙의 성질.
• 며리 까닭이나 필요.
• 대주 호주.

대 물고, 마을에서 십 리 상거•의 용말 출입을 나갔다. 일인 길천이가 적실히• 그렇게 후한 값으로 논을 사는지 진가를 알아보자 함이었다.

금강 어귀의 항구 군산에서 시작되어, 동북 간방•으로 임피읍을 지나 용말로 나온 행길이, 용말 동쪽 변두리에서 솜리로 가는 길과 황등 장터로 가는 길의 두갈랫길로 갈리는, 그 샅•에 가 전주집이라는 주모가 업을 하고 있는 주막이 오도카니 호올로 놓여 있었다.

한덕문은 전주집과는 생소치 아니한 사이였다.

마당이자 바로 행길인, 그 마당 앞에 섰는 한 그루의 실버들이 한창 푸르른 전주집네 주막, 살진 봄볕이 드리운 마루에 나란히 걸터앉아 세상 물정 이야기, 피차간 살아가는 이야기, 훨씬 한담•을 하던 끝에 한덕문이 지날말•처럼 넌지시 물었다.

"참, 저, 일인 길천이가 요새 땅을 많이 산다구?"

"많일 게 아니라, 그 녀석이 아마 이 근처 일판을, 땅이라구 생긴 건 깡그리 쓸어 사자는 배폰가 봅디다!"

"헷소문은 아니루구면?"

"달리 큰 배포가 있던지, 그렇잖으면 그 녀석이 상성•을 했던지."

"……?"

"한서방 으런두 속내 아는배, 이 근처 논이 물 걱정 가뭄 걱정 없구 한 마지기에 넉 섬은 먹는 논이라야 열 냥(2원)이 상값 아니우? 그런 걸 글쎄, 녀석은 스무 냥 스물댓 냥을 펴주구 사는구랴. 제 마석(1두락에 1석)두 못 먹는 자갈 바탕의 박토라두 논 명색이면 열 냥 안짝 잽히는 건 없구."

"허긴 값이나 그렇게 월등히 많이 내야 일인한테 논을 팔지, 그렇잖구서야 누가."

"제엔장, 나두 진작에 논이나 시늉만 생긴 거라두 몇 섬지기 장만해 두었드라면, 이런 판에 큰 횡잴 했지."

"그래, 많이들 와 파나?"

"대가릴 싸구 덤벼든답디다. 한서방 으런두 논 좀 파시구랴? 이런 때 안 팔구, 언제 팔우?"

"팔 논이 있나!"

이유와 조건의 어떠함을 물론하고 농민이 논을 판다는 것은 남의 앞에 심히 떳떳스럽지 못한 일이었다. 번연히 내일모레면 다 알게 될 값이라도 되도록 그런 기색을 숨기려고 드는 것이 통정이었다.

뚜벅뚜벅 말굽소리가 나더니 말 탄 길천이가 주막 앞을 지난다.

언제나 그러하듯이 깜장 됫박모자•에 깜장 복장•을 입고, 깜장 목 깊은 구두를 신고, 허리에는 육혈포•를 차고 하였다.

• 상거　서로 떨어짐.

• 적실　틀림이 없이 확실함.

• 간방　팔방의 하나. 정동(正東)과 정북(正北) 사이 한가운데를 중심으로 한 45도 각도 안의 방향.

• 샅　두 다리의 사이.

• 한담　심심하거나 한가할 때 나누는 이야기. 또는 별로 중요하지 아니한 이야기.

• 지날말　별다른 의미 없이 하는 말.

• 상성　발광, 미침.

• 됫박모자　꼭대기가 둥글고 높은 서양 모자.

• 깜장 복장　깃의 높이가 4cm쯤 되게 하여, 목을 둘러 바싹 여미게 지은 양복 복장.

• 육혈포　탄알을 재는 구멍이 여섯 개 있는 권총.

한덕문은 길에서 몇 차례 본 적이 있어 그가 길천인 줄 안다.

"어디 갔다 와요?"

전주집이 웃으면서 알은체를 하는 것을 길천은 웃지도 않으면서,

"응, 조기. 우리, 나쁜 사레미 자바리 갔소 왔소."

길천의 차인꾼•이요 통역꾼이요 한 백남술이가 밧줄로 결박을 지은 촌 젊은 사람 하나를 앞참 세우고 뒤미처 나타났다.

죄수(?)는 상투가 풀어지고, 발기발기 찢긴 옷과 면상으로 피가 묻고 한 것으로 보아, 한바탕 늘씬 두들겨맞은 것이 역력하였다.

"어디 갔다 오시우?"

전주집이 이번에는 백남술더러 인사로 묻는다.

백남술은 분연히,

"남의 돈 집어먹구 도망 댕기는 놈은 죽어 싸지."

하면서 죄수에게 잔뜩 눈을 흘긴다.

그러고나서 전주집더러,

"댕겨오께시니, 닭이나 한 마리 잡구 해놓게나. 놈을 붙잡느라구 한승강•했더니 목이 컬컬허이."

그러느라고 잠깐 한눈을 파는 순간이었다. 죄수가 밧줄 한끝 붙잡힌 것을 홱 뿌리치면서 몸을 날려 쏜살같이 오던 길로 내뺀다.

"엇!"

백남술이 병신처럼 놀라다 이내 죄수의 뒤를 쫓는다.

길천의 탄 말이 두 앞발을 번쩍 들어 머리를 돌리면서 땅을 차고 달린다. 그러면서 길천의 손에서 육혈포가 땅…… 풀씬 연기가 나면서 재우쳐 땅…….

죄수는 그러나 첫 한 방에 그대로 길바닥에 가 동그라진다. 같은 순간 버선발로 뛰어내려간 전주집이 에구머니 비명을 지른다.

죄수는 백남술에게 박승• 한끝을 다시 붙잡히어 일어난다. 길천은 피스톨 사격의 명인은 아니었었다. 그보다도 엄포• 사격이었기가 쉬웠을 것이다.

일인에게 빚을 쓰는 것을 왜채라고 하고, 이 젊은 친구는 왜채를 쓰고서 갚지 아니하고 몸을 피해 다니다가 붙잡힌 사람이었다.

길천은 백남술이가,

"이 사람은 논이 몇 마지기가 있소."

하고 조사 보고를 하면 서슴지 아니하고 왜채를 주곤 한다. 이자도 항용 체계•나 장변•보다 헐하였다.

빚을 주는 데는 무른 것 같아도 받는 데는 무서웠다.

기한이 지나기를 기다려 채무자를 제 집으로 데려가 감금을 하고 사형으로써 빚 채근을 하였다.

부형이나 처자가 돈을 가지고 와서 빚을 갚는 날까지 감금과 사형

• 차인꾼　남의 장사하는 일에 시중드는 사람.
• 승강　서로 자기주장을 고집하며 옥신각신하는 일,
• 박승　죄인을 잡아 묶는 노끈.
• 엄포　실속 없이 호령이나 위협으로 으르는 짓.
• 항용 체계　장에서 비싼 이자로 돈을 꾸어 주고, 장날마다 본전의 일부와 이자를 받아들이던 일로서 당시에 흔히 벌어지던 채무 체계.
• 장변　다달이 갚지 않고 원금과 함께 한꺼번에 갚는 이자.

(私刑)을 늦추지 아니하였다.

논문서를 가지고 오는 자리는 '우대'를 하였다. 이자를 탕감하고 본전만 쳐서 논으로 받는 것이었다. 논이 있는 사람은 돈을 두어 두고도 즐거이 논으로 갚고 하였다.

한덕문은 다시 끌려가고 있는 죄수의 뒷모양을 우두커니 바라다보면서,

'제엔장, 양반 호랑이도 지질한• 데 우환 중에 왜놈 호랑이까지 들어와서 이 등쌀이니 갈수록 죽어나는 건 만만한 백성뿐이로구나.'

'쯧, 번연히 알면서 왜채를 쓰는 사람이 잘못이지 누구를 원망하나.'

'참새가 방앗간을 거저 지날까. 이왕 외상술이라도 한잔 먹고 일어설까, 어떡할까?'

이런 생각을 하고 앉았는 차에, 생각잖이 외가편으로 아저씨뻘 되는 윤첨지가 푸뜩 거기에 당도하였다. 윤첨지는 황등장터에서 제 논 석지기나 지니고 탁신히• 사는 농민이었다.

아저씨 웬일이시냐고, 조카 잘 있었더냐고, 항용• 하는 인사가 끝난 후에, 이 동네 사는 길천이라는 일인이 값을 후히 내고 땅을 사들인다는 소문이 있으니 적실하냐고 아까 한덕문이 전주집더러 묻던 말을 윤첨지가 한덕문더러 물었다.

그렇단다는 한덕문의 대답에, 윤첨지는 이윽히 생각을 하고 있더니 혼잣말같이,

"그럼 나두 이왕 궐한테다 팔아야 하겠군."

하다가 한덕문 더러

"황등까지 가서두 살까? 예서 이십 리나 되는데."

하고 묻는다.

"글쎄요…… 건데 논은 어째 파실 영으루?"

"허. 그거 온 참…… 저어 공주 한밭•서 무안 목포루 철로가 새루 나는데, 그것이 계룡산 앞을 지나 연산 · 팥거리루 해서 논메 · 강경으루 나와 가지구 황등장터를 지나게 된다네그려."

"그런데요?"

"그런데 철로가 난다 치면 그 십 리 안짝은 논을 죄 버리게 된다는 거야."

"어째서요?"

"차가 댕기는 바람에 땅이 울려 가지구 모를 심어두 뿌릴 제대루 잡지 못하구 해서, 벼가 자라질 못한다네그려!"

"무슨 그럴 리가……."

"건 조카가 속을 몰라 하는 소리지. 속을 몰라 하는 소린 것이, 나두 작년 정월에 한밭엘 갔다 그놈 차가 철로 위루 달리는 걸 구경했지만, 아 그 쇳덩이루 만든 집채더미 같은 시꺼먼 수레가 찻길 위루 벼락 치듯 달리는데 땅바닥이 사뭇 움죽움죽하드라니깐! 여승 지동•이야…… 그러니, 땅이 그렇게 지동하듯 사철 들이울리니, 근처 논의 모

• 지질하다 싫증이 날 만큼 지루함.
• 탁신히 굶지 않고 그럭저럭.
• 항용 흔히 늘.
• 한밭 '대전'의 옛 이름.
• 지동 지진.

가 뿌리를 잡을 것이며 자라기를 할 것인가?"

"……."

듣고 보니 미상불 근리한• 말이었다.

"몰랐으면이어니와 알구두 그대루 있겠던가? 그래 좀 덜 받더래두 팔아넘길 영으루 하구 있는데, 소문을 들으니 길천이라는 손이 요새 값을 시세보담 갑절씩이나 내구 논을 산다데그려. 정녕 그렇다면 철로 쪼간이 아니라두 팔아 가지구 딴 데루 가서 판 논 갑절되는 논을 장만함직두 한 노릇이데, 항차……."

"철로가 그렇게 난다는건 아주 적실한가요?"

"말끔 다 칙량을 하구, 말뚝을 박아 놓구 한걸…… 황등장터 그 일판은 그래, 논들을 못 팔아 난리가 났다니까."

3

일인 길천이에게 일곱 마지기 논을 일백마흔 냥(28원)에 판 것과, 그중 쉰 냥(10원)은 빚을 갚은 것, 이것까지는 한덕문의 예산대로 되었었다.

그러나 나머지 아흔 냥(18원)으로는 판 돈 일곱 마지기보다 토리가 못하지 아니한 논으로 두 마지기가 더한 아홉 마지기를 삼으로써 빚 쉰 냥은 공으로 갚고, 그러고도 논이 두 마지기가 붙게 된다던 것은 완전히 허사가 되고 말았다.

아무도 한덕문에게 상답 한 마지기를 열 냥씩에 팔려는 사람은 없었다. 이왕 일인 길천이에게 팔면 그 갑절 스무 냥씩을 받는고로 말이었다.

필경 돈 아흔 냥은 한덕문의 수중에서 한 반년 동안 구르는 동안 스실사실• 다 없어지고 말았다.

이리하여 한덕문은 논 일곱 마지기로 겨우 빚 쉰 냥을 갚고는 아무것도 남은 것이 없이 손 싹싹 털고 나선 셈이었다. 친구가 있어 한덕문을 책하면서 물었다.

"어떡허자구 논을 판단 말인가?"

"인제 두구 보게나."

"무얼 두구 보아?"

"일한들이 다 쫓겨나면, 그 땅 도로 내 것 되지 갈 데 있던가?"

"쫓겨갈 놈이 논을 사겠나?"

"저이놈들이 천지운수를 안다든가?"

"자네는 아나?"

"두구 보래두 그래."

한덕문은 혼자 속으로는 아뿔싸, 논이래야 단지 그것뿐인 것을 팔고서 인제는 송곳 꽂을 땅도 없으니 이 노릇을 어찌한단 말이냐고 심히 후회하여 마지아니하였다.

그러면서도 남더러는 그렇게 배포 있이 장담을 탕탕 하였다.

한덕문은 장차에 일인들이 쫓기어가리라는 것을 확언할 아무런 근

• 근리한 이치에 거의 맞는.
• 스실사실 슬금슬금.

거도 가진 것이 없었다. 따라서 자신도 없었다. 오직 그는 논을 판 명예롭지 못함과 어리석음을 싸기 위하여 그런 희떠운• 소리를 한 것일 따름이었다.

한덕문이, 일인들이 다 쫓기어가면 그 논이 도로 제 것이 될 터이라서 논을 팔았다고 한다더라, 이 소문이 한입 두입 퍼지자 듣는 사람마다 그의 희떠움을 혹은 실없음을 웃었다.

하는 양을 보느라고 위정,

"자네 논 팔았다면서?"

한다 치면,

"팔았지."

"어째서?"

"돈이 좀 아쉬워서."

"돈이 아쉽다고 논을 팔구서 어떡허자구?"

"일인들이 다 쫓겨가면 그 논 도루 내 것 되지 갈 데 있나?"

"일인들이 쫓겨간다든가?"

"그럼 백년 살까?"

또 누구는 수작을 바꾸어,

"일인들이 쫓겨간다지?"

한다 치면,

"그럼!"

"언제쯤 쫓겨가는구?"

"건 쫓겨가는 때 보아야 알지."

"에구 요 맹추야, 요 허풍선•이야, 우리나라 상감님을 쫓어내구 저이가 왕 노릇을 하는데 쫓겨가?"

"자넨 그럼 일인들이 안 쫓겨가구 영영 그대루 있으면 좋을 건 무언가?"

"좋기루 할 말이야 일러 무얼 하겠나만, 우리 좋구픈 대루 세상 일이 돼준다던가?"

"그래두 인제 내 말을 일를 때가 오너니."

"괜히 논 팔구섬 할 말 없거들랑 국으루 잠자쿠 가만히나 있어요."

"체에, 내 논 내가 팔아먹는데 죄 될 일 있나?"

"걸 누가 죄라나?"

"길천이한테 논 팔아먹은 놈이 한덕문이 하나뿐인감?"

"누가 논 판 걸 나무래? 희떤 장담을 하니깐 그러는 거지."

"희떤 장담인지 아닌지 두구 보잔 말야."

이로부터 한덕문은 그 말로 인하여 마을과 인근에서 아주 호가 났고, 어느 겨를인지 그것이 한 속담까지 되었다.

가령 어떤 엉뚱한 계획을 세운다든지 허랑• 한 일을 시작하여 놓고서는 천연스럽게 성공을 자신한다든지, 결과를 기다린다든지 하는 사람이 있은다 치면,

"훙, 한덕문이 길천이게다 논 팔아먹던 대 났구나."

• 희떠운 말이나 행동이 분에 넘치며 버릇이 없는.
• 허풍선 실제보다 지나치게 과장하여 믿음성이 없는 말이나 행동.
• 허랑 언행이나 상황 따위가 허황하고 착실하지 못함.

하고 비웃곤 하는 것이었다.

그 후, 그 속담은 삼십오 년을 두고 전하여 내려왔다. 전하여 내려올 뿐만이 아니었다. 일본제국주의의 조선에 있어서의 지반이 해가 갈수록 완구•한 것이 되어 감을 따라, 더욱이 만주사변 때부터 시작하여 중일전쟁을 거쳐 태평양전쟁으로 일이 거창하게 벌어진 결과, 전쟁 수단으로서 조선의 가치는 안으로 밖으로, 적극적으로 소극적으로 나날이 더 커 감을 좇아, 일본이 조선에다 박은 뿌리는 더욱 깊이 뻗어 들어가고 가지와 잎은 더욱 무성하여서, 일본이 조선으로부터 물러간다는 것은 독립과 한가지로 나날이 더 잠꼬대 같은 생각이던 것처럼 되어 버려 감을 따라, 그래서 한덕문의 장담하던,

"일인들이 다 쫓겨가면……."

이 말이 해가 가고 날이 갈수록 속절없이 무색하여 감을 따라 그와 반비례하여 그 말의 속담으로서의 가치와 효과만이 멸하지 않고 찬란히 빛을 내었다.

바로 팔월 십사일까지도 그러하였다. 팔월 십사일까지도,

"흥, 한덕문이 길천이한테 논 팔아먹던 대 났구나."

는 당당히 행세를 하였었다.

그랬던 것이, 팔월 십오일에 일본이 항복을 하고 조선은 독립이 되고 하였다. 그리고 며칠 아니하여 "일인들이 토지와 그 밖의 온갖 재산을 죄다 그대로 내어놓고 보따리 하나에 몸만 쫓기어가게 되었다."는 데까지 이르렀다.

한생원의

"일인들이 다 쫓겨가면……."

은 이리하여 부득불• 빛이 화안하여지고 반대로

"한덕문이 길천이한테 논 팔아먹던 대 났구나."

는 그만 얼굴이 벌게서 납작하고 말 수밖에 없었다.

4

"여보슈 송생원?"

한생원이 허연 탑삭부리에 묻힌 쪼글쪼글한 얼굴이 위아래 다섯 대 밖에 안 남은 누런 이빨과 함께 흐물흐물 자꾸만 웃어지는 웃음을 언제까지고 거두지 못하면서, 그러다 별안간 송생원의 팔을 잡아 흔들면서 아주 긴하게,

"우리 독립만세 한번 부르실까?"

"남 다아 부르구 난 댐에 건 불러 무얼 하우?"

송생원은 한생원과 달라 길천이한테 팔아먹은 논도 없으려니와, 따라서 일인들이 쫓기어가더라도 도로 찾을 논도 없었다.

"송생원, 접때 마을에서 만세를 부를 제 나가 부르섰던가?"

"난 그날 허리가 아파 꼼짝 못하구 누었었는걸."

"나두 그날 고만 못 불렀어."

"아따, 못 불렀으면 못 불렀지, 늙은것들이 만세 좀 아니 불렀기루

• 완구 어떤 상태가 완전하여 오래갈 수 있음.

• 부득불 하지 아니할 수 없어.

귀양살이 보내겠수?"

"난 그래두 좀 섭섭해 그랬지요…… 그럼 송생원 우리 술 한잔 자실까?"

"술이나 한잔 사 주신다면."

"주막으루 나갑시다."

두 늙은이가 지팡이를 짚고 마을에 단 한 집밖에 없는 주막으로 나갔다.

"에구머니, 독립두 되구 볼 거야. 영감님들이 술을 다 자시러 오시구."

이십 년이나 여기서 주막을 하느라고 인제는 중늙은이가 된 주모 판쇠네가, 손님을 환영이라기보다 다뿍• 걱정스러워한다.

"미리서 외상인 줄이나 알구, 술 좀 주게나."

한생원이 그러면서 술청으로 들어가 앉는 것을, 송생원도 따라 들어가 앉으면서 주모더러,

"외상 두둑이 드리게. 수가 나섰다네."

"독립되는 운덤에 어느 고을 원님이나 한자리해 가시는감?"

"원님을 걸 누가 성가시게, 흐흐……."

한생원은 그러다 다시,

"거, 안주가 무어 좀 있나?"

"안주두 벤벤찮구 술두 막걸린 없구 소주뿐인걸, 노인네들이 소주 잡숫구 어떡허시게."

"아따, 오줌은 우리가 아니 싸리."

젊었을 적에는 동이술을 사양치 아니하던 영감들이었다. 그러나

둘이가 다 내일모레가 칠십. 더구나 자주자주는 술을 입에 대지 않던 차에, 싱겁다고는 하지만 소주를 칠팔 잔씩이나 하였으니 과음일 수밖에 없었다.

송생원은 그대로 술청에 쓰러져 과연 소변을 지리기까지 하였다. 한생원은 송생원보다는 아직 기운이 조금은 좋은 덕에 정신을 놓거나 몸을 가누지 못할 지경은 아니었다.

"우리 논을 좀 보러 가야지, 우리 논을. 서른다섯 해 만에, 우리 논을 보러 간단 말야, 흐흐흐."

비틀거리면서 한생원은 술청으로부터 나온다.

주모 판쇠네가 성화가 나서,

"방으루 들어가 누섰다, 술 깨신 댐에 가세요. 노인네들 술 드렸다구 날 또 욕허게 됐구먼."

"논 보러 가, 논. 길천이게다 판 우리 논. 흐흐흐, 서른다섯 해 만에 도루 찾은, 우리 일곱 마지기 논, 흐흐흐."

"글쎄 논은 이댐에 보러 가시면 어디루 가요?"

"날, 희떤 소리 한다구들 웃었지. 미친놈이라고 웃었지. 들, 흐흐흐. 서른다섯 해 만에 내 말이 들어맞일 줄을 누가 알았어? 흐흐흐."

말은 혀 꼬부라진 소리로, 몸은 위태로이 비틀거리면서 한생원은 지팡이를 휘젓고 밖으로 나간다. 나가다 동네 젊은 사람과 마주쳤다.

"아, 한생원 웬일이세요?"

• 다뿍　분량이 다소 넘치게 많은 모양.

"논 보러 간다. 논. 흐흐흐. 너두 이녀석, 한덕문이 길천이한테 논 팔아먹던 대 났구나, 그런 소리 더러 했었지? 인제두 그런 소리가 나오까?"

"취하셨군요."

"나, 외상술 먹었지. 논 찾았은깐 또 팔아서 술값 갚으면 고만이지. 그럼 한 서른다섯 해 만에 또 내 것 되겠지, 흐흐흐. 그렇지만 인전 안 팔지, 안 팔아. 우리 용길이놈 물려줘여지, 우리 용길이놈."

"참, 용길이 요새 있죠?"

"있지, 길천이한테 팔아먹었을까?"

"저, 읍내 사는 영남이가 산판• 하날 사서 벌목을 하는데, 이 동네 사람들더러 와 남구 비어주구, 그 대신 우죽• 가져가라구 하니, 용길이두 며칠 보내서 땔나무나 좀 장만하시죠."

"걸 누가…… 논을 도루 찾았는데."

"논만 찾으면 땔나문 없어두 사시나요?"

"논두 없이두 서른다섯 해나 살지 않었느냐?"

"허허 참, 그러지 마시구 며칠 보내세요. 어서서 다 비어 버려야 할 텐데 도무지 사람을 못 구해 그러니, 절더러 부디 그럭허두룩 서둘러 달라구, 영남이가 여간만 부탁을 해싸여죠. 아, 바루 동네서 가찹겠다. 져나르기 수월허구…… 요 위 가잿골 있는 길천농장 멧갓•이래요."

"무어?"

한생원은 별안간 정신이 번쩍 나면서 대어든다.

"가잿골 있는 길천농장 멧갓이라구?"

"네."

"네라니? 그 멧갓이…… 가마안자, 아니, 그 멧갓이 뉘 멧갓이길래?"

"길천농장 멧갓 아네요? 걸 영남이가 일인들이 이번에 거들이 나는 바람에 농장 산림감독하던 강서방한테 샀대요."

"하, 이런 도적놈들, 이런 천하 불한당놈들. 그래, 지끔두 벌목을 하구 있더냐?"

"오늘버틈 시작했다나봐요."

"하, 이런 천하 날불한당놈들이."

한생원은 천방지축으로 가잿골을 향하여 비틀걸음을 친다.

솔은 잘 자라지 않고, 개간하여 밭을 만들자 하니 힘이 부치고 하여, 이름만 멧갓이지 있으나마나 한 멧갓 한 자리가 있었다. 한 삼천 평 될까말까, 그다지 크지도 못한 것이었었다.

이 멧갓을 한생원은 길천이에게다 논을 팔던 이듬핸지 그 이듬핸지, 돈은 아쉽고 한 판에 또한 어수룩히 비싼 값으로 팔아넘겼었다. 길천은 그 멧갓에다 낙엽송을 심어, 삼십여 년이 지난 지금 와서는 아주 한다한 산림이 되었었다.

늙은이의 총기요, 논을 도로 찾게 되었다는 것에만 정신이 팔려, 깜빡 멧갓 생각은 미처 아직 못하였던 모양이었다.

- 산판 나무를 찍어내는 일판.
- 우죽 나무나 대나무의 우두머리에 있는 가지.
- 멧갓 나무를 함부로 베지 못하게 가꾸는 산.

마침 전신줏감의 쪽쪽 곧은 낙엽송이 총총들이 섰다. 베기에 아까워 보이는 나무였다.

한 서넛이나가 한편에서부터 깡그리 베어 눕히고, 일변 우죽을 치고 한다.

"이놈, 이 불한당놈들, 이 멧갓 벌목한다는 놈이 어떤 놈이냐?"

비틀거리면서 고함을 치고 쫓아오는 한생원을, 사람들은 영문을 몰라 일하던 손을 멈추고 빼언히 바라다보고 섰다.

"이놈 너루구나?"

한생원은 영남이라는 읍내 사람 벌목 주인 앞으로 달려들면서 한 대 갈길 듯이 지팡이를 둘러멘다.

명색이 읍내 사람이라서, 촌 농투성이에게 무단히 해거•를 당하면서 공수•하거나 늙은이 대접을 하려고는 않는다.

"아니, 이 늙은이가 환장을 했나? 왜 그러는 거야, 왜?"

"이놈, 네가 왜 이 멧갓을 손을 대느냐?"

"무슨 상관여?"

"어째 이놈아 상관이 없느냐?"

"뉘 멧갓이길래?"

"내 멧갓이다. 한덕문이 멧갓이다, 이놈아."

"허허, 내 별꼴 다 보니. 괜시리 술잔 든질렀거들랑 고히 삭히진 아녀구서, 나이깨 먹은 것이 왜 남 일하는 데 와서 이 행악야 행악이. 늙은인 다리 뺵다구 부러지지 말란 법 있나?"

"오냐 이놈, 날 죽여라. 너구 나구 죽자."

"대체 내력을 말을 해요. 무엇 때문에 이 야론•지 내력을 말을 해요."

"이 멧갓이 그새까진 길천이 것이라두, 조선이 독립됐은깐 인전 내 것이란 말야, 이놈아."

"조선이 독립이 됐는데 어째 길천이 멧갓이 한덕문이 것이 되는구?"

"길천인, 일인들은, 땅을 죄다 내놓구 간깐 그전 임자가 도루 차지하는 게 옳지 무슨 말이냐?"

"오오, 이녁이 이 멧갓을 전에 길천이한테다 팔았다?"

"그래서."

"그랬으니깐, 일인들이 땅을 다 내놓구 가니깐, 이녁은 팔었던 땅을 공짜루 도루 차지하겠다?"

"그래서."

"그 개 뭣 같은 소리 인전 엔간치 해두구 어서 없어져 버려요. 난 빼젓이 길천농장 산림관리인 강태식이한테 시퍼런 돈 이천 환 주구서 계약서 받구 샀어요. 강태식인 길천이가 해 준 위임장 가지구 팔구. 돈 내구 산 사람이 임자지. 저 옛날 돈 받구 팔아먹은 사람이 임잘까?"

8 · 15 직후 낡은 법이 없어지고 새로운 영이 서기 전, 혼란한 틈을 타서 잇속에 눈이 밝은 무리들이 일본인 농장이나 회사의 관리자와 부동이 되어 가지고, 일인의 재산을 부당 처분하여 배를 불린 일이 허다하였다. 이 산판 사건도 그런 것의 하나였다.

- 해거 괴상하고 얄궂은 짓.
- 공수 절을 하거나 웃어른을 모실 때, 두 손을 앞으로 모아 포개어 잡음.
- 야료 까닭 없이 트집을 잡고 함부로 떠들어 댐.

5

그 뒤 훨씬 지나서.

일인의 재산을 조선 사람에게 판다. 이런 소문이 들렸다.

사실이라고 한다면 한생원은 그 논 일곱 마지기를 돈을 내고 사지 않고서는 도로 차지할 수가 없을 판이었다. 물론 한생원에게는 그런 재력도 없거니와, 도대체 전의 임자가 있는데 그것을 아무나에게 판다는 것이 한생원으로 보기에는 불합리한 처사였다.

한생원은 분이 나서 두 주먹을 쥐고 구장에게로 쫓아갔다.

"그래 일인들이 죄다 내놓구 가는 것을 백성들더러 돈을 내구 사라구 마련을 했다면서?"

"아직 자세힌 모르겠어두 아마 그렇게 되기가 쉬우리라구들 하드군요."

해방 후에 새로 난 구장의 대답이었다.

"그런 놈의 법이 어딨단 말인가? 그래, 누가 그렇게 마련을 했는구?"

"나라에서 그랬을 테죠."

"나라?"

"우리 조선나라요."

"나라가 다 무어 말라비틀어진 거야? 나라 명색이 내게 무얼 해 준 게 있길래, 이번엔 일인이 내놓구 가는 내 땅을 저이가 팔아먹으려구 들어? 그게 나라야?"

"일인의 재산이 우리 조선나라 재산이 되는 거야 당연한 일이죠."

"당연?"

"그렇죠."

"홍, 가만둬 두면 저절루 백성의 것이 될 걸, 나라 명색은 가만히 앉었다 어디서 툭 튀어나와 가지구 걸 뺏어서 팔아먹어? 그따위 행사가 어딨다든가?"

"한생원은 그 논이랑 멧갓이랑 길천이한테 돈을 받구 파셨으니깐 임자로 말하면 길천이지 한생원인가요?"

"암만 팔았어두, 길천이가 내놓구 쫓겨갔을깐 도루 내 것이 돼야 옳지, 무슨 말야. 걸 무슨 탁에 나라가 뺏을 영으루 들어?"

"한생원한테 뺏는 게 아니라 길천이한테 뺏는 거랍니다."

"홍, 둘러다 대긴 잘들 허이. 공동묘지 가보게나. 핑계 없는 무덤 있던가? 저, 병신년에 원놈 김가가 우리 논 열두 마지기 뺏을 제두 핑겐 다 있었드라네."

"좌우간, 아직 그렇게 지레 염렬 하실 게 아니라, 기대리구 있노라면 나라에서 다 억울치 않두룩 처단을 하겠죠."

"일없네, 난 오늘버틈 도루 나라 없는 백성이네. 제길, 삼십육 년두 나라 없이 살아왔을려드냐. 아니 글쎄, 나라가 있으면 백성한테 무얼 좀 고마운 노릇을 해 주어야 백성두 나라를 믿구 나라에다 마음을 붙이구 살지. 독립이 됐다면서 고작 그래. 백성이 차지할 땅 뺏어서 팔아먹는 게 나라 명색야?"

그러고는 털고 일어서면서 혼잣말로

"독립됐다구 했을 제 내 만세 안 부르기 잘했지."

이렇게 읽어 보세요

피해자의 보상심리 : 냉소적 이기주의

한생원은 매우 안타까운 인물입니다. 조선 후기 탐관오리들이 판을 치며 백성들을 수탈하던 시기부터 일본인들의 만행을 겪어내야 했던 식민지 시대와 독립 직후의 혼란기를 힘없는 농민으로 살아야 했기 때문입니다. 그는 억울하게 고초를 당하던 아버지를 구하기 위해 사또에게 논문서를 갖다 바치며 국가에 대해 불신하기 시작합니다. 농민에게 '땅'이란 목숨과 바꿀 만큼 소중한 것인데 나라의 관리인 사또는 그것을 너무나 손쉽게 빼앗았기 때문입니다. 그 뒤로 나라가 일본에 빼앗기든 다시 독립을 하든 그는 별 관심이 없습니다. 그의 말대로 사회가 어떻게 바뀐들 '가난한 농투성이가 별안간 나으리 주사가 될 리 만무'하기 때문이죠. 나라가 나에게 해준 것 없이 땅만 빼앗아 갔으니 어떻게 되든 상관없다고 생각합니다. 무관심을 넘어서 "그껏 놈의 나라, 시언히 잘 망했지."라며 냉소하기까지 합니다.

냉소란 쌀쌀한 태도로 비웃는 것을 의미하는 말로, 어떤 대상이나 일에 대해 참여하지 않은 채 비판적인 태도를 유지하는 것을 의미합니다. 이 소설 속에서는 한생원이 국가에 대해 늘 냉소적인 태도를 취하고 있습니다. 그런데 한생원이 독립 이후에 딱 한 번 만세를 부르려고 한 일이 있습니다. 지금까지의 냉소적인 태도와는 전혀 다른 모습을 보인 것이죠. 바로 일본인들이 토지와 재산을 모두 내놓고 쫓겨 갔다는 소식을 들었을 때입니다. 빚을 갚기 위해 일본인 길천에게 팔아넘긴 땅을 공짜로 다시 얻을 수 있다는 판단이 섰기 때문입니다. 하지만 일본인의 재산은 모두 나라의 재산이 되며 조선인에게 되팔 것이라는 말을 듣고 만세를 부르려던 생각은 없던 일이 됩니다. 구장이 논리적으로 이야기하며 국가의 정책에 대해 설명하려해도 한생원은 전혀 듣지를 않습니다. 오직 자신의 이익을 기준으로 한 자신만의 논리에 빠져 다른 이의 말을 들으려 하지 않습니다. 여기에서 한생원의 냉소적 태도의 본질을 볼 수 있습니다. 바로 이기주의입니다. 자신에게 이익이 되지 않으면 냉소하고, 이익이 된다면 적극적인 태도로 돌변합니다.

힘없는 농민으로 끊임없이 수탈당할 수밖에 없었던 한생원은 스스로를 피해자라고 생각합니다. 그래서 목숨 같은 땅을 빼앗아간 국가에 대해 냉소하고, 철저하게 이기적으로 행동합니다. 민족과 역사의 시각에서 벗어나 피해자의 시각만으로 세상을 바라보며 자신의 이익을 추구합니다. 마치 어린아이처럼 거대 담론에는 관심 없고 오로지 '내 것'만 챙기는 인물이 되어 버립니다. 농민의 힘으로 그 힘겨운 시대를 살아가기 위해서 어쩔 수 없는 선택이 아니었을까요?

그런데 그 당시 모든 농민들이 한생원과 같은 선택을 하지 않았다는 점에 주목할 필요가 있습니다. 이 소설 속에서도 한생원 외에 대다수 마을 사람들은 나라가 독립되었다는 소식에 태극기를 들고 잔치를 벌이며 만세를 불렀습니다. 그들은 함께 만들어가는 역사 속에서 함께 아파하고 함께 기뻐하며 삶을 살아갑니다. 하지만 한생원은 당장 자신에게 이익이 되는 일이 아니면 꼼짝하지 않습니다. 한생원 역시 일본인 길천에게 잡혀 핍박받는 사람을 보며 '양반이나 일인이나 백성들만 괴롭히고 있다'는 현실 인식을 가집니다. 그러나 '왜채 쓰고 안 갚은 죄수 탓'이라며 이내 개인의 잘못으로 치부하고 외면합니다. 내게 이익이 되지 않으면 국가 뿐 아니라 주변인들에게도 철저하게 냉소적인 모습을 보입니다. 이 순간에 주변인들의 아픔에 조금만 더 관심을 가졌다면, 왜 우리가 계속 빼앗기고 괴롭힘을 당하는지 근본적인 이유에 대해 적극적으로 고민을 했다면 그의 태도는 조금이나마 달라질 수 있었을 것입니다. 최소한 마을 사람들과 함께 대한독립만세를 부를 수는 있었겠죠.

그렇다면 왜 한생원은 이렇게 이기적인 태도를 취하게 된 걸까요? 한생원은 사회와 역사의 흐름을 무시한 채 자신의 피해에만 집중하고 있습니다. 자신만 피해를 보았다고 생각하고 어떻게든 그것을 보상받으려 합니다. 심지어 돈 받고 일본인에게 판 땅을 무조건 다시 돌려받아야 된다며 생떼를 쓰고 국가 탓을 하기도 합니다. 국가가 자신의 땅을 가져갔다는 그의 논리는 진실일까요? 그는 정말 피해자인 걸까요? 피해자인 척 하며 자신만의 논리를 합리화하고 있는 것은 아닐까요?

인간이 사회적 동물이라는 말은 반박할 수 없는 진실입니다. 인간은 다른 사람과 관계를 맺으며 사회 속에서 삶의 의미를 찾아갑니다. 함께 만들어가는 사회와 역사의 흐름에는 관심이 없다가 자신에게 이익이 될 것 같은 일에만 벌떡 일어나 열을 내는 한생원은 과연 무엇을 얻었나요? 그의 생각대로라면 그는 계속 손해를 볼 수밖에 없습니다. 혼자만의 이기적인 논리 속에서 스스로를 피해자라고 규정하고 있기 때문입니다. 국가의 독립이나 주변인들의 기쁨이 그의 피해에 대한 보상이 될 수 없습니다. 그는 오로지 개인적인 이익에만 의미를 둘 뿐입니다. 그래서 그는 아무 이익도 얻을 수가 없습니다. "독립됐다구 했을 제 내 만세 안 부르기 잘했지."라는 그의 마지막 말은 결국 한생원이 아무 것도 얻은 것 없이 피해자의 냉소적인 태도를 끈질기게 유지하고 있음을 보여줍니다.

현대를 살아가는 우리들도 어떤 부분에 대해 피해를 당했다는 생각을 가질 때가 있습니다. 하지만, 동일한 시대를 살며 동일한 일을 겪어도 그것에 대처하는 태도는 사람마다 다릅니다. 한생원과 마을 사람들이 달랐던 것처럼 말입니다. 나는 어떤 태도로 삶에 대처하고 있는지 점검해 보고, 그 태도가 내 삶에 어떤 영향을 미치게 될지 생각해 보시기 바랍니다.

방관자 또는 동조자의 탄생

폭력의 피해자임에도 불구하고 피해를 숨기고 사는 경우가 있습니다. 이때, 피해자가 진실을 묵인하는 이유는 무엇일까요? 인물의 성격, 가치관, 욕망, 인간관계 등을 바탕으로 답을 찾아봅시다.

피해자가 진실을 숨기고 주변의 사람들이 그것에 동조하거나 방관하면서 폭력의 체제가 유지되는 경우가 많습니다. 여러분도 진실을 알면서도 묵인함으로써 폭력을 방관하거나 동조한 적이 있나요? 그 이유는 무엇이었나요?

원미동 시인

양귀자 1955~

인간에 대한 따뜻한 시선을 담고 있는 작품을 발표한 소설가로, 섬세한 세부 묘사, 박진감 있는 문체를 지녔다고 평가받는다. 「원미동 사람들」, 「나는 소망한다 내게 금지된 것을」, 「모순」 등의 작품이 있다.

남들은 나를 일곱 살짜리로서 부족함이 없는 그저 그만한 계집아이 정도로 여기고 있는 게 틀림없지만, 나는 결코 그저 그만한 어린아이는 아니다. 세상 돌아가는 이치를 다 알고 있다, 라고 말하는 게 건방지다면 하다못해 집안 돌아가는 사정이나 동네 사람들의 속마음까지도 두루 알아맞힐 수 있는 눈치만큼은 환하니까. 그도 그럴 것이 사실을 말하자면 내 나이는 여덟 살이거나 아홉 살, 둘 중의 하나이다. 낳아놓으니까 어찌나 부실한지 살아날 것 같지 않아 차일피일 출생 신고를 미루다보니 그렇게 된 것이라 하는데 그나마 일곱 살짜리로 호적에 올려놓은 것만도 다행인 셈이었다. 살아나기를 원하지 않았을 엄마 마음쯤은 나도 이미 알고 있는 터였다. 아버지는 좀 덜하지만 엄마는 나만 보면 늘상 으르렁거렸다. 꿈도 꾸지 않았던 자식이었지만 행여 해서 낳아봤더니 원수 같은 또 딸이더라는 원성은 요사이도 노상 두고 하는 입버릇이니까 서운할 것도 없었다.

그것은 뭐 내가 일찌감치 철이 들어서가 아니라, 우리 집 사정이 워낙 그러했다. 내가 태어나던 해에 벌써 스물이 넘어 처녀티가 꽉 밴 큰언니에서 중학교 졸업반이던 막내 언니까지 딸이 무려 넷이었다. 마흔셋에 임신인지도 모르고 너댓 달 배를 키우다가 엄마는 여기저기 용하다는 점쟁이들한테 다녀보고는 마침내 낳을 결심을 했었다는 것이다. 모든 점쟁이들이—만장일치—로 아들이라고 주장해서였다. 그런 판에 또 조개 달고 나오기가 무렴해서였는지 냉큼 쑥 빠져나오지 못하고 버그적거리는 통에 산모를 반죽음시켜놓았다니 나로서는 입이 열 개라도 할 말이 없는 형편이다. 그렇지만 실제로는 여덟 살이다, 아홉 살이다, 자꾸 이랬다저랬다 하는 엄마도 과히 잘한 것은 없다. 내가 뭐 뺄셈 덧셈에 아주 까막눈인 줄 알지만 천만에, 우리 엄마는 내가 세 살이 될 때까지도 혹시 죽어주지나 않을까 기다린 게 분명하다.

내가 얼마나 구박덩이에 미운 오리 새끼인가를 길게 설명하고 싶지는 않다. 진짜 하고 싶은 이야기는 그런 따위 너절한 게 아니라 원미동 시인(詩人)에 관한 것이니까. 내가 여러 가지 것을 많이 알고 있다고는 해도 솔직히 시가 뭣인지를 정확히 설명할 수는 없다. 얼추 짐작하기로 그것은 달 밝은 밤이나 파도가 출렁이는 바닷가에서 눈을 착 내려감고 멋진 말을 몇 마디 내뱉는 것이 아닐까 여기지만 원미동 시인이 하는 것을 보면 매양 그렇지도 않은 모양이었다. 우리 동네에는 원미동 시인말고도 원미동 카수니 원미동 멋쟁이, 원미동 똑똑이 등이 있다. 행복사진관 엄씨 아저씨가 원미동 카수인데 지난번 전국노래자랑 부천 대회에서 예선에도 못 들고 떨어졌다니 대단한 솜씨는 못 될 것이었다. 소라 엄마가 원미동 멋쟁이라는 것은 내가 가장 잘

안다. 그 보라색 매니큐어와 노랑머리는 소라 엄마뿐이니까. 원미동 똑똑이는, 부끄럽지만 우리 엄마이다. 부끄럽다는 것은 남의 일에 간섭이 심하고 걸핏하면 싸움질이나 해대는 똑똑이는 욕이나 마찬가지라는 것을 알기 때문이었다.

원미동 시인에게는 또 다른 별명이 있다. 퀭한 두 눈에 부스스한 머리칼, 사시사철 껴입고 다니는 물들인 군용점퍼와 희끄무레하게 닳아 빠진 낡은 청바지가 밤중에 보면 꼭 몽달귀신• 같다고 서울미용실의 미용사 경자 언니가 맨 처음 그를 '몽달 씨-'라고 부르기 시작했다. 경자 언니뿐만 아니라 우리 동네 사람이라면 누구나 그를 좀 경멸하듯이, 어린애 다루듯 함부로 하는 게 보통인데 까닭은 그가 약간 돌았기 때문이라는 것이었다. 언제부터 어떻게 살짝 돌았는지는 모르지만 아무튼 보통사람과는 다른 것만은 틀림없었다. 몽달 씨는 무궁화 연립주택 3층에 살고 있었다. 베란다에 화분이 유난히 많고 새장이 세 개나 걸려 있는 몽달 씨 네 집은 여름이면 우리 동네에서는 드물게 윙윙거리며 하루 종일 에어컨이 돌아가는 부자였다. 시내에서 한약방을 하는 노인이 늘그막에 젊은 마누라를 얻어 아기자기하게 살아보는 판인데 결혼한 제 형 집에 있지 않고 새살림 재미에 푹 빠진 아버지 곁으로 옮겨온 막둥이였다. 그것부터가 팔불출이 짓이라고 강남부동산의 고흥 댁 아줌마가 욕을 해쌓는데, 아들이 아버지와 함께 사는 게 왜 바보짓이라는 건지 알 수가 없었다.

그런 몽달 씨에게 친구가 있다면 아마 내가 유일할 것이었다. 몽달 씨 나이가 스물일곱이라니까 나보다 스무 살이나 많지만 우리는 엄연히 친구이다. 믿지 않겠지만 내게는 스물일곱짜리 남자 친구가 또 하나 있다. 우리 집 옆, 형제슈퍼의 김 반장이 바로 또 하나의 내 친구인데 그는 원미동 23통 5반의 반장으로 누구보다도 씩씩하고 재미있는 사람이었다. 나는 매일같이 슈퍼 앞의 비치 파라솔 의자에 앉아 그와 함께 낄낄거리는 재미로 하루를 보내다시피 하였는데 요즘은 내가 의자에 앉아 있어도 전처럼 웃기는 소리를 해주거나 쭈쭈바 따위를 건네주는 법 없이 다소 퉁명스러워졌다. 그 까닭도 나는 환히 알고 있지만 모르는 척하는 수밖에. 우리 집 셋째딸 선옥이 언니가 지난 달에 서울 이모집으로 훌쩍 떠나버렸기 때문인 것이다. 김 반장이 선옥이 언니랑 좋아 지내는 것은 온 동네가 다 아는 일이지만 선옥이 언니 마음이 요새 좀 싱숭생숭하더니 기어이는 이모네가 하는 옷가게를 도와준다고 서울로 가버렸다. 선옥이 언니는 얼굴이 아주 예뻤다. 남들 말대로 개천에서 용이 났다고 해도 과언이 아닐 만큼 지지리궁상인 우리 집에 두고 보기로는 아까운 편인데, 그 지지리궁상이 지겨워 맨날 뚱하던 언니였다.

참말이지 밝히고 싶지 않지만 우리 아버지는 청소부이다. 아침 새벽부터 저녁 늦게까지 남의 집 쓰레기통만 뒤지고 다니는 직업이라 몸에서 나는 냄새도 말할 수 없을 만큼 지독했다. 아버지만이 아니라 밝히고 싶지 않은 것이 또 있다. 큰언니는 경기도 양평으로 시집가서 농사꾼 아내가 되었으니 상관없지만 둘째 언니 이야기는 말하기가 부끄럽다. 둘째 언니는 처음에는 버스 안내양, 그 다음에는 소시지 공장

• 몽달귀신　총각이 죽어서 된 귀신.

의 여공원, 그 다음에는 다방에서 일하더니 돈 버는 일에 극성인 성격대로 지금은 구로동 어디에서 스물여섯 살의 처녀가 대포집•을 열고 있다. 언젠가 한번 가봤더니 키가 멀대같이 큰 남자가 하나뿐인 방에서 웃통을 벗어부친 채 잠들어 있고 언니는 그 옆에서 엎드려 주간지를 뒤적이고 있지 않은가. 그만한 정도로도 나는 일이 되어가는 모양을 알 수가 있었다.

우리 엄마와 청소부 아버지는 딸년들이야 시집 보낼 만큼만 가르치면 족하다고 언니들을 모두 중학교까지만 보냈는데 웬일인지 선옥이 언니만 고등학교를 보냈었다. 그래서 더 골치이긴 하지만. 기껏 고등학교까지 나왔으니 공장은 싫다, 차라리 영화배우가 되는 편이 낫다고 우거지상을 피우던 언니가 김 반장네의 콧구멍 같은 가게가 성이 찰 리 없을 것이었다.

이제 겨우 일곱 살짜리가, 사실은 그보다야 많지만 왜 나이 많은 떠꺼머리• 총각들하고만 어울리는지 이상하겠지만 그것은 결코 내 책임이 아니었다. 단짝인 소라를 비롯하여 몇 명의 친구들이 작년과 올해에 걸쳐 모두 국민학교에 입학해버렸고, 좀 어려도 아쉰 대로 놀아볼 만한 아이들까지 깡그리 유치원에 다니기 때문에 아침밥 먹고 나오면 원미동 거리에는 이제 두어 살짜리 코흘리개들밖에 남지 않는 것이다. 설령 오후가 되어도 사정은 마찬가지였다. 끼리끼리만 통하는 아이들이 좀처럼 놀이에 끼워주지 않기 때문에 나는 그만 홀로 뚝 떨어져나와 외계인처럼 어성버성한• 아이가 되어버렸다. 우리 동네에는 값이 싼 유치원도 많고 피아노 교습소도 두 군데나 있지만 엄마는 꿈쩍도 하지 않는다. 단칸방에 살아도 모두들 유치원에 보내느라고 아침마다 법석인데 나는 이날 입때껏 유희 한번 제대로 배워보지 못한 것이다. 아버지가 남의 집 쓰레기통에서 주워온 그림책이나 고장난 장난감이야 지천으로 널렸지만 이제는 그런 것들에는 흥미도 없으니 아무래도 나는 어른이 다 된 모양이었다.

몽달 씨와 친구가 된 것은 올 봄, 바로 외계인 같던 시절이었다. 형제슈퍼 앞에서 어슬렁거리며 김 반장이 언제나 말동무가 되어주려나 눈치만 보고 있는데 바로 내 뒤에 똑같은 자세로 김 반장 눈치를 보는 몽달 씨가 있었다. 염색한 작업복 주머니에서 꼬깃꼬깃한 종이를 펼쳐 들고 주춤주춤 내 옆의 빈 의자에 앉은 그가 "경옥아"하고 내 이름을 불렀을 때 정말이지 나는 기절할 정도로 놀랐다. 좀 바보이고 약간 돌았다고 생각했으므로 언젠가는 그가 보는 앞에서도 "헤이, 몽달 귀신!"하고 놀려댄 적도 있었던 나였다. 놀라서 입을 쩌억 벌리고 있는 내게 그가 다음에 건넨 말은 더욱 기가 찼다.

"너는 나더러 개새끼, 개새끼라고만 그러는구나……."•

나는 눈을 둥그렇게 떴다. 몽달 귀신이라고 부른 적은 있지만 결코, -참말이지 하늘에 맹세코-그를 개새끼라고 부른 적은 없었다. 그래서 나는 나도 모르게 고개를 마구 저어댔다. 그런 나를 보는지 마는지 그는 계속해서 말했다. 너는 나더러 개새끼, 개새끼라고만 그러는구

• 대포집　술마시는 주점.
• 떠꺼머리　혼인할 나이가 지난 총각이나 처녀의 길게 땋아 늘인 머리. 또는 그런 사람.
• 어성버성한　분위기가 어색하거나 사람을 대하는 것이 부자연스럽고 사이가 서먹서먹하다.
• 너는~그러는구나　김정환 시인의 시 '원주 여자-아름다움에 대하여' 중 한 구절.

나…….

지금 생각해도 참 어이가 없는 노릇이지만, 세상에 그게 바로 시라는 것이었다. 김 반장이 몽달 씨에게 시를 쓴다 하니 멋있는 시를 한 수 지어보라고 했다는 것이다. 그 청을 받고 몽달 씨가 밤새 끙끙거리며 시를 쓰려 했으나 도무지 마음먹은 대로 되지 않아 어느 유명한 시인의 시를 베껴왔는데 그 구절이 바로 그 시의 마지막이라고 했다.

"에끼, 이 사람아. 내가 언제 자네더러 개새끼, 개새끼 그랬는가?"

김 반장을 으레 그럴 줄 알았다는 듯 몽달 씨 어깨를 툭 치며 빈정대고 말았지만 나의 놀라움은 쉽게 가시지 않았다. 기억을 못해서 그렇지 그를 향해 개새끼, 라고 욕을 한 적이 꼭 있었던 것 같이만 생각될 지경이었다. 김 반장이야 뭐라건 말건 몽달 씨는 그날 이후 며칠간은 개새끼 시를 외우고 다녔고 나는 김 반장 외에 몽달 씨까지도 내 친구로 해야겠다고 속으로 결심해두었다. 시인하고 친구가 된다는 것은 구멍가게 주인과 친구되는 것보담은 훨씬 근사했으니까.

그렇긴 했으나 약간 돈 사내와 오랜 시간을 어울려다닐 만큼 나는 간이 크지 못했다. 게다가 김 반장은 마음이 내키면 언제라도 알사탕이나 쭈쭈바를 내놓을 수 있지만 몽달 씨는 그런 면으로는 영 젬병이었다. 그는 오로지 시에 대하여 말하고 시를 생각하고 시를 함께 외우자는 요구밖에는 몰랐다. 그에게는 시가 전부였다. 바람이 불면 '풀잎에 바람 스치는 소리' 때문에 가슴이 아프고, 수녀가 지나가면 문득 "열일곱 개의, 또 스물한 개의 단추들이 그녀를 가두었다•"라고 부르짖었다. 그는 하루 종일이라도 유명한 시인들의 시를 외울 수 있었다. 그것만이 아니었다. 외운 싯구절만 가지고 몇 시간이라도 대화를 할 수 있다고 그가 말하였다. 그게 바로 시적 대화라고 가르쳐주기도 하였다. 그러기 위해서 그는 밤새도록 시를 읽는다고 하였다. 몽달 씨는 밤이 되면 엎드려 시를 외우고, 다음날이면 그 시로써 말하는 사람이었다.

시를 빼고 나면 나와 마찬가지로 몽달 씨도 심심한 사람이었다. 낮 동안에는 꼼짝없이 젊은 새어머니와 한집에서 지내야 하기 때문에 끊임없이 동네를 빙빙 돌면서 시간을 때워나갔다. 내가 김 반장과 마주 앉아 별로 새로울 것도 없는 이야기를 하다 보면 어느샌가 슬쩍 다가와 약간 구부정한 허리로 의자에 주저앉곤 하는 몽달 씨는 나보다 훨씬 강렬하게 김 반장의 친구가 되었으면 하는 소망을 품고 있는 것처럼 보였다. 우리들은 제법 뜨거운 한낮 동안 각기 편한 자세로 앉아 신문을 읽거나 졸거나 하는 무료한 시간을 보내다가 막걸리 손님이라도 들이닥치면 몽달 씨와 나는 재빨리 의자를 비워주곤 김 반장이 바삐 설치는 모양을 우두커니 바라보곤 하였다. 김 반장은 몽달 씨가 시가 어쩌구 하며 이야기를 꺼내기라도 할라치면 대번에 딴소리를 해서 입막음을 하기 때문에 몽달 씨도 김 반장 앞에서는 도통 시에 대한 말을 입에 올리지 않았다. 대신에 내가 원미동 시인의 —시적 대화—를 끊임없이 듣는 형편이었다.

그때까지만 해도 몽달 씨보다는 김 반장과 함께 있는 것이 더 좋았었다. 김 반장이 그 커다란 손바닥으로 내 엉덩이를 철썩 치면서 "어

• 풀잎에~가두었다　이하석 시인의 시 '단추' 중 한 구절.

이, 경옥이 처제!"하고 불러주면 기분이 그럴싸해서 저절로 웃음이 비어져 나왔고 가끔 가다 오토바이 뒷좌석에 앉아 함께 배달을 나가기라도 할라치면 피아노 배우러 가던 계집애들이 손가락을 입에 물고 부러워죽겠다는 듯이 나를 바라봐줬었다. 김 반장이 말많은 원미동 여자들 누구하고도 사이좋게 지내면서 야채에다 생선까지 떼어다 수월찮게 재미를 보는 것을 잘 아는 고흥 댁 아주머니도 "선옥이가 인물만 좀 훤할 뿐이지 그 집안 꼬라지로 봐서 김 반장이면 횡재한 거야" 라면서 은근히 선옥이 언니를 비아냥거렸다. 흥, 나는 고흥 댁 아주머니의 마음도 알아맞힐 수 있다. 선옥이 언니보다 한 살 많은 딸이 하나 있는데 인물이 좀 제멋대로인 것이 아줌마의 속을 뒤집어놓은 것이다. 그러면서도 지난번엔 김 반장 같은 사위나 얼른 봐야 될 것 아니냐는 은혜 할머니 말에는 가당찮게도 코웃음을 쳤었다.

"요새 시상에 뭐 부모가 상관 있답뎌? 그래도 갸가 보는 눈이 높아서 엥간한 남자는 말도 못 꺼내게 하요잉. 저기 은행 대리가 중매를 넣어 왔는디도 돌아보도 않읍디다. 전문학교일망정 대학물도 일 년 남짓 보았고 해서, 아는 게 아주 많다요."

그런 말을 들을 때마다 나는 목구멍이 근질거려서 견딜 수가 없었다. 왜 목구멍이 근질거리는가 하면 나는 또 다른 비밀을 하나 알고 있기 때문이었다. 이것은 정말 특급 비밀인데 만약에 이 사실을 고흥 댁 아주머니가 알았다가는 어떻게 수습이 될는지 내가 더 걱정인 판이다.

복덕방 집 딸 동아 언니가 누구와 좋아 지내는가는 아마 나밖에 모르는 일일 것이다. 지난 봄에 소라네 집에 놀러갔다가 우연히 알게 된 사실로 소라조차도 영 모르고 있으니 나 혼자만 끙끙 앓다 말아야 할 것이긴 하지만, 그날 이후 복덕방 식구들만 만나면 내가 더 안절부절이었다. 여태까지 누구에게도 털어놓지 않은 말이라 좀 망설여지긴 하지만 아이, 할 수 없다, 이야기를 꺼냈으니 털어놓을 밖에. 동아 언니는 소라네 대신 설비에서 소라 아빠의 일을 거들어주는 노가다 청년하고 연애를 하는 판이다. 그것도 보통 사이가 아니다. 지난 봄날, 소라네 집에 갔다가 소라가 보이지 않아 무심코 모퉁이를 돌아나와 옆구리 창으로 가게를 기웃 들여다보니 그 두 남녀가 딱 붙어앉아서 이상한 짓을 하고 있지 않은가. 동아 언니는 그렇다치고 청년은 땀까지 뻘뻘 흘리면서 언니의 머리통을 꽉 껴안고 있었는데 좀 무섭기도 하였다.

이야기가 괜히 옆으로 흘렀지만 아무튼 선옥이 언니가 김 반장같은 신랑감을 차버린 것은 좀 아쉬운 일이기는 하였다. 김 반장이야 아직도 미련을 버리지 못하고 있는 터이라 나만 보면 지금도 언니가 왔는가를 묻기에 여념이 없었다. 허나 선옥이 언니는 처음 떠날 때도 그랬지만 요사이 한 번씩 집에 들를 적에도 형제슈퍼 쪽은 쳐다보지 않는다. 어떨 때는 "어휴, 저 거지발싸개 같은 자식"이라고 욕도 막 내뱉는데 어떻게 알았는지 이모네 옷가게로 심심하면 전화질이라고 이를 갈았다. 가만히 눈치를 보아하니 선옥이 언니도 요새 새 남자가 생긴 것 같고 전과 달리 아무 데서나 속옷을 훌렁훌렁 벗어던지며 옷을 갈

• 달뜨다 흥분되어 들썽거리다.

아입는데, 그 속옷이 요사무사하게 생겨서 내 눈을 달뜨게• 하곤 했다. 좀 만져라도 볼라치면 언니는 내 손을 탁 때려버렸다.

"어때, 이쁘지? 경옥이 넌 이런 것 처음 보지? 이거 모두 선물 받은 거다."

끈으로 아슬아슬하게 꿰매놓은 저런 팬티 따위를 선물하는 치도 우습지만 그것을 자랑하는 언니는 더욱 밉상이어서 그럴 때면 속도 모르는 김 반장이 불쌍해지기도 하였다.

몽달 씨가 있음으로 인하여 김 반장의 주가가 더 올라가는 점도 있었다. 나야 어린애니까 형제슈퍼의 비치 파라솔 아래서 어슬렁거려도 흉볼 사람은 없지만 동갑나기인 몽달 씨가 하는 일도 없이 가게 근처를 빙빙 돌면서 어떨 때는 나와 같이 쭈쭈바나 쭉쭉 빨고 있으면 오가는 동네 어른들마다 혀를 끌끌 찼다.

"대학 다닐 때까진 저러지 않았대요. 저도 잘은 모르지만 학교에서 잘렸대나 봐요. 뭐 뻔하죠. 요새 대학생들 짓거린. 그리곤 곧장 군대에 갔는데 제대하고부턴 사람이 저리 됐어요. 언제나 중얼중얼 시를 외운다는데 확 미쳐버린 것도 아니고, 아주 죽겠어요."•

말이 났으니 말이지 그 옷차림은 형제슈퍼의 심부름꾼 복장으로 딱 걸맞았다. 종일 의자에서 빈둥거리기도 지겨운지라 우리는 곧잘 가게 일도 마다않고 거들었었다. 우리 둘이서 기껏 머리를 짜내어 하는 일이란 게 고무호스로 가게 앞에 물을 뿌려주는 정도였다. 포장이 덜 된 가게 앞길의 먼지 제거를 위해서나 여름 땡볕을 좀 무디게 하는 방법으로는 그 이상도 없어서 김 반장도 우리의 일을 기꺼이 바라봐주곤 일이 끝나면 기분이란 듯 요구르트 한 개씩을 던져주기도 하였다.

그러다 차츰차츰 몽달 씨 몫의 일이 하나 둘 늘어갔는데 가게 앞 청소나 빈 박스를 지하실 창고에 쟁이는 일 혹은 막걸리 손님 심부름 따위가 그것으로, 몽달 씨가 거드는 일이 많으면 많을수록 김 반장은 더욱 의젓해지고 몽달 씨는 자꾸 초라하게 비추어지는 게 나에겐 참으로 이상한 일이었다. 김 반장도 그걸 모르지는 않았을 것이다. 그래서 언젠가는 아주 정색을 하고서 몽달 씨 어깨를 꽉 껴안더니 이렇게 말하기도 하였다.

"자네 같은 시인에게 이런 일만 시키려니 미안하이. 자네는 확실히 시인은 시인이야. 언제 바쁘지 않을 때는 정말이지 자네 시를 찬찬히 읽어봄세. 이래 봬도 학교 다닐 때 위문편지는 내가 도맡아 써주곤 했던 실력이니까."

그러면 몽달 씨는 더욱 신이 나서 생선 잘라주는 통나무 도마까지 깔끔히 씻어내고 널브러져 있는 채소들을 다듬고 하면서 분주히 설치는 것이다. 하지만 이제껏 몽달 씨의 시노트를 읽어본 적이 없는 김 반장이었다. 몽달 씨가 짐짓 아직 자기 시는 읽을 만하지 못하니 유명한 시인들의 시나 읽어보지 않겠느냐고 구깃구깃 접은 종이를 꺼낼라치면 김 반장은 온갖 핑계를 다 대서라도 줄행랑을 치면서 그가 보지 않은 틈을 타 머리 위에 대고 손가락으로 빙글, 동그라미를 그려 보였다. 그것도 모르고 몽달 씨는 언제라도 김 반장에게 들려줄 수 있

• 몽달 씨가 학생운동을 하다가 제적당하고 군대로 끌려갔었다는 것을 암시함.

도록 꼬깃꼬깃한 종이 쪽지들을 호주머니마다 가득 넣어가지고 다녔다. 그때쯤엔 나도 몽달 씨의 시적 대화에는 질려 있어서 덩달아 자리를 피했고 김 반장을 따라 머리 위에 손가락으로 동그라미를 그려댔다. 약간, 아니 혹시는 아주 많이 돈 원미동 시인은 그래도 여전히 형제슈퍼의 심부름꾼 꼬마처럼 다소곳이 잔심부름을 도맡아 가지고 있었다.

분명히 말하지만 보름 전쯤 그 사건이 일어날 때까지만 해도 나는 김 반장이 내 셋째 형부가 되어주길 은근히 바라고 있었다. 농사짓는 큰 형부는 워낙이 나이가 많아 늙은 아버지 같아서 싫었고 둘째 언니야 아직 공식적으로는 처녀니까 별 볼일없는 데다 형부다운 형부는 선옥이 언니가 결혼해야 생길 터이니 기왕이면 김 반장 같은 남자가 형부가 되길 바란 것이었다. 하기야 넷째 언니도 시방 같은 공장에 다니는 사내와 눈이 맞아서 부쩍 세수하는 시간이 길어지긴 했지만 그래봤자 앞차가 두 대나 밀려 있으니 어림도 없었다. 선옥이 언니와 김 반장이 결혼하면 누가 뭐래도 나는 형제슈퍼에 진득이 붙어 있을 수 있는 자격을 갖게 되는 셈이었다. 기분이 내키면 삼백 원짜리 빵빠레를 먹은들 어떠하랴. 오밀조밀 늘어놓은 온갖 과자와 초콜릿과 사탕이 모두 내 손아귀에 있다, 라고 생각하면 어쩔 수 없이 나는 호물호물 기분이 좋아졌다.

그런데 정확히 열나흘 전의 그 일로 인하여 나는 김 반장과 형제슈퍼의 잡다한 군것질감을 한꺼번에 포기하였다. 모르긴 몰라도 이런 나의 처사는 백번 옳을 것이었다. 그 사건의 처음과 끝을 빠짐없이 지켜본 유일한 목격자는 나 하나뿐이었지만 그렇다고 내가 본 것을 누군가에게도 늘어놓지는 않았다. 웬일인지 그 일에 관해서는 입도 뻥긋하기 싫었다. 그런 채로 나 혼자서만 김 반장을 형부감에서 제외시켜 버렸던 것이다. 또 하나, 아주 용기를 필요로 하는 일이었지만 그날 이후에는 김 반장이 내 엉덩이를 철썩 두들기며 어이, 우리 경옥이 처제 어쩌구 할 때는 단호하게 그를 뿌리치고 도망나와 버리곤 하였다. 물론 그가 내미는 쭈쭈바도 받아먹지 않았다.

그 사건은 초여름밤 열 시가 넘어서 일어났다. 그날은 낮부터 티격태격해대던 엄마와 아버지와의 말싸움이 저녁에 이르러서는 본격적으로 시작되었었다. 넷째 언니는 야간 조업• 이 있다고 늘상 열두 시가 다 되어야 돌아오는 처지라 만만한 나만 엄마의 분풀이 대상이 되어서 낮부터 적잖이 욕설도 들어먹었던 차였다. 싸우는 이유도 뭐 그리 대단한 게 아니었다. 아버지가 쓰레기 속에서 주워온 십팔금 목걸이를 맥주 네 병으로 맞바꾸어 간단히 목을 축이고 돌아왔노라는 말을 내뱉은 뒤부터 엄마의 잔소리가 시작된 게 원인이었다. 새삼 길게 이야기할 것도 없고 요지는 맥주 네 병으로 홀랑 마셔버리느니 지 여편네 목에 걸어주면 무슨 동티가 날까 봐 그랬느냐는 아우성이었다. 엄마가 지금 손가락에 끼고 있는, 약간 색이 변한 십팔금 반지도 아버지가 주워온 것인데 짜장 목걸이까지 세트로 갖출 뻔한 것을 놓쳐서 엄마는 단단히 약이 올랐다. 그러던 말싸움이 저녁에 가서는 기어이 험악한 욕설과 아버지의 손찌검으로 이어지길래 나는 언제나처럼 슬

• 조업 기계 따위를 움직여 일을 함.

그머니 집을 빠져나와 비어 있는 형제슈퍼의 노천 의자에 앉아 있었다. 가끔씩 있는 일로서 멀지 않아 아버지는 엄마를 케이오로 때려눕힌 뒤 코를 골며 잠들어버릴 것이었다. 그 다음엔 눈물 콧물 다 짜낸 엄마가 발을 질질 끌며 거리로 나와 경옥아!를 목청껏 부를 판이었다. 그때나 되어 못 이기는 척 들어가 잠자리에 누워버리면 내일 아침의 새날이 올 것이 분명하였다.

집에서 나온 것이 아홉 시쯤, 그래서 김 반장도 가겟방에 놓은 흑백 텔레비전으로 저녁 뉴스를 시청하느라고 내가 나온 것도 모르고 있었다. 장가들면 색시가 컬러 텔레비전을 해올 것이므로 굳이 바꿀 필요 없다고 고물 텔레비전으로 견디어내는 김 반장의 등허리를 흘낏 쳐다보고 나는 신발까지 벗고 의자 위에 냉큼 올라앉았다. 잠이 오면 탁자에 엎드려 한숨 졸고 있어 볼 생각으로 나는 가물가물 감기는 눈을 비비며 이리저리 몸을 뒤척이고 있었다. 거리는 그날따라 유난히 한산했고 지물포나 사진관도 일찌감치 아크릴 간판에 불을 꺼둔 채였다. 우리 정육점은 휴일인지 셔터까지 내려져 있었다. 그 옆의 서울 미용실은 경자 언니가 출퇴근을 하기 때문에 아홉 시만 되면 어김없이 불을 꺼버린 채였다. 형제슈퍼에서 공단 쪽으로 난 길은 공터가 드문드문 박혀 있어서 원래 칠흑같이 어두웠다. 한 블록쯤 가야 세탁소가 내비치는 불빛이 쬐끔 새어나올 뿐이고 포장도 안 된 울퉁불퉁한 소방도로 옆으로는 자갈이며 벽돌 따위가 쌓여 있었다.

바로 그때 공단 쪽으로 가는 어두운 길에서 뭔가 비명 소리도 같고 욕지기*를 참는 안간힘 같기도 한 소리가 들려왔다. 아니, 그때 나는 비몽사몽 졸음 속에서 헤매고 있었기 때문에 정확하게 어떤 소리를 들은 것은 아니었다. 이제 생각하면 그 순간에는 분명 잠에 흠뻑 취해 있었음이 분명했다. 그럼에도 불구하고 그 소리를 들었던 것처럼 생각된 것은 꿈속에까지 쫓아와 악다구니를 벌이고 있는 엄마와 아버지의 모습을 보고 있었던 탓인지도 몰랐다. 하여간 허공을 가르는 비명소리가 꿈속이었거나 생시였거나 간에 들려왔던 것은 사실이었다. 움찔 놀라며 눈을 떴을 때는 이미 누군가가 어둠을 뚫고 뛰쳐나와 필사적으로 가게를 향해 덮쳐오는 중이었다. 그리고 그 뒤엔 덫에서 뛰쳐나온 노루 새끼를 붙잡으러 온 것이 확실한 젊은 사내 둘이 가쁜 숨을 몰아쉬며 쫓아오고 있었다.

공교롭게도 나는 불빛에서 약간 비껴난 쪽의 의자에 앉아 있었기 때문에 그들의 눈에 띄지 않았다. 더욱 공교로웠던 것은 마침 가게 주변엔 아무도 없었다는 사실이었다. 때에 따라서는 비치 파라솔 밑의 이 의자로는 턱도 없이 모자랄 만큼의 사람들이 왁자하게 모여 막걸리 타령을 벌이는 경우가 종종 있었다. 대개는 일을 끝내고 돌아가는 공사장의 인부들이었다. 그 사람들이 아니더라도 동네 사람 몇몇이 자주 이 의자에 앉아 밤바람을 쐬기도 했는데 그날은 아무도 없었다. 갑작스런 사태에 놀라 어리둥절하는 사이 도망자는 곧장 가게 안으로 들어가 버렸고 뒤쫓아온 사람 중의 하나는 가게 앞에, 또 하나는 마악 가게 속으로 들어가는 중이어서 나는 그들의 모습을 비교적 자세히 볼 수 있었다.

• 욕지기　속이 메스껍고 역겨워 토할 듯한 느낌.

"야, 이 새꺄! 이리 못 나와!"

가게 안으로 쫓아 들어가면서 소리치고 있는 사내는 빨간색의 소매 없는 런닝 셔츠를 입고 있어서 땀에 번들거리는 어깻죽지가 엄청 우람하게 보였다.

"깽판 치기 전에 빨리 나오란 말야!"

가게 앞에 서서, 씩씩 가쁜 숨을 몰아쉬며 이마의 땀을 훔치고 있는 사내는 두 개의 웃저고리를 한 손에 거머쥐고 있었다. 그도 당연히 런닝 셔츠 바람이었지만 소매도 달린, 점잖은 흰색이었으므로 빨간 셔츠에 비해 훨씬 온순하게 보여졌다.

도대체 무슨 일일까. 호기심을 이기지 못한 나는 가게 옆구리의 샛문을 통해 안을 들여다보았다. 그새 사내의 발길에 채여 버린 도망자가 바닥에 엎어져 있었고 김 반장이 만약을 위해 사내 주변의 맥주 박스를 방안으로 져나르면서 뭐라고 소리치고 있었다.

"김형, 김형…… 도와주세요."

쓰러진 남자의 입에서 이런 말이 가느다랗게 흘러나온 것은 그 순간이었다. 그와 동시에 빨간 셔츠의 사내가 다시 쓰러진 자의 등허리를 발로 꽉 찍어눌렀다.

"이 새끼, 아는 사이요? 그러면 당신도 한번 맛 좀 볼 텐가?"

맥주병을 거꾸로 쳐들고 빨간 셔츠가 소리질렀다. 김 반장의 얼굴이 대번에 하얗게 질려버렸다.

"무, 무슨 소리요? 난 몰라요! 상관없는 일에 말려들고 싶지 않으니까 나가서들 하시오."

그때 바닥에 쓰러져 버둥거리던 남자가 간신히 몸을 비틀고 일어섰다. 코피로 범벅이 된 얼굴이 슬쩍 드러나 보였는데 세상에, 그는 몽달 씨임이 분명하였다. 그러고 보니 빛바랜 바지와 물들인 군용점퍼 밑에 노상 껴입고 다니던 우중충한 남방셔츠가 틀림없는 몽달 씨였다. 아까는 워낙 눈 깜짝할 사이에 가게 안으로 뛰어들었기 때문에 얼굴을 볼 겨를이 없었다.

"이 짜식, 어디로 토끼는 거야! 너 같은 놈은 좀 맞아야 돼."

흰 이를 드러내며 빨간 셔츠가 으르렁거렸다. 순간 몽달 씨가 텔레비전이 왕왕거리고 있는 가겟방을 향해 튀었다. 방은 따로이 바깥쪽으로 난 출입구가 있었기 때문이었다. 그러나 몽달 씨 보다 더 빠른 동작으로 방문을 가로막아버린 사람이 있었다. 바로 김 반장이었다.

"나가요! 어서들 나가요! 싸우든가 말든가 장사 망치지 말고 어서 나가요!"

빨간 셔츠가 몽달 씨의 목덜미를 확 나꾸어챘다. 개처럼 질질 끌려 나오는 몽달 씨를 보더니 밖에 있던 흰 런닝 셔츠가 찌익, 이빨 새로 침을 뱉아냈다. 두 사람 다 술기운이 벌겋게 오른, 번들거리는 눈자위가 징그러웠다. 나는 재빨리 불빛이 닿지 않는 구석으로 몸을 피했다. 무섭고 또 무서웠다. 저렇게 질질 끌려가는 몽달 씨를 위해서 내가 해야 할 일이 무엇인지 알 수가 없었다. 도무지 가슴이 떨려 숨도 크게 쉬지 못할 지경이었는데도 김 반장은 어지러진 가게를 치우면서 밖은 내다보지도 않았다.

두 명의 사내 중에서도 빨간 셔츠가 훨씬 악독한 게 사실이었다. 녀석은 몽달 씨의 머리칼을 한 움큼 휘어 감고서 마치 짐짝을 부리듯이 몽달 씨를 다루고 있었다. 끌려가지 않으려고 버둥거리다가는 사내의 구둣발에 사정없이 정갱이며 옆구리가 뭉개어졌다. 지나가던 행인 몇 사람이 공포에 질린 얼굴로 그들을 지켜보았다. 구경꾼들이 보이자 빨간 셔츠가 당당하게 외쳐댔다.

"이 새끼, 너 같은 놈은 여지없이 경찰서로 넘겨야 해. 빨리와!"

불켜진 강남부동산 앞에서 몽달 씨가 최후의 발악을 벌여 놈의 손아귀에서 빠져나왔다. 그러나 이내 녀석에게 머리칼을 붙잡히면서 부동산 옆의 시멘트 기둥에 된통 머리를 받쳤다. 쿵. 몽달 씨의 머리통이 깨져나가는 듯한 소리에 나는 눈을 감아버렸다. 숨이 막힐 것만 같았다. 행복사진관과 원미지물포만 지나고나면 또다시 불빛도 없는 공터가 나올 것이므로 몽달 씨를 구해낼 시기는 지금밖에 없다. 몽달 씨가 악착같이 불켜진 가게 쪽으로만 몸을 이끌어갔기 때문에 길 이쪽은 텅 비어 있었다. 몇몇 사람들이 있기는 하였지만 그들은 선불리 끼어들지 않고서 당하는 몽달 씨의 처참한 꼴에 혀만 끌끌 차고 있었다.

"빨리 가, 이 자식아! 경찰서로 가잔 말야!"

빨간 셔츠가 움켜쥔 머리칼을 확 나꾸어채면 몽달 씨는 시멘트 바닥에서 몸을 가누지 못해 정말 개처럼 두 손을 바닥에 짚고 끌려갔다.

"왜 이러세요…… 내게 무슨 잘못이…… 있다고……."

행복사진관의 밝은 불빛 앞에서 몽달 씨가 울부짖으며 사내에게 잡힌 머리통을 흔들어대다가 녀석의 구둣발에 면상을 짓밟히기 시작하였다. 마침내 나는 내달리기 시작하였다. 두 주먹을 불끈 쥐고 녀석들 곁을 바람같이 스쳐 나는 원미지물포로 뛰어들었다. 가게는 텅 비어둔 채 지물포 주씨 아저씨는 아랫목에 길게 누워 텔레비전을 보느라 바깥의 소동은 까맣게 모르고 있었다.

"깡패가, 깡패가 몽달 씨를 죽여요!"

주씨 아저씨는 그 우람한 체구에 비하면 말귀를 빨리 알아듣는 사람이었다. 벼락같이 튀어나와 마침 자기 가게 앞을 끌려가고 있는 몽달 씨의 꼴을 보고는 냅다 소리를 질렀다.

"죄가 있으모 경찰을 부를 일이제 무신 일로 사람을 이리 패노? 보소! 형씨, 그 손 못 놓나?"

"아저씨는 상관 마쇼! 이런 놈은 경찰서로 끌고가야 된다구요."

"누가 뭐라카노. 야! 빨리 경찰에 신고해라. 당신네들이 사람 뚜드려가며 경찰서까지 갈 것 없다. 일분 안에 오토바이 올테니까."

"이 아저씨가…… 이 새끼 아는 사람이오?"

"잘 아는 사람이니 이카제. 이 착한 청년이 무신 죄를 졌다꼬 이래 반 죽여놨노? 무슨 일이라?"

그제서야 빨간 셔츠가 슬그머니 움켜쥔 머리칼을 놓았다. 몽달 씨가 비틀거리며 주씨 곁으로 도망쳤다.

"아무 잘못도…… 없어요…… 지나가는 사람 잡아놓고…… 느닷없이 때리는데."

더듬더듬, 입 안에 괴어 있는 피를 뱉아내며 간신히 이어가는 몽달 씨의 말을 듣노라고 주씨가 잠시 한눈을 판 것이 잘못이었다. 멀찌감치 서서 구경을 하고 있던 사람들 중에서 누군가가 소리쳤다.

"어이, 저봐요. 저 사람들 도망쳐요!"

정말 눈깜짝할 사이였다. 벌써 공단 쪽 길로 튕겨가는 모양으로 발자국 소리만 어지럽고 녀석들은 어둠 속에 파묻혀버린 뒤였다.

"빨리 가서 잡아야지 저런 놈들 그냥 두면 안 돼요!"

언제 왔는지 김 반장이 발을 구르며 흥분하고 있었다. 금방이라도 잡으러 갈 듯 몸을 솟구치는 꼴이 가관이었다.

"소용없어. 저놈들이 어떤 놈이라고."

"세상에, 경찰서로 가자고 그리 당당하게 굴더니 도망치는 것 좀 봐."

"그러니까 그냥 닥치는 대로 골라잡아 팬 거군. 우린 그것도 모르고 정말 도둑이나 되는 줄 알았지 뭐야!"

"여기는 가게들이 많아 환하니까 어두운 곳으로 끌고 가서 작신• 팰려고 수작을 벌였군."

"그래요. 아까 보니까 저 윗길에서 이 총각이 그냥 지나가는데 불러 놓고 시비드라구요. 아휴, 저 총각 너무 많이 맞았어. 죽지 않은 게 다행이야."

"그럼 진작에 말하지 그랬어요?"

"누가 이 지경인 줄 알았수? 약국에 가는 길에 그 난리길래 무서워서 저쪽으로 돌아갔다가 약 사갖고 와보니 경찰서 가자고 여태도 패고 있던 걸."

모여 섰던 사람들이 저마다 한마디씩 떠들어대기 시작했다. 조금 아까까지도 텅 비어 있다시피한 거리였는데 언제 알았는지 이집 저집에서 쏟아져나온 사람들이 웅성거리며 피투성이가 된 몽달 씨를 기웃거렸다. 참말이지 쥐어뜯긴 머리칼하며 길바닥을 쓸고 온 옷 꼬락서니, 그리고 피범벅이 된 얼굴까지가 영락없이 몽달 귀신 그대로였다.

"무신 놈의 세상이 이리 험악하노. 이래가꼬는 사람이라 할 수 있겠나?"

주씨가 어이없어하는데 또 김 반장이 냉큼 뛰어들었다.

"그러게 말입니다. 하여간 저놈들을 잡아 넘겼어야 하는 건데…… 좀 어때? 대체 이게 무슨 꼴인가. 어서 집으로 가세. 내가 데려다줄게."

김 반장이 몽달 씨를 부축해 일으켰다. 세상에 별도 없지, 그 손을 뿌리치지 못하고 몽달 씨는 김 반장의 부축을 받으며 집으로 갔다.

몽달 씨를 다시 보게 된 것은 그로부터 꼭 열흘이 지난 며칠 전이었다. 그 열흘간을 어떻게 보냈는지는 설명하기도 귀찮을 정도였다. 몽달 씨와 더불어 다닐 때는 몰랐지만 막상 그가 없으니 심심해서 미칠 지경이었다. 하루가 꼭 마흔 시간쯤으로 늘어난 느낌이었다. 때때로는 형제슈퍼의 의자에 앉아 있은 적도 있었지만 이미 김 반장과는 서먹한 사이가 되어버려서 그다지 자주 찾지는 않았다. 그날 밤, 내가 몰래 가게 안을 훔쳐보고 있은 줄을 모르는 김 반장만큼은 예전과 다름없이 굴고 있기는 하였다.

"경옥이 처제. 요새는 왜 뜸해? 선옥이 언니 서울서 오거든 직방으로 내게 알리는 것 잊지 마라. 그러면 내가 이것 주지!"

김 반장이 쳐들어 보이는 것은 으레 요깡이었다. 껍질에는 영양갱이라고 씌어 있는 이백 원짜리 팥떡인데, 그것을 죽자사자 먹고 싶어 하는 것을 아는 까닭이었다. 그러나 흥, 어림도 없지. 선옥이 언니가

• 작신 '흠씬'의 방언.

오게 되면 김 반장의 비겁한 행동을 미주알고주알 일러바쳐서 행여 남아 있을지도 모를 미련까지도 아예 싹둑 끊어버리게 하자는 것이 내 속셈이었다. 어찌된 셈인지 선옥이 언니는 한 달 가까이 집에는 코빼기도 내비치지 않고 있었다. 얼마 전에 서울에 다녀온 엄마 말로는 양품점이 한 달에 두 번 노는 데도 집에는 올 생각 않고 왼종일 쏘다니다 밤 늦게서야 기어들어온다는 것이었다. 게다가 이모가 받아본 전화 속의 남자들만도 서넛이 넘어서 양품점 전화통이 종일토록 불나게 울려대는 통에 지깐 년은 저한테 걸려오는 전화 받기에도 바쁜 형편이라 했다. 엄마를 쏙 빼닮아 말뽄새가 거칠기 짝이 없는 이모가 보나마나 바가지로 퍼부었을 선옥이 언니의 흉보따리를 잔뜩 짊어지고 온 엄마의 마지막 결론은 갈데없이 원미동 똑똑이다웠다.

"선옥이 고년, 이왕지사 바람든 년이니까 차라리 탈렌트나 영화배우를 시키는 게 낫겠습디다. 말이사 바른 말이지 인물이야 요즘 헌다하는 장미희보다 낫지……."

"미쳤군, 미쳤어. 탈렌트는 누가 거저 시켜 주남. 뜨신 밥 먹고 식은 소리 작작해!"

그렇게 몰아붙이면서도 아버지는 으레 흐흐흐 웃고 마는 게 예사였다. 딸 많은 집구석에 인물 팔아 돈 버는 딸년 하나쯤 생긴다 해서 나쁠 것도 없다는 웃음이 분명했다.

"서울 사람들은 눈도 밝지. 선옥이가 명동으로 나갔다 하면 영화배우 해보라고 줄줄이 따라다닌답니다. 인물 좋은 것도 딱 귀찮다고 고년이 어찌 성가셔 하는지……."

엄마도 참, 입술에 침도 안 바르고 고흥 댁 아줌마한테 이렇게 주워

섬기는 때도 있다. 그러면 여태도 동아 언니 콧대가 하늘 높은 줄 모르게 솟아 있다고만 믿는 고흥 댁 아주머니도 지지 않고 딸자랑을 쏟아놓았다.

"우리 동아는 요새 피아노도 배우고 꽃꽂이학원도 다닌다고 맨날 바쁘다요. 시방 세상은 그 정도의 신부 수업인가 뭔가가 아주 필수라 한다드만."

엄마도 엄마지만 고흥 댁 아주머니 말은 듣기에 거북하였다. 대신 설비 노가다 청년한테 시집가면 피아노는커녕, 호박꽃 한 송이 꽂을 일도 없을 것이니까. 어른들은 알고 보면 하나밖에 모르는 멍텅구리 같을 때가 종종 있는 법이다. 그 사건 이후, 김 반장에 대한 이야기만 해도 그렇다.

"김 반장 그 사람 참말이제 진국은 진국• 인기라. 엊그제만 해도 복숭아 깡통 하나 들고 몽달 청년한테 가능갑드라. 걱정도 억시기 해쌓고, 우찌 됐건 미친놈한테 그만큼 정성 들이는 것만 봐도 보통은 아닌기 맞다."

지물포 주씨가 행복사진관 엄씨한테 하는 말이었다. 세 살 많다 하여 어김없이 형님으로 받드는 엄씨가 고개를 끄덕이며 맞장구 치는 것을 보고 있으면 내 속이 터질 것만 같았다. 그렇지만 이상하게도 그 밤의 일을 속시원히 털어놓을 수가 없었다. 그러고 보면 이 김경옥이야말로 진국 중에 진국인지도 모른다.

• 진국　거짓이 없이 참됨.

몽달 씨가 자리 털고 일어난 이야기를 하려다가 또 다른 쪽으로 새버렸지만 몽달 씨야말로 진짜 이상한 사람이었다. 오후반인 소라가 등교 준비를 해야 한다고 서둘러 저희 집으로 가버린 때니까 정오가 조금 지나서였을 것이다. 집으로 가다 말고 문득 형제슈퍼 쪽을 돌아보니 음료수 박스들을 차곡차곡 쟁여놓는 일에 땀을 뻘뻘 흘리고 있는 몽달 씨가 보였다. 실컷 두들겨 맞고 열흘간이나 누워 있었던 사람이라 안색은 차마 마주보기 어려울 만큼 핼쑥했다. 그런데도 뭐가 좋은지 히죽히죽 웃어가면서 열심히 박스들을 나르고 있는 게 아닌가. 그것도 김 반장네 가게에서. 아무리 눈을 크게 뜨고 보아도 몽달 씨가 분명했다. 저럴 수가. 어쨌든 제정신이 아닌 작자임이 틀림없었다. 아무리 정신이 좀 헷갈린 사람이래도 그렇지, 그날 밤의 김 반장 행동을 깡그리 잊어버리지 않고서야 저럴 수가 없다는 게 내 생각이었다. 잊었을까. 그날 밤 머리의 어딘가를 세게 다쳐서 김 반장이 자기를 내쫓은 부분만큼만 감쪽같이 지워진 것은 아닐까. 전혀 엉뚱한 이야기만도 아니었다. 텔레비전에서도 보면 기억상실증인가 뭔가로 자기 아들도 못 알아보는 연속극이 있었다. 그런 쪽의 상상이라면 나를 따라올 만한 아이가 없는 형편이었다. 내 머릿속은 기기괴괴한 온갖 상상들로 늘 모래주머니처럼 빽빽했으니까. 나는 청소부 아버지의 딸이 아니라 사실은 어느 부잣집의 버려진 딸이다, 라는 식의 유치한 상상은 작년도 못 되어 이미 졸업했었다. 요즘의 내 상상이란 외계인 아버지와 지구인 엄마와의 사랑, 뭐 그런 쪽의 의젓한 것이었다. 아무튼 나의 기막힌 상상력으로 인해 몽달 씨는 부분적인 기억상실증 환자로 결정되었다. 그렇다면 이제는 확인할 일만 남은 셈이었다. 오래 기다릴 필요도 없었다. 나는 김 반장네 가게 일을 거들어주고 난 뒤 비치 파라솔 밑의 의자에 앉아 뭔가를 읽고 있는 몽달 씨에게로 갔다. 보나마나 주머니 속에 잔뜩 들어 있는 종이 조각 중의 하나일 것이었다. 멀쩡한 정신도 아닌 주제에 이번엔 기억상실증이란 병까지 얻어놓고도 여태 시 따위나 읽고 있는 몽달 씨 꼴이 한심했다.

"이거, 또 시에요?"

"그래. 슬픈 시야. 아주 슬픈……."

몽달 씨가 핼쑥한 얼굴을 쳐들며 행복하게 웃었다. 슬픈 시라고 해놓고선 웃다니. 나는 이맛살을 찡그리며 몽달 씨 옆에 앉았다. 그리고 아주 낮은 목소리로 물었다.

"이제 다 나았어요?"

"응. 시를 읽으면서 누워 있었더니 금방 나았지."

금방은 무슨 금방. 열흘이나 되었는데. 또 한번 나는 몽달 씨의 형편없는 정신 상태에 실망했다.

"그날밤에 난 여기에 앉아서 다 봤어요."

"무얼?"

"김 반장이 아저씨를 쫓아내는 것……."

순간 몽달 씨가 정색을 하고 내 얼굴을 쳐다보았다. 예전의 그 풀려 있던 눈동자가 아니었다. 까맣고 반짝이는 눈이었다. 그러나 잠깐이었다. 다시는 내 얼굴을 보지 않을 작정인지 괜스레 팔뚝에 엉겨 붙은 상처 딱지를 떼어내려고 애쓰는 척했다. 나는 더욱 바싹 다가앉았다.

"김 반장은 나쁜 사람이야. 그렇지요?"

몽달 씨가 팔뚝을 탁 치면서 "아니야"라고 응수했는데도 나는 계속

다그쳤다.

"그렇지요? 맞죠?"

그래도 몽달 씨는 못 들은 척 팔뚝만 문지르고 있었다. 바보같이. 기억상실도 아니면서……. 나는 자꾸만 약이 올라 견딜 수 없는데도 몽달 씨는 마냥 딴전만 피우고 있었다.

"슬픈 시가 있어. 들어볼래?"

치, 누가 그 따위 시를 듣고 싶어할 줄 알고. 내가 입술을 비죽 내밀거나 말거나 몽달 씨는 기어이 시를 읊고 있었다. …… 마른 가지로 자기 몸과 마음에 바람을 들이는 저 은사시나무는, 박해 받는 순교자 같다. 그러나 다시 보면 저 은사시나무는 박해 받고 싶어 하는 순교자 같다…….•

"너 글씨 알지? 자, 이것 가져. 나는 다 외었으니까."

몽달 씨가 구깃구깃한 종이 쪽지를 내게로 내밀었다. 아주 슬픈 시라고 말하면서. 시는 전혀 슬픈 것 같지 않았는데도 난 자꾸만 눈물이 나려 하였다. 바보같이, 다 알고 있었으면서…… 바보 같은 몽달 씨…….

• 마른 가지로~순교자 같다 황지우 시인의 시 '서풍 앞에서' 중 한 구절.

이렇게 읽어 보세요

방관자 또는 동조자의 탄생

학생운동을 했었던 몽달 씨. 그는 군대 제대 후에는 이전과 달리, 허름한 옷차림에 시나 읊조리고 다니며, 마을 사람들에게 약간 미친 사람 취급을 받는 청년입니다. 경옥이 또한 또래들 사이에 잘 끼지 못하는 애어른 같은 아이이고요. 이 둘은 김 반장네 형제슈퍼를 아지트 삼아 친구처럼 지냅니다. 군소리 없이 슈퍼의 심부름을 자처하며 김 반장을 따르는 몽달 씨는 자신의 속내를 시로 표현하는, 자칭 시인이지요. 경옥이의 셋째 언니 때문에 경옥이의 환심을 사려는 김 반장은, 이유야 어쨌든 외면당하는 몽달 씨와 갈 곳 없는 경옥이를 거둬주는 마음씨 좋은 원미동 23통 5반의 반장입니다.

그러나 몽달 씨의 폭행 사건으로 인해 이들의 관계가 얼마나 위선적이었는지 드러납니다. 얻어맞는 몽달 씨를 눈앞에서 외면하는 김 반장은 자기 것을 잃을까 봐 두려워하는 이기주의자일 뿐입니다. 게다가 깡패들이 달아나자 몽달 씨를 간호하는 척 나서는, 뻔뻔한 기회주의자의 모습까지 드러냅니다. 이로써 김 반장은 자신의 이익 때문에 몽달 씨와 경옥이를 이용하고 있었다는 것이 드러납니다. 그런데, 이해하기 힘든 것은 몽달 씨입니다. 폭행 사건 후에도 김 반장을 외면하기는커녕 다시 형제슈퍼에 나가 심부름꾼을 자처합니다. 김 반장의 본색을 알고 있는 듯한 그의 행동이 더 의구심을 자아냅니다. 경옥이가 김 반장은 나쁜 사람이 아니냐고 묻는 질문에 그는 잠깐 정색을 하다가 이내 아니라고 하면서 자신을 '박해 받고 싶어 하는' 은사시나무에 넌지시 비유합니다. 이 모습에서 몽달 씨가 겉으로만 바보인 척 하는 것일지도 모른다는 생각이 듭니다. 또 한편으로 이런 자기 기만 때문에 폭력적 진실을 드러낼 수 없고, 알리지도 못하는 것 아닐까 추측하게 됩니다.

몽달 씨는 왜 이렇게 행동할까요? 그는 마을에서 가장 낮은 약자라고 볼 수 있습니다. 그의 유일한 친구인 경옥이조차도 처음에는 그를 미쳤다고 깔봤으니 말입니다. 그런데 이런 마을에서 그나마 소외되지 않고, 심부름꾼의 역할도 하면서 인정받을 수 있는 곳이 형제슈퍼입니다. 현실에서 배제되고 싶지 않은 마음, 약자이지만 살아남고자 애를 쓰는 서글픈 욕망이 그를 이렇게 만든 것 아닐까요? 이유 없이 당한 폭행, 누구의 도움도 받지 못한 각박한 인심, 친구라고 생각했던 사람의 배신 등 그가 처한 현실은 매우 불의(不義)하고 부당했습니다. 피해자라면 당연히 잘못된 현실을 바꾸기 위해 무엇이든 해보려고 할 텐데, 오히려 그는 침묵하며 바보인 척, 모른 척 해버렸습니다. 이런 자기 기만적 태도가 그가 살아남기 위한 생존

전략이라고 해도, 이런 패배주의적 태도는 경옥이뿐 아니라 독자인 우리들에게도 답답함을 안겨줍니다.

몽달 씨의 패배주의적 태도에 대해 알아보기 위해서는 우선 그의 과거를 살펴보아야 합니다. 불의하고 부당한 현실에 입 다물고 살아가는 태도는 어쩌면 과거 운동권 출신이었을 때 겪었던 실패의 경험 때문일지도 모릅니다. 민주주의와 평화를 쟁취하기 위해 폭압에 저항했지만, 거대한 독재 앞에서 무너지고 말았던 경험 말입니다. 이상이 실현되지 못하는 현실, 정의가 지켜지기 어려운 현실. 이런 한계를 아는 그에게 패배주의적인 선택이 오히려 쉬웠겠지요. 그러나 이런 패배주의도 비판의식까지는 없애지 못해서 '시'를 통해 간접적으로나마 자신의 생각을 표출하려고 합니다. 이것이 우울해 보이는 이유는 타인과 소통 없이 자기만족으로 그치는 것 같아서이고, 실천하지 못하는 자의 궤변 같아 보이기 때문입니다.

몽달 씨가 입을 다물고 있는 상황에서는 경옥이가 부당한 사태를 고발할 수 있었습니다. 그러나 그녀 또한 침묵하고 맙니다. 마을에서 유일하게 사건의 전모를 알고 있고, 몽달 씨의 본색까지 눈치 챈 그녀가 침묵한 이유는 무엇일까요? 아마, 어린 그녀의 입장에서 사건을 들추어내기가 쉽지 않았기 때문 아닐까요? 또 작가가 경옥이를 관찰자 역할로만 한정했기 때문 아닐까요? 그리고 어쩌면 경옥이가 몽달 씨의 심리를 알고, 그의 침묵에 동조했기 때문 아닐까요?

몽달 씨가 당한 무차별적 폭력을 방관한 김 반장과 마을 사람들, 진실을 알면서도 침묵한 몽달 씨, 이를 지켜보는 경옥이. 등장인물들의 이런 행동은 폭력 해결에 도움이 되지 못했습니다. 폭력이 없어지지 않는 이유는 여러 가지가 있지만, 이 소설처럼 피해자가 나서지 않기 때문이기도 합니다. 실제로 주변을 돌아보면 피해자들이 피해를 당했음에도 불구하고 몽달 씨처럼 그 폭력의 체제를 다시 받아들이고 사는 경우가 많습니다. 피해자가 고발하지 않는데, 제 3자가 먼저 나서서 폭력을 고발하기란 쉬운 일이 아닙니다. 이렇게 피해자도 진실을 숨기고, 이를 알고 있는 방관자, 동조자가 묵인하며 폭력의 체제는 더욱 고착화 되는 것입니다.

그렇다면 피해자가 숨어버린 현실 속에서 어떻게 진실을 알리고 평화를 찾을 수 있을까요? 목격자마저 침묵하고 있는 상황에서는 잘못을 타개할 돌파구가 없어 보입니다. 여기서 떠올려야만 할 역사적 사건이 있습니다. 바로 일본군 위안부의 진실을 알린 피해자 할머니들의 증언입니다. 일본이 위안부 문제에 대해 책임을 회피하고, 우리 정부 또한 힘없이 끌려가고 있을 때, 피해 사실을 최초로 공개 증언했던 김학순 할머니의 용기는 참으로 가치 있는 행동이었습니다. 그 이후로 숨어 있던 다른 피해자들의 증언이 터져 나왔지요. 이로 인해 일본의 전쟁 범죄 사실이 세계적으로 알려지게 되었고, 우리는 부당했던 역사적 진실을 바로잡을 수 있었습니다. 평화의 소녀상도 위안부 할머니들의 고백이 있었기에 존재하는 것입니다. 이처럼 피해자가 진실을 고발하고 잘못을 바로잡을 용기를 내는 것이 중요합니다. 몽달 씨처럼 피해자가 피해를 감수한 채 거짓 뒤에 숨거나, 혹은 권력에 영합하게 되면 정의로운 사람도 그를 도울 수 없고 진실도 밝혀지기 어렵게 됩니다. 이것은 오히려 피해자의 침묵이 불의를 조장할 수 있음을 의미합니다.

몽달 씨와 경옥이는 폭력에 침묵하며 방관자, 동조자가 되었지만, 현실을 사는 우리는 어떻게 행동해야 할까요? 이런 자들이 많아질수록 우리 사회는 폭력적인 위선 속에 침잠할 것입니다. 선악이 불투명해지고 강자가 기승을 부리는 사회, 기회주의와 이기주의가 판을 치고 약자는 숨죽이고 사는 사회가 될 것입니다. 당장 우리가 생활하는 교실을 돌아볼까요? 몽달 씨와 같이 약자이면서도 그것을 숨기고 강한 편에 빌붙어 희생하며 강한 척하는 친구는 없나요? 김 반장처럼 약한 친구를 이용해 먹으면서 선한 척 탈을 쓰고 있는 친구는 없나요? 그리고 경옥이처럼 잘못을 알고 있지만 눈 감고 넘어가는 침묵하는 다수가 존재하지 않나요? 소설을 읽으면서 몽달 씨와 김 반장, 경옥이와 같은 관계가 탄생하지 않도록 주변인의 관계를 눈여겨보시길 바랍니다. 그리고 진실을 알고 있다면 고백하고 드러낼 용기를 가지시길 바랍니다. 그것이 우리의 삶을 평화로운 것으로 만드는 길이니까요.

사랑과 야망

자신의 야망을 이루려했던 게르만, 인간적 가치를 잃지 않았던 리자베타. 두 사람의 삶은 왜 서로 다른 결말을 맞게 되었을까요?

올바른 선택을 하는 사람이 되기 위해 우리는 무엇을 중요하게 생각하며 살아야 할까요?

스페이드의 여왕

알렉산드르 푸시킨 1799~1837

모스크바 귀족 출신의 시인, 소설가, 극작가. 러시아 산문 소설의 시작과 정점을 이끈 작가로 리얼리즘의 선구자적 역할을 하였다. 대표작으로는 「고 이반 페트로비치 벨킨의 이야기」, 「대위의 딸」 등이 있다.

어느 날 근위 사관 나루모프의 집에서 카드놀이가 벌어졌다. 긴 겨울밤도 어느덧 가고 밤참을 먹으려 모여 앉았을 때는 새벽 다섯시였다. 노름에서 돈을 딴 이들은 먹성 좋게 먹어치웠지만, 다른 사람들은 빈 접시를 앞에 놓고 멍하니 앉아 있었다. 그러나 샴페인이 나오자 대화는 활기를 띠었고, 모두들 거기에 끼어들었다.

"좀 땄나, 수린?"

주인이 물었다.

"잃었어, 언제 딴 적이 있나. 사실 말이지, 난 운이 없는 모양이야. 미란돌•을 할 때 절대로 흥분하지 않고 정신을 바짝 차리는데도 따는 꼴을 못 보니."

"자넨 한번도 말려들진 않았지? 또 한 패에다 판돈을 연이어 걸지도 않았겠고?…… 그런 자네 고집엔 놀랄 지경이야."

"게르만 좀 보라구!"

손님 중의 하나가 젊은 공병 사관•을 가리키면서 말했다. "태어나서 이때까지 카드 한번 손에 잡지 않고 파롤리• 한번 해본 적이 없으면서, 다섯시까지 꼬박 우리 옆에 앉아서 구경만 하고 있잖아!"

"노름은 무척 좋아해."

게르만이 말했다.

"그렇지만 여분의 돈을 따려고 꼭 필요한 돈을 희생할 만한 처지는 못 되지."

"게르만은 독일 양반이잖아. 그래서 계산이 정확한 거야. 그뿐이지!"

톰스키가 말했다.

"하지만 내가 이해할 수 없는 사람이 있는데, 바로 나의 할머님 안나 페도토브나 백작 부인이지."

"뭐라구? 누구라구?"

손님들이 외쳤다.

"정말 이해할 수 없어."

톰스키는 말을 이었다.

"어떻게 해서 할머님이 노름을 하시지 않는지 말이야!"

"아니 그게 뭐 이상한가?"

나루모프가 말했다.

• 미란돌　카드놀이의 일종, 두 장의 카드에 소액의 돈을 걸고 이기면 두 배의 돈을 가진다.

• 공병 사관　군에서, 축성(築城) · 가교(架橋) · 건설 · 측량 · 폭파 따위의 임무를 맡고 있는 병과 또는 그에 속한 군인.

• 파롤리　돈을 두 배 거는 노름.

"여든이나 된 노인이 노름을 하지 않는 게 말이야?"

"그럼 자넨 우리 할머님에 대해 아무것도 모르나?"

"전혀! 정말 아무것도 모르네!"

"그래, 그렇다면 내 말을 잘 들어보게. 먼저 알아두어야 할 건 말야, 지금부터 약 육십 년 전에 우리 할머님이 파리에 가셨는데, 거기서 인기가 대단했었다는 사실이야. 사람들이 '모스크바의 비너스'를 보려고 쫓아다녔다고들 해. 리슐리에까지도 홀딱 반했었다는데, 할머님 말씀으론, 당신의 냉정한 태도 때문에 그가 권총 자살까지 할 뻔했다는군. 그 무렵의 귀부인들은 파라온•을 즐겼다고 해. 하루는 할머님께서 궁중에서 오를레앙 공과 구두 약속으로 노름을 해서 엄청난 액수를 잃었다는 거야. 집에 돌아온 할머님은 얼굴에 붙인 점을 떼고 둥근 통치마를 벗으면서, 할아버님께 노름에 진 것을 얘기하고 진 돈을 갚으라고 하셨지.

돌아가신 할아버님은, 내가 기억하기에, 할머님의 집사 같았어. 당신은 할머님을 불처럼 무서워하셨지. 하지만 그렇게 엄청난 돈을 잃었다는 말씀을 들으시고는 화가 바짝 나셔서 주판을 가져와서는, 반 년 동안에 당신이 오십만 루블씩이나 썼다는 것과, 파리 교외에는 모스크바 근교나 사라토프 현에 있는 영지 같은 것은 없다는 걸 할머님에게 말씀하시고는 돈의 지불을 딱 잘라 거절하셨다네. 할머님은 할아버지의 뺨을 때리고는 화가 났다는 표시로 그날 밤 혼자 주무셨다는 거야.

다음날, 할머님은 이 부부 생활의 벌이 효과가 있으려니 기대하면서 남편을 부르셨지만, 할아버진 요지부동이셨어. 생전 처음으로 할머님은 남편에게 변명도 해보고 해명도 해보았지. 매우 공손하게 빚도 빚 나름이라느니, 공작과 마차꾼과는 다르다느니 하며 그를 설득하려고 했던 거야. 그런데 웬걸! 할아버지는 버럭 화를 내셨어. 안 된다면 안 되는 줄 알아! 할머님은 어찌할 바를 모르셨지.

당신은 아주 유명한 어떤 인사와 가깝게 지내셨네. 자네들도 생 제르맹 백작•에 대해 들어봤을 거네. 이분에 대해서는 이상한 소문들이 많았지. 다들 알고 있겠지만, 그는 영원한 유태인을 자처하고 불로불사약이니 현자의 돌이니 하는 따위의 발명자를 자처했지. 사람들은 협잡꾼•이라고 비웃었고, 카사노바는 자신의 회고록에서 그가 밀정이었다고 쓰고 있지. 그렇지만, 생 제르맹은 그의 이런 불가사의한 점들에도 불구하고 단정한 용모를 지녔던지라 사교계에서도 인기가 좋았네. 할머님은 지금까지도 정신없이 그를 좋아하셔서 그에 대해 공손치 못한 소리들을 하면 몹시 화를 내시지. 할머님은 생 제르맹이 큰돈을 융통할 수 있다는 걸 알고 계셨어. 그래서 그에게 부탁해보기로 하셨다네. 그에게 편지를 써서 곧 자기에게로 와달라고 청하셨지.

이 늙은 기인(奇人)이 편지를 받자마자 와보니 할머니는 지독한 슬픔에 잠겨 있었대. 할머님은 남편의 박절함을 매우 비장하게 얘기하고 결국 모든 희망은 당신의 우정과 후의•에 달려 있다고 말씀

• 파라온 카드 도박의 일종.
• 생 제르맹 백작 1750년대 파리 상류 사회의 유명 인사로서 1784년에 사망.
• 협잡꾼 옳지 아니한 방법으로 남을 속이는 짓을 하는 사람.
• 후의 남에게 두터이 인정을 베푸는 마음.

하셨지.

생 제르맹은 깊은 생각에 잠겼다네.

'제가 그 금액을 당신에게 빌려드릴 수는 있습니다.' 그가 말했지. '그렇지만 그 돈을 청산하실 때까지는 당신의 마음이 편지 않을 거라는 걸 알고 있고, 나 역시 당신에게 새로운 근심을 끼치는 건 바라지 않습니다. 다른 방도가 있습니다. 잃으신 돈을 되따시면 되는 거지요.' '그렇지만, 백작님.' 할머님이 대답하셨어. '지금 저희에겐 돈이 전혀 없다고 말씀드렸을 텐데요.' '돈은 필요없습니다.' 생 제르맹이 말을 받았네. '제 말을 잘 들어보세요.' 그리고는 그는 할머니에게 어떤 비결을 털어놓았다는 말씀이야. 그 비결만 알 수 있다면야 우린 누구나 무슨 대가라도 치를 텐데……."

젊은 노름꾼들의 관심이 곱절로 커졌다. 톰스키는 파이프에 불을 붙여 한 모금 빨고 나서 말을 이었다. "바로 그날 저녁 할머님은 베르사유에서 벌어진 '왕비의 카드놀이'에 나타나셨어. 오를레앙 공이 물주가 되셨지. 할머님은 빚을 갚지 못한 것에 대해 가볍게 사과하고, 지어낸 얘기를 변명 삼아 잠깐 늘어놓은 다음에 그를 상대로 노름을 시작했지. 할머님은 석 장의 카드를 골라서 차례차례로 걸었지. 석 장 모두 첫 판에 이기게 됐으니, 할머님은 잃었던 걸 완전히 만회 해버리셨던 거야."

"우연이겠지!"

손님 중의 하나가 말했다.

"꾸며낸 얘기야." 게르만이 말했다.

"아마 속임수를 썼겠지?" 하고 세 번째 사람이 말을 받았다.

"그렇진 않다고 봐."

톰스키가 진지하게 대답했다.

"뭐야 그럼!"

나루모프가 말했다.

"자네에겐 석 장씩 연거푸 좋은 카드를 뽑는 할머니가 계신데, 왜 아직까지 그 비결을 넘겨받지 않은 건가?"

"젠장, 말이 쉬운 게지!"

톰스키는 대답했다.

"할머님에겐 우리 아버지까지 사형제가 있었네. 모두들 노름에 빠져 지냈지만, 할머님은 어느 한 사람에게도 그 비결을 밝히지 않으셨지. 만일 그렇게만 됐더라면 그분들에게는 물론이구 나에게도 나쁠 리는 없었을 텐데 말야. 그러나 이 모든 건 백부이신 이반 일리치 백작이 당신의 명예를 걸고 나에게 하신 얘기야. 돌아가신 차플리츠키, 수백만 루블의 돈을 탕진해버리고 빈털터리가 되어 세상을 떠난 바로 그 사람인데, 그가 젊었을 때 한번은, 아마 조리치에게였던 것 같은데, 근 삼십만 루블이나 잃은 적이 있었어. 그는 절망에 빠졌지. 젊은 사람들의 장난에는 항상 엄하게 대하시던 할머님께서 어찌 된 일인지 차플리츠키만은 불쌍히 여기셨지. 당신은 그에게 차례로 걸도록 이르고 카드 석 장을 주시면서, 다시는 노름을 하지 않겠다는 다짐을 받으셨네. 차플리츠키는 곧 자신에게 돈을 딴 상대에게로 갔어. 곧 판이 벌어졌지. 차플리츠키는 첫 패에 오만을 걸고 단번에 이겼네. 그리고는 판돈을 두 배 세 배로 올려 또 연거푸 이겼어. 잃은 것을 모두 만회하고도 더 땄지."

"그건 그렇고, 잘 시간이군. 벌써 여섯시 십오분 전이야."

벌써 날이 밝아오고 있었다. 젊은이들은 술잔을 비우고 제각기 흩어졌다.

2

연로한 백작 부인은 자신의 화장실 거울 앞에 앉아 있었다. 하녀 셋이 그녀를 둘러싸고 있었다. 하나는 연지통을, 하나는 머리핀이 든 조그만 상자갑을, 또 다른 하나는 불꽃 색깔의 리본이 달린 높다란 모자를 들고 있었다. 백작 부인은 이미 오래 전에 퇴색해버린 자신의 아름다움에 대해서는 조금도 마음을 쓰지 않았지만, 젊었을 때의 습관들은 그대로 간직하고 있어서 칠십년대(1770년대)의 유행을 엄격히 따랐고, 육십 년 전과 마찬가지로 옷을 입는 데에 아주 오랜 시간과 공을 들였다. 조그만 창문 옆에는 양녀인 소녀가 자수틀앞에 앉아 있었다.

"안녕히 주무셨어요, 할머님."

방에 들어온 청년 사관이 말했다.

"봉주르, 마드모아젤 리즈. 할머니, 부탁이 있어 왔어요."

"뭔데 그러냐, 폴?"

"제 친구 하나를 소개해드릴 테니까 금요일 무도회에 데리고 오는 걸 허락해주세요."

"무도회에 바로 데리고 오려무나. 거기서 내게 소개시켜주면 되지 뭐. 너 엊저녁에 ○○○에 갔었니?"

"그럼요! 아주 재미있었어요. 다섯시까지 춤을 추었어요. 엘레츠카야는 정말 이뻤어요!"

"아니, 얘야! 걔 어디가 그렇게 예쁘다고 그러냐? 그애 할머니인 공작 부인이 다리야 페트로브나와 비교가 된단 말이냐?…… 그건 그렇고, 참, 그이도 이젠 많이 늙었지? 공작 부인 다리야 페트로브나 말이야."

"늙다니요?"

톰스키는 엉겁결에 대답했다.

"돌아가신 지 칠 년이나 되는데."

소녀가 고개를 들어 청년에게 눈짓을 했다. 그는 이 연로한 백작 부인에게 같은 연배의 사람들의 죽음을 모두들 숨기고 있다는 것을 상기하고 입술을 깨물었다. 그러나 백작 부인은 자신에게는 새로운 소식을 아주 태연하게 들었다. "돌아가셨다구!" 그녀가 말했다. "그런 걸 내가 모르고 있었구나! 우리가 궁중 여관(女官)에 임명되어가지고 말이야. 알현하러 갔을 때, 여제(女帝)께서는……"

백작 부인은 손자에게 백 번도 더 얘기한 자신의 일화를 들려주었다.

"얘, 폴."

잠시 후 그녀가 말했다.

"이젠 나 좀 일어서게 부축해다오. 리자베타, 내 담뱃갑은 어디 있지?"

백작 부인은 하녀들을 데리고 화장을 끝마치기 위해 칸막이 뒤의 화장실로 갔다. 톰스키는 소녀와 단둘이 남았다.

"누구를 소개하시려는 건가요?"

리자베타 이바노브나가 조용히 물었다.

"나루모프입니다. 그 사람을 아세요?"

"아뇨! 그분은 군인이신가요, 문관이신가요?"

"군인이지요."

"공병인가요?"

"아뇨! 기병입니다. 그런데 왜 그가 공병이라고 생각하셨지요?"

소녀는 웃었으나 아무 대답도 하지 않았따.

"폴!" 하고 칸막이 뒤에서 백작 부인이 소리를 질렀다.

"아무거나 새로운 소설 하나 보내주겠니. 제발 요새 거로는 말고 말이야."

"어떤 거 말씀이죠, 할머니?"

"왜 있잖니, 부모의 은혜를 모르는 배은망덕한 주인공은 안 나오고 또 물에 빠져 죽는 사람도 안 나오는 걸로 말야. 난 정말 물에 빠져 죽은 송장은 끔찍하단다!"

"요샌 그런 소설 없어요. 그럼 러시아 건 어때요?"

"아니, 러시아 소설이란 것도 있니?…… 좋아 그러렴. 얘야, 꼭 보내야 한다!"

"안녕히 계세요, 할머니. 바빠서 이만…… 잘 있어요, 리자베타 이바노브나! 근데 왜 당신은 나루모프를 공병이라고 생각하였을까요?"

그리고는 톰스키는 화장실을 나왔다.

리자베타 이바노브나는 혼자 남았다. 그녀는 일손을 멈추고 창밖을 바라보기 시작했다. 곧 길 건너편에서 젊은 장교가 모퉁이 집을 돌아 모습을 나타냈다. 그녀의 두 볼이 발개졌다. 그녀는 다시 일감을 잡고는 수놓은 헝겊 위로 고개를 숙였다. 이때 다 차려입은 백작 부인이 들어왔다.

"마차를 준비시켜라, 리자베타."

그녀는 말했다.

"바람 좀 쐬러 나가자꾸나."

리자는 자수대에서 일어나 일감을 정리했다.

"이런 이런, 뭘 꾸물거리고 있는 게냐, 귀가 먹었니!"

백작 부인은 소리를 지르기 시작했다.

"빨리 마차를 준비하라고 일러라."

"지금 가요!"

소녀는 기어들어가는 목소리로 대답을 하고 현관으로 뛰어갔다.

하인이 들어와 백작 부인에게 파벨 알렉산드로비치 공작에게서 온 책을 전했다.

"마침 잘됐군. 고맙다고 전해요."

백작 부인은 말했다.

"리자베타, 리자베타! 그래 넌 어딜 그렇게 뛰어가니?"

"옷을 갈아입으려구요."

"아직 괜찮아. 얘야, 여기 좀 앉아봐라. 첫 권을 펼치고, 큰 소리로 읽어다오……."

소녀는 책을 집어들고 몇 줄을 읽어내려 갔다.

"더 크게!"

백작 부인은 말했다.

"아니, 얘야. 무슨 일이 있냐? 왜 목소리가 다 죽어가니?…… 가만있자, 의자를 이리로 더 당겨봐라. 더 가까이…… 자아!"

리자베타 이바노브나는 다시 두 페이지를 읽었다. 백작 부인이 하품을 했다.

"그 책은 그만 됐다."

그녀는 말했다.

"무슨 책이 그러냐! 그걸 파벨 공작에게 돌려보내고 고맙다고 전해라…… 그래, 마차는 준비됐니?"

"준비됐어요."

리자베타 이바노브나가 한길을 내다보고 말했다.

"넌 왜 옷을 갈아입지 않았니?"

백작 부인이 말했다.

"언제나 널 기다려야 한단 말이냐! 내참, 못 해먹을 노릇이구나."

리자베타는 자기 방으로 뛰어갔다. 채 이 분도 지나지 않아 백작 부인은 있는 힘을 다해 초인종을 울려대기 시작했다. 한 쪽 문에서 세 명의 하녀가, 다른 쪽 문으로는 하인이 뛰어왔다.

"도대체가 너희들은 불러도 안 들리느냐?"

백작 부인이 그들에게 말했다.

"가서 리자베타 이바노브나에게 내가 기다리고 있다고 일러라."

리자베타 이바노브나가 외투를 입고 모자를 쓰고 들어왔다.

"내 참, 이제야 오는군."

백작 부인은 말했다.

"굉장히 차려 입었네! 왜?…… 누굴 꼬시려구?…… 그래 날씨는 어

떠나? 바람이 부는 것 같은데."

"아닙니다, 마님! 아주 잠잠합니다요."

하인이 대답했다.

"너희들은 언제나 적당히 되는 대로 지껄이지! 창문을 열어봐. 그것 봐라, 바람이 불잖아! 게다가 아주 춥구먼! 마차를 거두어라! 리자베타, 우리 안 나가는 걸로 하자. 공연히 차려입기만 했군."

'이게 내 팔자라니까!' 리자베타 이바노브나는 생각했다.

사실 리자베타 이바노브나는 불행한 피조물이었다. 남의 빵은 맛이 쓰고 남의 집 계단은 오르기가 가파르다고 단테는 말한 바 있는데, 이 고결한 노파의 가엾은 양녀말고 또 누가 남에게 얹혀 사는 괴로움을 알겠는가? 백작 부인은 물론 사악한 영혼의 소유자는 아니었다. 그러나 상류 사회에서 버릇없는 응석꾸러기가 되어버린 여자로서 변덕스러웠고, 자기들 시대에 사랑하기를 다 끝내버렸고 지금은 소외당한 모든 노인네들처럼 인색했고 또 냉혹한 이기주의에 빠져 있었다. 그녀는 상류 사회의 허영스런 모임에는 빠짐없이 참석했고, 무도회에도 출입해서는 연지를 찍고 고풍의 옷차림을 한 채 그곳에서는 없어서는 안 될 기괴한 장식물처럼 한쪽 구석에 앉아 있었다. 그러면 그곳의 손님들은 정해진 예식에 따르듯이, 그녀에게로 가까이 와서 정중히 인사를 했고, 그런 다음에는 아무도 그녀를 알은체하지 않았다. 그녀는 예의를 엄격하게 지켜서 누가 누군지 얼굴도 모르면서도 도시의 모든 사람들을 자택으로 초대했다. 현관 방이나 하녀 방에서 먹어대기만 하며 나이를 먹은, 그녀의 많은 하인들은 죽을 날이 얼마 남지 않은 노파의 물건을 앞다투어 빼돌리며 제멋대로 행동했다. 리자베타 이바노브나는 이 집의 수난자였다. 그녀는 차를 따라주고는 설탕을 쓸데없이 낭비한다고 잔소리를 들었다. 또 소설을 읽어주고는 저자의 모든 실수를 뒤집어써야 했다. 백작 부인을 동반해 산책을 가서는 날씨나 포장도로에까지 책임을 져야 했다. 급료가 정해져 있었지만 제대로 받아본 적이 없었다. 그러면서도 여느 사람들처럼, 즉 극히 소수의 사람들처럼 옷을 잘 차려입어야 했다. 사교계에서도 그녀는 가장 비참한 역할을 맡고 있었다. 모두들 그녀를 알고는 있었지만 아무도 그녀에게 눈길을 주지 않았다. 무도회에서 그녀가 춤을 추는 경우는 파트너가 모자랄 때뿐이었고, 귀부인들이 옷차림을 다시 매만지기 위해 화장실에 갈 때에는 매번 그녀를 데리고 갔다. 그녀는 자존심이 있었고 자신의 처지를 확실하게 느끼고 있었기에 절실하게 구원의 손길을 고대하면서 주위를 둘러보았다. 그러나 경박한 공명심에 눈이 팔린 청년들은 버릇 없고 오만한 영양(令孃)들에게 들러붙느라 그들보다 백 배는 사랑스러운 리자베타를 거들떠보지도 않았다. 화려하고 지루한 객실을 살짝 빠져나와 벽지를 바른 칸막이와 옷장과 화장대와 칠을 한 침대가 놓여 있고, 구리 촛대에 수지로 만든 양초가 어슴푸레 타고 있는 초라한 자기 방으로 가서 소리 없이 운 일이 얼마나 많았던가!

어느 날, 이 얘기의 첫머리에 썼던 그날 밤으로부터 이틀이 지나고 지금 우리가 잠깐 멈춘 장면에서 일주일 전, 리자베타 이바노브나가 창가의 자수틀 앞에 앉아 무심코 거리를 내다보다가 창문 쪽을 바라보며 꼼짝 않고 서 있는 젊은 공병 장교를 발견했다. 그녀는 고개를 숙이고 다시 손을 놀렸다. 오 분쯤 지나서 다시 내다보니, 청년 장교는 여전히 같은 자리에 서 있었다. 지나가는 장교들에게 추파를 보내는 일에 익숙지 않아서, 그녀는 거리를 내다보는 일을 그만두고 이번에는 고개도 들지 않고 두 시간 가까이 계속 수를 놓았다. 식사할 시간이 되었다. 그녀는 자리에서 일어나 자수틀을 정리하다가 또 한번 무심코 밖을 내다보았다. 여전히 공병 장교는 그 자리에 서 있었다. 그녀는 참 이상한 일이지 싶었다. 식사를 하고 나서, 일말의 불안한 마음을 품고 창문에 가까이 가보았지만, 그러나 장교는 거기에 있지 않았다. 그리곤 그녀도 그에 대해선 곧 잊어버렸다.

이틀쯤 지나, 백작 부인과 함께 마차를 타려고 나가다가 그녀는 또 다시 그를 보았다. 그는 해달피 깃으로 얼굴을 가리고 바로 현관 옆에 서 있었다. 검은 눈동자가 모자 그늘에서 번쩍거리고 있었다. 리자베타는 자신도 모르게 알 수 없는 전율을 느끼며 마차에 올랐다.

집으로 돌아오자마자 그녀는 창가로 달려갔다. 장교는 그녀에게 시선을 향한 채 이전의 자리에 서 있었다. 그녀는 호기심과 흥분된 감정에 고통을 느끼며 그 자리에서 물러났다. 그것은 그녀가 난생처음 느끼는 감정이었다.

이때부터 하루도 안 거르고 정해진 시간에 청년의 모습이 그 집 창 밑에 나타났다. 두 사람 사이에는 암묵적인 관계가 이루어졌다. 자기 자리에 앉아 일을 하고 있으면서도, 그녀는 그가 다가오는 것을 느꼈고 고개를 들어 그를 보았고, 그를 바라보는 시간은 날이 갈수록 길어졌다. 청년은 아마도 자기를 보아주는 것에 대해 고마워하는 것 같았다. 두 사람의 시선이 마주칠 때마다 청년의 창백한 양쪽 볼이 순간적으로 빨개지는 것을 그녀는 젊은 처녀다운 예리한 시선으로 잡아냈다. 일주일이 지나자 그녀는 청년에게 미소를 지어보였다.

톰스키가 백작 부인에게 자신의 친구를 소개하도록 허락 해달라고 청했을 때, 가련한 처녀의 가슴은 쿵당거렸다. 그러나 나루모프가 공병이 아니고 근위 기병이라는 걸 알고 나자, 그녀는 경솔한 질문으로 미덥잖은 톰스키에게 자신의 비밀을 입 밖에 내어버린 걸 후회했다.

게르만은 러시아에 귀화한 독일인의 아들로서, 아버지로부터 변변찮은 재산을 물려받았다. 자신의 경제적인 자립을 확고히 해야겠다고 단단히 결심한 게르만은 재산의 이자 수입엔 손을 대지 않고 오직 봉급만으로 생활을 꾸려나갔으며 아무리 사소한 변덕도 자신에게 허락하지 않았다. 그렇지만, 그가 터놓고 얘기하는 타입이 아닌 데다 야심가였기 때문에 동료들은 그의 지나친 검약을 비웃을 만한 기회를 좀처럼 갖지 못했다. 그는 강한 열정과 불 같은 상상력을 가지고 있었지만, 굳건한 의지 덕택에 보통 젊은이들의 방종함을 피해갈 수 있었다. 예컨대, 마음속으론 도박을 좋아하면서도 결코 카드를 손에 잡지 않았다. 자신의 처지가 결코 '여분의 돈이 생기는 걸 기대하여 필요한 돈을 희생하는 걸' 허용하지 않는다고 생각해서였다. 그러면서도 밤새도록 카드놀이가 벌어지는 테이블에 버티고 앉아 주거니받거니 하는 노름의 변화무쌍한 형세를 열병에 걸린 듯 가슴을 떨면서 지켜보았다.

석 장의 카드 얘기는 그의 상상력을 강하게 자극하여 밤새도록 그의 머릿속을 떠나지 않았다. '만약에' 그는, 이튿날 저녁 페테르부르크의 거리를 배회하며 생각했다. '만약에, 그 늙은 백작 부인이 나에게 비결을 물려준다면! 혹은 석 장의 틀림없는 패만이라도 말해준다면!

자신의 행운을 시험해 보지 않을 이유가 없잖은가?…… 어쨌든 그녀를 만나고, 환심을 사도록 하자. ―아니, 차라리 그녀의 애인이 되는 거야. ―아냐, 그건 시간이 너무 걸리지. ―벌써 여든일곱이 아닌가. ―일주일 후, 아니 당장 내일모레라도 죽어버릴지 몰라! ―근데 그 얘긴 사실일까? 그걸 믿어도 좋을까?…… 아냐! 절약, 절제, 근면, 이게 내가 이길 수 있는 확실한 석 장의 패다. 이게 나의 재산을 세 배로 늘려줄 거고, 일곱 배로 늘려줄 거고, 나에게 안락과 자립을 가져다줄 거야!'

그렇게 생각하면서 그는 어느 사이에 페테르부르크의 한 대로에 있는 고풍 양식의 저택 앞에 이르렀다. 거리는 마차로 메워져 있었는데, 마차들은 줄을 지어 불빛이 환한 현관에 도착했다. 마차에서는 연이어 젊은 미인의 늘씬하게 뻗은 다리와, 소리가 요란한 승마용 장화, 줄무늬 스타킹과 외교관들의 단화 등이 쭉쭉 뻗어내렸다. 모피 외투와 망토가 위엄 있는 문지기 옆을 번쩍거리며 지나갔다. 게르만은 멈춰섰다.

"이건 어느 분의 저택입니까?"

그는 길모퉁이의 경관에게 물었다.

"안나 페도토브나 백작 부인 댁이오."

경관이 말했다.

게르만은 몸을 떨었다. 이상한 카드 얘기가 또다시 그의 공상 속에 떠올랐다. 그는 이 집 여주인과 그녀의 신기한 능력에 대해 생각하면서 집 주위를 얼쩡거렸다. 밤이 늦어서야 그는 초라한 자신의 숙소로 돌아왔지만 오래도록 잠을 이루지 못했다. 그리곤 겨우 잠이 들자 카드 장, 녹색의 테이블, 지폐 뭉치와 금화 더미 꿈을 꿨다. 그는 카드를 한 장씩 걸어서 마침내는 과감하게 배를 걸고 한정없이 이겨서는 금화를 긁어모으고 돈 뭉치를 주머니에 쑤셔넣었다. 아침 늦게야 잠에서 깨어났을 때 그는 자신의 환상적인 재산이 모두 사라진 걸 생각하고 한숨을 쉬었다. 다시금 거리에 나가 도시를 배회하고 있으려니, 또 다시 백작 부인의 저택 앞에 와 있었다. 눈에 보이지 않는 힘이 아마도 그를 그곳으로 데려온 것 같았다. 그는 발길을 멈추고 창문들을 쳐다보기 시작했다. 창문 하나에서 책을 보는지 일을 하고 있는지 고개를 수그리고 있는 검은 머리채가 눈에 띄었다. 고개가 들어올려지고, 게르만은 풋풋한 앳된 얼굴과 까만 눈동자를 볼 수 있었다. 바로 이 순간이 그의 운명을 결정지었다.

3

리자베타 이바노브나가 외투와 모자를 거의 벗자마자, 백작 부인은 벌써 그녀를 부르러 사람을 보내서 다시금 마차를 준비하도록 분부했다. 두 사람은 마차를 타러 밖으로 나갔다. 두 명의 하인이 노파를 부축해서 마차 문 안으로 막 밀어 넣으려는 참에, 리자베타 이바노브나는 마차 바퀴 바로 옆에 있는 그 공병 장교를 보았다. 그는 그녀의 손을 잡았다. 그녀가 너무 놀란 나머지 얼이 빠져 있는 사이에 청년은 사라지고 그녀의 손에는 한 통의 편지가 쥐어져 있었다. 그녀는 그것을 장갑 속에 숨겼고 마차에 타고 있는 동안 줄곧 아무것도 듣지도 보지도 못했다. 백작 부인은 마차를 타고 있노라면 통상 끊임없이 물어보곤 했다. —방금 우리가 만난 사람이 누구였지?—저 다리는 뭐라고 부르느냐?—저 간판에는 뭐라고 씌어 있니? 리자베타가 이번엔 건성으로 당치도 않게 대답했기 때문에 백작 부인은 화가 났다.

"도대체 어떻게 된 거니! 너 지금 제정신이냐? 내 말이 안 들리니, 아니면 알아듣지 못하는 거니?…… 맙소사, 나도 아직 혀가 꼬부라지지 않고 정신이 말짱한데 말이야!"

리자베타 이바노브나는 그녀의 말을 듣고 있지 않았다. 집에 돌아오자 그녀는 자기 방으로 뛰어들어가서는 장갑에서 편지를 꺼냈다. 편지는 봉함되어 있지 않았다. 리자베타 이바노브나는 단숨에 그걸 다 읽었다. 편지의 내용은 사랑의 고백이었다. 그것은 어조가 아주 부드럽고 예의발랐으며 단어 하나하나가 독일 소설에서 인용한 것이었다. 그러나 리자베타 이바노브나는 독일어를 몰랐기 때문에 편지에 대해 아주 만족했다.

그렇긴 해도, 그녀가 받은 편지는 또 그녀를 더욱 불안하게 했다. 생전 처음으로 그녀는 젊은 남자와 비밀스런 관계를 맺게 된 것이다. 남자의 대담성에 그녀는 두려움을 느꼈다. 그녀는 자기의 조심성 없는 행동을 꾸짖어 보기도 했으나, 무얼 어찌해야 좋을지 알 수 없었다. 창가에 앉는 일을 그만두고, 모른 체해 버림으로써 쫓아다니려는 젊은 장교의 열의가 식어가게 할까? —그에게 편지를 되돌려 줄까? —냉정하고 단호하게 답장을 할까? 그녀에겐 상의할 만한 친구도 선생님도 없었던 것이다. 리자베타 이바노브나는 답장을 쓰기로 했다.

그녀는 조그마한 책상 앞에 앉아 펜과 종이를 가져다 놓고는 한참 동안을 생각했다. 그녀는 몇 번이고 편지를 쓰기 시작하다가는 찢어

버렸다. 표현이 너무 겸손한 것처럼 느껴지기도 또 너무 가혹한 것처럼 느껴지기도 했다. 마침내 그녀는 가까스로 몇 줄을 써내려갔고 만족했다. '저로서는' 그녀는 그렇게 썼다. '당신이 깨끗한 마음을 지니셨고, 일부러 저에게 창피를 주려고 그 같은 경솔한 행동을 하신 것이 아니라고 믿습니다. 그러나 우리의 교제를 이런 식으로 시작해서는 안 됩니다. 당신의 편지를 이렇게 돌려드리면서 바라건대, 앞으로는 제가 이런 부당한 무례에 대해서 유감스러워 하는 일이 없었으면 합니다.'

다음날 게르만이 오는 걸 보고 리자베타 이바노브나는 자수틀에서 일어나 홀 안으로 들어가서는, 그곳 들창을 열고는 그 청년 장교가 재빨리 집어가길 기대하면서 한길로 편지를 던졌다. 게르만이 달려와서는 그걸 집어들고는 과자점 안으로 들어갔다. 봉투를 뜯어보니 자신의 편지와 리자베타 이바노브나의 답장이 들어 있었다. 그는 그것을 미리 예견하고 있었기에 이후의 계책을 골똘히 생각하면서 집으로 돌아왔다.

사흘이 지난 후에 리자베타 이바노브나에게 유행품 가게에서 왔다는 눈치 빠르게 생긴 계집애가 편지를 건넸다. 리자베타 이바노브나는 무슨 청구서인가 싶어 걱정하면서 편지를 개봉했는데, 편지의 필적이 게르만의 것임을 바로 눈치챘다.

"여보세요, 이건 잘못 온 거예요."

그녀는 말했다.

"이 편지는 나한테 온 게 아니에요."

"아녜요. 당신이 틀림없어요!"

하고 이 맹랑한 계집애는 교활한 미소를 숨기지 않으면서 대답했다.

"어서 읽어보세요!"

리자베타 이바노브나는 편지를 훑어보았다. 게르만이 밀회를 요구하고 있었다.

"그럴 리가 없어요!"

리자베타 이바노브나는 이 성급한 요구와 방법에 어이없어 하면서 말했다.

"이 편지는 분명 나한테 온 게 아녜요!"

그리고는 편지를 갈기갈기 찢어버렸다.

"당신에게 온 게 아니라면 왜 찢어버리는 거죠?"

하고 계집애는 말했다.

"난 부탁받은 사람에게 되돌려줘야 하는데."

"이것 봐요, 제발."

리자베타 이바노브나는 상대편의 핀잔에 얼굴이 달아올라 말했다.

"앞으론 나한테 이런 편지 가지고 오지 말아요. 당신을 보낸 분에게는 창피한 줄 알아야 한다고 전해줘요."

그러나 게르만은 단념하지 않았다. 리자베타 이바노브나는 매일같이 그로부터 이런저런 방법으로 보내진 편지를 받았다. 그것들은 이미 독일 것을 번역한 것이 아니었다. 게르만은 열정에 이끌려 편지를 썼고, 자기 자신의 언어로 말을 했다. 거기에는 꺾을 수 없는 욕망과 방종하고 무질서한 상상이 표현되어 있었다. 리자베타 이바노브나도 이제는 그것을 되돌려보낼 생각을 하지 않았다. 그녀는 편지들에 넋이 빠졌고 답장을 쓰게 되었다. 그녀의 답장은 차츰 길어졌으며 또 다

정해졌다. 마침내 그녀는 그에게 다음과 같은 편지를 써서 창문으로 던졌다.

오늘밤은 대사 댁에서 무도회가 있습니다. 백작 부인도 참석할 거예요. 우리는 두시 정도까지 거기에 있을 겁니다. 때마침 당신에겐 저와 단둘이 만날 수 있는 좋은 기회입니다. 백작 부인께서 출발하시면 하인들은 틀림없이 제각기 흩어질 거고, 문지기만이 현관에 남아 있을 텐데, 그도 또한 대개는 자기 방으로 들어가버립니다. 열한시 반에 와주세요. 밖에 있는 계단을 곧장 올라오시구요. 만약 현관방에 누가 있거들랑 백작 부인이 집에 계시냐고 물으세요. 안 계신다고 하면 달리 어쩔 도리가 없겠지요. 당신은 되돌아가셔야만 할 거예요. 하지만 틀림없이, 당신은 아무도 만나지 않을 겁니다. 하녀들은 모두 한방에 있습니다. 먼저 현관에서 왼쪽으로 가시고 곧장 백작 부인의 침실까지 오세요. 침실의 칸막이 뒤로 잘은 문 두 개를 볼 수 있을 겁니다. 오른쪽은 백작 부인이 전혀 드나들지 않는 서재로 통하고 왼쪽은 복도로 통하는데, 바로 거기에 좁고 고불고불한 계단이 있습니다. 그리로 따라오시면 제 방입니다.

게르만은 정해진 시간을 기다리며 호랑이처럼 몸을 떨고 있었다. 밤 열시에 그는 이미 백작 부인의 집 앞에 서 있었다. 날씨가 아주 사나웠다. 바람이 울부짖고 축축한 눈발이 펑펑 쏟아지고 있었다. 가로등 불빛은 어둠침침했고 거리는 텅 비어 있었다. 이따금 말라빠진 말을 모는 마차꾼이 귀가가 늦어진 손님을 찾으며 지나칠 뿐이었다. 게르만은 프록코트만 걸친 채 바람도 눈도 느끼지 못하면서 서 있었다. 마침내 백작 부인의 마차가 끌려나왔다. 게르만은 하인들이 담비털 가죽 외투로 몸을 휘감은 구부정한 노파를 부축해 나오는걸 보았다. 그녀의 뒤에는 추워 보이는 망토를 입고 머리에 생화를 꽂은 그녀의 양녀가 어른거렸다. 마차의 문이 쾅 닫혔다. 마차는 푸석푸석한 눈길에서 둔중하게 움직이기 시작했다. 문지기가 문단속을 했다. 창문에도 불이 꺼졌다. 게르만은 인기척이 끊어진 집 주위를 얼쩡거렸다. 그는 가로등에 가까이 가서 시계를 들여다보았다. 열한시 이십분이 지나고 있었다. 그는 가로등 아래 서서 시곗바늘을 주시하며 나머지 몇 분이 지나가기를 초조하게 기다렸다. 정각 열한시 반에 게르만은 바깥 층계를 올라가서 불빛이 눈부시게 밝은 현관으로 들어갔다. 문지기는 없었다. 게르만은 계단을 뛰어올라가 현관문을 열고, 램프 아래서 낡고 더러운 의자들을 놓고 잠들어 있는 하인을 보았다. 가볍고 확실한 걸음걸이로 게르만은 그 옆을 지나갔다. 홀과 객실도 캄캄했다. 현관의 등불만이 그곳을 희미하게 비추어주고 있었다. 게르만은 침실로 들어갔다. 오래된 성상을 가득 모아놓은 성상갑 앞에는 금으로 만든 현수등이 켜져 있었다. 빛바랜 꽃무늬 주단을 씌운 안락의자와 푹신푹신한 방석을 얹어놓은, 도금이 벗겨진 소파가 중국 벽지를 바른 벽 앞에 서글픈 조화를 이루면서 나란히 놓여 있었다. 벽에는 파리에서 마담 루블랑이 그린 두 점의 초상화가 걸려 있었다. 그 중 하나에는 담녹색의 군복을 입고 별 모양의 훈장을 단 마흔 가량의 뚱뚱하고 불그스레한 얼굴의 남자가 그려져 있었고, 다른 하나에는 관자놀이까지 머리를 빗어올리고 분을 뿌린 머리카락에 장미를 꽂은 매부

리코의 젊은 미녀가 그려져 있었다. 방의 네 구석에는 자기 목동상과 유명한 르루아제 탁상시계, 작은 상자, 룰렛의 도구, 부채, 그리고 지난 세기말에 등장했던 몽골피에의 기구(氣球)와 메스메르의 자력설과 함께 등장했던 각종 부인용 장난감이 놓여 있었다. 게르만은 칸막이 뒤로 갔다. 거기엔 조그만 철제 침대가 있었고, 오른쪽에는 서재로 들어가는 문, 왼쪽에는 복도로 빠지는 문이 있었다. 게르만은 그 문을 열고 가엾은 양녀의 방으로 통하는 좁고 구불구불한 계단을 바라보았다…… 그러나 그는 돌아서서 캄캄한 서재로 들어갔다.

시간은 천천히 흘러갔다. 주위는 고요했다. 객실에 있는 시계가 열두시를 치자, 각 방의 시계도 잇달아 열두시를 알렸다. 그리고는 모두들 다시 조용해졌다. 게르만은 차가운 벽난로에 기대었다. 그는 침착했다. 마치 뭔지 위험하지만 불가피한 일을 결심한 사람처럼, 그의 심장은 규칙적으로 뛰었다. 시계는 새벽 한시를 치고 두시를 쳤다. 그리고 그는 멀리서 마차가 삐걱거리는 소리를 들었다. 자기도 모르게 흥분되는 것을 그는 느꼈다. 마차는 가까이 와서는 멈추었다. 그는 마차의 발판을 내리는 소리를 들었다. 집 안이 술렁거렸다. 하인들이 왔다 갔다 뛰어다녔고 사람들 목소리가 울려퍼졌고 집 안엔 불이 밝혀졌다. 세 명의 늙은 하녀가 침실로 달려들어오고, 마침내 백작 부인이, 겨우 숨이 붙어 있는 모습으로 들어와서는 볼테르 안락의자에 푹 주저앉았다. 게르만은 문틈으로 지켜보고 있었다. 게르만은 바쁘게 계단을 올라가는 그녀의 발소리를 들었다. 그의 가슴엔 뭔가 양심의 가책 같은 것이 스쳐 지나갔으나 다시 평정을 되찾았다. 그는 마치 돌처럼 서 있었다.

백작 부인은 거울 앞에서 옷을 벗기 시작했다. 장미꽃으로 장식한 모자를 벗은 다음에 짧게 친 백발 머리에 쓰고 있던 가발을 벗었다. 머리핀이 주위에 비 오듯이 떨어졌다. 은실로 수놓은 노란 의상이 그녀의 부어오른 발 아래로 미끄러져 떨어졌다. 게르만은 그녀의 치장의 역겨운 비밀을 목격한 것이다. 이윽고 백작 부인은 잠옷과 침실용 모자만을 걸치게 되었다. 이런 차림이 되자, 그녀의 나이에 더 어울려 보였고, 그녀가 그다지 무섭지도 추하지도 않게 여겨졌다.

노인들이 대개 다 그렇듯이 백작 부인도 불면증에 시달리고 있었다. 의상을 다 벗자 그녀는 창가에 있는 볼테르 안락의자에 앉더니 하녀들을 물리쳤다. 촛대도 가져가고 다시 성상 앞의 등불만이 방안을 비추었다. 백작 부인은 샛노란 얼굴을 하고 축 늘어진 입술을 떨며 몸을 좌우로 흔들면서 앉아 있었다. 흐리멍덩한 그녀의 눈은 아무 생각이 없다는 걸 말해주고 있었다. 그녀의 이런 모습을 보면서, 이 끔찍하게 늙은 노파가 좌우로 몸을 흔드는 것은 자신의 의지에 의한 것이 아니라 어떤 숨겨진 갈바니 전기의 작용에 의한 것이라고 생각되었다.

갑자기 이 죽은 사람과 같은 얼굴에 형용하기 힘든 변화가 일어났다. 입술의 움직임도 그치고 눈동자에 생기가 돌았다. 백작 부인 앞에 낯선 사내가 서 있었던 것이다.

"놀라지 마세요, 제발 놀라지 마십시오!"

그는 낮은 목소리로 분명하게 말했다.

"저는 마님을 해치려는 게 아닙니다. 저는 한 가지 간절한 부탁이 있어 찾아온 것뿐입니다."

노파는 말없이 그를 쳐다보았다. 아마도 그의 얘기를 듣지 못한 것 같았다. 게르만은 그녀의 귀가 먼 것이라 생각하고 그녀의 바로 귀밑까지 몸을 숙여 같은 말을 되풀이했다. 노부인은 여전히 말이 없었다.

"마님께선."

게르만은 말을 이었다.

"제 삶에 행운을 가져다줄 수 있습니다. 그리고 그건 마님껜 아주 간단한 일이지요. 저는 마님께서 연달아 석 장의 카드를 알아맞히실 수 있다는 걸 알고 있습니다."

게르만은 말을 멈추었다. 백작 부인은 그가 뭘 요구하고 있는지 알아들은 것 같았다. 그래서 자신의 답변을 위한 말을 찾고 있는 듯했다.

"그것은 농담이었어요."

마침내 그녀는 말했다.

"맹세코, 그건 농담이었어요!"

"결코 농담이 아닙니다."

게르만은 발끈하며 말을 받았다.

"잃은 돈을 되찾도록 도와주셨던 차플리츠키를 기억해보세요."

백작 부인은 분명히 당황했다. 그녀의 표정은 강한 마음의 동요를 나타냈지만, 곧 종전의 무표정으로 되돌아갔다.

"저에게."

게르만은 말을 이었다.

"석 장의 이기는 패를 가르쳐주시지 않겠습니까?"

백작 부인은 아무 말이 없었다. 게르만은 계속했다.

"누굴 위해 마님께서는 그 비밀을 감추는 겁니까? 손자들을 위해섭니까? 그들은 그런 거 없이도 부자예요. 그들은 도대체가 돈의 소중함도 모른단 말입니다. 낭비하는 인간들에겐 마님의 카드 석 장이 도움이 안 됩니다. 부모의 유산을 지키지도 못하는 족속들은 아무리 악마의 힘을 빌려도 결국 빈털터리로 죽게 돼요. 저는 낭비하는 인간이 아닙니다. 저는 돈의 가치를 알아요. 마님의 카드 석 장이 저에겐 헛되지 않을 겁니다. 자 어서!"

그는 입을 다물고 몸을 떨면서 그녀의 대답을 기다렸다. 백작 부인은 아무 말이 없었다. 게르만은 무릎을 꿇었다.

"만일 언젠가."

그는 말했다.

"마님께서 사랑의 감정을 경험하셨다면, 그때의 기쁨을 기억하고 계신다면, 그리고 한번이라도 막 태어난 아드님의 울음 소리에 미소 지은 일이 있으시다면, 언젠가 마님의 가슴이 인간적인 그 뭔가에 감동된 일이 있으시다면, 아내로서, 연인으로서, 어머니로서의 당신의 감정에, 이 삶에서 성스러운 모든 것에 맹세코 애원합니다. 제발 제 부탁을 거절하지 말아주세요! 마님의 비법을 저에게 알려주세요! 마님께 그게 무슨 소용이 있습니까? 비밀을 알고 있는 것이 무서운 죄악이 될지도 모르고, 영원한 행복을 대가로 지불할지도 모르며, 악마와 거래를 해야 할지도 모르는 일입니다⋯⋯ 잘 생각해보세요. 마님께선 연로하셨고, 오래 사시지 못합니다. 저는 마님의 죄를 제 영혼으로 떠맡을 준비가 되어 있어요. 제발 당신의 비법을 알려주세요. 한 인간의 행복이 마님의 손에 달려 있다는 걸 생각해보세요. 저 한 사람만이 아니라 제 자식들과 손자들, 그리고 증손자들까지도 마님의 기일을 기리고 성녀처럼 공경할 겁니다."

노파는 한마디의 대꾸도 하지 않았다.

게르만은 자리에서 일어났다.

"이 늙어빠진 마녀야!"

그는 이를 악물고 말했다.

"어디 내가 대답을 하게 해주마."

이 말과 함께 그는 호주머니에서 권총을 꺼냈다.

권총을 보자 백작 부인은 다시 강한 감정을 드러냈다. 그녀는 쏘는 걸 막기라도 하려는 듯 고개를 내저으며 손을 치켜들었다……. 그리고는 뒤로 벌렁 넘어지더니…… 움직이지 않았다.

"어린애 같은 짓은 그만둬요."

노파의 손을 잡고 게르만은 말했다.

"마지막으로 묻겠습니다. 석 장의 카드를 말해주겠소? 그러겠소, 못 하겠소?"

백작 부인은 대답하지 않았다. 게르만은 그녀가 죽었다는 것을 알았다.

4

리자베타 이바노브나는 자기 방에 앉아, 아직 무도회 의상을 입은 채로 깊은 생각에 잠겨 있었다. 집으로 돌아오자, 그녀는 잠이 덜 깬 얼굴로 옷 갈아입는 걸 거들겠다는 하녀를 황급히 물리치고는 몸을 떨며 방으로 들어갔다. 게르만이 거기 있을까 기대하면서도 한편으론 있지 말았으면 하고 바라는 마음이었다. 첫눈에 그녀는 그가 없다는 걸 확인하고는 두 사람의 밀회를 방해한 운명에 감사했다. 그녀는 옷도 벗지 않고 그대로 앉아서, 그렇게 짧은 사이에 이토록 깊은 관계에까지 빠지게 된 모든 사정을 돌이켜보았다. 그녀가 처음으로 창가에서 청년을 본 지 3주일도 지나지 않았다. 그런데 벌써 그녀는 그와 편지를 주고받았고, 그는 또 야밤의 밀회까지 승낙받은 것이다! 그녀가 그의 이름을 알게 된 것도 단지 몇 통의 편지에 씌어진 서명을 보고서였다. 그와 한번도 얘기를 나눈 적이 없었고, 그의 목소리를 들어본 적도 없으며, 그에 대한 소문조차 들은 일이 없었다…… 바로 오늘밤 까지도 말이다. 말이 되는가! 바로 오늘밤, 무도회에서, 톰스키는 평소와 다르게 그가 아닌 다른 사내에게 교태를 부리고 있던 공작 영양 폴리나에게 화가 나서는 복수를 하기 위해 무관심한 척했다. 그는 리자베타 이바노브나를 불러 그녀를 상대로 끊임없이 마주르카를 춘 것이다. 그러는 동안 내내 그는 그녀가 공병 장교에게 빠져 있다고 놀려대며, 자신이 그녀가 짐작하고 있는 것보다 훨씬 더 많은 걸 알고 있다고 단언했는데, 그의 농담 중의 몇 마디는 너무나도 제대로 들어맞는 것이어서 리자베타 이바노브나는 자신의 비밀이 그에게 다 알려진 게 아닐까 몇 번이고 생각해봐야만 했다.

"그걸 전부 누구한테 들으셨어요?"

그녀는 웃으면서 물어보았다.

"당신이 알고 있는 사람의 친구로부터지요."

톰스키가 대답했다.

"아주 유명한 사람이죠!"

"도대체 그 유명하다는 사람이 누구예요?"

"게르만이라고 합니다."

리자베타 이바노브나는 아무런 대꾸도 하지 않았지만 그녀의 손과 발이 얼음처럼 차가워졌다.

"그 게르만이라는 사람은 말이죠."

톰스키는 말을 계속 하였다.

"아주 낭만적인 인물인데, 옆모습은 나폴레옹이고, 마음은 메피스토펠레스이지요. 내 생각에 그에겐 양심의 가책을 받을 악행이 적어도 셋은 될 겁니다. 어째서 그렇게 갑자기 창백해졌습니까!"

"저, 머리가 좀 아파서요…… 그래 게르만인가 하는 사람이 당신에게 뭐라고 하던가요?"

"게르만은 자기 친구를 매우 못마땅하게 생각하고 있어요. 그는 자기가 그 친구의 처지였다면 전혀 다르게 행동했을 거라고 말합니다……. 제 짐작엔 말예요, 게르만 자신이 당신에게 생각이 있는 모양입니다. 하여튼 그는 사랑에 빠진 친구의 한숨을 전혀 편치 못한 마음으로 듣고 있으니까요."

"그렇다고 쳐도 그 사람이 절 어디서 봤을까요?"

"교회에서일 겁니다, 아마. 아니면 산책에서!…… 그건 알 수 없는 일이죠! 아니면 당신 방에서 당신이 자고 있는 사이였는지도 모르지요. 그러고도 남을 위인이니까……."

그때 세 귀부인이 그에게 다가와서 "망각이에요? 미련이에요?"•라고 물었기 때문에 리자베타 이바노브나로선 괴로울 만큼 흥미로워진 대화가 중단되고 말았다.

톰스키가 고른 상대는 다름 아닌 공작의 영양이었다. 그녀는 여분의 춤으로 홀을 한 바퀴 더 돌고, 자신의 의자에 앉기 전에 또 한바퀴 더 돌면서 그와 자신의 마음을 충분히 이야기하는 데 성공했다. 자기 자리로 돌아온 톰스키는 이미 게르만에 대해서도 리자베타 이바노브나에 대해서도 까맣게 잊고 있었다. 그녀는 중단된 대화를 어떻게든 다시 시작하고 싶었지만, 마주르카도 끝나고 곧이어 백작 부인도 그곳을 떠나버렸던 것이다.

톰스키의 말은 마주르카 춤에 으레 따라붙는 공연한 이야기에 지나지 않았지만, 꿈 많은 젊은 처녀의 가슴에 깊이 파고들었다. 톰스키가 대충 얘기했던 초상은 그녀가 마음속으로 그리고 있던 것과 일치했고, 최근의 소설들 덕분에 이미 속된 것이 돼버린 이런 용모가 그녀의 상상력을 위협하고 또 사로잡았다. 그녀는 아직 그대로 꽃을 꽂고 있는 머리를 드러난 앞가슴 위로 숙인 채 팔짱을 끼고 앉아 있었다. 그때 갑자기 문이 열리고 게르만이 들어왔다. 그녀는 부르르 몸을 떨었다.

"어디 계셨어요?" 그녀가 놀란 목소리로 숨죽이며 물었다.

"노백작 부인의 침실에요."

게르만이 대답했다.

• 망각이에요? 미련이에요? 마주르카를 출 파트너를 선택할 때 쓰는 단어. 택한 단어에 따라 상대가 정해짐.

"막 거기서 나오는 길입니다. 백작 부인이 돌아가셨습니다."

"어머나!…… 무슨 말씀을 하시는 거예요?"

"그리고 아마."

게르만은 말을 이었다.

"제 탓인 것 같습니다."

리자베타 이바노브나는 그를 쳐다보았고 톰스키의 말이 머릿속에 떠올랐다. '이 사람의 마음속엔 적어도 세 가지 악행이 숨어 있다!' 게르만은 그녀의 맞은편 창가에 앉아 모든걸 털어놨다.

리자베타 이바노브나는 공포에 떨면서 그의 이야기를 끝까지 들었다. 그러니까, 그 정열적인 편지도, 불타는 욕구도, 그렇게 대담하고 끈질기게 뒤를 따라다닌 것도, 모두가 사랑이 아니었던 것이다! 돈, 바로 그것이 그의 영혼이 갈구하는 것이었다! 그의 욕망을 충족시켜 주고 그를 행복하게 해줄 수 있는 것은 그녀가 아니었다! 가엾은 양녀는 자신의 은인인 노부인을 살해한 강도의 눈먼 보조자에 다름아니었던 것이다!…… 그녀는 너무 뒤늦은 고통스런 자책에 신음하며 울기 시작했다. 게르만은 잠자코 그녀를 바라보았다. 그의 마음도 쓰렸지만, 가엾은 처녀의 눈물도 슬픔에 잠긴 그녀의 놀랄 만큼 아름다운 자태도 그의 냉혹한 영혼을 뒤숭숭하게 하지는 못했다. 그는 죽은 노파에 대한 생각에도 아무런 양심의 가책을 느끼지 않았다. 오직 한 가지, 부자가 되는 것을 기대했던 그 비결을 영원히 잃어버렸다는 사실이 그를 몸서리치게 했다.

"당신은 괴물이에요!"

마침내 리자베타 이바노브나가 말했다.

"나는 그녀가 죽는 걸 바라지 않았어."

게르만이 대답했다.

"권총엔 총알도 장전되어 있질 않아."

두사람은 함께 입을 다물었다.

먼동이 트기 시작했다. 리자베타 이바노브나는 거의 다 타버린 촛불을 껐다. 어슴푸레한 빛이 그녀의 방을 비추었다. 그녀는 눈물에 젖은 눈을 훔치고 게르만을 올려다보았다. 그는 팔짱을 끼고 무섭게 이마를 찌푸린 채 창가에 앉아 있었다.

그런 그의 모습은 놀랄 만큼 나폴레옹의 초상을 상기시키는 것이었다. 이 비슷함은 리자베타 이바노브나까지도 놀라게 했다.

"어떻게 집에서 빠져나가실 건가요?"

마침내 리자베타 이바노브나가 물었다.

"저는 비밀 계단을 통해서 당신을 밖으로 내보내려 생각했지만, 침실을 지나야 하고, 전 무서워요."

"저한테 말씀하세요. 비밀 계단으로 어떻게 가는지. 혼자서 가겠습니다."

리자베타 이바노브나는 자리에서 일어나 장롱에서 열쇠를 꺼내더니 게르만에게 건네주면서 빠져나가는 길을 상세히 가르쳐주었다. 게르만은 그녀의 차갑고 반응 없는 손을 잡고는 수그리고 있는 이마에 입을 맞추고 밖으로 나갔다.

그는 구불구불한 계단을 내려가서 다시 백작 부인의 침실로 들어갔다. 죽은 노파는 돌처럼 굳은 채로 의자에 앉아 있었다. 그녀의 얼굴엔 깊은 정적감이 감돌았다. 게르만은 그 앞에 멈춰서서, 마치 이

무서운 진실을 확인하려는 듯이 오랫동안 그녀를 바라보았다. 마침내 그는 서재로 들어가 벽지 뒤에 숨겨져 있는 문을 찾아내고는 어두운 계단을 내려가기 시작했다. 이상한 흥분이 그를 사로잡았다. 바로 이 계단을 통해서 육십 년 전에, 바로 이 침실로, 그리고 이 시간에 수가 놓인 카프탄*을 입고 학 모양으로 머리를 빗어올리고 삼각모를 가슴에 안은 젊은 행운아가 숨어들었을 거라는 생각이 들었다. 그이는 이미 오래 전에 무덤 속의 흙이 되어버렸는데, 그의 연인의 늙어빠진 심장은 오늘에야 고동을 멈추었구나…….

계단을 내려온 게르만은 문을 찾아 바로 그 열쇠로 연 다음, 자신이 한길로 통하는 복도에 있다는 걸 알았다.

5

운명의 밤으로부터 사흘이 지난 후, 아침 아홉시에 게르만은 ○○○수도원으로 떠났는데, 그곳에서는 세상을 떠난 백작 부인의 장례식이 예정되어 있었다. 그는 후회는 하지 않았지만, 너는 노파를 죽인 놈이야! 라고 되풀이되는 양심의 소리마저 억누를 수는 없었다. 진실한 신앙을 가지고 있지 않았던 그는 많은 미신에 사로잡혀 있었다. 그는 죽은 백작 부인이 장차 그의 삶에 해를 끼칠 수도 있다고 믿었기 때문에 그녀에게 용서를 구하기 위해 장례식에 참석하기로 결심했던 것이다.

교회는 사람들로 가득 차 있었다. 게르만은 군중을 헤치고 간신히 안으로 들어갔다. 관은 비로드가 덮인 호화로운 관대 위에 안치되어 있었다. 고인은 레이스 두건을 쓰고 흰 비단 옷을 입고 두 손을 가슴에 얹은 채 그 속에 누워 있었다. 주위엔 그녀의 집안 사람들이 서 있었다. 하인들은 어깨에 문장이 장신된 리본을 단 검은색 카프탄을 입고 손에는 촛불을 들고 있었다. 아무도 우는 사람은 없었다. 눈물을 흘린다고 해도 그것은 가식이었으리라. 백작 부인은 너무나 고령이었기 때문에 그녀의 죽음에 아무도 놀라지 않았으며, 그녀의 친족들은 이미 오래 전부터 그녀를 죽은 사람으로 여겼던 것이다. 젊은 주교가 조사를 읽었다. 그는 평이하고 감동적인 말로, 그리스도인으로서의 죽음을 오랜 세월 동안 조용히 유순한 마음으로 염원해온 신실한 고인의 평화로운 서거를 설명했다.

"죽음의 천사가 그녀를 찾아낸 것입니다."

사제는 말했다.

"경건한 명상 속에서, 한밤의 신랑을 기다리며 밤을 새우던 그분을 말입니다."

영결 미사는 슬픔의 예를 갖추어 진행되었다. 친족들이 먼저 유해에 마지막 작별을 고했다. 다음에는 오랫동안 자신들의 덧없는 유흥에 참석해온 고인에게 마지막 인사를 하러 온 수많은 손님들이 앞으로 나갔다. 그들 뒤에는 하인들이 모두 따랐다. 끝으로 고인과 같은 연배의 나이 많은 하녀가 다가섰다. 두 명의 젊은 하녀가 그녀를 부축

• 카프탄 회교 문화권에 사는 사람들이 입는 긴 웃옷. 앞자락이 길고 깊이 트여 끈으로 여미며, 넓은 소매가 달리고, 옷의 길이가 발목까지 오는 것이 특징임.

했다. 그녀는 땅에 무릎을 꿇을 기운도 없었는데, 자기 여주인의 차가운 손에 입을 맞추며 유일하게 몇 방울의 눈물을 흘렸다. 그녀의 뒤를 이어서 게르만은 관 앞에 가기로 결심했다. 그는 땅에 몸을 던지고 전나무가지를 흩트려놓은 차가운 바닥에 얼마 동안 움직이지 않고 엎드려 있었다. 이윽고 일어나더니, 죽은 사람과 똑같이 창백해져서는 관대의 계단을 올라가 몸을 숙였다. 그 순간 죽은 사람이 자신을 비웃는 듯이 쳐다보며 한쪽 눈을 깜박한 것처럼 느껴졌다. 게르만은 황급히 뒤로 물러나다가 발을 잘못 디뎌서 그대로 뒤로 넘어졌다. 사람들이 그를 일으켰다. 바로 그때, 리자베타 이바노브나도 정신을 잃고 현관으로 들려나갔다. 이 삽화적 사건이 음울한 의식의 장엄함을 잠시 깨뜨렸다. 장례식에 모인 사람들이 알아듣기 힘든 소리로 수군대기 시작했고, 고인과 가까운 친척인 야윈 시종은 옆에 있던 영국인에게 귓속말로 그 청년 장교가 고인의 사생아라고 말했다. 이에 대해 영국인은 냉담하게 대꾸했다.

"오호!"

하루종일 게르만은 무척 마음이 어지러웠다. 한적한 식당에서 식사를 하면서, 그는 혹시나 흥분된 마음을 가다듬을 수 있을까 하여, 자신의 평소의 원칙을 깨고 많은 술을 마셨다. 그러나 술은 그의 공상을 더욱 들끓게 했다. 집에 돌아오자 그는 옷도 갈아입지 않은 채로 침대에 몸을 던지고 깊이 잠들어버렸다.

그가 잠에서 깼을 때는 이미 밤이 깊어 달빛이 그의 방을 비추고 있었다. 그는 시계를 봤다. 세시 십오분전이었다. 잠은 다 달아나버렸다. 그는 침대 위에 앉아 늙은 백작 부인의 장례식에 대해 생각했다.

바로 그때 누군가 한길에서 창문으로 그를 엿보았지만, 곧 사라졌다. 게르만은 그것에 대해서 전혀 관심을 두지 않았다. 일 분쯤 지나서 그는 이번에는 현관문이 열리는 소리를 들었다. 게르만은 그의 졸병이 여느 때처럼 술에 취해 밤놀이에서 돌아온 것이라 생각했다. 그러나 그는 귀에 선 발소리를 들었다. 누군가가 조용히 실내화를 끌면서 오고 있었다. 문이 열리고, 흰옷을 입은 여인이 들어왔다. 게르만은 그녀가 자신의 늙은 유모인 줄 알고, 이런 시간에 무슨 일로 왔을까 하고 이상하게 생각했다. 그러나 새하얀 여인이 미끄러지듯 다가와서 불쑥 그의 눈앞에 서자, 게르만은 백작 부인이란 걸 알아보았다!

"나는 본의 아니게 네게 왔다."

그녀는 분명한 목소리로 말했다.

"너의 청을 들어주라는 분부를 받아서지. 3, 7, 1이 네가 연이어 이기도록 해줄 거다. 하지만 조건은 하룻밤에 한 장 이상 걸면 안 되고, 또 이후론 평생 노름에 손을 대지 말아야 한다는 것이다. 그리고 네가 나의 양딸 리자베타 이바노브나와 결혼해준다면 나를 죽인 죄는 용서해주겠다."

이 말과 함께 그녀는 조용히 돌아서더니 문 쪽으로 가서는 실내화를 끌면서 사라졌다. 게르만은 현관문이 쾅 닫히는 소리를 들었고, 누군가 또 창문으로 엿보는 것을 보았다.

게르만은 오랫동안 정신을 차릴 수가 없었다. 그는 옆방으로 가보았다. 그의 졸병은 바닥에서 자고 있었다. 게르만은 억지로 그를 깨웠다. 졸병은 여느 때와 다름없이 술에 취해 있었고, 그에게서는 아무것도 알아낼 수 없었다. 현관문은 잠겨 있었다. 게르만은 자기 방으로 돌아가 촛불을 켜고 자신이 본 환영을 기록해두었다.

6

물질계에서 두 개의 물체가 동시에 같은 장소를 점유할 수 없는 것과 마찬가지로 정신계에서도 두 개의 고정관념이 공존할 수 없다. 3, 7, 1이 게르만의 마음속에서 죽은 노파의 모습을 덮어버렸다. 3, 7, 1은 그의 머릿속을 결코 떠나지 않았고, 그의 입술에서 맴돌았다. 젊은 아가씨를 보면, 그는 “얼마나 아름다운가!…… 마치 하트 3 같아.” 하고 말했다. “지금 몇 시입니까?” 하고 그에게 물어볼라 치면, “7시 5분 전이오.”라고 대답했다. 배가 나온 모든 남자들은 그에게 1을 떠올리게 했다. 3, 7, 1은 꿈속에서도 온갖 형태로 나타나 그를 쫓아다녔다. 3은 그의 눈앞에 화려한 꽃으로 피어났고, 7은 고딕식 문으로, 1은 거대한 거미로 나타났다. 그의 모든 생각은 한 가지에 쏠려 있었다. 그가 그토록 비싼 값을 치르고 얻은 비법을 써먹어야겠다는 것이었다. 그는 퇴직과 여행에 대해서도 생각하게 됐다. 그는 파리의 공개 도박장에 가서 매료당한 운명의 여신을 상대로 한 건 크게 올리려고 했다. 그러나 우연한 기회가 찾아와 그는 수고를 덜게 되었다.

모스크바에는 유명한 체칼린스키가 대표로 있는 부유한 노름꾼들의 협회가 있었다. 그는 평생을 카드놀이로 보내면서, 이기면 어음으로 받고 지면 현금으로 갚는 방식으로 수백만 루블의 재산을 모은 인물이었다. 오랜 세월의 경험은 친구들의 신용을 사기에 충분했으며, 모든 손님들에 대한 환대, 명망 있는 요리사, 상냥함과 명랑함이 세상 사람들의 존경을 가져다주었다. 그런 그가 페테르부르크에 왔다. 젊은이들은 카드놀이 때문에 무도회를 잊었고 여자들 꽁무니를 좇아다니는 재미보다는 파로•의 재미가 더하다며 무리지어 그에게 모여들었다. 나루모프도 게르만을 데리고 그에게로 갔다.

그들은 예절바른 하인들로 가득 찬 호화로운 방 여러 개를 지났다. 몇 명의 장군과 추밀원 고문관들이 휘스트•를 하고 있었다. 젊은이들은 비단을 씌운 소파에 기대어 앉아 아이스크림을 먹기도 하고 파이프를 피우기도 했다. 객실에서는 주인이 기다란 테이블에 앉아 물주를 하고 있었는데 주위에는 스무 명 정도의 노름꾼들이 모여들어 북적댔다. 그는 예순쯤 되었을까, 매우 점잖아 보였는데 머리는 은발로 덮여 있었고, 살찌고 생기 있는 얼굴은 그의 마음이 선량하다는 걸 나타냈으며, 활기 있는 두 눈은 끊임없이 미소를 띠며 빛나고 있었다. 나루모프는 그에게 게르만을 소개했다. 체칼린스키는 정답게 그와 악수하고, 너무 격식을 찾지 말아달라고 부탁하고는 물주 노릇을 계속했다.

한 판은 꽤 오래 걸렸다. 테이블 위에는 서른 장이 넘는 카드가 놓여 있었다.

체칼린스키는 패를 던질 때마다, 노름하는 사람들에게 생각을 정리할 시간을 주기 위해 잃은 액수를 적기도 하고, 정중히 그들의 요구

• 파로　카드들을 뒤집어 나오는 순서를 맞히는 도박의 일종.
• 휘스트　넷이서 하는 일종의 내기.

를 듣기도 하며, 심지어는 더욱 정중하게 무심코 누가 접어놓은 카드의 귀를 펴기도 했다. 마침내 한 판이 끝났다. 체칼린스키는 카드를 섞어서 다음 판을 돌릴 준비를 했다.

"제게도 카드를 돌리세요."

게르만은 막 돈을 건 뚱뚱보 신사 뒤에서 손을 뻗으며 말했다. 체칼린스키는 미소를 짓고, 정중히 승낙하는 표시로 말없이 허리를 굽혔다. 나루모프도 웃으면서, 게르만이 오랫동안의 절제를 푼 것을 축하하고 첫 행운을 빌었다.

"자, 좋습니다!"

분필로 자기 패 뒷면에 큰 액수를 적은 다음에 게르만이 말했다.

"얼마이신지요?"

물주는 눈을 가늘게 뜨면서 물었다.

"죄송합니다만, 잘 보이지가 않아서요."

"사만칠천입니다."

게르만이 대답했다.

이 말에 한 순간 모두들 고개를 돌렸고, 모든 시선이 게르만에게 집중되었다. '미쳤군!' 나루모프는 생각했다.

"확인하기 위해 말씀드리겠는데요."

체칼린스키는 변함 없는 미소를 띠며 말했다.

"너무 많이 거셨습니다. 한 번에 이백칠십오 이상을 건 분은 아직 없었는데요."

"왜, 안 될 게 있습니까?" 라고 게르만이 말을 받았다.

"제 패와 겨루실 건가요, 말 건가요?"

체칼린스키는 이번에도 정중한 동의의 표시로 허리를 숙였다.

"다만 한 가지 말씀드려야겠는데요."

그가 말했다.

"친구들의 신용을 존경하여, 현금이 아니면 물주를 할 수가 없습니다. 저로선 물론, 당신의 말을 믿습니다만, 노름에도 질서가 있어야 하고 계산도 정확해야 하니까 돈을 카드에 얹어주셨으면 합니다."

게르만은 호주머니에서 은행권을 꺼내어 체칼린스키에게 넘겨주었고, 체칼린스키는 그것을 훑어본 다음에 게르만의 카드 위에 얹었다.

그는 패를 나누기 시작했다. 오른쪽에는 9, 왼쪽에는 3이 나왔다.

"이겼다!"

게르만은 자기 패를 보이면서 말했다.

노름꾼들 사이에서 수군거리는 소리가 들렸다. 체칼린스키는 잠시 상을 찌푸렸으나 곧 얼굴에 미소를 되찾았다.

"지금 드릴까요?" 하고 그는 게르만에게 물었다.

"그렇게 해주십시오."

체칼린스키는 호주머니에서 몇 장의 은행권을 꺼내어 바로 계산을 끝냈다. 게르만은 돈을 받아들고는 테이블에서 물러섰다. 나루모프는 정신을 차릴 수가 없었다. 게르만은 레몬수를 한잔 마시고는 집으로 향했다.

다음날 저녁, 그는 다시 체칼린스키의 집에 나타났다. 주인이 물주였다. 게르만은 테이블 가까이로 갔고, 노름꾼들은 곧 그에게 자리를 내주었다. 체칼린스키도 그에게 다정스레 인사를 했다. 게르만은 새 판을 기다려 패를 놓고 그 위에 그의 사만칠천과 어제 딴 돈을 얹었다. 체칼린스키가 패를 나누기 시작했다. 오른쪽에 잭, 왼쪽에 7이 나왔다. 게르만이 7을 펴보았다. 모두들 경악을 금치 못했다. 체칼린스키도 분명히 당황한 빛을 보였다. 그는 구만사천을 세어 게르만에게 건넸다. 게르만은 침착하게 그것을 받아들고는 곧바로 자리를 빠져나갔다.

이튿날 저녁, 게르만은 다시 테이블에 나타났다. 모두들 그를 기다리고 있었다. 장군들과 추밀원 고문관들까지도 휘스트를 그만두고 이 보기 드문 노름을 구경하러 왔다. 청년 장교들은 소파에서 벌떡 일어섰고, 하인들까지도 모두 객실에 모여들었다. 모두가 게르만을 둘러쌌다. 다른 노름꾼들도 자기 패를 접어두고 조마조마하게 어떻게 결판이 날지를 기다렸다. 혼자 내기를 걸 태세로 게르만은 테이블 옆에 섰고, 상대인 체칼린스키는 얼굴이 창백했으나 여전히 미소를 잃지 않고 있었다. 서로 카드 묶음의 봉인을 뜯었다. 체칼린스키가 카드를 섞었다. 게르만이 그걸 떠서 자기 패를 놓은 다음 그 위를 은행권 다발로 덮었다. 그것은 마치 결투와도 같았다. 깊은 침묵이 주위를 지배했다. 체칼린스키가 패를 나누기 시작했는데, 그의 손은 떨렸다. 오른쪽에는 퀸, 왼쪽에는 1이 나왔다.

"1이 이겼다!"

게르만은 자기 패를 펴보이며 말했다.

"당신의 퀸이 죽었습니다."

체칼린스키가 부드럽게 말했다.

게르만은 부르르 몸을 떨었다. 사실, 그가 펴보인 것은 1이 아니라 스페이드의 여왕이었다. 그는 자신의 눈을 믿을 수가 없었고, 어떻게 해서 패를 잘못 뽑았는지 이해할 수 없었다. 바로 그 순간, 그는 스페이드의 여왕이 눈을 가늘게 뜨고 싱긋 웃는 것처럼 느껴졌다. 뭔가 이상하리만치 닮은 모습이 그를 깜짝 놀라게 했다.

"그 노파다!"

그는 공포에 휩싸여 소리질렀다.

체칼린스키는 딴 은행권을 자기 쪽으로 끌어당겼다. 게르만은 꼼짝도 않고 서 있었다. 그가 테이블에서 물러나자 떠들썩한 얘기 소리가 들끓기 시작했다. "멋진 내기였어!" 하고 노름꾼들은 한마디씩 했다. 체칼린스키는 다시 카드를 섞었고, 노름은 계속됐다.

게르만은 미쳐버렸다. 그는 오부코프 병원 17호실에 앉아서 무엇을 물어보아도 대답을 않고 그저 굉장히 빠른 말로 "3, 7, 1! 3, 7, 퀸!"을 중얼거릴 뿐이다.

리자베타 이바노브나는 매우 착한 청년과 결혼했다. 그는 모 관청에 근무하고 있고 재산도 상당하다. 그는 이전에 늙은 백작 부인 댁에서 집사를 하던 이의 아들이다. 리자베타는 가난한 친척의 딸을 데려다 키우고 있다.

톰스키는 기병 대위로 승진을 해서 공작 영양• 폴리나를 아내로 맞았다.

• 영양 윗사람의 딸을 높여 이르는 말.

이렇게 읽어 보세요

사랑과 야망

노름판에 늘 있으나 노름에 참여하지는 않는 게르만. 그는 어떤 인물일까요? 내세울 만한 재산, 지위는 없으나 성실하게 살아가는 듯합니다. '여분의 것을 얻길 바라서 꼭 필요한 것을 희생하지 않는다'는 철칙을 내세우며 노름에 참여하지도 않습니다. 그러나 정말 현재 주어진 것을 바탕으로 근면하는 자세를 중시했다면 노름판에 나타나지 않았을 것입니다. 사실 게르만은 노름을 하기에는 열악한 자신의 환경을 탓하며, 언제든 여건이 갖추어진다면 노름을 통해 막대한 부를 얻고 싶은 욕망이 강한 인물입니다. 이러한 게르만에게 톰스키가 들려 준 '승리의 비결'은 큰 유혹으로 다가옵니다.

게르만은 백작 부인의 집을 맴돌다 우연히 리자베타가 자신에게 관심을 가지고 있다는 사실을 알아채고, 거짓 연서를 보내 그녀의 마음을 얻습니다. 리자베타는 게르만이 자신을 열렬히 사랑한다고 믿고 마음을 열게 됩니다. 그러나 게르만에게 리자베타는 백작 부인이 가진 비밀을 알아 낼 수단일 뿐입니다. 게르만은 백작 부인과 대면한 순간에는 승리의 비결을 알려주는 일이 옳은 일이라고 주장합니다. 자신과 같이 돈의 가치를 아는 사람이 부자가 되어야 하며, 비밀을 품고 사는 악행으로부터 구원해 주겠다는 말을 합니다. 모두 궤변이지만, 게르만은 자신만이 비결을 알 자격이 있다며 계속해서 자기 합리화를 합니다. 결국 공포에 질린 백작 부인이 죽음에 이르는 순간에도 목적을 달성하지 못했다는 사실에 절망할 뿐입니다. 게르만은 리자베타에게 일말의 죄책감도 느끼지 못합니다. 상대가 얼마나 상처 받을지에 대한 공감, 미안하다는 말 한 마디 없이 자리를 떠납니다. 부자가 되고 싶은 욕망이 최소한의 인간성까지 앗아간 모습입니다.

모든 사실을 알고 슬프게 울던 리자베타, 게르만을 사랑하고 배신당한 비운의 인물로 그치기에는 작품은 마지막까지 그녀에게 집중하고 있습니다. 그 이유는 무엇일까요? 백작 부인은 평생 겉치레와 허영 속에서 살아온 인물입니다. 아무 의미도 없이 무도회장에 참석하고 퇴장하기를 반복하며 여생을 보내고 있지요. 리자베타는 백작 부인의 양녀로서 마땅한 대우를 받지도, 어디에도 속하지 못합니다. 그저 가장 가까운 곳에서 부인의 변덕을 받아 주어야만 하는 인물입니다. 무도회장에서는 다른 귀부인들에게 하녀와 같은 대우를 받고 또한 하녀들 사이에서도 무시를 당합니다. 허영 가득한 사람들 속에서 소외된 리자베타는 자신을 향한 지속적 관심에 사랑을 느끼게 됩니다. 그런데 게르만은 이러한 리자베타의 순수한 사랑을 이용하고 배신한 것입니다.

게르만과 리자베타 모두 소외되고 약한 사람들입니다. 그러나 어려운 상황 속에서도 두 사람은 세상을 대하는 방식이 달랐고, 결국 다른 삶을 살아갑니다. 게르만은 욕망을 좇아 인간성을 잃고 타인에게 상처를 주며 자신 또한 파멸에 이릅니다. 리자베타는 철저히 이용당하고 절망을 느꼈지만 누군가를 수단으로 삼아 목적을 달성하려는 욕망을 좇지 않습니다. 이기주의적인 사랑에 희생되어 큰 상처를 입었지만 본래 가지고 있던 순수함을 잃지 않았습니다.

믿고 있던 사람에게 크게 배신당했다면, 보통 어떻게 살게 될까요? 상대에 대한 복수심에 휩싸이거나 세상에 대한 불신을 품고 살 수도 있습니다. 타인을 증오하는 법을 배울 수도 있겠지요. 우리는 이 소설이 보여주지 않는 리자베타의 선택을 상상해 보아야 합니다. 분명한 것은 작품의 마지막이 게르만이 아닌 리자베타의 삶을 향하고 있다는 사실입니다. 매우 착한 청년을 만나 행복하게 살았다는 '해피엔딩'의 주인공으로 말입니다.

지식인의 선택

제사장 꼬인입술, 사제 부러진갈비뼈, 가수인 벌레 등은 지배자의 편에 서서 강한 힘을 휘둘렀지만 진정한 강자가 되지 못했는데, 긴수염 노인은 강한 힘을 휘두르지는 못했지만 강한 자로 변하고 있습니다. 그 이유는 무엇이라고 생각하나요?

폭력과 억압이 교묘하게 난무하는 21세기를 살아가는 지식인들에게 긴수염 노인이 전달하고자 하는 메시지는 무엇이라고 생각하나요?

강한 자들의 힘

잭 런던 1876~1916

미국 작가. 19세기 말과 20세기 초 자본주의 모순이 분출했던 혼란의 시기에 맞서 작품을 통해 치열하게 싸운 작가로 평가받는다. 『들길을 가는 사내에게 건배』로 주목받고 『야성의 부름』, 『바다의 늑대』 등 장편 19편과 단편 18편을 남겼다.

우화 자체가 거짓말은 아니다. 하지만 거짓말쟁이는 우화로 말한다.

—『립킹』•

긴수염 노인은 이야기를 하다가 기름 묻은 손가락을 핥고, 낡은 곰가죽이 덮지 못한 허리의 맨 살에 닦았다. 그의 앞에는 손자인 사슴몰이, 노란머리, 어둠이무서워가 웅크리고 앉아 있었다. 세 젊은이의 겉모습은 비슷했고, 모두 똑같이 들짐승 가죽으로 신체 일부를 가리고 있었다. 체격은 앙상하고 여위었으며, 엉덩이가 좁고 다리는 굽었지만, 반대로 가슴은 두껍고 팔도 굵었으며 손도 컸다. 가슴과 어깨, 팔다리 바깥쪽에는 털이 많았다. 머리칼은 길고 부스스했고, 그 일부는 눈을 가리기도 했다. 눈은 새처럼 말똥말똥하고 검게 반짝였다. 미간은 좁고 뺨 사이는 넓었으며 아래턱은 큼직하게 튀어나와 있었다.

별빛이 밝은 밤이었고, 아래쪽으로 울창한 언덕이 멀리까지 끝없이 펼쳐져 있었다. 먼 하늘은 화산 빛으로 붉었다. 등 뒤에는 동굴이 검게 입을 벌리고 있었고, 그곳에서 이따금 바람이 불어 나왔다. 한쪽에는 먹다 만 곰의 시체가 있었고, 그 주변에는 늑대처럼 생기고 털이 복슬복슬한 큰 개 몇 마리가 약간 거리를 두고 떨어져 앉아 있었다. 사람들 옆에는 모두 활과 화살, 몽둥이가 있었다. 동굴 입구에는 조잡한 창이 바위에 기대어져 있었다.

"그렇게 해서 우리는 동굴에서 나무로 옮겨 갔단다."

긴수염 노인이 말했다.

그 말에 젊은이들은 앞부분의 이야기를 떠올리고 아이들처럼 떠들썩하게 웃었다. 긴수염도 웃었다. 코에 꽂은 10센티미터가 넘는 뼈바늘이 오르락내리락 춤을 추면서 사나운 인상을 더해 주었다. 그는 여기에 적힌 대로 말하지는 않았지만, 그가 낸 동물 같은 소리는 똑같은 뜻을 전했다.

"그리고 그게 내가 처음 기억하는 바다 계곡이지."

긴수염이 말을 이었다.

"우리는 아주 어리석은 무리였어. 힘의 비밀을 몰랐거든. 가족들이 각기 따로 살고 각자 알아서 살았어. 전부 30가족이었는데, 서로에게 힘이 되지 않았어. 서로를 두려워만 했지. 아무도 다른 사람을 찾아가지 않았어. 우리는 나무 꼭대기에 풀집을 짓고, 바깥의 단에 돌멩이를

• 립킹 제국주의 영국을 옹호했던, 『정글북』의 작가 러디어드 키플링의 우화집 『그냥 이야기들』에 대한 반박을 담은 작품. 당시 'just so story'는 20세기 초에는 사람들에게 교훈을 주려고 만들어낸 이야기지만 비과학적인 이야기로 받아들이던 말이었음.

쌓아 두었어. 누가 찾아오면 던지려고. 또 우리는 창과 화살도 가지고 있었지. 그래서 다른 가족의 나무 밑은 걷지 않았어. 우리 형은 부우그의 나무 밑을 걷다가 머리가 박살나서 죽었단다.

부우그 노인은 힘이 장사였어. 어른의 머리를 두 손으로 어깨에서 뽑아낼 수 있다는 말도 있었어. 정말로 그랬다는 말은 못 들었지만. 아무도 그럴 기회를 주지 않았거든. 우리 아버지도 그랬어, 어느 날 아버지가 해변에 나갔을 때 부우그가 우리 어머니를 쫓아갔지. 어머니는 빨리 달리지 못했어. 그 전날 산에서 열매를 따다가 곰 발톱에 다리를 다쳤거든. 그래서 부우그는 어머니를 잡아서 자기 나무 위로 데리고 갔어. 아버지는 어머니를 돌려받지 못했어. 겁이 났으니까. 부우그 노인은 아버지를 보면 인상을 찡그렸지.

하지만 아버지는 신경 쓰지 않았어. 힘센팔이라는 이름의 다른 남자가 있었어. 그 사람도 힘이 셌고, 최고의 어부였지. 그런데 어느 날 갈매기 알을 훔치러 올라가다가 절벽에서 떨어졌고, 그 뒤로는 힘을 쓰지 못했어. 기침을 엄청나게 하고 양어깨가 쪼그라들었지. 그래서 아버지는 힘센팔의 아내를 데려왔어. 그 사람이 기력을 회복하고 우리 나무 아래에 와서 기침을 했을 때 아버지는 웃으면서 그에게 돌을 던졌어. 그 시절 우리는 그렇게 살았어. 힘을 합해서 강해지는 법을 몰랐어.

"형제의 아내도 빼앗았나요?"

사슴몰이가 물었다.

"다른 나무에 따로 나가 살 때는 그랬지."

"하지만 지금은 그런 일을 하지 않잖아요."

어둠이무서워가 말했다.

"내가 너희 아버지들에게 그러면 안 된다고 가르쳤거든."

긴수염은 털복숭이 팔을 곰 고기에 넣고 기름덩이를 꺼내서 명상하듯 빨아먹었다. 그리고 다시 손을 옆구리의 맨살에 닦고 이야기를 계속했다.

"내가 지금 하는 이야기는 우리가 아직 뭘 몰랐던 오래전의 일이야."

"그렇게 살다니 정말 모두 바보였나 봐요."

사슴몰이가 말했고, 노란머리도 목구멍소리로 공감을 표시했다.

"곧 말하겠지만 그 뒤에 우리는 더 큰 바보가 되었어. 그래도 어쨌건 늘 무기를 들고다니는 열 사람 사이에도 문제가 있었어. 그들은 다섯씩 패가 나뉘어 싸웠고, 결국 한 무리가 해변으로 달아나고 다른 무리가 쫓아가는 지경이 되었지.

그렇게 해서 우리 부족은 파수꾼도 없어지고 경비대도 없어졌어. 우리는 60명의 힘이 없었지. 우리는 아무 힘도 없었어. 그래서 부족회의를 열고 처음으로 법을 만들었지. 그 시절 나는 아주 어렸지만 똑똑히 기억해. 우리는 우리가 강해지려면 우리끼리 싸우면 안 되고, 부족민을 죽인 사람은 부족이 죽인다는 법을 만들었어. 또 다른 남자의 아내를 훔친 자도 죽인다고 했고, 힘이 아주 센 사람이 그 힘으로 부족민을 다치게 하면 그 사람도 죽여서 누구도 그의 힘에 다치지 않게 해야 한다고 했어. 만약 그 사람이 힘을 멋대로 쓰게 하면, 사람들은 겁을 먹고 부족은 모래알이 되어서 예전에 육식족들이 침략해서 부우그를 죽였을 때만큼 약해질 테니까.

돌주먹은 힘센 사람이었어. 아주 힘이 세고 법을 몰랐지. 그가 아는 건 자기 힘뿐이었어. 그리고 그 힘을 마구 휘둘러서 대합셋의 아내를 빼앗았어. 대합셋은 싸우려고 했지만 돌주먹이 몽둥이로 머리를 깨버렸어. 돌주먹이 그렇게 우리가 뜻을 모아 만든 법을 잊었기에, 우리는 그의 나무 밑에서 그를 죽이고 법이 그 누구보다 강하다는 걸 보여주기 위해 그의 몸을 나뭇가지에 매달았지. 우리 모두가 법이었고, 법보다 높은 사람은 없었으니까.

그 뒤로 다른 문제가 생겼어. 사슴몰이, 노란머리, 어둠이무서워야. 부족을 만드는 건 쉬운 일이 아니란다. 많은 일이 있었단다. 사소한 일들이 자꾸 생겨서 남자를 모두 불러다가 회의를 하는 일이 아주 번거로워졌지. 아침, 정오, 밤 그리고 한밤중에도 회의가 열렸어. 우리는 회의를 하고 사소한 문제들을 결정하느라 나가서 식량을 구할 시간도 없어졌어. 그 사소한 문제들이란 언덕 위의 새 파수꾼을 누구로 할지, 또 부족을 지키느라 식량을 구하지 못하는 경비대에게 식량을 얼마만큼 배정해야 할지 같은 것이었어.

그래서 족장이 필요해졌지. 부족 회의를 이끌고, 자기가 한 일을 회의에서 설명할 사람이, 우리는 피스피스를 족장으로 뽑았어. 그는 힘도 세고 또 교활한 사람이었지. 화가 나면 살쾡이처럼 '피스피스' 하는 소리를 냈어.

부족을 지키는 열 사람은 계곡의 좁은 부분에 돌로 장벽을 쌓기로 했어. 여자들과 큰 아이들도 돕고 다른 남자들도 도와서 벽은 튼튼해졌어. 그 뒤로 부족의 모든 가족이 동굴과 나무에서 내려와서 초가집을 지었어. 집들은 널찍해졌고, 동굴이나 나무보다 훨씬 좋았지. 이렇게 남자들이 힘을 합해서 부족을 이루니까 모두 생활이 나아졌어. 장벽과 경비대와 파수꾼 덕분에 사냥하고 고기를 잡고 뿌리를 캐고 열매를 딸 시간이 많아졌어. 먹을 게 많아지고 더 좋아져서 배고픈 사람이 없어졌지. 그때 세다리—이런 이름이 붙은 건 어릴 때 다리를 다쳐서 지팡이를 짚고 다녔기 때문인데—가 야생 알곡의 씨앗을 가져다가 집 근처의 계곡에 심었어. 또 다른 계곡에서 찾은 알뿌리 같은 것도 심어 보았지.

장벽과 파수꾼과 경비대 덕분에 바다 계곡은 안전했고, 먹을 것이 풍족해서 다툴 일이 없으니, 다른 바닷가 마을들과 높은 뒷산에서 짐승에 가깝게 살던 많은 가족이 우리 마을로 살러 왔어. 그래서 얼마 지나지 않아 바다 계곡은 사람들로 북적이고 아주 많은 가족이 살게 되었지. 하지만 이런 일이 있기 전에 우리 부족은 이전까지 모두가 자유롭게 쓰던 땅을 분배했어. 세다리가 곡식을 심으면서 그 일을 시작했지. 하지만 우리 대부분은 땅에 신경을 안 썼어. 자기 땅 경계에 돌울타리를 두른 걸 보고 바보짓이라고 생각했지. 먹을 게 이렇게 많은데 더 바랄 게 뭐가 있느냐고 말야. 그때 내가 아버지와 함께 세다리네 땅에 돌 울타리를 둘러 주고 그 대가로 곡식을 받았던 게 기억나는구나.

그래서 땅은 몇몇의 손에 다 들어갔고, 세다리가 가장 많이 가졌지. 처음에 땅을 받은 사람들은 땅을 원하는 소수의 사람들에게 그걸 주고 그 대가로 곡식이나 알뿌리를 받기도 하고, 곰가죽이나 생선을 받기도 했어. 곰가죽이나 생선은 농사를 짓는 사람들이 어부들에게 곡식을 주고받은 것이었지. 그래서 어쨌건 땅은 금세 다 사라졌어.

그 무렵 피스피스가 죽고 그 아들인 개이빨이 족장이 되었어. 개이빨은 어쨌건 자기 아버지가 족장이었으니까 자기가 뒤를 이어 족장이 되어야 한다고 주장했지. 그리고 자기가 아버지보다 더 훌륭한 족장이라고 생각했어. 개이빨은 처음에는 좋은 족장이었고, 열심히 일해서 부족 회의를 할 필요가 점점 없어졌어. 그런 뒤 바다 계곡에 새로운 목소리가 등장했지. 꼬인입술이었어. 우리는 그자를 별로 대단치 않게 여겼는데, 어느 날 그자가 죽은 영혼들과 이야기를 하기 시작했어. 나중에 우리는 그를 큰뚱보라고 불렀지. 엄청나게 많이 먹으면서 일은 하지 않아서 더없이 뚱뚱해졌거든. 어느 날 큰뚱보가 자신은 죽은 자들의 비밀을 알고 신의 말씀을 전한다고 했어. 그는 개이빨과 친해졌고, 개이빨은 우리에게 큰뚱보의 초가집을 지어 주라고 명령했지. 그리고 큰뚱보는 그 집 전체에 '터부•'를 걸어 놓고 안에 신을 모셨어.

개이빨은 점점 부족 회의보다 힘이 커졌고, 이에 부족 회의가 불만을 품고 새 족장을 뽑아야 한다고 하자, 큰뚱보가 신의 목소리로 그러면 안 된다고 했어. 세다리를 비롯해서 땅을 가진 자들도 개이빨을 옹호했지. 게다가 부족 회의에서 가장 힘센 자는 바다사자였는데, 땅을 가진 자들이 그에게 몰래 땅을 주고 곰가죽과 곡식도 주었어. 그래서 바다사자는 큰뚱보의 말이 정말로 신의 말이니 따라야 한다고 했어. 그리고 얼마 지나지 않아 바다사자는 개이빨의 입이 되어 늘 그의 말을 대신해 주었지.

그리고 홀쭉허리가 있었어. 그자는 허리가 아주 가늘어서 평생 제대로 먹지 못한 사람 같았지. 그는 강한 파도가 모래톱을 휩쓸고 간 뒤 강 하구에 커다란 어망을 설치했어. 그 전까지 사람들은 어망이라는 것을 본 적도, 생각해 본 적도 없었어. 그는 몇 주일 동안 아들과 아내와 함께 그걸 만들었어. 다른 사람들은 그렇게 고생하는 걸 비웃었지. 하지만 그게 완성되자 홀쭉허리는 단 하루에 온 부족이 일주일 동안 잡는 것보다 더 많은 고기를 잡았어. 사람들은 그 일을 아주 기뻐했지. 강에 어망을 설치할 곳은 딱 한 군데가 더 있었어. 하지만 우리 아버지와 나와 다른 남자 여남은 명이 아주 큰 어망을 만들자 우리가 개이빨에게 만들어 준 큰 초가집에서 경비대가 왔어. 그리고 우리에게 창을 휘두르면서 꺼지라고 했지. 개이빨의 입인 바다사자의 명령을 받고 홀쭉허리가 거기에 어망을 만들기로 했다고.

사람들에게서 불만이 끓어오르자 우리 아버지가 부족 회의를 소집했어. 하지만 아버지가 말을 하려고 일어서자 바다사자가 목에 창을 던져서 아버지는 돌아가셨지. 그리고 개이빨과 홀쭉허리와 세다리와 땅을 가진 자들은 그게 잘된 일이라고 했어. 큰뚱보는 그게 신의 뜻이라고 말했지. 그 뒤로 사람들은 부족 회의에서 일어나 말하는 걸 두려워했고, 이제 회의는 열리지 않았어.

그리고 돼지턱이라는 사내가 염소를 키우기 시작했어. 그는 이 일을 육식족에게서 배웠고, 오래지 않아 염소가 아주 많아졌지. 땅이 없고 어망도 없이 배를 곯을 게 두려운 사람들이 기꺼이 돼지턱에게 가

• 터부 강렬한 욕망의 대상이자 거부의 대상이 되는 여러 가지 형태의 금기. 여기서는 금기를 알리기 위한 표식이나 설치물을 뜻함.

서 염소를 돌봐 주고, 들개와 호랑이를 막아 주고, 산 위로 몰고 가서 풀을 뜯게 해 주었지. 그 대가로 돼지턱은 염소 고기와 염소 가죽을 주었고, 그러면 일꾼들은 때로 그걸 물고기와 곡식, 알뿌리와 바꿨어.

이 시기에 돈이 등장했지. 바다사자가 그걸 처음 생각해 내고 개이빨과 큰뚱보와 의논한 거야. 이들 셋은 바다 계곡의 모든 것을 가지고 있던 자들이야. 곡식 세 바구니 중 하나는 그들 것이고, 생선도 세 마리 중 하나는 그들 것이고, 염소도 셋 중 하나는 그들 것이었어. 그들은 그걸로 경비대와 파수꾼을 먹였고, 남는 것은 자기들이 가졌지. 때로 물고기가 아주 많이 잡히면 그자들은 자기들 몫의 물고기로 무얼 해야 할지 몰랐어. 그래서 바다사자는 여자들을 시켜 조개껍데기로 돈을 만들게 했지. 작고 동그란 조개껍데기를 모아 가운데에 구멍을 뚫고 표면을 매끈하게 다듬었지. 그걸 끈으로 꿰었고, 그렇게 꿴 것을 돈이라고 불렀어.

끈 하나가 물고기 30마리 또는 40마리와 같은 값어치였지만, 여자들은 하루에 끈 하나를 만들어도 생선을 두 마리밖에 못 받았어. 그리고 그 생선은 개이빨, 큰뚱보, 바다사자의 생선 가운데 그들이 먹지 않는 것이었지. 그래서 돈은 모두 그들의 것이 되었어. 그런 뒤 그들은 세다리와 땅을 가진 자들에게 그들이 낼 곡식과 알뿌리를 돈으로 대신 달라고 했고, 홀쭉허리에게는 물고기 대신 돈으로, 돼지턱에게는 염소와 치즈 대신 돈을 달라고 했지. 그래서 아무것도 없는 사람, 남들 밑에서 일하는 사람들은 돈으로 대가를 받았어. 이 돈으로 곡식을 사고 생선, 고기, 치즈도 샀지. 그리고 세다리를 비롯해서 가진 게 있는 사람들도 개이빨과 바다사자와 큰뚱보에게 물건 대신 돈을 주었어. 그리고 그들은 경비대와 파수꾼에게 돈을 주었고, 경비대와 파수꾼은 돈으로 먹을 것을 샀지. 그리고 돈을 만드는 데 비용이 얼마 들지 않아서 개이빨은 경비대에 더 많은 사람을 들였어. 돈을 만들기가 쉬우니까 많은 남자들이 조개껍데기로 돈을 만들려고 했지. 하지만 경비대가 그런 사람들한테 창을 던지고 화살을 쏘았어. 그자들이 부족을 해체하려 한다고 하면서 말이야. 부족을 해체하는 것은 나쁜 일이었어. 그러면 육식족들이 분수령을 넘어와 모두를 죽일 테니까.

큰뚱보는 신의 목소리였는데, 어느 날 부러진갈비뼈를 데려다가 사제로 만들어서 이제 그 사람이 큰뚱보의 입이 되어 큰뚱보의 말을 대신했지. 두 사람은 다른 사람들을 데려다가 하인으로 삼았어. 홀쭉허리와 세다리와 돼지턱도 집에다 사람을 두고 여러 가지 심부름과 일을 시켰어. 점점 더 많은 사람이 먹을 것을 만드는 일에서 빠져나가서 남은 일꾼들은 어느 때보다 더 많이 일해야 했어. 사람들은 일하기가 싫어서 다른 사람에게 일을 시킬 방법을 찾는 것 같았어. 그리고 찌그러진눈이 그런 방법을 찾았어. 그는 곡식으로 술을 만들었고, 그런 뒤에는 더 이상 일하지 않았어. 그가 개이빨과 큰뚱보 같은 높은 사람들을 몰래 만나서 술은 오직 찌그러진눈만 만들 수 있게 했거든. 하지만 찌그러진눈은 일하지 않았어. 다른 사람들이 그를 위해 술을 만들었고, 그는 그들에게 돈을 주었지. 그런 뒤 그는 돈을 받고 술을 팔았고, 모두가 그 술을 샀어. 그리고 찌그러진눈은 개이빨과 바다사자와 그들 모두에게 많은 돈을 주었어.

개이빨이 두 번째 아내와 세 번째 아내를 들였을 때 큰뚱보와 부러진갈비뼈는 그를 지지했어. 개이빨은 보통 사람들과 다르고, 큰뚱보가 집에 모신 신 아래로 가장 높은 사람이라고 했어. 개이빨도 그 말에 동의하면서 자기가 아내를 여럿 두는 것에 불만을 품는 자가 누구인지 물었어. 개이빨은 큰 카누를 만들고 많은 사람들을 일에서 빼냈어. 그 사람들은 개이빨이 타는 카누의 노를 젓는 것 말고는 하는 일이 없어서 늘 햇빛을 쬐며 뒹굴었지. 얼마 후 개이빨은 호랑이얼굴을 경비대 대장으로 세우고 오른팔로 삼았어. 개이빨이 어떤 사람을 싫어하면 호랑이얼굴이 그 사람을 죽였어. 또 호랑이얼굴도 다른 사람을 오른팔로 삼아서 또 다른 사람을 대신 죽이게 했어.

정말 이상했어. 시간이 흐를수록 남은 사람들은 더 열심히 일을 하는데도 먹을 것은 점점 줄어들었거든."

"하지만 염소와 곡식과 알뿌리와 어망이 있잖아요."

어둠이무서워가 말했다.

"그건 어떻게 된 건가요? 사람들이 일을 하는데도 먹을 것이 줄어들었나요?"

"그렇단다."

긴수염이 말했다.

"어망을 가진 세 사람은 어망이 생기기 전에 온 부족이 잡은 것보다 더 많은 고기를 잡았어. 하지만 내가 우리는 바보였다고 말하지 않았니? 고기를 더 많이 잡을수록 우리가 먹을 것은 더 적어졌어."

"그렇다면 일을 하지 않는 사람들이 그걸 모두 먹었다는 거잖아요?"

노란머리가 물었다.

긴수염이 슬픈 얼굴로 고개를 끄덕였다.

"개이빨이 키우는 개들은 고기를 잔뜩 먹었고, 아무 일도 안 하고 햇빛에 누워 뒹군 자들은 살이 뒤룩뒤룩 쪘지만, 많은 아이들이 배가 고파서 잠을 못 자고 울었지."

사슴몰이는 기근 이야기가 나오자 곰 고기 한 덩이를 잘라서 꼬챙이에 꿰고 석탄불에 구웠다. 그리고 그것을 쩝쩝 먹으면서 긴수염의 이야기를 들었다.

"우리가 불평하면 큰뚱보가 일어섰고, 신이 현명한 자들에게 땅과 어망과 술을 갖게 했다고 말했어. 그 현명한 자들이 없으면 우리는 모두 나무에 살던 시절보다 나을 게 없을 거라고.

그리고 어떤 사람이 나타나서 왕을 위해 노래하는 가수가 되었어. 우리는 그 사람을 벌레라고 불렀어. 아주 작은 데다 얼굴도 사지도 볼품없었고, 일에도 솜씨가 없었거든. 벌레는 기름진 골수와 최고급 생선, 갓 짜낸 염소젖, 햇곡식, 불이 있는 아늑한 집을 좋아했어. 그리고 왕의 가수가 되면서 아무것도 하지 않고 살찔 수 있는 방법을 찾았지. 사람들의 불평이 모아지고 몇몇 사람이 왕의 초가집에 돌을 던지자, 벌레는 고기잡이족으로 사는 것이 얼마나 좋은가 하는 노래를 불렀어. 그는 고기잡이족은 신이 선택한 부족이고, 신이 창조한 최고의 부족이라고 노래했어. 육식족은 소돼지라고, 고기잡이족이 신의 명령에 따라 싸우고 죽는 것은 정말로 훌륭한 일이라고 노래했어. 신의 명령이란 육식족을 죽이는 걸 말하지. 그 노랫말은 우리 가슴에 불길을 던졌고, 우리는 육식족과 싸우러 달려 나갔어. 우리는 우리가 배고픈 걸 잊고, 불평했던 것도 다 잊고, 호랑이얼굴이 우리를 이끌고 분수령을 넘어가는 모습에 감격했지. 거기에서 우리는 육식족을 많이 죽이고 기뻐했어.

하지만 바다 계곡의 상황은 좋아지지 않았어. 먹을 것을 얻는 방법은 세다리와 홀쭉허리와 돼지턱 밑에서 일하는 것밖에 없었어. 곡식을 심을 땅이 없었으니까. 그리고 그들에게 필요한 일꾼의 수보다 일자리를 원하는 사람의 수가 더 많았지. 그래서 사람들은 배를 곯았고, 아내와 아이들과 노모도 마찬가지였어. 호랑이얼굴은 원하면 경비대에 들어오라고 했고, 실제로 많은 사람이 경비대에 들어가서, 수많은 게으름뱅이들을 먹여 살리느라 힘들어 불평하는 일꾼들에게 창을 찌르는 일밖에 아무것도 하지 않게 되었지.

그리고 우리가 불평하면 벌레가 새로운 노래를 불렀어. 그는 세다리와 돼지턱 무리는 강한 사람들이고, 그래서 그렇게 많은 걸 갖고 있다고 노래했어. 우리는 그렇게 강한 사람들이 곁에 있는 걸 기뻐해야 한다고, 그러지 않으면 우리 자신의 나약함과 육식족 때문에 망할 테니, 기꺼이 그런 강한 자들에게 모든 것을 바쳐야 한다고 했어. 큰뚱보와 돼지턱과 호랑이얼굴과 그들 무리는 이게 모두 맞는 말이라고 했지.

그러자 긴송곳니가 '좋아. 그렇다면 나도 강자가 되겠어' 하며 곡식을 가져다 술을 만들어서 돈을 받고 팔았지. 찌그러진눈이 불평을 하자 긴송곳니는 자기도 강자라면서 찌그러진눈에게 더 시끄럽게 굴면 골통을 깨 버리겠다고 했어. 그러자 찌그러진눈은 겁이 나서 세다리와 돼지턱에게 갔고, 다시 그들 셋이 함께 개이빨에게 갔지. 개이빨이 바다사자에게 말했고, 바다사자는 호랑이얼굴에게 사람을 보내 소식을 전했어. 그리고 호랑이얼굴은 경비대를 보내서 긴송곳니의 집을 태우고 그가 만든 술도 모두 태웠어. 긴송곳니와 가족도 모두 죽였지. 큰뚱보는 그게 좋은 일이라고 말했고, 벌레는 법을 지키는 게 얼마나 좋은지, 바다 계곡이 얼마나 좋은 곳인지, 그리고 바다 계곡을 사랑하는 자들은 모두 나가서 나쁜 육식족을 죽여야 한다고 노래했어. 그의 노래는 다시 우리 가슴에 불길이 되었고, 우리는 불평하는 법을 잊었어.

아주 이상했어. 홀쭉허리는 고기를 너무 많이 잡은 바람에 그걸 팔아도 돈을 별로 못 벌게 되면 잡은 고기를 도로 바다에 버렸어. 그러면 남은 고기로 돈을 더 많이 벌 수 있었거든. 그리고 세다리는 곡식을 더 비싸게 팔기 위해 넓은 밭을 놀리는 일이 많았어. 그리고 여자들이 조개껍데기로 돈을 너무 많이 만드는 바람에 무얼 살 때 돈이 아주 많이 필요해지자, 개이빨은 이제 돈을 만들지 못하게 했어. 여자들은 할 일이 없어져서 남자들 일을 시작했어. 나는 어망에서 일하고 닷새에 한 번씩 돈을 받았어. 하지만 이제 내 여동생도 일을 하면서 열흘마다 돈을 받았지. 여자들은 돈을 덜 받았고, 먹을 것은 부족했고, 호랑이얼굴은 우리더러 경비대가 되라고 했어. 하지만 나는 경비대가 될 수 없었어. 호랑이얼굴은 나처럼 한쪽 다리가 성치 않은 사람은 쓰지 않았을 거야. 그리고 나 같은 사람이 많았어. 우리처럼 몸이 온전치 않은 사람들은 일거리를 달라고 구걸하거나 일하는 여자들의 아기를 돌보는 일 밖에 할 게 없었어."

노란머리도 그 이야기에 배가 고파져서 석탄불에 곰 고기를 구웠다.

"하지만 왜 모두 들고 일어나서 세다리와 돼지턱과 큰뚱보 무리를 죽이고 먹을 것을 빼앗지 않았나요?"

어둠이무서워가 물었다.

"우리가 잘 몰랐기 때문이야."

긴수염이 대답했다.

"생각할 게 너무 많았고, 경비대는 툭하면 창을 휘두르고, 큰뚱보는 신을 말하고, 벌레는 새로운 노래를 불렀어. 그리고 누가 옳은 생각을 하고 옳은 말을 하면, 호랑이얼굴과 경비대가 잡아가서 썰물이 되어 물이 빠진 바닷가 바위에 묶었고, 그러면 밀물이 들었을 때 죽었어.

돈, 그건 정말 이상한 물건이야. 마치 벌레의 노래 같았어. 괜찮은 것 같지만 그렇지 않았고, 우리는 그걸 얼른 알아차리지 못했어. 개이빨은 돈을 그러모았어. 그걸 초가집에 잔뜩 쌓아 두고 경비대에게 밤낮없이 지키게 했어. 그자가 집에 돈을 많이 쌓아 둘수록 돈은 점점 귀해졌고, 사람들은 한 푼이라도 벌려면 전보다 더 많이 일을 해야 했어. 그러면 또 육식족과 싸우자 어쩌고 하는 이야기가 나왔고, 개이빨과 호랑이얼굴은 여러 채의 집에 곡식, 말린 생선, 절인 염소 고기, 치즈를 잔뜩 쌓아 두었지. 그리고 그렇게 먹을 게 많은데도 사람들은 굶주렸어. 하지만 그게 무슨 상관이야? 사람들이 불만에 찰 때마다 벌레는 새로운 노래를 불렀고, 큰뚱보는 신이 우리에게 육식족을 죽이라 명령했다고 했고, 호랑이얼굴은 우리를 데리고 분수령을 넘어가서 그들도 죽이고 우리도 죽게 했어. 나는 경비대에 들어가 햇빛 아래 뒹굴 자격이 없었지만, 전쟁이 벌어지면 호랑이얼굴은 나도 기꺼이 데리고 갔어. 그리고 그들의 집에 저장된 음식을 다 먹으면, 우리는 전쟁을 멈추고 그들에게 더 많은 음식을 쌓아 주려고 일하러 갔지."

"모두 제정신이 아니었던 것 같네요."

사슴몰이가 말했다.

"정말로 모두 제정신이 아니었어."

긴수염이 동의했다.

"모든 게 다 이상했어. 깨진코라는 자가 있었어. 그자가 모든 게 잘못되었다고 말했지. 우리가 힘을 합해서 힘이 강해진 건 맞다고 했어. 우리가 처음으로 부족을 이루었을 때, 힘이 너무 세서 부족에 해를 입히는 사람들에게서 힘을 빼앗은 건 잘한 일이라고도 했어. 형제의 머리를 부수고 아내를 빼앗던 자들 말야. 그런데 우리 부족은 이제 강해지는 대신 오히려 더 약해지고 있고, 그건 다른 종류의 힘으로 부족을 해치는 사람들이 있기 때문이라고 했어. 세다리처럼 땅의 힘을 가진 자, 홀쭉허리처럼 어망의 힘을 가진 자, 돼지턱처럼 염소 고기의 힘을 가진 자들이 그런 사람이라고, 깨진코는 그러니까 이자들에게서 사악한 힘을 빼앗아야 한다고 말했어. 그들도 모두 일을 하게 하고, 일하지 않는 자는 먹지도 못하게 해야 한다고.

그러자 벌레는 다시 깨진코 같은 사람들에 대한 노래를 만들었지. 그들은 다시 나무 위로 돌아가려고 하는 사람들이라고.

하지만 깨진코는 그렇지 않다고 했어. 자기는 과거로 돌아가는 게 아니라 앞으로 나아가고자 한다고. 우리는 힘을 합해야 강해지는 게 맞다고, 고기잡이족이 육식족과 힘을 합치면 싸움도 없고, 파수꾼도 없고, 경비대도 없고, 모두가 일을 하면 먹을 게 많아서 모두가 하루에 2시간씩만 일하면 된다고 했어.

그러자 벌레는 다시 노래를 했지. 깨진코는 게으름뱅이라고. 〈벌들의 노래〉라는 노래도 있었어. 그건 정말 이상한 노래였지. 그 노래를 들으면 다들 독한 술을 마신 것처럼 미쳤어. 그 노래는 못된 말벌이 꿀벌의 집에 들어와서 꿀을 훔치려고 한다는 이야기였어. 게으름뱅이 말벌이 꿀벌들한테 일할 필요가 없다고 말했다는 거야. 또 꿀벌들에게 곰과 친하게 지내라고, 곰은 꿀 도둑이 아니라 착한 친구라고 말했다고 했어. 벌레가 노랫말을 교묘하게 만들어서, 그 노래를 들으면 꿀벌은 바다 계곡 부족이고 곰은 육식족이라는 걸 알 수 있었어. 게으른 말벌은 깨진코였지. 꿀벌들이 말벌의 이야기를 듣고 멸망하기 일보 직전까지 갔다고 벌레가 노래하자 사람들은 길길이 뛰었고, 또 마침내 착한 꿀벌들이 일어나서 말벌을 죽였다고 노래하자 사람들은 돌을 들어 깨진코에게 던졌지. 결국 깨진코는 죽고, 그 자리에는 돌멩이가 수북이 쌓여서 모습조차 보이지 않게 되었어. 날마다 고되게 일하면서도 굶주리는 가난한 사람들이 깨진코에게 돌을 던졌어.

깨진코가 죽은 뒤 자기 생각을 말하는 사람은 한 명뿐이었어. 바로 털보얼굴이었지. 털보얼굴이 물었어. '강한 자들의 힘은 어디로 간 거지? 우리는 모두 강해. 우리는 아무 일도 안 하고 많이 먹으면서 나쁜 힘으로 우리를 해치는 개이빨이나 호랑이얼굴이나 세다리나 돼지턱보다 강해. 노예는 강하지 않아. 만약 불의 사용법을 처음 알아낸 사람이 그 힘을 혼자 사용했다면 우리는 그의 노예가 됐을 거야. 지금 우리가 어망의 사용법을 처음 알아낸 홀쭉허리나 땅과 염소와 술의 사용법을 알아낸 사람들에게 노예가 된 것처럼 말야. 형제들, 우리는 예전에 나무에 살았고, 그때는 안전하지 않았어. 하지만 이제는 우리끼리 싸우지 않아. 우리는 힘을 합했어. 그러나 육식족과도 싸우지 말아야 해. 그들과 힘을 합해야 해. 그러면 우리는 정말로 강해질 거야.

그러면 우리 고기잡이족이랑 육식족이 함께 나가서 호랑이와 사자와 늑대와 들개를 죽이고, 모든 언덕에서 염소를 기르고, 모든 산과 계곡에 곡식과 알뿌리를 심을 거야. 그런 날이 오면 우리는 아주 강해져서 야생동물도 달아날 거야. 누구도 우리에게 저항하지 못할 거야. 각자의 힘이 세상 모든 사람의 힘이 될 테니까.'

털보얼굴이 그렇게 말하자, 사람들은 그자를 죽였어. 그자는 미친 자고, 나무로 돌아가서 살고 싶어 한다고 말하면서, 아주 이상했어. 누군가가 일어나서 앞으로 나아가려고 하면, 서 있는 사람들이 저자는 옛날로 돌아가려는 자이니 죽여야 한다고 말했어. 그러면 가난한 사람들도 함께 그 사람에게 돌을 던졌지. 그들은 바보였어. 우리 모두 바보였어. 일도 하지 않으면서 살만 뒤룩뒤룩 찌는 사람들만 빼고. 바보들이 현명한다는 말을 듣고, 현명한 자들은 돌에 맞아 죽었지. 일하는 자들은 배를 곯았고, 일하지 않는 자들은 너무 많이 먹었어.

그리고 우리 부족은 힘을 잃기 시작했어. 아이들은 허약하고 병에 잘 걸렸어. 제대로 먹지 못해서 이상한 병이 돌았고, 사람들은 파리떼처럼 죽었어. 그때 육식족이 침입했지. 우리는 그동안 너무 자주 호랑이얼굴을 따라 분수령을 넘어가서 그들을 죽였어. 이제 그들이 피의 복수를 하러 온 거야. 우리는 너무 약하고 병이 들어서 장벽을 지킬 수가 없었고, 그들은 우리를 모두 죽였어. 몇몇 여자만 살려서 자기네 땅으로 데려갔지. 벌레와 나는 도망쳤고, 나는 거친 땅에 숨어서 짐승을 사냥해 먹었는데, 그러자 배를 곯는 일이 없어졌어. 나는 육식족의 아내 하나를 훔쳐서 사람들이 찾지 못하는 높은 산의 동굴에 가서 살았어. 그리고 아들을 셋 낳았고, 그 세 아들 다 육식족의 아내를 훔쳤지. 나머지는 너희도 알 거다. 너희는 내 아들들의 아들들이니."

"그러면 벌레는요? 그 사람은 어떻게 됐나요?"

사슴몰이가 물었다.

"그 사람은 육식족에게 가서 그곳 왕의 가수가 되었어. 이제는 노인이지만, 예전과 똑같은 노래를 부른단다. 사람들이 일어서서 나아가려고 하면 그자들은 예전으로 돌아가서 나무에서 살려고 한다고."

긴수염은 곰 시체 속에서 비계를 한 움큼 빼내서 이 없는 잇몸으로 빨아먹었다.

"언젠가,"

그가 손을 허리에 닦으면서 말했다.

"바보들은 다 죽고, 살아 있는 사람들은 앞으로 나아갈 거야. 그들이 강한 자들의 힘을 갖고, 그 힘을 합해서 이 세상 모든 사람이 다른 사람과 싸우지 않게 될 거야. 경비대, 장벽을 지키는 파수꾼도 없어질 거야. 그리고 털보얼굴의 말대로 모든 맹수를 죽이고, 모든 언덕이 염소 풀밭이 되고, 모든 산골짜기에 곡식과 알뿌리를 심게 될 거야. 그리고 모든 사람이 형제가 되고, 아무도 햇빛 아래 뒹굴면서 남이 만든 걸 먹고 살지 않게 될 거야. 바보들은 다 죽고 〈벌들의 노래〉 같은 걸 부르는 사람은 없는 세상이 올 거야. 사람은 벌이 아니니까."

이렇게 읽어 보세요

지식인의 선택

긴수염 노인이 손자들에게 지금은 망해버린 고기잡이족의 역사를 통해 부족을 지키는 교훈을 들려줍니다.

바다 계곡에서 흩어져 살던 고기잡이족은 회의를 하고 법을 만들어 내부의 질서를 세우면서 공동체를 이루어 강해집니다. 그런데 부족장이 생기고 권력이 점점 사유화되면서 문제가 생기기 시작합니다. 세다리가 농사짓는 법을 알게 되고, 홀쭉허리가 어망으로 고기를 잡은 법을 발명하고, 돼지턱이 염소 키우는 기술을 터득하면서 부족이 풍요로울 수 있었지만 오히려 농사를 짓고 염소를 키울 땅이나 어망을 설치할 바다를 힘센 자들이 독점하게 됩니다.

부족을 대표하는 힘센 사람들이 생산수단과 생산물을 사유화하면서 부족민은 지배계급과 피지배계급으로 나뉘게 됩니다. 부족장인 개이빨을 필두로 하늘과 소통한다고 사람들을 기만하는 제사장 꼬인입술, 부족회의에서 개이빨의 입노릇을 하는 바다사자, 꼬인입술 밑에서 일하는 사제 부러진갈비뼈, 거짓 노래로 부족민을 우롱하는 벌레, 경비대장 호랑이얼굴, 생산수단을 독점한 세다리와 돼지턱과 홀쭉허리, 술을 독점적으로 만들어 파는 찌그러진눈 등이 지배체제를 만들어갑니다. 이들은 지배체제를 유지하기 위해서 화폐를 만들거나 물가를 올리고 내리면서 착취 강도를 더해가고, 결국 대다수 부족민은 노예로 전락합니다. 게다가 자신들을 향한 저항을 잠재우기 위해 육식족이라는 외부의 적을 만들어 내어 부족민을 전쟁터로 내몰아 희생시킵니다.

위 이야기에서 우리가 주목해야 할 사람들은 누구일까요? 부족을 구할 수 있는 사람, 진짜 강한 사람은 누구이며 이들이 어떻게 해야 강한 힘을 발휘할 수 있을까요?

부족장이나 경제적으로 부를 독점했던 지배집단은 강한 힘을 가졌지만 그들의 힘을 자신들만의 배를 불리는 데 썼습니다. 그들이 권력을 독점하고 자신을 위해서 맘대로 휘둘렀기 때문에 고기잡이족은 약해졌고 육식족에게 패했습니다. 부족회의를 대표해야 할 바다사자, 부족의 정신적 지주가 되어야 할 제사장 꼬인입술, 건강한 여론을 만들어야 할 가수 벌레 등은 자신들의 힘을 진실을 왜곡하는데 썼습니다.

예나 지금이나 진실을 왜곡하는 벌레와 같은 사람이 있었나 봅니다. 지식인의 역할에 대해 생각하게 하는 기형도 시인의 「홀린 사람」이라는 시를 소개합니다.

사회자가 외쳤다

여기 일생 동안 이웃을 위해 산 분이 계시다
이웃의 슬픔은 이분의 슬픔이었고
이분의 슬픔은 이글거리는 빛이었다
사회자는 하늘을 걸고 맹세했다
이분은 자신을 위해 푸성귀 하나 심지 않았다
눈물 한 방울도 자신을 위해 흘리지 않았다
사회자는 흐느꼈다
보라, 이분은 당신들을 위해 청춘을 버렸다
당신들을 위해 죽을 수도 있다
그분은 일어서서 흐느끼는 사회자를 제지했다
군중들은 일제히 그분에게 박수를 쳤다
사내들은 울먹였고 감동한 여인들은 실신했다
그때 누군가 그분에게 물었다, 당신은 신인가
그분은 목소리를 향해 고개를 돌렸다
당신은 유령인가, 목소리가 물었다
저 미치광이를 끌어내, 사회자가 소리쳤다
사내들은 달려갔고 분노한 여인들은 날뛰었다
그분은 성난 사회자를 제지했다
군중들은 일제히 그분에게 박수를 쳤다
사내들은 울먹였고 감동한 여인들은 실신했다
그분의 답변은 군중들의 아우성 때문에 들리지 않았다

소설에 등장하는 하는 벌레는 시 「홀린 사람」에서 등장하는 사회자와 같은 역할을 합니다. 그렇다면 「홀린 사람」에서 '누군가'와 같은 역할을 해야 할 사람은 이 소설에서 어떤 사람일까요? 기형도는 「홀린 사람」에서 '누군가'가 사회자의 진실왜곡에 맞서 우매한 민중을 일깨워야 한다고 말하고 있습니다. 소설에서 그러한 역할을 해야 할 사람이 누구이며 어떻게 그런 역할을 해야 할까요? 그게 바로 지식인 집단입니다. 지식인 집단은 혼자서 진실을 알고 있는 것만으로 강한 힘을 발휘할 수 없습니다. 진실을 정확히 알려 기만적•인 여론에 홀린 사람들을 일깨워야 합니다.

긴수염 노인은 비록 힘은 없지만 진실을 정확하게 볼 줄 압니다. 부족이 힘을 합쳐야 강한 힘을 발휘할 수 있다는 것도 알고 있고, 지배와 착취를 위해서 지배집단이 퍼트린 여론이 거짓이라는 것도 알고 있습니다. 부족은 망했지만 부족을 구할 사람은 바로 긴수염 노인과 같은 지식인일 것입니다. 흩어진 부족을 하나로 모으기 위해서는 가장 중요한 것은 진실을 제대로 아는 일입니다. 거기서부터 부족은 다시 일어설 수 있을 것입니다.

지식인이 어떤 선택을 하느냐에 따라서 자신은 물론 사회의 흐름도 달라질 것입니다. 지배와 착취의 구렁텅이에 빠지느냐 아니면 평등과 평화의 세상을 만드냐는 이들의 손에 달려 있습니다. 평등과 평화의 세상을 만들기 위해 정의롭게 나서는 지식인을 우리는 선구자라고 부릅니다. 민중이 단결하여 커다란 힘을 만들어내기 위해서는 지식인의 진실한 투쟁이 있어야 합니다.

• 기만적　남을 그럴듯하게 속이거나 속여 넘기는.

긴수염 노인이 부족의 역사를 이야기하며 손자들에게 말해주고 싶은 것이 무엇이었을까요? 긴수염 노인의 가르침을 따라 손자들이 평화로운 세상을 위한 선구자가 되었을 때 고기잡이 부족의 삶이 어떻게 변하게 되었을지 생각하며 소설을 다시 써봅시다. 또, 긴수염 노인이 오늘날의 지식인에게 전달하고 싶은 메시지는 무엇이었을까요? 폭력과 억압, 지배와 착취가 반복되는 오늘날 지식인들이 어떤 선택을 해야 하는지 생각해봅시다.

노예화된 삶에서 벗어나는 방법

백 년 전, 조니와 같은 노동자들이 노예적인 삶을 극복하고 인간적인 삶을 찾으려면 무엇을 해야 했을까요?

보다 나은 세상을 위해 오늘날의 노동자는 무엇을 해야 할까요? 세상을 어떻게 바꿔나가야 할까요?

배교자

잭 런던 1876~1916

미국 작가. 19세기 말과 20세기 초 자본주의 모순이 분출했던 혼란의 시기에 맞서 작품을 통해 치열하게 싸운 작가로 평가받는다. 『들길을 가는 사내에게 건배』로 주목받고 『야성의 부름』, 『바다의 늑대』 등 장편 19편과 단편 18편을 남겼다.

이제 나는 일하려고 일어난다.
내가 피하지 않기를 신께 기도한다.
밤이 오기 전에 내가 죽는다 해도
내일은 모두 괜찮기를 신께 기도한다.
아멘.

"조니, 안 일어나면 아침은 없어!"

소년에게 그 위협은 아무 소용없었다. 그는 악착같이 잠에 매달려서 꿈꾸는 자들이 꿈을 위해 분투하듯 힘써 그것을 무시했다. 느슨하게 주먹 쥔 소년의 두 손이 힘없이 움찔거리며 허공을 쳤다. 어머니를 향한 주먹질이었지만 어머니는 익숙한 동작으로 주먹을 피해 아들의 어깨를 흔들었다.

"건드리지 말아요!"

그 외침은 잠결에 희미하게 시작되어 울부짖듯 맹렬하게 솟아올랐다가 이내 알아듣기 힘든 칭얼거림으로 잦아들었다. 그것은 고통받는 영혼이 반항과 아픔을 담아 내지르는 외침이었다.

하지만 어머니는 수그러들지 않았다. 슬픈 눈과 피로한 얼굴의 어머니는 이 일에 익숙했다. 평생토록 매일같이 한 일이었기 때문이다. 그녀는 이불을 확 벗겨 내려고 했다. 하지만 주먹질을 멈춘 소년은 필사적으로 이불에 매달렸다. 소년은 계속 이불을 뒤집어쓴 채 침대 발치에 웅크렸다. 그러자 어머니는 이불을 바닥으로 끌어내리려고 했다. 소년은 저항했다. 어머니는 온몸으로 이불을 당겼다. 그녀의 체중이 더 나갔기에 소년과 이불은 버티지 못했다. 소년은 본능적으로 이불을 따라갔다. 살을 파고드는 방 안의 추위를 피하기 위해서였다.

침대 가장자리까지 끌려가자 소년은 바닥으로 곤두박질칠 것 같았다. 하지만 의식이 가물가물 살아나자 그는 몸을 바로 하고 아슬아슬하게 균형을 잡았다. 그런 뒤 두 발로 바닥에 내려섰다. 어머니가 곧장 소년의 어깨를 잡고 흔들었다. 소년이 다시 주먹을 휘둘렀다. 이번에는 힘도 더 실리고 방향도 정확했다. 하지만 그와 동시에 그는 눈을 떴다. 그녀가 그를 놓았다. 그는 잠이 깼다.

"됐어요."

그가 중얼거렸다.

어머니는 램프를 집어 들고 소년을 어둠 속에 남겨 둔 채 서둘러 나갔다.

"지각하면 급료가 깎여."

어머니가 경고했다.

어두운 것은 그에게 아무렇지 않았다. 그는 어둠 속에서 옷을 입고 부엌으로 갔다. 마르고 연약한 소년치고 발걸음이 몹시 무거웠다. 다리는 다리 자체의 무게로 끌렸는데, 그토록 여윈 다리가 그렇게 무겁다는 것이 이상해 보였다. 그는 앉는 부분이 깨진 의자를 식탁으로 끌고 갔다.

"조니!" 어머니가 소리쳤다.

소년은 의자에서 벌떡 일어나 말없이 개수대로 갔다. 개수대는 더러웠다. 배수구에서 냄새가 올라왔다. 그는 신경 쓰지 않았다. 개수대에서 냄새가 나는 것은 그에게는 자연의 질서 중 하나였고, 비누가 설거지물로 얼룩지고 거품이 잘 나지 않는 것도 마찬가지였다. 그는 비누거품을 내려고 특별히 노력하지도 않았다. 수돗물을 몇 번 튀기는 게 다였다. 그는 이도 닦지 않았다, 칫솔이라는 것을 본 적도 없고, 이 세상에 이 닦기 같은 바보짓을 하는 사람이 있다는 사실도 알지 못했다.

"내가 말 안 해도 하루에 한 번은 씻어야 돼."

어머니가 나무랐다.

그녀는 깨진 냄비 뚜껑을 들고서 커피를 두 잔 따랐다. 그는 아무 말도 하지 않았다. 이것은 그들의 일상적인 싸움이었고, 어머니가 아주 단호하게 명령하는 한 가지였다. 그는 하루에 한 번 꼭 세수를 해야 했다. 그는 더럽고 축축하고 해진 수건에 얼굴을 닦았고, 수건은 그의 얼굴 가득 보풀을 남겼다.

"집이 가깝다면 얼마나 좋을까."

소년이 앉을 때 어머니가 말했다.

"어쨌든 나는 최선을 다하고 있어. 그건 너도 알지? 집세 1달러 차이는 아주 크고, 이 집은 더 넓어. 그건 너도 알지?"

소년은 그런 말을 제대로 듣지 않았다. 벌써 여러 번 들은 말이었다. 그녀의 생각은 범위가 한정되어 있었고, 그녀는 집이 공장에서 멀어서 생기는 어려움을 늘 거듭해서 말했다.

"1달러로 먹을 걸 더 살 수 있죠. 좀 걸어도 먹을 게 많아지는 편이 좋아요."

그가 격언처럼 말했다.

그는 서둘러 먹었다. 빵을 절반쯤 씹어 뭉개진 덩어리를 커피로 넘겼다. 그들은 그 뜨겁고 혼탁한 액체를 커피라고 불렀다. 조니는 그것을 커피라고, 그것도 훌륭한 커피라고 생각했다. 그것은 그에게 남은 몇 안 되는 인생의 환상 가운데 하나였다. 그는 평생 진짜 커피를 마셔 본 적이 없었다.

빵과 함께 차가운 돼지고기 한 점이 있었다. 어머니는 그의 잔에 다시 커피를 따라 주었다. 빵을 거의 다 먹자 그는 더 먹을 것이 있는지 살펴보았다. 어머니가 그 탐색의 눈길을 차단하고 말했다.

"욕심부리지 마. 조니. 그만하면 충분히 먹었어. 동생들은 너보다 적어."

그는 그 질책에 대꾸하지 않았다. 원래도 말이 별로 없었다. 그리고 이제 허기진 눈길을 던지지도 않았다. 그는 불평하지 않았다. 그의 인내심은 그것을 가르친 학교만큼이나 지독했다. 그는 커피 잔을 비우고 손등으로 입은 닦은 뒤 일어서려고 했다.

"잠깐, 빵을 한 조각 더 잘라 줘도 될 것 같아. 작은 조각이라도."

그녀가 서둘러 말했다.

그녀의 행동에는 속임수가 있었다. 빵 덩어리에서 한 조각을 잘라

내는 척하면서 빵 덩어리와 조각을 도로 상자에 넣고 자신이 먹을 빵 두 조각 중 하나를 건넸다. 그녀는 자신이 아들을 속였다고 생각했지만 소년은 전부터 그 술책을 알았다. 어쨌거나 그는 아무렇지도 않게 빵을 받아들였다. 그는 어머니가 늘 아파서 별로 많이 먹지 않는다고 생각했다.

그녀는 그가 마른 빵을 씹는 것을 보고 그의 잔에 자신의 커피를 따랐다.

"오늘 아침은 왠지 별로 안 받네."

멀리서 호루라기 소리가 울려 두 사람은 일어났다. 그녀는 선반에 놓인 주석 자명종 시계를 보았다. 시계 바늘이 5시 반을 가리켰다. 공장의 다른 사람들은 이제 막 일어날 시간이었다. 그녀는 어깨에 숄을 두르고 지저분하고 구겨진 낡은 모자를 머리에 썼다.

"빨리 가자."

그녀가 말하고는 심지를 돌리고 숨을 훅 불어 램프를 껐다.

그들은 더듬더듬 부엌을 나가 계단을 내려갔다. 맑고 추운 날이었고, 바깥 공기가 닿자 조니는 몸을 떨었다. 아직 별빛도 흐려지지 않았고, 도시는 암흑에 잠겨 있었다. 조니도 어머니도 기운 없이 터덜터덜 걸었다. 다리 근육에는 땅을 힘차게 걷고자 하는 열정이 없었다.

15분 동안 말없이 걷고 나서 어머니가 오른쪽으로 방향을 틀었다.

"늦지 않게 어서 가."

그녀는 어둠 속으로 들어서면서 마지막 주의를 주었다.

그는 아무 반응을 하지 않고 계속 길을 갔다. 공장 구역에 들어서자 여기저기에서 문이 열렸고, 그는 곧 어둠을 뚫고 가는 무리에 섞였다.

공장 정문에 들어서는데 다시 호루라기 소리가 울렸다. 동쪽을 보니 비죽비죽 솟은 지붕들 위로 희미한 빛이 기어오르고 있었다. 하루를 꼭 이만큼 본 뒤 그는 등을 돌리고 일꾼 집단에 합류했다.

그는 줄지어 놓인 수많은 기계들 중 한 대 앞에 앉았다. 그의 앞에 놓인 통에는 작은 얼레•가 가득하고 그 위에서 큰 얼레들이 빠른 속도로 돌았다. 그는 큰 얼레에 작은 얼레들의 삼끈을 감았다. 일은 단순했다. 필요한 것은 속도뿐이었다. 작은 얼레들은 금방금방 떨어졌고, 그 실을 감는 큰 얼레가 너무 많아서 잠시도 쉴 틈이 없었다.

그는 기계적으로 일했다. 작은 얼레가 떨어지자 왼손으로 장치를 정지시키고 엄지와 검지로 날아가는 삼끈의 끝을 잡아 큰 얼레도 함께 멈췄다. 그리고 오른손으로는 작은 얼레의 느슨한 삼끈 끝을 잡았다. 양손이 다 필요한 이런 다양한 행동을 그는 아주 신속하게 수행했다. 그런 뒤 두 손을 빠르게 움직여 그물짜기 매듭을 묶고 얼레를 다시 돌렸다. 그물짜기 매듭이 어려울 것은 없었다. 한때 그는 잠을 자면서도 그 매듭을 묶을 수 있다고 자랑했다. 그리고 때로 그물짜기 매듭을 수도 없이 묶으며 기나긴 야간 노동을 할 때면 실제로 그렇게 하기도 했다.

어떤 소년들은 작은 얼레가 떨어지면 얼른 갈아 끼우지 않고 시간과 기계를 헛돌게 했다. 그런 일을 막는 관리자가 있었다. 그는 조니의 옆자리 동료가 그렇게 하는 것을 보고 따귀를 때렸다.

• 얼레　연줄이나 낚시줄 또는 실 따위를 감는 데 쓰는 기구.

"저기 조니를 좀 봐, 조니를 좀 닮아 봐!"

관리자는 화를 내며 말했다.

조니의 얼레는 하나도 남김없이 팽팽 돌아갔지만, 그는 이런 간접적인 칭찬이 기쁘지 않았다. 한때는…… 하지만 그것은 오래전, 아주 오래전의 일이었다. 사람들이 자신을 모범으로 치켜세울 때도 그의 덤덤한 얼굴에는 표정이 없었다. 그는 완벽한 일꾼이었다. 그 자신도 알았다. 그런 말을 자주 들었다. 그것은 흔한 일이었고, 게다가 이제는 아무 의미가 없어 보였다. 그는 완벽한 일꾼에서 완벽한 기계로 발전했다. 때로 일이 잘못되면 그것은 기계와 마찬가지로 잘못된 재료 때문이었다. 완벽한 못 금형이 불량 못을 내는 확률이 그가 실수하는 확률과 비슷할 것이었다.

이것은 그다지 놀라운 일이 아니었다. 그는 기계와 친밀한 관계가 아닐 때가 없었다. 기계는 거의 그의 본성이 되었고, 어쨌건 그는 기계 속에서 자랐다. 12년 전 바로 이 공장의 방직실•에서 작은 소동이 인적이 있다. 조니의 엄마가 기절한 것이다. 사람들은 그녀를 시끄러운 기계들 틈에 눕혔다. 나이 든 여자 방직공 두 명이 불려 왔고, 작업반장이 도와주었다. 그리고 몇 분 뒤 방직실에는 생명이 하나 더 늘었다. 그 아이가 조니였다. 그는 방직실의 소음 속에서 태어났고, 그가 들이마신 첫 숨은 보풀과 습기로 가득한 공기였다. 그는 바로 그 첫날부터 폐에서 보풀을 빼내려고 기침을 했고, 같은 이유로 평생 기침을 했다.

조니의 옆자리에 있는 소년이 칭얼거리며 코를 훌쩍였다. 그 얼굴은 멀리서 위협적인 눈길을 던지고 있는 관리자에 대한 미움으로 경련했다. 하지만 얼레는 모두 꽉 차서 돌고 있었다. 소년은 빙글빙글 도는 얼레들을 바라보며 크게 욕을 했다. 하지만 그 소리는 2미터도 가지 않았다. 방직실의 소음이 벽처럼 그것을 가두었다.

조니는 이 모든 일에 신경을 쓰지 않았다. 그는 모든 일을 수긍하는 버릇이 있었다. 게다가 모든 일은 반복되면 단조로워지고, 그는 이런 일도 벌써 여러 번 목격했다. 그가 볼 때 관리자에게 반항하는 것은 기계에게 반항하는 것과 마찬가지였다. 기계들은 특정한 방식으로 돌아가서 특정한 일을 하도록 만들어졌다. 관리자도 마찬가지였다.

하지만 11시에 방직실에 불안한 기운이 일었다. 그 불안은 어떻게 해서인지 금세 사방에 퍼졌다. 조니의 맞은편에 앉은 외다리 소년이 저편에 있는 빈 쓰레기 수레로 뛰어가 목발까지 들고 그 안으로 들어가서 숨었다. 공장의 현장감독이 젊은이 한 명을 데려오고 있었다. 젊은이는 좋은 옷을 입었고, 셔츠에도 풀이 먹여져 있었다. 조니의 분류법에 따르면 신사이고, 또 '감찰관'이었다.

그는 지나가면서 날카로운 눈으로 소년들을 살펴보았다. 때로는 걸음을 멈추고 질문을 했다. 그는 고래고래 소리를 질러야 했고, 그럴 때마다 얼굴이 우스꽝스럽게 일그러졌다. 그의 예리한 눈은 조니 옆의 기계가 비어 있는 것을 알아차렸지만 아무 말도 하지 않았다. 조니도 그와 눈이 마주쳤다. 그 순간 그가 우뚝 서서 조니를 기계에서 끌어내려고 팔을 잡았다가 깜짝 놀라서 팔을 놓았다.

• 방직실 솜이나 고치 또는 실에서 섬유질을 뽑아 실을 만드는 방.

"꽤 말랐죠."

현장감독이 불안하게 웃었다.

"꼬챙이 같아요."

젊은이가 대답했다.

"저 다리를 봐요. 저 아이는 구루병•이에요. 초기지만 확실해요. 간질이 아니라면 결핵이 먼저 저 아이를 데려갈 거예요."

조니는 가만히 들었지만 알아듣지는 못했다. 게다가 앞날의 질병에는 관심이 없었다. 더 직접적이고 심각한 질병이 바로 앞에 있었는데, 그것은 바로 감찰관이었다.

"사실대로 말해 주렴. 너 몇 살이니?"

감찰관이 말했다. 아니 허리를 굽혀 소년의 귀에 입을 대고 소리쳤다.

"열네 살요."

조니는 거짓말을 했다. 그것도 목청껏. 어찌나 힘차게 했는지 마른기침이 터져서 오전 내 폐에 쌓인 보풀들이 흔들렸다.

"열여섯은 돼 보여요."

현장감독이 말했다.

"아니면 예순 살일 수도 있죠."

감찰관이 말했다.

"처음부터 저 얼굴이었어요."

"언제부터요?"

감찰관이 얼른 물었다.

"여러 해 됐죠. 얼굴이 전혀 나이를 안 먹어요."

"나이를 거꾸로 먹는 것도 아니겠죠. 여기에서 일한 지 오래됐죠?"

"일하다 말다 했어요. 하지만 그건 새 법이 통과되기 전이에요."

현장감독이 서둘러 덧붙였다.

"기계가 비었네요?"

감찰관이 조니의 옆자리가 빈 것을 보고 물었다. 반쯤 감긴 얼레가 미친 듯이 날고 있었다.

"그런 것 같군요."

현장감독이 관리자를 손짓해 부른 뒤 그의 귀에 대고 소리치고 기계를 가리켰다.

"쉬는 기계입니다."

그가 감찰관에게 보고했다.

그들은 지나갔고, 조니는 질병을 피한 데 안도해서 다시 일로 돌아갔다. 하지만 외다리 소년은 그렇게 운이 좋지 못했다. 예리한 눈의 감찰관이 그를 쓰레기 수레에서 끌고 나왔다. 소년의 입술은 떨렸고, 그 표정은 심각하고 돌이킬 수 없는 재난에 빠진 사람 같았다. 관리자는 마치 소년을 처음 보는 것처럼 놀란 표정을 지었고, 현장감독의 얼굴은 충격과 불쾌함에 싸였다.

"이 애를 압니다."

감찰관이 말했다.

• 구루병 비타민 D의 부족으로 뼈의 성장에 장애가 생겨서 등뼈나 가슴뼈 따위가 구부러지는 병. 우리말로 곱삿병.

"이 애는 열두 살이죠. 나는 지난 한 해 동안 공장 세 곳에서 이 애를 내쫓았어요. 이번이 네 번째예요."

그는 외다리 소년에게 돌아섰다.

"나한테 학교에 가겠다고 약속했잖니."

외다리 소년은 울음을 터뜨렸다.

"제발, 감찰관님, 집에 아기 둘이 죽었고, 저희는 너무 가난해요."

"기침은 왜 그렇게 하니?"

감찰관이 소년에게 죄를 추궁하듯 물었다.

그리고 죄를 부정하려는 듯 외다리 소년이 대답했다. "별거 아니에요. 지난주에 감기에 걸렸어요. 감찰관님. 그게 다예요."

외다리 소년은 결국 감찰관과 함께 방직실을 나갔고, 현장감독이 불안하고 성난 표정으로 그 뒤를 따랐다. 그 뒤로는 다시 단조로움이 내려앉았다. 긴 오전과 더 긴 오후가 지나갔고, 호루라기 소리가 종료 시간을 알렸다. 조니가 공장 문을 나설 때 바깥은 이미 어두웠다. 그 사이에 해는 하늘을 한 걸음 한 걸음 걸어 올라가서 세상을 은혜로운 온기로 채운 뒤 비죽비죽한 지붕들 너머로 사라졌다.

저녁은 그 가족에게 가장 중요한 식사였다. 조니가 동생들과 함께 하는 유일한 식사이기도 했다. 그에게 이 일은 거의 적과의 대치와 비슷했다. 그는 나이가 이렇게 많은데 동생들은 어이없을 만큼 어렸기 때문이다. 그는 동생들의 어린 모습을 참지 못했다. 이해할 수가 없었다. 그의 어린 시절은 너무도 오래전이었다. 그는 철없는 어린 정신들의 장난을 참지 못하는 짜증스러운 노인 같았다. 그는 음식 앞에 말없이 얼굴을 찌푸리고 그들도 곧 일을 하러 가야 한다는 생각으로 위안을 삼았다. 그러면 동생들도 기세가 꺾여서 자신처럼 점잖아질 것이다. 이렇게 해서 조니는 다른 인간들처럼 자신을 우주의 척도로 만들었다.

식사를 할 때 어머니는 다양한 말을 무한히 반복하며 자신은 최선을 다하고 있다고 했다. 그래서 빈약한 식사를 마치자 조니는 풀려난다는 느낌 속에 의자를 물리고 일어섰다. 그는 침대와 현관 사이에 잠시 갈등하다가 결국 현관 밖으로 나갔다. 그리고 현관 계단에 앉아서 두 무릎을 끌어당기고 좁은 어깨를 앞으로 굽힌 채 팔꿈치를 무릎에 얹고 손으로 턱을 받쳤다.

그는 그 자리에 앉아서 아무 생각도 하지 않았다. 그냥 가만히 쉬었다. 그의 정신은 잠들어 있었다. 동생들이 나와서 다른 집 아이들과 함께 시끄럽게 뛰어놀았다. 모퉁이의 전등이 그들을 비추었다. 그는 짜증이 났고 그들도 그 사실을 알았다. 하지만 모험 정신이 발동해서 그에게 장난을 쳤다. 그들은 손을 잡고 몸으로 박자를 맞추면서 그의 얼굴에 대고 엉터리 노래를 불렀다. 그는 처음에는 동생들에게 욕을 했다. 작업반장들에게서 배운 욕을, 하지만 그래도 소용없자 자신의 위엄을 위해 집요한 침묵으로 빠져들었다.

얼마 전에 열 살 생일이 지난 바로 밑의 동생 윌이 무리의 우두머리였다. 조니는 그에게 그다지 따뜻한 마음이 없었다. 그의 인생은 초기부터 윌에 대한 끊임없는 양보로 점철• 되어 있었다. 그는 윌이 자신

• 점철 관련이 있는 상황이나 사실 따위가 서로 이어짐.

에게 큰 빚을 졌지만 그것을 고마워하지 않는다고 확고히 믿었다. 아득한 옛날 그가 아직 일하지 않던 시절에는 윌을 돌보는 데 많은 시간을 바쳤다. 윌은 그때 아기였고, 어머니는 지금처럼 공장에 다녔다. 조니는 어린 아빠와 어린 엄마의 역할을 모두 맡았다.

윌은 그런 양보의 혜택을 잘 보여주었다. 체격이 좋고 튼튼했으며 키는 조니와 비슷하고 몸무게는 훨씬 더 나갔다. 한 사람의 생명의 피가 다른 사람에게 흘러들어 간 것 같았다. 정신도 마찬가지였다. 조니는 잘 회복되지 않을 만큼 지치고 피로했지만, 윌은 모든 것이 가득 차서 흘러넘칠 것 같았다.

놀리는 노랫소리가 점점 커졌다. 윌은 춤을 추며 몸을 숙이고 혀를 내밀었다. 조니의 왼팔이 튀어 나가서 윌의 목을 감쌌다. 동시에 앙상한 주먹으로 동생의 코를 때렸다. 그의 주먹은 처량할 만큼 앙상했지만, 그것이 맵다는 사실은 고통의 비명이 증명했다. 다른 동생들이 소리를 질렀고, 여동생 제니가 집 안으로 달려 들어갔다.

그는 윌을 밀고 정강이를 걷어차고는 그의 얼굴을 땅에 메다꽂았다. 그러고도 윌의 얼굴을 땅바닥에 서너 차례 뭉갠 뒤에야 동생을 놓아주었다. 잠시 후 나타난 어머니는 걱정과 분노의 회오리바람 같았다.

"윌이 나를 가만두지 않는 걸 어떻게 해요? 저 애는 내가 피곤한 걸 몰라요."

조니가 어머니의 비난에 대답했다.

"나는 형만큼 커."

윌이 어머니의 품에서 씨근덕거렸다. 얼굴은 눈물과 흙과 피로 범벅이 되어 있었다.

"나는 이제 형만큼 크고 앞으로 더 클 거야. 그러면 형을 가만 안 둘 거야. 두고 봐."

"너도 그렇게 컸으니 공장에 가야 돼."

조니가 으르렁거렸다.

"그게 너한테 닥친 문제야. 너도 일해야 해. 엄마가 널 공장에 보낼 거야."

"윌은 너무 어려. 아직 꼬마야."

어머니가 말했다.

"저는 윌보다 어려서부터 공장에 다녔어요."

조니는 억울함을 표현하려고 입을 열었다가 다시 닫았다. 그리고 우울하게 돌아서서 집 안으로 들어가 침대에 누웠다. 그의 방은 부엌의 온기를 들어오게 하려고 문을 열어 놓고 있었다. 그가 어두운 방 안에서 옷을 벗을 때 어머니가 집에 들른 이웃 여자와 이야기하는 소리가 들렸다. 어머니는 기운 없이 훌쩍거리면서 띄엄띄엄 말했다.

"조니가 왜 저렇게 되었는지 모르겠어요. 예전에는 이러지 않았어요. 참을성 많고 천사 같은 아이였는데."

그러더니 서둘러 변명했다.

"조니는 좋은 아이에요. 열심히 일하고 있고, 사실 너무 어려서부터 일했죠. 하지만 그게 내 잘못은 아니에요. 나는 최선을 다하고 있다고요."

부엌의 훌쩍거림이 길어졌고 조니는 눈을 감고 중얼거렸다.

"나는 정말 열심히 일했어요."

다음 날 아침 다시 어머니가 그를 잠의 손아귀에서 빼냈다. 그는 빈약한 아침 식사를 하고 어둠 속을 걷다가 지붕들 위로 희미하게 떠오르는 해를 보고 돌아서서 공장으로 들어갔다. 새로운 하루였지만 모든 하루가 똑같았다.

하지만 그의 인생이 나름대로 다양했던 적이 있었다. 그가 이 일 저 일을 넘나들었을 때와 병에 걸렸을 때였다. 그는 여섯 살 때부터 윌의 꼬마 엄마이자 아빠였고, 그때 다른 동생들은 더 어렸다. 일곱 살 때 그는 공장에 가서 얼레를 감았다. 여덟 살 때는 다른 공장에서 일했다. 새 일은 아주 쉬웠다. 손에 막대기를 잡고 앉아서 앞으로 흘러가는 천의 방향을 잡아 주는 것뿐이었다. 이 천의 물결은 기계의 입에서 나와서 뜨거운 롤러를 지나 다른 곳으로 흘러갔다. 하지만 그는 해가 들지 않고 머리 위에 가스등이 이글거리는 곳에서 한 자리에 앉아서 스스로 기계의 일부가 되었다.

그곳은 덥고 습했지만 그는 그 일을 좋아했다. 아직 어리고 꿈과 망상이 넘쳤기 때문이다. 그는 끝없는 천의 물결을 보면서 멋진 꿈을 꾸었다. 하지만 몸을 움직일 일도, 머리를 쓸 일도 없는 그 일을 하면서 꿈은 점점 시들었고 그의 정신은 둔하고 나른해졌다. 그래도 그는 주급 2달러를 받고, 그 돈으로 지독한 굶주림에서 벗어나 만성 영양실조 상태로 이행할 수 있었다.

하지만 그는 아홉 살 때 직장을 잃었다. 홍역 때문이었다. 그리고 병이 낫자 유리 공장에 취직했다. 그 일은 봉급이 더 높았고 기술도 필요했다. 성과급이라서 기술이 좋을수록 급료가 높아졌다. 그것이 성과제였고, 성과제 덕분에 그는 뛰어난 일꾼이 되었다.

일은 단순했다. 작은 병에 유리 마개를 꽂고 끈으로 묶는 것이었다. 그는 허리에 삼끈 뭉치를 차고 양손으로 일하기 위해 두 무릎 사이에 병을 끼웠다. 그렇게 무릎 위로 허리를 굽히고 앉아 일하는 동안 그의 좁은 어깨는 점점 더 굽고 가슴팍은 하루에 10시간씩 움츠러들었다. 그것은 폐에 좋지 않았지만, 그는 하루에 병 3,600개의 마개를 묶었다.

현장감독은 그를 자랑스러워했고 손님이 오면 소개해 주었다. 10시간 동안 3,600개의 병이 그의 손을 지나갔다. 이것은 그가 기계 같은 정밀함을 익혔다는 뜻이었다. 낭비되는 동작은 하나도 없었다. 팔과 여윈 손가락의 모든 움직임이 빠르고 정확했다. 그는 매우 긴장한 상태로 일했고, 그 결과 불안해졌다. 밤이면 잠을 자면서도 근육이 뒤틀렸고, 낮에는 쉴 수 없었다. 그는 늘 긴장해 있었고, 근육은 계속 뒤틀렸다. 얼굴도 누래지고, 기침이 심해졌다. 움츠린 흉곽 속 연약한 폐에 폐렴이 들어앉았고, 그는 유리 공장에서 해고되었다.

그는 이제 처음에 얼레 감는 일을 했던 황마 공장•으로 돌아왔다. 그랬더니 승진이 그를 기다리고 있었다. 그는 훌륭한 일꾼이었다. 다음에는 풀 먹이는 일로 옮겼다가 이어 방직실로 갔다. 그 뒤로는 효율만이 상승했을 뿐 그 밖의 변화는 없었다.

기계들은 그가 처음 공장에 갔을 때보다 빨라졌고, 그의 머리는 느려졌다. 그는 예전에는 늘 꿈을 꾸었지만 이제는 꿈을 꾸지 않았다.

• 황마 공장 피나뭇과에 속하는 한해살이 풀인 황마로 실을 뽑아 천을 만드는 공장.

그는 한 번 사랑에 빠진 적도 있었다. 그것은 뜨거운 롤러 앞에서 천의 방향을 잡아 주는 일을 할 때였고, 상대는 현장감독의 딸이었다. 그녀는 그보다 나이가 훨씬 많은 처녀였고, 그는 그녀를 멀리서 대여섯 번 본 것이 전부였다. 하지만 그러거나 말거나 상관없었다. 그는 자기 앞을 지나가는 천 위에 밝은 미래를 새겨 넣었고, 그 미래 속에서 그는 천재적인 일솜씨를 발휘하고 놀라운 기계를 발명해서 공장장이 된 뒤 그녀를 품에 안고 이마에 진지하게 입을 맞추었다.

하지만 그것은 모두 오래전, 그가 이렇게 늙고 지쳐서 사랑도 못 하게 되기 전의 일이었다. 그녀도 결혼해서 떠났고, 그의 정신은 잠이 들었다. 어쨌거나 그것은 놀라운 경험이었고, 그는 다른 남자와 여자가 동화 속 요정을 믿던 시절을 돌아보듯 그 시절을 돌아보았다. 그는 요정도, 산타클로스도 믿은 적이 없었다. 하지만 그 시절, 흘러가는 천 위에 상상으로 새겼던 밝은 미래는 분명히 믿었다.

그는 아주 어린 나이에 성인이 되었다. 일곱 살에 그는 첫 봉급을 받고 청소년기를 시작했다. 그는 독립심이 생겼고, 어머니와의 관계도 달라졌다. 이유는 몰라도 일을 해서 돈을 벌고 가족의 생계를 책임진다는 사실 때문에 그는 어머니와 비슷한 위치에 서게 된 것 같았다. 그가 완전한 어른이 된 것은 열한 살 때 여섯 달 동안 야간조 근무를 하고 나서였다. 야간조 일을 하면 어떤 아이도 아이로 남아 있지 못한다.

그의 인생에는 몇 차례 큰 사건이 있었다. 그 하나는 어머니가 캘리포니아산 건자두를 사 온 일이었다. 다른 두 번은 어머니가 커스터드빵•을 만든 일이었다. 그것들은 사건이었다. 그는 그 기억을 따뜻하게 간직했다. 그리고 그 시절 어머니는 언젠가 아주 맛있는 음식을 만들어 주겠다고 했다. 그건 '플로팅 아일랜드•' 라는 것으로 "커스터드보다 더 맛있다"고 어머니는 말했다. 여러 해 동안 그는 식탁에 플로팅 아일랜드가 놓일 날을 기다렸지만 결국 그 기대를 불가능한 꿈들의 연옥• 으로 추방했다.

한번은 길에서 25센트짜리 은색 동전을 주운 적이 있었다. 그것도 그의 인생에 일어난 큰 사건이자 비극적인 사건이었다. 은색 섬광을 본 순간 그는 그것을 주워 들기도 전에 자신의 의무를 알았다. 집에는 늘 먹을 것이 부족했고, 그는 토요일 밤마다 봉급을 가져가듯 그것도 집에 가져가야 했다. 이 경우 무엇이 올바른 행동인지는 분명했다. 하지만 그는 자기를 위해 돈을 써 본 적이 없었고, 사탕이 몹시 먹고 싶었다. 평생토록 기념일에만 맛본 사탕이 몹시 탐났다.

그는 자신을 속이려 하지 않았다. 그것은 죄였고, 그는 그것을 알면서도 방탕에 빠져서 사탕을 15센트어치 샀다. 10센트는 훗날의 방탕을 위해 남겨 두었지만 돈을 가지고 다니는 데 익숙하지 않아서 잃어버렸다. 그 일은 그가 양심의 가책에 격렬하게 시달릴 때 일어났고, 그는 그것을 천벌로 여겼다. 무시무시한 신의 분노가 섬뜩할 만큼 가깝게 느껴졌다. 신은 그의 죄를 보고 지체 없이 벌을 내렸는데, 심지

• 커스터드 빵 우유와 계란노른자에 설탕 등을 넣어서 구워서 만든 빵.

• 플로팅 아일랜드 커스터드 빵 안에 저어서 거품을 낸 휘핑크림이나 계란 흰자에 설탕을 넣고 저어서 거품을 낸 머랭을 첨가하여 만든 음식.

• 연옥 지옥과 천국 사이에 있으며 일부 영혼들이 존재한다고 믿는 장소.

어 그 벌도 다 내리지 않았다.

그의 기억 속에 그 사건은 그의 인생에서 가장 큰 범죄 행위였고, 그것을 회상하면 언제나 양심에 고통을 느꼈다. 그것은 그의 인생에 유일한 비밀이었다. 그리고 그는 그 행동을 후회했다. 자신이 25센트 동전을 쓴 방식이 마음에 들지 않았다. 더 잘 쓸 수도 있었다. 신이 그렇게 지체 없이 벌할 것을 알았다면 25센트를 한 번에 다 써서 신을 이겼을 것이다. 그런 생각을 하며 그는 그 25센트를 천 번 정도 썼고, 매번 방법이 개선되었다.

다른 기억이 하나 더 있었다. 희미해졌지만 아버지의 야만적인 발이 그의 영혼에 강력하게 찍어 놓은 기억이었다. 그것은 구체적인 기억이라기보다 악몽에 더 가까웠다. 사람이 잠이 들면 나무 위에 살던 조상 시절까지 거슬러 올라간다는 원형•적인 기억에 더 가까웠다.

이 특별한 기억은 대낮에 정신이 말똥말똥한 때는 찾아오지 않았다. 그것은 밤에 잠자리에 누웠을 때, 의식이 몽롱하게 가라앉을 때 찾아왔다. 그것이 찾아오면 그는 항상 화들짝 놀라서 깨어났고, 순간적으로 자신이 침대 발치에 가로로 누워 있는 느낌을 받았다. 침대에는 아버지와 어머니가 있었다. 그는 아버지를 본 적이 없었다. 그가 아버지에 대해 가진 인상은 단 한 가지, 그의 발이 야만적이고 무자비하다는 것뿐이었다.

이런 어린 시절의 기억은 있어도 최근의 기억은 그에게 없었다. 모든 날이 똑같았다. 어제도 작년도 천 년 전과, 아니면 1분 전과 똑같았다. 아무 일도 없었다. 시간의 흐름을 표시하는 사건은 아무것도 없었다. 시간은 흐르지 않았다. 늘 가만히 서 있었다. 움직이는 것은 시끄러운 기계들뿐이었고, 그것들은 제자리에서 움직였다. 점점 빨라지면서도.

열네 살이 되자 그는 풀 먹이는 일을 하게 되었다. 그것은 엄청난 사건이었다. 마침내 간밤의 잠이나 주급 말고도 기억할 수 있는 일이 생겼다. 그것은 한 시대를 표시했다. 그것은 기계의 올림픽, 어떤 신기원이었다. "내가 풀 작업을 하게 되었을 때" 또는 "내가 풀 작업을 하게 된 뒤, 또는 전" 같은 말들이 그의 입에 자주 올랐다.

그는 열여섯 살 생일을 방직실에 들어가 방직기를 돌리는 방식으로 기념했다. 그것은 성과급 일이었다. 공장의 교육을 통해 완벽한 기계가 된 그는 뛰어난 일솜씨를 발휘했다. 석 달이 지나자 그는 방직기 두 대를 돌렸고, 그 뒤로는 세 대, 네 대를 돌렸다.

방직실에서 2년이 지났을 때 그는 어떤 방직공보다 많은 천을 생산했고, 미숙련 직공들보다는 두 배 이상을 생산했다. 그가 돈을 점점 잘 벌게 되자 집안 형편도 좋아졌다. 하지만 그의 벌이는 수요를 초과하지 못했다. 아이들은 계속 자라고, 더 많이 먹었다. 그들은 학교에 갔고 책은 비쌌다. 그리고 어떻게 된 일인지 그가 일을 더 많이 할수록 물가는 더 빨리 올랐다. 집은 점점 낡아 가는데 집세는 더 올랐다.

그는 키가 더 컸지만, 그러자 더 야위어 보였다. 그리고 더 불안해졌다. 불안은 짜증을 더 키웠다. 동생들은 여러 차례의 교훈을 통해서 그를 피하는 것이 좋다는 사실을 배웠다. 어머니는 돈을 잘 버는 그를

• 원형 본능과 함께 유전적으로 갖추어지며 집단 무의식을 구성하는 보편적 상징.

존경하면서도 두려워했다.

그는 인생에 아무런 즐거움이 없었다. 그는 하루하루가 지나가는 모습을 보지 못했다. 밤 시간에는 무의식 속에 움찔거리며 잠을 잤다. 나머지 시간에는 일을 했고, 그때 그의 의식은 기계의 의식이었다. 그 정신 바깥에는 아무것도 없었다. 그는 이상은 없지만 환상은 하나 있었다. 자신이 좋은 커피를 마신다는 것이었다. 그는 일벌레였다. 이렇다 할 정신생활이 없었다. 하지만 마음속 깊은 곳에서는 자신도 모르는 사이 노동하는 매시간이, 매번의 손동작이, 매번의 근육 수축이 차곡차곡 쌓이고, 그 자신과 그 주변의 작은 세상을 놀라게 할 행동이 준비되고 있었다.

어느 늦은 봄날, 그는 유난히 깊은 피로를 느끼며 퇴근했다. 그가 식탁에 앉을 때 식구들은 강렬한 기대를 품고 있었지만 그는 알아차리지 못했다. 그는 우울한 침묵 속에 기계적으로 앞에 놓인 것을 먹었다. 동생들은 음, 아, 하면서 쩝쩝 입맛을 다셨지만 그는 귀가 먹은 듯 아무 소리도 듣지 못했다.

"네가 먹는 게 뭔지 아니?"

어머니가 마침내 참지 못하고 물었다.

그는 앞에 놓인 접시를 멍하니 본 뒤 어머니를 멍하니 보았다.

"플로팅 아일랜드야."

어머니가 들떠서 공표했다.

"아."

그가 말했다. 그리고 두세 입을 더 먹고 덧붙였다.

"오늘 밤은 별로 배가 안 고프네요."

그는 숟가락을 떨어뜨리고 힘없이 식탁에서 일어났다.

"바로 자야겠어요."

부엌을 지나가는 그의 발걸음은 평소보다 더 무거웠다. 옷을 벗는 일이 산을 움직이는 것처럼 힘들어서 그는 옷도 벗지 못하고 힘없이 울면서 침대로 기어들었다. 신발 한 짝은 아직도 신은 채였다. 머릿속에서 무언가가 솟아올라서 띵하고 멍한 느낌을 안겨주었다. 여윈 손가락이 손목처럼 두껍게 느껴졌고, 그 끝에는 머릿속처럼 멍한 느낌이 있었다. 허리가 참을 수 없이 아팠다. 온몸의 뼈가 아팠다. 사방이 아팠다. 머릿속에서 꽥꽥, 쿵쿵, 우당탕 소리가 울리며 방직기 수백만 대가 돌아갔다. 모든 공간이 방직기 북•으로 가득 찼다. 북들이 별들 사이를 누볐다. 그는 혼자서 방직기 천 대를 움직였고, 그것들은 점점 속도를 높였다. 그의 머리도 점점 속도를 높이며 풀려서 마침내 천 개의 북에 감기는 실이 되었다.

그는 다음날 아침 출근하지 않았다. 머릿속에서 작동하는 천 대의 방직기를 돌리느라 바빴다. 어머니는 일하러 갔지만 그 전에 의사를 불렀다. 의사는 심한 독감이라고 말했다. 제니가 그를 간호하며 의사의 지시를 이행했다.

독감은 심했고, 조니는 일주일이 지나서야 옷을 입고 비틀비틀 걸을 수 있었다. 의사는 다시 일주일이 지나면 일을 할 수 있을 것이라

• 방직기 북 베를 짜는 방직기에 딸린 부품의 한 가지로 감은 실을 넣어서 잘 풀려나가도록 하는 부품.

고 말했다. 그가 회복기에 들어선 첫날인 토요일 오후에 방직실 작업 반장이 찾아왔다. 작업반장은 어머니에게 그가 최고의 방직공이라고 말했다. 그가 맡은 일은 그가 돌아올 때까지 중단시켰다고도 했다. 다음 주 월요일부터 일할 수 있다고.

"감사하다고 말씀드려야지, 조니?"

어머니가 불안하게 말했다.

"너무 아파서 제정신이 아니에요."

그녀가 손님에게 사과하듯 설명했다.

조니는 웅크리고 앉아서 바닥을 가만히 바라보았다. 작업반장이 가고 나서 한참 뒤에도 같은 자세로 앉아 있었다. 바깥은 따뜻했고, 그는 현관 계단에 앉아 오후를 보냈다. 때로 그의 입술이 달싹였다. 어떤 끝없는 계산에 빠진 것 같았다.

다음 날 아침, 날이 따뜻해진 뒤에 그는 현관 계단에 나가 앉았다. 이번에는 연필과 종이로 계산을 했는데, 계산 작업은 아주 힘들면서도 놀라웠다.

"100만 다음에는 뭐지?"

정오에 윌이 학교에서 돌아오자 그가 물었다.

"그리고 그걸 어떻게 계산하지?"

그날 오후 그는 계산을 끝냈다. 그리고 날마다 종이와 연필 없이 현관 계단으로 나가서, 길 건너편의 나무 한 그루에 마음을 쏟았다. 몇 시간씩 그 나무를 바라보았고, 바람이 그 가지와 이파리를 흔들면 특히 관심을 집중했다. 그 일주일 동안 그는 자신과 깊은 교감에 빠진 듯 보였다. 일요일에 그는 현관 계단에서 서너 차례 크게 웃어서 어머니를 당황시켰다. 그녀는 여러 해 동안 그가 웃는 것을 본 적이 없었기 때문이다.

다음 날 새벽 그녀는 어둠 속에 그를 깨우러 갔다. 일주일 동안 충분히 자서 그는 쉽게 깨어났다. 그는 저항하지 않았고, 그녀가 이불을 잡아챘을 때 붙들려고 하지도 않았다. 그저 조용히 누워서 말을 했다.

"소용없어요, 어머니."

"그러다 늦어."

그녀는 아들이 아직도 잠에 젖어 있다고 생각하고 말했다.

"잠은 다 깼어요, 어머니. 그리고 소용없으니까 저를 그냥 두세요. 저는 안 일어날 거예요."

"그러면 공장에서 잘려!"

그녀가 소리쳤다.

"저는 안 일어나요."

그가 이상하고 열의 없는 목소리로 말을 되풀이했다.

그날 아침 그녀도 일을 나가지 않았다. 이것은 그녀가 아는 질병의 범위를 벗어나는 질병이었다. 열과 헛소리는 이해할 수 있었지만 이것은 완전한 정신이상이었다. 그녀는 그에게 이불을 덮어 주고 제니를 보내 의사를 불렀다.

의사가 왔을 때 조니는 조용히 자고 있었고, 조용히 깨어나서 의사가 맥을 짚게 했다.

"별문제는 없습니다. 너무 쇠약한 게 전부예요. 몸에 살이라고는 없어요."

의사가 말했다.

"조니는 예전부터 그랬어요."

어머니가 말했다.

"이제 나가세요, 어머니. 더 자게요."

조니는 평온하게 말하고 평온하게 돌아누워 잠이 들었다.

그는 10시에 깨어나서 옷을 입었다. 부엌으로 들어가자 어머니가 놀란 표정을 지었다.

"저는 떠날 거예요, 어머니. 작별 인사를 하러 왔어요."

그가 선언했다.

그녀는 앞치마를 얼굴에 뒤집어쓰고 털썩 주저앉아 울었다. 그는 참을성 있게 기다렸다.

"어쩌면 이런 날이 올 걸 알고 있었는지도 몰라."

그녀는 흐느꼈다.

"어디로 가니?"

그녀가 마침내 앞치마를 내리고 호기심 없는, 고통스러운 표정으로 그를 올려다보며 물었다.

"몰라요, 아무 데로나요."

그렇게 말을 하는데 그의 머릿속에 길 건너편에 있는 나무가 눈부시게 떠올랐다. 그것은 눈꺼풀 바로 아래에 숨어서 원하면 언제나 볼 수 있는 것 같았다.

"그러면 공장은?"

그녀가 떨며 물었다.

"저는 다시는 일하러 가지 않아요."

"조니! 그런 말은 하지 마!"

그녀가 울부짖었다.

그의 말은 그녀에게는 신성 모독이었다. 자기 아이가 신을 부정하는 말을 들은 것처럼 조니의 어머니는 그 말에 충격을 받았다.

"도대체 왜 그러는 거니?"

어머니가 권위를 보이려는 헛된 시도를 하며 물었다.

"숫자 때문이에요."

그가 대답했다.

"그냥 숫자요. 일주일 동안 많은 계산을 했어요. 그리고 아주 놀랐어요."

"그게 이거랑 무슨 상관이 있는지 모르겠다."

그녀가 흐느꼈다.

조니는 참을성 있게 미소 지었고, 어머니는 그가 벌써 오래도록 짜증도 신경질도 내지 않는다는 데 충격을 받았다.

"말씀드릴게요. 저는 완전히 지쳤어요. 뭐가 나를 지치게 했을까요? 움직임이에요. 저는 태어나면서부터 움직였어요. 이제 움직이는 데 지쳤고, 더는 움직이지 않을 거예요. 제가 유리 공장에서 일하던 때 기억나세요? 저는 하루에 3,600개를 했어요. 병 하나에 동작이 열 가지였던 것 같아요. 그러면 하루에 3만 6,000동작을 한 거예요. 열흘이면 36만 동작이고, 한 달이면 100만 8,000동작이에요. 8,000은 그냥 빼 버려요."

그가 너그럽게 선행을 베풀 듯이 말했다.

"8,000을 빼도 한 달에 100만 개고, 1년이면 1,200만 개예요. 방직기 앞에서는 그 두 배를 움직여요. 그러면 1년에 2,400만 동작이에요. 저는 그렇게 100만 년을 움직였던 것 같아요.

이번 주에 저는 움직이지 않았어요. 아무 일도 안 하고 가만히 몇 시간씩 앉아 있는 건 정말 좋았어요. 저는 그 전까지 행복한 적이 없었어요. 시간이 없었어요. 항상 움직였어요. 행복할 방법이 없었어요. 다시는 그렇게 하지 않겠어요. 저는 그냥 가만히 앉아서 쉬고 또 쉴 거예요."

"하지만 윌이랑 동생들은 어떻게 하고?"

어머니가 절망적으로 물었다.

"끝이에요. 윌과 동생들은."

그가 말했다.

하지만 그의 목소리에 분노는 없었다. 그는 오래전부터 어머니가 작은아들에게 야심을 품고 있는 것을 알았지만 그 생각은 더 이상 괴롭지 않았다. 이제 아무것도 중요하지 않았다. 그 사실조차.

"저는 어머니가 윌에게 품은 기대를 알아요. 학교에 계속 보내서 사무원으로 키우려고 하시죠. 하지만 소용없어요. 윌은 끝났어요. 윌도 일을 해야 해요."

"내가 너를 어떻게 키웠는데."

그녀가 다시 앞치마를 뒤집어쓰고 태도를 바꾸어 울었다.

"어머니는 저를 안 키웠어요."

그가 슬프고도 따뜻한 어조로 대답했다.

"제가 저를 키웠어요. 저는 윌도 키웠어요. 윌은 저보다 키도 크고 덩치도 커요. 저는 어려서 제대로 못 먹었어요. 윌이 아이였을 때 저는 그 아이가 먹을 것도 벌었어요. 하지만 이제 끝났어요. 윌도 저처럼 일을 하러 갈 수 있어요. 아니면 지옥에 가든 말든 상관 안 해요. 저는 피곤해요. 이제 떠날 거예요. 작별 인사 안 해 주세요?"

그녀는 대답하지 않았다. 앞치마를 다시 머리에 쓴 채 울고 있었다. 그는 문 앞에서 잠깐 멈추었다.

"어쨌건 나는 최선을 다했어."

그녀가 흐느꼈다.

그는 집을 나가서 길을 걸었다. 그 나무를 보자 그의 얼굴에 가벼운 기쁨이 떠올랐다. "가만히 앉아서 아무것도 안 하는 거." 그가 속말을 하듯 중얼거렸다. 안타까운 눈길로 하늘을 보았지만 햇빛이 너무 밝아 아무것도 보이지 않았다.

그는 오래, 천천히 걸었다. 방직 공장 앞을 지나갔다. 벽 너머로 방직실의 소음이 들리자 그는 웃었다. 부드럽고 평온한 미소였다. 그는 아무도 미워하지 않았다. 시끄럽고 요란한 기계들마저. 그에게는 분노가 없었다. 그저 극도로 쉬고 싶은 열망뿐이었다.

길이 시골로 접어들면서 집과 공장이 적어지고 넓은 공간이 많아졌다. 마침내 그는 도시를 떠나서 녹음이 우거진 철로 변 좁은 길을 걷게 되었다. 그는 사람처럼 걷지 않았다. 사람처럼 보이지도 않았다. 그는 사람의 모조품이었다. 병든 원숭이처럼 비척거리는, 뒤틀리고 여위고 이름 없는 생명의 한 조각이었다. 팔은 힘없이 늘어지고, 어깨는 굽고 가슴은 좁은, 기이하고 섬뜩한 생명체.

그는 작은 기차역을 지나 나무 아래 풀밭에 누웠다. 그리고 오후 내내 그렇게 누워 있었다. 때로 잠이 들어서 근육을 씰룩거렸다. 깨어 있을 때도 움직이지 않고 누운 채로 새를 보거나 나뭇가지 사이로 하늘을 보았다. 한두 번 소리 내서 웃었지만, 그가 보거나 느낀 것과는 아무 관련 없었다.

땅거미에 이어 어둠이 내리자 화물 열차가 역에 들어섰다. 기관차가 측선으로 차량들을 옮길 때 조니는 살금살금 기차 옆을 기어갔다. 그리고 빈 화물 차량의 문을 열고 힘겹게 그 안으로 들어갔다. 그는 문을 닫았다. 엔진이 삑 울렸다. 조니는 누워서 어둠 속에서 미소 지었다.

이렇게 읽어 보세요

노예화된 삶에서 벗어나는 방법

조니는 공장에서 태어나 노동을 종교처럼 숭배하는 노동자입니다. 여섯 살이라는 어린 나이에 일을 시작하여 몸이 아프지 않으면 일을 쉴 수 없이 노예처럼 일하는 신세입니다. 일곱 살에 공장에서 얼레를 잡으며 첫 봉급을 받으며 독립심을 키웠고 돈을 벌어서 가족을 책임지기 때문에 가족 내에서 어머니랑 비슷한 지위를 얻게 됩니다. 유리공장에서 일하며 최고의 숙련공이 되어 많은 성과급을 받습니다. 하지만 폐병이 걸려 결국 유리공장에서 해고됐다가 황마공장으로 다시 돌아와 승진을 하여 야간조 일을 하면서 어른으로 취급받습니다. 열네 살에 풀 먹이는 일을 하고, 열여섯에 방직기를 돌리며 모두가 자랑하는 최고의 숙련공이 됩니다.

숙련공이 되어 공장의 자랑거리가 되어도 조니는 하나도 기쁘지 않습니다. 기계처럼 정확하고 빠르게 일해서 더 많은 돈을 벌어도 자신의 생활이 달라지지 않는다는 것을 깨달아갑니다. 열심히 일해서 돈을 더 벌어도 늘 가난에 시달려야 했으며, 노동 강도는 점점 더해 갔고, 병들고 몸이 아프면 어김없이 해고당하기도 합니다. 조니는 가난한 집을 책임지기 위해 자신을 희생했지만 보람을 느낄 수도 없습니다. 공장에서는 기계의 부속품처럼 움직이며 일하고, 집에서도 형으로 가족으로 대우받지 못하고 돈을 벌어오는 사람쯤으로 취급당한 조니는 그렇게 먹고싶어 했던 프로팅 아일랜드(프랑스식 디저트의 일종)를 차린 날 식욕을 잃고 독감을 앓기 시작합니다. 그리고 그 길로 조니는 일을 그만둡니다. 기계처럼 일해야 한다는 종교적 계율을 과감하게 벗어던지고 배교자•가 됩니다. 비로소 조니는 나무를 보고 기뻐하고 하늘을 보는 여유를 되찾았고 일하던 공장에서 들려오는 소음을 듣고 부드러운 미소를 짓습니다. 그는 이제 아무도 미워하지 않게 되었으며 화물 열차에 몸을 싣고 어디론가 떠납니다.

조니가 노동을 거부하고 어디론가 떠나는 결말은 매우 상징적 의미를 지닙니다. 종교적 삶을 배반하고 새로운 세상을 찾아 떠나는 행위는 인식론적 전환을 뜻하며, 새 세상 건설을 위한 실천과 투쟁을 의미합니다. 과학철학자 가스통 바슐라르는 인식론적 단절에 대해 이야기합니다. 사람들이 객관적이고 합리적이라고 믿는 인식(지식이나 가치관)은 그 자체로 옳고 객관적이라고 증명된 것이라기보다는 당시대를 지배하는 세력들이 서로 합의해서 만들어낸 인식이라고 주장합니다. 그렇기 때문에 주류적인 인식

• 배교자 믿던 종교를 버렸거나 다른 종교로 바꾼 사람.

과 단절해야만 새로운 인식에 이를 수 있다고 합니다. 억압되었던 인간의 상상력이 발휘될 때 과학은 발전하고 인류는 진보한다고 그는 말합니다. 노동을 거부하고 떠나는 조니의 결단이 바로 바슐라르가 말하는 인식론적 단절을 시도한 것으로 볼 수 있습니다.

조니와 같이 새로운 결단을 내리고 노동자의 삶을 위해서 싸운 사람들 덕분에 오늘날 노동자들은 노동자로서 권리를 누리는 것이 아닐까요? 하루의 대부분의 시간을 일해야 했던 19세기 말 노동환경에서 8시간 노동을 요구하는 시카고 노동자들의 투쟁은 새로운 세계를 건설하겠다는 신호였으며 상상력을 통해 인식론적 단절을 시도한 혁명이었습니다. 오늘날의 노동자들은 19세기 노동자들이 누리지 못한 권리를 누립니다. 노동자와 사용자는 노동력을 사고파는 계약 당사자이기 때문에 법적으로는 노예가 아닌 계약의 당사자로 인정받습니다. 건강을 지키고 삶을 누릴 수 있는 환경에서 일할 권리를 누리며, 자신의 의사에 반해서 강제로 노동을 하지 않을 권리도 행사할 수 있습니다. 현대 노동자의 이러한 권리는 처음부터 하늘에서 내려준 것이 아니라 조니와 같은 사람이 과감하게 배교자가 되어 새로운 삶을 개척한 덕분입니다. 조니의 대를 이은 또 따른 노동자의 투쟁으로 인해 우리는 주 5일만 일할 수 있는 권리를 누리게 된 것입니다.

그렇다면 21세기를 살아가는 우리들은 어떻게 살아가야 할까요? 새로운 상상력으로 기존의 패러다임을 깨고 일하는 사람들이 행복해지는 세상을 만들기 위해 힘을 모아야 하지 않을까요? 가진 사람들은 끊임 없이 자기들에게 유리한 환경을 만들려고 시도합니다. 경제적인 환경은 물론 교육과 정치와 사회와 문화를 자신들에게 맞게 바꾸려고 시도합니다. 선진국이라고 하는 미국 사회의 빈익빈 부익부 현상은 심각한 수준입니다. 우리 사회도 점점 양극화된 사회로 변화하고 있습니다. 이러한 현실에서 우리는 무엇을 위해 배워야 하며, 무엇을 위해 일해야 하며, 무엇을 위해 정치에 참여해야 할까요? 우리가 사는 세상은 우리가 만들어나가는 것입니다.

외투에 갇힌 사람, 외투에서 해방된 사람

'외투'가 인간관계를 어떻게 왜곡시키는지에 주목하며 작품을 읽어봅시다. '외투'가 어떻게 아까끼의 삶을 불행에 빠뜨리는지 그 과정을 살펴보세요. 아까끼는 '외투' 대신 무엇을 추구하면 좋았을까요?

지금 여러분을 지배하고 있는 '외투'는 무엇인지 생각해봅시다. 그것은 여러분의 삶과 인간관계에 어떤 영향을 주고 있나요?

외투

니콜라이 고골1809~1852

러시아의 소설가, 극작가. 리얼리즘 문학의 창시자라고 불리며 제정 러시아의 불평등한 신분제 계급사회를 사실적으로 그려내며 풍자, 비판했다. 대표작으로는 「코」, 「감찰관」, 「죽은 혼」, 「뻬쩨르부르크 이야기」 등이 있다.

어느 관청에…… 아니, 어느 관청인지는 밝히지 않는 게 좋을 것 같다. 어느 성(省)*, 어느 연대, 어느 관방(官房)*이건 간에, 한마디로 통틀어 말해서 관리 계급처럼 노염을 잘 타는 친구들도 없으니까. 요즘 세상에선 누구나가 자기 개인에 대한 모욕을 마치 사회 전체에 대한 모욕이나 되는 것처럼. 생각하는 경향이 있다. 바로 얼마 전에도 어느 도시인지는 잊었으나 하여튼 어느 도시의 경찰서장이 상부에 진정서를 제출했는데, 그는 그 진정서에서, 국가의 법령은 땅에 떨어지고 있으며, 자기의 신성한 직함은 번번이 악용되고 있다는 것을 명쾌하게 기술했다는 것이다. 그는 자기 주장을 입증하기 위해 장대한 부피의 장편 소설인가 뭔가 하는 걸 진정서에 첨부하여 제출했는데, 그 책에는 거의 10페이지마다 경찰서장이라는 자가 등장할뿐더러 곤드레만드레 취한 꼴로 묘사된 대목이 몇 군데나 있다는 것이다. 그래서 되도록 불쾌한 일이 발생하는 것은 피하기 위하여, 여기서 화제가 되는 관청도 그저 어느 관청이라고 모호하게 부르는 게 무난할 것 같다. 아무튼, 어느 관청에 어떤 관리가 하나 근무하고 있었다. 남보다 뛰어난 점이라곤 한 군데도 없는 사내였다. 작달만한 키에 약간 얽은 얼굴, 붉은빛이 도는 머리털, 근시안처럼 보이는 눈, 약간 벗겨져 올라간 이마, 게다가 두 볼은 주름투성이고, 안색은 치질 환자의 그것과 같았다……. 하지만 할 수 없는 일이다. 뻬쩨르부르크의 이야기•를 탓할 수밖에. 그의 관직으로 말할 것 같으면(뭐니 뭐니 해도 우리 나라에선 관직부터 밝혀 둘 필요가 있으니까), 이른바 만년 구등관(九等官)• 이었다. 반격을 가할 능력이 없는 친구들을 깔아뭉개기 좋아하는 기특한 버릇을 가진 여러 종류의 문인들이 마음껏 조소하고 풍자하는게 바로 만년 구등관이라는 건 누구나가 다 아는 사실이다. 이 관리의 성은 바쉬마치낀이라 했다. 원래 이시대에, 어떻게 해서, 하필 바쉬마끄•부터 사람의 성이 생겨났는지, 그것은 전혀 알 길이 없다. 아버지나 할아버지, 심지어는 처남까지도 바쉬마치낀네 집안 사람들은 모두 장화를 신고 다녔고, 신창을 갈아 대는 것도 기껏해야 일 년에 두세 번 정도였다. 그의 이름은 아까끼 아까끼예비치• 였다. 독자들에겐 이 이름이 일부러 찾아내서 지은 것 같은 기묘한 이름이라 생각될

• 성　예전에 벼슬아치가 모여 나랏일을 처리하는 곳을 이르던 말.
• 관방　예전에 벼슬아치가 일을 보거나 숙직하는 방을 이르던 말.
• 뻬쩨르부르그의 이야기　러시아 작가 니콜라이 고골의 소설집.
• 구등관　러시아 관등제, 전체 14등관 중 구등관으로 군대에서는 대위 정도에 해당하는 계급.
• 바쉬마끄　러시아어로 구두 또는 단화라는 뜻.
• 아까끼 아까끼예비치　러시아식 이름으로 아까끼의 아들이라는 뜻의 이름.

지도 모른다. 그러나 이 이름은 일부러 찾아내 지은 것이 아니며, 다만 다른 이름을 지어 줄 수 없는 특별한 사정이 그야말로 자연스럽게 발생했다는 것뿐이다. 사정이란 다음과 같다. 기억이 정확하다면, 아까끼 아까끼예비치는 3월 23일 밤에 태어났다. 이미 고인이 된 그의 어머니는 관리의 아내로 마음씨가 더할 수 없이 고운 여자여서, 갓난 아기에게 소정의 절차를 밟아 세례식을 거행해 주기로 했다. 산모는 아직도 방문 맞은편 침대에 누워 있었다. 그 오른편에는 대부(代父)• 가 될 이반 이바노비치 예로쉬낀이라는, 전에 원로원 과장까지 지냈던 무척 훌륭한 어른이 서고, 왼편에는 대모(大母)•가 될 지구 경찰서장 부인 아리나 쎄묘노브나 벨로브류쉬꼬바라는, 보기 드문 정숙한 여성이 자리 잡고 있었다. 그들은 산모에게 아이의 이름으로 '모끼'나 '쏘씨', 아니면 순교자 '호즈다자뜨', 이렇게 세 이름 중에서 마음에 드는 걸 선택하라고 제의했다. '틀렸어!' 하고 어머니는 생각했다. '무슨 이름이 모두 그 모양이람!'

그녀의 마음을 기쁘게 해 주려고 일력•의 다른 곳을 들춰 보았다. 이번에도 세 가지 이름이 나왔다. '뜨리필리', '둘다', 그리고 '바라하씨' 였다. "하나님 맙소사!" 하고, 이미 중년 고개를 넘은 아기 어머니는 저도 모르게 입 밖에 내서 말했다. "어쩌면 그런 괴상한 이름만 튀어 나올까! 생전 들어 본 적도 없는 이름뿐이군요. '바르다뜨'나 '바르후' 라면 또 몰라도 '뜨리필리' 니 '바라하씨' 니 하는 이름을 어떻게……."

일력 한 장을 또 넘겼더니 '빱씨까히'와 '바흐찌씨'가 나타났다.

"이젠 알겠어요." 하고 그녀는 말했다.

"이것도 아마 이 애의 팔자인가 보군요. 그따위 이름보다는 차라리

이 애 아버지 이름을 그대로 따서 붙여주는 편이 좋겠어요. 아버지 이름이 아까끼니까 이 애도 아까끼라 부르기로 하죠."

이렇게 돼서 아까끼 아까끼예비치라는 이름이 생겨난 것이다. 아기는 세례를 받을 때 얼굴을 잔뜩 찡그리고 울어 댔다. 훗날 만년 구등관이 되리라는 걸 예감이라도 한 듯 싶었다. 이름의 유래는 이상과 같다. 내가 왜 이런 이야기를 하는가 하면, 앞에서 말한 바와 같은 부득이한 사정으로 해서 다른 이름을 붙인다는 것이 전혀 불가능했음을 독자 스스로가 이해해 주었으면 하는 마음에서이다.

그가 언제 어느 때 그 관청에 들어가게 되었으며, 누가 그를 그 자리에 앉혔는지 그것을 기억하고 있는 사람은 아무도 없다. 국장이나 과장들은 수없이 바뀌었지만, 그는 언제나 같은 자리 같은 지위에서 여전히 서기라는 직책을 맡고 있었다. 그래서 나중에는 모두들 그가 어머니 배 속에서부터 관리 제복을 입고 이마가 벗어진 기성품 같은 인간이 되어 세상에 태어나기라도 한 것같이 생각하게 되었다. 관청에서는 누구 한 사람 그에게 존경을 표시하지 않았다. 수위들은 그가 앞에 지나가도 자리에서 일어서려하지 않을뿐더러, 마치 파리 새끼가 하나 날아가기라도 하는 듯이 거들떠보려고도 하지 않았다. 상관들은 그에게 냉담하고도 무시하는 태도를 취했다. 부과장(副課長)인가

• 대부(대모) 천주교에서 세례를 받을 때 신앙생활의 조력자로 세우는 남자 후견인(여자 후견인)

• 일력 날마다 한 장씩 떼거나 젖혀 가며 그날의 날짜나 요일, 일진 따위를 보게 만든 책.

하는 자는 "이걸 좀 정서•해 주시겠소?"라든가, "이건 제법 재미있는 일감인 것 같은데요." 라든가, 그 밖에 예의라는 걸 존중하는 직장에서 흔히 쓰이는 상냥한 말 한마디 던지지 않고 다짜고짜 그의 코앞에 서류를 불쑥 내밀곤 했다. 그는 또 그대로, 일감을 맡기는 사람이 누군지, 그 사람에게 그럴 권리가 있는지 없는지, 그런 건 생각하려고도 하지 않고 코앞에 내민 서류를 흘끔 보고는 그냥 받아 가지고 즉석에서 그것을 정서하기 시작하는 것이었다. 젊은 관리들은 관청에서 주로 쓰는 재치 있는 말솜씨를 최대한도로 발휘하여 그를 희롱하고 풍자하면서, 사실무근한 이야기를 만들어 본인의 면전에서 떠들어 대곤 했다. 그의 하숙집 여주인이 일흔 살 된 노파인 것을 꼬투리 잡아, 그가 그 여주인한테 맨날 얻어맞고만 있다고 놀려대는가 하면, 결혼식은 언제 거행할 셈이냐고 짓궂게 물어보기도 하고, 눈이 내린다면서 잘게 찢은 종이 조각을 그의 머리에 뿌려 주기도 했다.

그러나 이런 것에 대해 아까끼 아까끼예비치는, 마치 자기 눈앞에 아무도 보이지 않는다는 듯이 한마디 대꾸도 하지 않았다. 그뿐만 아니라 일을 하는 데도 아무런 지장을 받지 않았다. 그처럼 짓궂은 조롱 속에서도 그는 서류에 글자 하나 틀리게 쓰는 일이 없었다. 다만 정도가 너무 지나쳐 팔꿈치를 쿡쿡 찌르며 일을 방해할 때만은 더 이상 참지를 못하고, 중얼거리듯 이렇게 말하는 것이었다. "나를 좀 내버려 둬 주시오. 왜 이렇게 못살게 구는 거요!" 이렇게 말할 때의 그 음성과 어조에는 무언가 이상한 것이, 일종의 동정심을 일으키게 하는 그 무엇이 어려 있었다. 그래서 새로 임명된 청년 관리 하나는 다른 친구들을 본떠서 그를 놀려 대다가 갑자기 무엇에 찔리기라도 한 것처럼 마음을 돌이켜 그만두고 만 일이 있었다. 그리고 이 사건은 이 청년을 그동안 교제해 온 동료들로부터 완전히 격리시키고 말았다. 그 이후 그는 오랫동안 더없이 유쾌한 시간을 보내다가도 이마가 벗어진 작달막한 관리의 모습과 함께 '나를 좀 내버려 둬 주시오. 왜 이렇게 못살게 구는 거요!' 하는, 폐부를 찌르는 것 같은 애처로운 말소리가 문득 그의 머릿속에 떠오르곤 하는 것이었다. 이 애처로운 말 속에는 '나도 당신의 형제가 아니오?' 라는 별개의 말이 포함되어 있는 듯 싶었다. 그럴 때면 이 청년은 가엾게도 손으로 얼굴을 가려 버리곤 했다. 그 후 한평생을 통하여 그는 인간의 내부에 비인간적인 요소가 얼마나 많이 숨어 있는가를 눈앞에서 보고, 몇 번이나 무서운 전율을 느끼지 않을 수 없었다.

그건 그렇고, 아까끼 아까끼예비치만큼 자기 직무에 충실해 온 사람이 과연 있을 것인가! 직무에 전념했다는 것만으론 부족하다. 그는 자기 직무에 애착을 느끼고 있었던 것이다. 공문서를 정서하는 하찮은 일 속에서도 그런대로 다채로운 즐거운 세계를 발견할 수 있는 것이었다. 그는 언제나 즐거운 표정을 짓고 있었다. 글자 중에서도 몇몇 글자를 특히 좋아해서 그 글자가 나오기만 하면 금세 회색이 만면하여 눈을 찡긋거리며 입술까지 움직이곤 했기 때문에 그의 얼굴만 보면 그의 펜촉이 지금 무슨 글자를 쓰고 있는지 넉넉히 알아맞힐 수 있을 정도였다. 만일에 그의 열성에 알맞은 포상을 했다면, 본인은 아마

• 정서 　글씨를 흘려 쓰지 않고 또박또박 바르게 씀.

깜짝 놀라겠지만 필시 오등관(五等官)쯤은 되어 있었을 것이다. 그러나 다년간에 걸쳐 열성적으로 근무한 결과 그가 얻은 것이라고는 익살스러운 동료들의 말마따나 관리 제복의 단추와 엉덩이의 치질밖엔 없었다. 하기야 그에게 관심을 표명한 사람이 전혀 없었다고 단언할 수는 없다. 마음씨가 착한 어느 국장은 장기간 근무한 그를 포상하려는 생각에서, 평범한 공문서 정서보다 좀 더 중요한 일을 그에게 맡기도록 명령했었다. 그래서 그에게 맡겨진 것은, 이미 완성된 서류를 기초로 해서 다른 관청에 제출할 보고서 같은 걸 작성하는 일이었다. 일이라고 해 봐야, 표제를 바꾸고 몇 군데 동사를 1인칭에서 3인칭으로 고치기만 하면 되는 것이었다. 그러나 그에겐 이것이 여간 어려운 일이 아니어서 땀을 뻘뻘 흘리며 연신 손수건으로 이마를 닦더니 마침내는 비명을 지르고 말았다.

"도저히 안 되겠습니다. 역시 정서를 하는 편이 저는 수월하겠습니다."

그때부터 그는 영원히 정서계(淨書係)•에 남아 있게 된 것이다. 그에게는 정서하는 일 이외엔 이 세상에 아무것도 존재하지 않는 것 같이 생각되었다. 그는 옷차림 같은 것엔 전혀 신경을 쓰지 않았다. 녹색이어야 할 제복이 불그죽죽한 누른빛으로 변해 있었다. 옷깃이 좁고 낮아서, 그리 길지도 않은 목이지만 옷깃 위로 쑥 빠져나와, 마치 러시아에 있는 외국인들이 몇십 개씩 머리에 이고 다니며 파는 석고로 만든 고양이 새끼 모양 유난히 길어 보였다. 그뿐만 아니라 제복에는 언제나 마른 풀잎이라든가 실오라기 같은 게 붙어 다녔다. 더욱이 그는 거리를 걸을 때, 창문에서 쓰레기를 버리는 바로 그 순간에 그

창문 밑을 통과하는 특이한 인연을 가지고 있었기 때문에 언제 보아도 모자 위에는 수박이며 참외 껍질 따위를 얹고 다녔다. 날마다 거리에서 일어나는 일, 행하여지는 일에 대해선 일생 동안 한번도 주의를 해 본 적이 없었다. 누구나 알다시피, 날쌘 눈초리를 가진 젊은 관리들은 그런 것에는 항상 관심이 깊어 건너편 보도를 걷고 있는 사람의 허리띠가 헐거워 바지가 늘어져 있는 것까지 재빨리 발견하고는 연신 장난스러운 웃음을 띠곤 하지만, 아까끼 아까끼예비치는 설사 무엇을 보고 있다손 치더라도 또박또박 다정하게 쓰인 자기 필적을 거기서 발견할 뿐이었다. 하지만 어깨 너머로 느닷없이 말 대가리가 나타나서 얼굴에다 콧김을 훅 불어 대기라도 하면, 그때서야 비로소 자기가 서류 속에 묻혀 있는 것이 아니라 길 한가운데에 있다는 걸 깨닫는 것이었다. 집에 돌아오면 곧 식탁에 앉아 굶주린 듯이 수프를 삼키고는, 맛이야 어떻든 고기와 양파를 먹고, 파리건 뭐건 때마침 거기 있는 것이면 뭐든지 함께 목구멍에 쑤셔 넣었다. 배가 불러 온다고 느끼면 식탁에서 일어나 잉크병을 꺼내 놓고 집에 들고 온 서류를 정서하기 시작했다. 그런 서류가 없을 때는 취미 삼아 자기가 보관해 둘 문서의 사본을 만들었다. 그 문서가 문체의 아름다움보다는, 어떤 새로운 인물이라든가 고위층의 인물 앞으로 가는 문서라는 점에서 특히 주목할 만한 가치가 있는 것이면 반드시 베껴 두곤 했다.

• 정서계　글씨를 깨끗이 쓰는 일을 담당하는 업무 부서.

빼쩨르부르크•의 잿빛 하늘이 완전히 어두워지고 관리 사회의 모든 공무원들이 자기가 받고 있는 봉급액과 개인적인 취미에 따라 분에 알맞은 저녁 식사를 배불리 먹고 났을 때, 관청에서의 펜촉 소리, 자기 자신과 타인의 용무, 필요 이상으로 자진해서 떠맡는 갖가지 용건 등 이러한 모든 것에서 물러나 모두가 다리를 쭉 뻗고 쉴 때, 자기의 여가를 마음껏 즐기려고 정력 좋은 사람은 극장으로 달려가고, 어떤 사람은 지나가는 부인들의 장식 모자를 감상하기 위해 거리로 나가고, 또 어떤 사람은 하잘것없는 관리 사회의 인기 많은 어여쁜 처녀에게 아첨하는 데 시간을 소비하려고 연회를 찾아갈 때, 그러나 대부분의 사람들은 만찬이나 소풍 같은 걸 단념하면서 많은 것을 희생하여 억지로 사들인 램프나 그 밖의 물건으로 어느 정도 유행에 맞춰 꾸며 놓은, 아파트 3층이나 4층에 있는 친구의 집으로(대개는 조그만 방 두 개에 부엌, 현관이 뚫린 집이지만) 놀러 갈 때, 모든 관리들이 제각기 친구의 비좁은 방에 나뉘어 카드놀이를 하며 싸구려 과자 조각에 홍차를 마시거나 기다란 파이프에 담배를 피우면서, 카드가 나눠지는 동안, 러시아 인이라면 어떠한 환경에 처해서도 인연을 끊지 못하는 상류 사회의 소문들을 서로 이야기할 때, 그리고 화제가 없을 경우엔, 어느 경비 사령관한테 팔코네•가 만든 동상(銅像)의 말 꼬리가 떨어져 나갔다는 보고가 들어왔다느니 하는 케케묵은 에피소드를 재탕하면서 기간을 보낼 때, 한마디로 말해서 모든 사람이 열심히 향락을 찾고 있는 그런 시간에도, 아까끼 아까끼예비치는 아무런 오락에도 끼어들려 하지 않았다. 어쩌다 한 번 그의 모습을 어느 연회석상에서 보았다고 말할 수 있는 사람은 아무도 없었다. 마음이 흐뭇하도록 정서를 하고 나서, 내일도 하나님께서는 무슨 일거리를 또 주시겠거니 하고 미리부터 내일 일을 생각하고 혼자 미소 지으며, 그는 잠자리에 드는 것이었다. 연봉 4백 루블로 자기 운명에 만족할 줄 아는 인간의 평화로운 생활은 이렇게 흘러갔다. 그리고 만일 인생행로에 여기저기 뿌려져 있는 여러 가지 불행만 없었던들, 이러한 생활은 만년까지 그대로 계속되었을지 모른다. 그러나 이 불행이라는 것은 비단 구등관뿐만 아니라, 삼등관이니 사등관이니 칠등관이니 하는 모든 관등의 인간들, 심지어 누구에게도 조언을 하지 않는 대신 누구한테서도 조언을 구하지 않는 그런 인간들에게까지 차별 없이 찾아들게 마련인 것이었다.

빼쩨르부르크에는 연봉 4백 루블 정도밖엔 받지 못하는 모든 인간에게 하나의 강적이 있다. 그 강적이란 다름 아닌 북극 특유의 혹독한 추위이다. 하기는 건강에 아주 좋다는 주장도 있기는 하다. 아침 여덟 시가 지나서, 관청에 출근하는 관리들이 거리를 메울 무렵이면, 혹독한 추위가 사람을 가리지 않고 어찌나 따갑게 코끝을 찌르는지 가엾은 관리님들은 어디다 코를 간수해야 할지를 모르고 쩔쩔매는 것이었다. 높은 지위에 있는 어른들조차 추위에 머리가 띵해지고 눈에 눈물이 글썽해지는 시간이라 가엾은 구등관 따위는 그야말로 속수무책일 경우가 가끔 있다. 구제책이란 오직 한 가지, 초라한 외투로 몸을 감

• 빼쩨르부르크 러시아 북서부 발트해 연안에 있는 도시 이름.
• 팔코네 프랑스의 조각가.

싸고, 대여섯 개의 길목을 될 수 있는 대로 빨리 통과하여, 수위실에 뛰어 들어가서, 도중에 얼어붙은 사무 능력이나 자질을 제자리걸음으로 녹이는 수밖에 없는 것이다.

아까끼 아까끼예비치도 일정한 거리를 될 수 있는 대로 빨리 뛰어가려고 노력하고 있었으나, 언제부터인지 잔등과 어깨가 유난히 차가운 것 같은 느낌이 들게 되었다. 마침내 그는 외투가 어디 잘못되었을지 모른다고 생각하기에 이르렀다. 집에 돌아와서 찬찬히 살펴본 결과, 잔등과 어깨의 서너 군데가 마치 모기장처럼 되어 있는 것을 발견했다. 나사천•이 닳을 대로 닳아 환히 비쳐 보였고, 안감도 갈기갈기 해져 있었다, 여기서 아까끼 아까끼예비치의 외투 역시 동료 관리들의 조소•거리가 되어 왔다는 것을 말해 둘 필요가 있을 것 같다, 그것은 외투란 고상한 명칭을 박탈당하고 '겉저고리'라는 명칭으로 불리고 있었다. 사실 이상야릇한 모양을 한 외투였다. 외투 깃이 해가 갈수록 작아지는 것이었다. 깃을 잘라 다른 데를 기워 입기 때문이다. 외투를 깁는 재봉사의 솜씨 역시 그리 신통치 못해서 볼썽사납게 되어 있었다. 사태가 이쯤 되었다는 걸 깨달은 아까끼 아까끼예비치는 외투를 뻬뜨로비치한테 가져가야겠다고 결심했다. 뻬뜨로비치는 뒤계단으로 통하는 4층 한구석에 살고 있는 재봉사인데, 애꾸눈에다가 곰보인데도 불구하고 관리나 그 밖의 사람들의 윗옷과 바지 등속을 제법 솜씨 있게 수선해 주는 것이었다. 물론 이것은 그가 술이 취하지 않았을 경우, 그리고 다른 돈벌이에 정신이 팔리지 않았을 경우에 국한된 이야기였다. 하기는 이따위 재봉사 얘기를 길게 늘어놓을 필요는 없을지도 모르지만 소설에서는 어떤 인물의 성격이건 완전히 묘사

해야 한다는 게 이제는 통례로 되어 있으므로 부득이 뻬뜨로비치를 여기 등장시키기로 하겠다. 애초에 그는 그레고리라는 이름만으로 불리던 신분이었다. 다시 말해서 어느 지주 귀족의 농노(農奴)였던 것이다. 그가 뻬뜨로비치라 불리게 된 것은 농노 해방증•을 받고 자유의 몸이 되어 큰 축제 때만 마시더니 얼마 후부터는 달력에 십자가 표시가 있는 날이면 빼놓지 않고 술을 마시게 되었다. 이 점에 있어서는 자기 선조들의 습관에 충실한 셈이지만, 마누라 얘기가 나왔으므로, 이 여자에 대해서도 두어 마디 설명이 필요할 것 같다. 그러나 유감스럽게도 마누라에 대해선 별로 알려진 것이 없었다. 그저 뻬뜨로비치에겐 마누라가 있다는 것, 그 마누라는 머릿수건 대신 모자를 쓰고 다닌다는 것 정도가 고작인 것이다. 하지만 별로 자랑할 만한 용모는 아닌 모양이어서, 적어도 그녀의 옆을 지나칠 때 콧수염을 쫑긋거리고 괴상한 소리를 내면서 모자 밑을 흘긋거리는 것은 기껏해야 근위병 정도였다.

뻬뜨로비치의 거처로 통하는 뒤 계단은 온통 구정물로 걸레질이 되어있고(물론 이것은 정당하게 평가해 주어야 할 것이지만), 게다가 누구나가 다 알다시피 뻬쩨르부르크의 아파트 뒤 계단이란 모두가 다 알다시피 눈을 자극하는 지독한 알콜 냄새가 흠뻑 배어 있었다. 이 계단을 올라가며 아까끼 아까끼예비치는, 뻬뜨로비치가 삯을 얼마나 요

• 나사천 양털 등에 무명, 명주, 인조 견사 따위를 섞어서 짠 모직물.
• 조소 남을 깔보고 놀리어 웃음.
• 농노 해방증 농노에서 해방되었다는 것을 증명하는 문서나 신분증.

구할 것인가가 벌써부터 마음에 걸렸다. 그는 2루블 이상은 낼 수 없다고 마음속으로 작정했다. 문은 열려 있었다. 그도 그럴 것이, 마누라가 무슨 생선을 굽고 있는 중이어서 부엌에는 그야말로 박쥐 새끼도 보이지 않을 만큼 연기가 가득 차 있었기 때문이다. 아까끼 아까끼예비치는 주인 마누라가 미처 보지 못한 사이에 얼른 부엌을 통과하여 방으로 들어갔다. 마침 뻬뜨로비치는 나무로 만든 넓은 작업대 위에, 마치 터키 총독처럼 책상다리를 하고 앉아 있었다. 일을 하고 있을 때의 재봉사들의 버릇대로 그는 맨발이었다. 제일 먼저 아까끼 아까끼예삐치의 눈에 띈 것은 비뚤어진 발톱이 거북 등처럼 두껍고 딴딴하게 보이는, 눈에 익은 그의 엄지발가락이었다. 뻬뜨로비치는 명주실과 무명실 타래를 목에 걸고 헌 옷을 무릎 위에 펴 놓고 있었다. 벌써 3분 가량이나 바늘에 실을 꿰려고 애쓰다가 방이 어둡고 실이 말을 들어주지 않는다고 잔뜩 화가 나서 혼자 중얼거리고 있던 참이었다.

"제기랄, 무던히도 애를 태우는군, 성미가 못된 계집년처럼!"

아까끼 아까끼예비치는, 하필이면 뻬뜨로비치가 화를 내고 있을 때 찾아온 것이 마음에 좀 걸렸다. 그는 뻬뜨로비치가 이미 거나하게 취해 있거나, 또는 그 마누라의 표현대로 '애꾸눈이 싸구려 보드카 술에 빠져 있을' 때에 무엇이든 일감을 받기를 좋아했다. 그런 상태에 있을 때면 뻬뜨로비치는 언제나 기꺼이 양보하여 삯을 깎아 줄뿐더러 고맙다고 인사를 하기까지 했다. 하기는 나중에 마누라가 찾아와서, 자기 남편이 취한 김에 그렇게 헐값으로 일을 맡았다고 우는소리를 하기가 일쑤지만, 10코페이카짜리 은전 한 닢만 더 주면 만사는 해결되는 것이었다. 그러나 오늘은 뻬뜨로비치가 정신이 맨송맨송한 것 같았으므로 흥정하기가 무척 까다로울뿐더러 얼마나 비싼 값을 부를지 알 수 없는 일이었다. 아까끼 아까끼예비치는 그것을 눈치 채고, 생각을 바꿔 그냥 돌아서려 했으나…… 때는 이미 늦었다. 뻬뜨로비치가 하나밖에 없는 것을 눈을 가늘게 뜨며 이쪽을 응시하는 바람에 아까끼 아까끼예비치는 저도 모르게 입을 열어 버린 것이었다.

"안녕한가, 뻬뜨로비치!"

"어서 오십쇼, 나리님!"

이렇게 대꾸하고 뻬뜨로비치는 상대방이 어떤 종류의 돈벌잇감을 가져왔는가를 살피려고 아까끼 아까끼예비치의 손을 곁눈질해 보았다.

"오늘 온 건 다름이 아니라, 뻬뜨로비치, 실은, 그 뭐랄까……."

참고가 될 것 같아 말해 두지만, 아까끼 아까끼예비치는 무엇을 설명하려 할 때, 전치사나 부사, 심지어는 아무런 뜻도 없는 조사 따위를 함부로 늘어놓는 버릇이 있었다. 용건이 무척 까다로운 경우엔 말끝을 완전히 맺지 못하기 일쑤여서, '그건 분명히, 전혀, 그, 뭐랄까…….'라는 말로 얘기를 시작해 놓고는, 그다음은 아무 말도 하지 않은 채, 그래도 제 깐엔 할 얘기를 다한 것같이 생각하는지 그냥 입을 다물어 버리고 마는 일도 종종 있었다.

"무슨 일로 오셨죠?"

뻬뜨로비치는 이렇게 말하면서 한편으로는 하나 밖에 없는 눈으로 그의 제복을 옷깃에서부터 소맷부리, 어깨, 옷자락, 단춧구멍에 이르기까지 쭉 훑어보았다. 뻬뜨로비치 자신의 손으로 만든 것이었으므로 그에겐 너무나 눈에 익은 옷이었다. 그러나 손님을 보면 우선 그렇게 하는 것이 재봉사들의 몸에 밴 습관인 것이다.

"다름이 아니라, 뻬뜨로비치…… 외투가 좀…… 아니, 잔등과 어깨가 낡아지고 이쪽 어깨가 좀…… 알겠지? 요컨대 그것뿐이야. 손볼 데도 별로 없을 게고……."

뻬뜨로비치는 겉저고리라는 별명이 붙은 그의 외투를 받아서, 우선 작업대 위에 펴놓고 한참 동안 이리저리 살펴보더니, 고개를 설레설레 흔들며 손을 뻗어 창틀에서 둥그런 담배통을 집어 들었다. 그 담배통에는 어떤 장군의 초상이 그려져 있었으나, 바로 얼굴이 있어야 할 자리에 손가락으로 구멍이 뚫려, 거기에 네모난 종이 조각이 붙어 있었기 때문에. 초상화의 주인공이 누구였는지는 알 수가 없었다. 코담배를 한 번 들이마시고 나서 뻬뜨로비치는 두 손으로 겉저고리를 펼쳐 들고 밝은 데에다 찬찬히 비춰 보더니 또다시 고개를 저었다. 그러고는 또 한 번 장군 초상에 종이 조각이 붙은 뚜껑을 열고 담배를 콧구멍에 쑤셔 넣은 다음, 뚜껑을 덮어 담배통을 치워 놓더니, 마침내 입을 열었다.

"안 되겠는 걸요. 고칠 수 없습니다. 외투가 워낙 고물이라서……."

이 말에 아까끼 아까끼예비치는 가슴이 덜컥 내려앉았다.

"왜 안 되겠다는 건가, 응, 뻬뜨로비치?"

마치 어린애가 무엇을 애원하는 것 같은 목소리로 그는 말했다. "어깨가 좀 해진 것뿐이 아닌가, 자네한테 적당한 헝겊이 있겠지?"

"헝겊이야 찾아보면 나오겠죠." 하고 뻬뜨로비치는 말했다.

"그렇지만 헝겊을 대고 기울 수가 있어야죠. 하도 천이 낡아서 바늘로 건드리기만 하면 금세 찢어지고 말겠어요."

"찢어진대도 상관없지. 곧 다른 천을 겉에 붙이면 될 테니까."

"다른 천을 어떻게 붙입니까? 바닥이 형편없게 돼서 바늘을 꽂을 만한 데가 없는걸요. 나사천라고 하면 듣기야 좋지만, 바람이 좀 불기만 해도 갈기갈기 찢어져 날아가 버릴 겁니다."

"어쨌든 좀 손을 봐 주게나. 이건 분명히…… 그 뭐랄까! ……."

"안 되겠어요."

빼뜨로비치는 딱 잘라 말했다.

"바닥 천이 워낙 낡아서, 손을 댈 수가 있어야죠. 그보다는 이제부터 추운 겨울철이 될 테니까 이걸 잘라서 각반• 이라도 만드시는 편이 좋을 겁니다. 양말만으론 아무래도 발이 시릴 테니까요. 하기는 각반이라는 것 역시 독일 놈들이 좀 더 많이 돈을 긁어모으려고 생각해 낸 물건이지만요.(빼뜨로비치는 기회 있을 때마다 독일 사람들을 조소하길 좋아했다.) 그 대신 외투는 아무래도 새것을 장만하셔야겠습니다."

'새것' 이라는 말을 듣자 아까끼 아까끼예비치는 눈앞이 캄캄해지며 방안에 있는 모든 것이 한데 범벅이 되어 보였다. 분명히 보이는 것은 담배통 뚜껑에 그려져 있는, 얼굴에 종이 조각이 붙은 장군의 모습뿐이었다.

"새것을 장만하다니, 어떻게 내가?"

• 각반　걸음을 걷기 쉽도록 발목에서 무릎 아래까지 매는 헝겊 띠.

여전히 꿈속을 헤매고 있는 것 같은 심정으로 그는 말했다.

"그만한 돈이 내게 있어야지……."

"아무튼 새것을 장만하셔야 합니다."

뻬뜨로비치는 잔인할 만큼 태연한 어조로 말했다.

"하지만, 가령 새로 맞춘다고 한다면, 대체 그, 뭐랄까……."

"값 말씀인가요?"

"응."

"글쎄올시다. 백오십 루블에다 수고비를 좀 붙여 주셔야 할 겁니다."

뻬뜨로비치는 이렇게 말하고 의미심장하게 입술을 한일자로 다물었다. 그는 극적인 효과를 무척 좋아했다. 무슨 말로든 느닷없이 상대방을 당황케 하고 나서, 자기의 말을 듣고 어떤 얼굴을 하나 곁눈질하기를 좋아하는 것이다.

"뭐, 외투 한 벌에 백오십 루블이라구?" 하고 가엾은 아까끼 아까끼예비치는 소리쳤다. 이렇게 크게 소리를 친 것은 아마 생전 처음이었을지 모른다. 언제나 낮은 목소리로 말하는 게 그의 특징이었으니까.

"그렇습니다." 하고 뻬뜨로비치는 말했다.

"더 비싼 외투도 얼마든지 있으니까요. 깃에다 담비 가죽을 대고 머리쓰개 안을 비단으로 대면 이백 루블은 먹힐 겁니다."

"뻬뜨로비치, 제발 좀 봐 주게."

아까끼 아까끼예비치는 뻬뜨로비치의 말이나 그 말의 효과 같은 건 귀에 들어오지도 않고 굳이 듣고 싶지도 않다는 듯 애원하는 목소리로 말했다.

"어떻게 해서든 좀 손을 봐 주게나. 얼마 동안만이라도 입고 다닐 수 있게…….”

“아니, 소용없습니다. 공연히 헛수고하고, 돈만 없앨 뿐이죠.” 하고 삐뜨로비치는 말했다. 이 말을 듣고 아까끼 아까끼예비치는 완전히 풀이 죽어서 밖으로 나왔다. 그러나 삐뜨로비치는 손님이 돌아간 후에도 의미심장한 표정으로 입술을 한일자로 다문 채 일에 손을 대려고도 않고 언제까지나 그 자리에 서 있었다. 자기의 권위도 손상되지 않았고 재봉사의 기술도 값싸게 팔아넘기지 않은 것이 마음에 흐뭇했던 것이다.

한길에 나와서도 아까끼 아까끼예비치는 무슨 나쁜 꿈이라도 꾸고 있는 것 같은 기분이었다. “큰일 났군.” 하고 그는 혼자 중얼거렸다.

“일이 이렇게 되리라곤 정말 꿈에도 생각지 못했어…….”

그러고는 잠시 말을 끊었다가 다시 이렇게 덧붙였다. “결국은 이렇게 되어 버리고 말았지만, 이건 전혀 예상치 못했던 일이야!” 다시 한참 동안 침묵이 흐른 다음 그는 뇌까렸다.

“음, 그렇단 말이지! 하지만 이걸 누가 생각인들 했겠어? 정말이야…… 이런 변을 당할 줄이야!“

이렇게 말하고 그는 집으로 가지 않고 거의 무의식중에 정반대되는 방향으로 걷기 시작했다.

도중에 지나가던 굴뚝 청소부가 더러운 옆구리로 그를 들이받아 그의 어깨를 온통 시꺼멓게 만들어 놓았다. 지금 건축 중인 건물 지붕에서는 석회 가루가 쏟아져 내려 그의 머리는 마치 흰 모자를 쓴 것처럼 되어 버렸다. 그러나 그는 아무것도 느끼지 못했다. 얼마 더 가서, 옆에 장총을 세워 놓고 울퉁불퉁한 주먹 위에다 쇠뿔 파이프의 담뱃

재를 털고 있는 순경과 맞부딪쳤을 때에야 어느 정도 제정신으로 돌아왔지만, 그것도 실은 그 순경이, "어쩌자고 남의 코앞에 불쑥 나타나는 거요! 보도가 눈에 보이지 않소?" 하고 호통을 쳤기 때문이었다. 이 말에 그는 주위를 둘러보고 나서 집으로 발길을 돌렸다. 그때야 비로소 그는 생각을 가다듬고 자기의 처지를 똑바로 볼 수 있게 되었다. 그리하여 이제는 밑도 끝도 없는 단편적인 말이 아니라 모든 일을 털어놓고 상의할 수 있는 친구에게 하는 것과 같은 조리 있고도 솔직한 말로 자기 자신과 이야기를 시작했다.

'아니야.' 하고 아까끼 아까끼예비치는 생각했다. '오늘은 뻬뜨로비치한테 부탁해 봐야 소용없어. 그 친구는 오늘, 그 뭐랄까…… 틀림없이 마누라한테 얻어맞은 모양이니까. 차라리 일요일 아침에 찾아가는 게 나을 거야. 토요일 저녁에 한잔하고 난 다음이니까 눈이 게슴츠레해 가지고 해장술 생각이 간절할 테지만, 마누라가 술값을 줄 리는 만무하거든. 그런 때 10코페이카쯤 손에 쥐어 주면, 그 친구도 한결 고분고분해질 것이고, 그렇게 되면 외투도…….'

아까끼 아까끼예비치는 속으로 이렇게 생각하고 스스로 용기를 북돋우며 일요일까지 기다렸다. 다음 일요일에 뻬뜨로비치의 마누라가 집을 나와 어디로 가는 걸 멀리서 확인하고 나서, 그는 곧 뻬뜨로비치를 찾아갔다. 뻬뜨로비치는 예상했던 대로 토요일 저녁에 한잔하고 난 다음이라 아직 잠이 덜 깬 것처럼 눈이 게슴츠레해 가지고 방바닥에 축 처져 있었다. 그러나 용건이 무엇인가를 알자, 마치 악마란 놈이 흔들어 일으키기라도 한 것처럼 금세 태도가 일변했다.

"안 된다니까요!" 하고 그는 말했다.

"새로 한 벌 맞추도록 하십시오."

이 말을 듣고 아까끼 아까끼예비치는 10코페이카짜리 은전 한 닢을 슬쩍 쥐어 주었다.

"감사합니다. 나리님! 나리님의 건강을 위해 한잔 마시기로 하겠습니다." 하고 뻬뜨로비치는 말했다.

"그렇지만 외투에 대해선 너무 염려하지 마십시오. 그 외투는 이젠 아무짝에도 못 씁니다. 제가 새것으로 한 벌 잘 지어 드리죠. 그럼 외투 문젠 그렇게 결정된 걸로 합시다."

아까끼 아까끼예비치는 여전히 외투의 수선을 고집했으나, 뻬뜨로비치는 끝까지 들으려고도 않고 이렇게 말했다.

"새것으로 틀림없이 지어 드릴 테니 그 점은 저를 신용하십시오. 제 재주껏 해 보겠습니다. 모양도 유행에 맞도록 하고, 옷깃을 은으로 도금한 단추로 채우도록 만들죠."

그제야 비로소 아까끼 아까끼예비치는 외투를 새로 맞출 수밖에 없게 되었다는 것을 깨닫고, 기가 푹 죽고 말았다. 사실 말이지 무슨 돈으로 외투를 새로 맞춘단 말인가? 물론 어느 정도는 명절 때 나오게 되어 있는 상여금을 기대할 수도 있을 것이다. 그러나 그 돈은 이미 오래전부터 미리 할당되어, 쓸 데가 다 정해져 있는 것이다. 바지도 새로 사야하고 구둣방에서 장화에 새로 가죽 창을 붙인 묵은 외상도 갚아야 하고 그 밖에도 셔츠 세 벌과, 활자로 된 글 속에서는 그 이름을 쓰기조차 창피한 속옷 두어 벌 가량을 삯바느질하는 여자한테 맡겨야 했다. 한마디로 말해서 상여금은 받기가 무섭게 그 자리에서 죄다 없어져 버리게 되어 있었다. 따라서, 설혹 국장이 자비심을 베풀어 40루블로 되어 있는 상여금을 45루블이나 50루블로 늘려 준다 하더라도, 어차피 그 잔액은 보잘것없을 것이고, 외투의 자금으로서는 바다에 물 한 방울과 다를 게 없을 것이다. 하기는 뻬뜨로비치에겐 갑자기 변덕을 일으켜 터무니없이 값을 비싸게 부르는 버릇이 있어, 때로는 그 마누라까지도 참지를 못하고 "여보, 당신 미치지 않았수, 바보 양반 같으니! 어떤 땐 공짜나 다름없는 값으로 일을 떠맡으면서 이번엔 또 무슨 생각이 들어 그렇게 비싸게 부르는 거유? 당신 몸뚱이를 내다 팔아도 아마 그 값은 못 받으리다."라고 고함을 칠 때가 있다는 건 아까끼 아까끼예비치도 알고 있었다. 그리고 뻬뜨로비치라면 80루블 정도로 일을 맡아 주리라는 것도 물론 알고 있었다. 그렇지만 대체 어디서 그 80루블 정도로 일을 맡아 주리라는 것도 물론 알고 있었다. 그렇지만 대체 어디서 그 70루블을 구한단 말인가? 그 반 정도라면 가능할지 모른다. 반액 정도는 아니, 그보다 약간 넘는 액수라도 만들어 낼 수는 있을 것이다. 하지만 나머지 반액은 어디서 구한단 말인가……? 그러나 독자는 최초의 반액이 어디서 생긴 돈인가를 먼저 알아 둘 필요가 있을 것이다. 아까끼 아까끼예비치는 1루블을 쓸 때마나 2코페이카씩 뚜껑에 구멍이 뚫린, 열쇠로 잠글 수 있게 된 조그만 상자에 저금을 하는 습관이 있었다. 반년마다 그동안에 모인 동전을 바꾸어 넣곤 했는데, 꽤 오랫동안 계속해 왔기 때문에, 몇 해 동안 이렇게 해서 모은 금액이 40루블 이상이나 되었던 것이다. 그러니까 반액은 이미 수중에 가지고 있는 셈이다. 그렇지만 나머지 반액, 다시 말해서 나머지 40루블은 어디서 마련하면 좋단 말인가? 아까끼 아까끼예비치는 머리를 싸매고 곰곰 생각한 끝에 적어도 앞으로 1년간은 일상 경비를 줄여야겠다고 결심했다. 저녁마다 마시는 홍차도 집어치우고, 밤에는 촛불도 켜지 않고, 무슨 일을 해야 할 때는 하숙집 안주인네 방에 가서 거기 있는 촛불 밑에서 하기로 했다. 길을 걸을 때도 구두 바닥이 빨리 닳지 않도록 돌로 포장한 길에서는 되도록 조심스럽게, 뒤꿈치를 들다시피 하고 살금살금 걷기로 했다. 그리고 속옷가지를 세탁소에 보내는 횟수도 될 수 있는 대로 줄이고 옷이 빨리 해지지 않게 집에 돌아오면 죄다 벗어 버리고 두꺼운 무명 잠옷 하나만 입고 있기로 했다. 이 잠옷으로 말할 것 같으면, 이제는 충분히 입어서 그만 입어도 좋을 만큼 오래된 물건이었다. 솔직히 말해서, 처음엔 이런 내핍 생활•에 익숙해지기가 여간 힘들지 않았으나, 얼마 후부터는 이럭저럭 습관이 되어 별로 불편을 느끼지 않았을 뿐더러 저녁을 굶고 지낼 수도 있게 되었다. 그 대신 앞으로 외투가 생길 것이라는 희망을 갖게 되어, 정신적인 양식은 그것으로 충분히 얻고 있었다. 이때부터 자신의 존재에 충실해지고, 마치 결혼이라도 하여 그 어떤 다른 사람이 줄곧 곁에 있는 것처럼 느껴지는 것이었고, 이제는 혼자서가 아니라 인생의 즐거운 반려자가 자신과 합심하여 인생행로를 함께 걷고 있는 것처럼 생각되는 것이었다. 그 반려자란 다름 아니라, 두껍게 솜을 넣고 절대로 닳아 떨어지지 않는 질긴 안감을 댄 새 외투였다. 그는 전보다 활발해진 것 같았고, 자기의 목적을 확고하게 정한 사람처럼 성격마저 굳건하게 되었다. 회의와 우유부단, 다시 말해서

• 내핍 생활 물자가 넉넉하지 못하여 어려운 것을 참고 견뎌 나가는 생활.

흐리멍텅한 망설임이 그의 얼굴이나 행동에서 저절로 사라졌다.

때로는 사뭇 두 눈을 반짝이며 이왕이면 외투 깃에 담비 가죽을 달면 어떨까 하고 대담하기 짝이 없는 생각을 할 때도 있었다. 게다가 이런 생각은 거의 방심 상태에까지 그를 이끌어 가는 것이었다. 한번은 서류를 정서하는 도중에 하마터면 글씨를 틀리게 쓸 뻔 하여, '어허!' 소리가 목에서 튀어나오려는 걸 간신히 참고, 황급히 성호를 그은 일조차 있었다. 한 달에 한 번씩이긴 했지만, 달이 바뀔 때마다 그는 뻬뜨로비치를 찾아가서, 옷감을 어디서 살 것이며, 나사천의 빛깔은 어떤 것으로 할 것이며, 얼마짜리를 사면 적당할 것이냐는 등 외투에 관한 의논을 하고는, 약간 걱정이 되긴 했지만, 그러나 머지않아 옷감을 사다가 정말로 외투를 지어 입게 될 날이 올 것이라 생각하며 언제나 흡족한 마음으로 집에 돌아오는 것이었다. 일은 예상했던 것보다도 빠르게 진전되어 갔다. 국장이 아까끼 아까끼예비치에게 40루블도 아닌 무려 60루블이라는 상여금을 준 것이다. 아까끼 아까끼예비치에게 외투가 필요하다는 걸 국장이 미리 알고 한 일인지, 아니면 일이 우연히 그렇게 들어맞은 것인지, 아무튼 그의 수중에는 20루블이라는 가욋돈이 생기게 되었다. 이러한 사정이 일을 더욱 빠르게 진전시켰던 것이다.

다시 2, 3개월 가량 배를 곯고 나니, 아까끼 아까끼예비치의 수중에는 80루블의 돈이 모였다. 어느 때든 지극히 평온하기만 하던 그의 심장도 이 때만은 세차게 고동치기 시작했다. 그날 중으로 그는 뻬뜨로비치와 함께 옷감을 사러 나섰다. 그들이 산 것은 아주 좋은 나사였다. 그도 그럴 것이, 벌써 반년 전부터 그것만을 생각해 왔고, 가격을 알아보려고 거의 달마다 나사점에 들르곤 했으니 말이다. 재봉사인 뻬뜨로비치까지도, 이보다 더 좋은 나사는 없을 거라고 말했다. 안감으론 포플린•을 뜨기로 했다. 뻬뜨로비치의 말로는 올이 가는 고급 천으로, 보기에도 좋고 반지르르하여 비단보다 오히려 낫다는 것이다. 담비 털가죽은 너무 비싸서 사지 않기로 하고 그 대신 전방에 갓 들어온 것으로 제일 좋은 고양이 털가죽을 골랐다. 멀리서 보면 영락없이 담비 털가죽으로 오인할 만한 물건이었다. 뻬뜨로비치는 외투를 짓는 데 2주일이나 걸렸다. 솜 넣은 데를 그렇게까지 꼼꼼히 누비지만 않았어도 일이 훨씬 빨리 끝났을 것이다. 바느질삯으로 뻬뜨로비치는 3루블을 받았다. 그보다 싸게는 절대로 할 수 없었다. 외투를 전부 명주실로 써서 이중으로 촘촘히 꿰맸을 뿐더러, 꿰맨 자리마다 일일이 이빨 자국을 내며 줄을 세우기까지 했으니 말이다.

몇 월 며칠이었는지는 정확히 말할 수 없으나 아무튼 뻬뜨로비치가 완성된 외투를 갖고 온 날은, 아까끼 아까끼예비치의 생애에서 최고의 날이었다는 것만은 틀림없다. 뻬뜨로비치가 외투를 가지고 온 것은 이른 아침이어서, 마침 관청에 출근하기 조금 전이었다. 어쩌면 그렇게도 알맞은 때에 외투를 가져왔는지 모르겠다. 벌써 제법 사나운 추위가 시작되었지만, 이제부터는 날씨가 더욱더 추워질 것 같았기 때문이다. 뻬뜨로비치는 일류 재봉사 못지않은 태도로 외투를 들

• 포플린 명주실, 털실, 무명실 따위를 쓰고 씨실과 날실을 한 올씩 엇바꾸어 짠 천의 한 가지.

고 나타났다. 그의 얼굴에는 아까끼 아까끼예비치가 여태까지 한 번도 본 적이 없을 만큼 거드름에 찬 표정이 떠올라 있었다. 그것은 마치, 자기가 완성한 것이 결코 시시한 일이 아니라는 것을, 그리고 기껏해야 안이나 깁고 낡은 옷이나 수리하는 재봉사와 신품을 만들어 내는 재봉사와의 현격한 차이를 스스로 표시했다는 것을 충분히 느끼고 있는 것 같은 표정이었다. 그는 싸 가지고 온 커다란 보자기에서 외투를 꺼냈다. 보자기는 세탁소에서 방금 가져온 것이었으므로 본래의 용도에 쓰기 위해 곧 접어서 호주머니에 넣었다. 그는 외투를 꺼내 놓고 자못 자랑스런 얼굴로 그것을 한번 살펴보더니 두 손으로 받쳐 들고 익숙한 솜씨로 아까끼 아까끼예삐치의 어깨에 걸쳐 주고는 등에서부터 밑으로 가볍게 매만져 옷자락을 반듯하게 당겼다. 그러고 나서 앞섶이 약간 벌어지게 아까끼 아까끼예비치의 몸에 감싸 주어 보았다. 아까끼 아까끼예비치는 나잇값을 하느라고 팔소매 길이가 어떤가를 확인하고 싶어했다. 뻬뜨로비치는 소매에 팔을 끼우는 것을 거들어 주었다. 소매 역시 흠잡을 데가 없었다. 한마디로 말해서 외투는 맵시 있게 몸에 맞았다. 그러는 동안에도 뻬뜨로비치는, 자기는 뒷골목에서 간판도 없이 일을 하고 있고 더욱이 아까끼 아까끼예비치와는 오래전부터 잘 아는 사이기 때문에 그렇게 헐값으로 만들어 주었지만 이걸 만일 넵스끼 거리에서 만들었다면 품삯만 75루블은 주어야 할 것이라는 말을 빼놓지 않았다. 아까끼예비치는 이 점에 대해서 뻬뜨로비치와 더 이상 얘기하고 싶지도 않았거니와, 뻬뜨로비치가 버릇처럼 불러 대는 터무니없이 큰 금액은 말만 들어도 겁이 나곤 했다. 그는 삯을 치르고 고맙다는 인사를 한 후 새 외투를 입은 채로 곧 직장으로 떠났다. 삐뜨로비치는 뒤따라 밖으로 나와 길거리에 멈춰서서 한참동안이나 멀리서 외투를 바라보았다. 그러고는 일부러 골목길을 달려 다시 거리로 빠져나와 또 한 번 자기가 만든 외투를 다른 각도에서, 즉 정면에서 바라보았다.

한편 아까끼 아까끼예비치는 더없이 흥겨운 기분으로 거리를 걷고 있었다. 그는 순간마다 어깨에 새 외투의 감촉을 느끼며 마음이 흡족하여 몇 번이나 혼자서 미소를 짓기까지 했다. 사실 두 가지의 장점이 있었다. 하나는 따뜻하다는 것이요, 또 하나는 멋지다는 것이었다. 어디를 어떻게 걸었는지도 모르는 사이에 관청까지 와 있었다. 수위실에서 외투를 벗어 위에서 아래까지 검사해 본 후, 잘 간수해 달라고 수위한테 신신당부했다. 어떻게 알았는지 아까끼 아까끼예비치의 그 '겉저고리'가 없어지고 새 외투가 생겼다는 소문이 금세 관청 내에 쫙 퍼졌다. 모두들 아까끼 아까끼예비치의 새 외투를 구경하려고 수위실로 달려왔다. 일동이 앞 다투어 축하와 칭찬의 말을 퍼붓는 바람에 아까끼 아까끼예비치도 처음엔 빙그레 미소를 지어 보일 뿐이었으나 나중에는 오히려 낯이 뜨거운 느낌이 들 지경이었다. 모두들 그를 에워싸고, 새 외투를 축하하는 뜻에서 한잔 내야 할 필요가 있다느니, 적어도 일동을 위해 파티를 열어야 한다느니 하면 수선을 떨어 댔다. 아까끼 아까끼예비치는 정신이 얼떨떨하여 어떻게 하면 좋을지, 뭐라고 대답을 해야 할지, 어떻게 무슨 구실을 붙여 거절해야 할지 알 수가 없었다. 거의 5, 6분이 경과한 다음에야, 이건 절대로 새 외투가 아니다, 중고품이나 다름없는 물건이다라고 어린애 같은 거짓말로 곤경을 모면해 보려 했다. 결국, 동료들 중의 한 사람으로 부과장의 지위에까지 올라간 사내가, 자기는 결코 거만한 인간이 아니라 부하들과도 곧잘 어울린다는 걸 보이려는 속셈이었는지 "그럼 아까끼 아까끼예비치 대신에 내가 자리를 마련할 테니 오늘 저녁은 우리 집에 와서 차라도 한 잔 하는 게 어떻겠소? 마침 오늘이 내 세례명 축일이군요." 하고 제의했다. 당연한 일이긴 하지만, 일동은 즉석에서 부과장에게 축하의 인사를 하고, 기꺼이 그의 초대를 받아들였다. 아까끼 아까끼예비치는 적당한 구실을 붙여 빠지려 하였으나, 모두들 그건 실례라느니, 수치스런 짓이라느니, 체면이 서지 않는다느니 하며 타이르는 바람에 도저히 초대를 거절할 수가 없었다. 그러나 얼마 후에는, 덕택에 밤에도 새 외투를 입고 외출할 기회가 생겼다는데 생각이 미쳐 오히려 마음이 즐거워졌다. 이날 하루는 아까끼 아까끼예비치에겐 더없이 경사스런 명절이었다.

그는 지극히 행복한 기분으로 집에 돌아와서 외투를 벗어 조심스럽게 벽에 걸어 놓고는, 다시 한 번 나사와 안을 매만져 본 다음, 일부러 전에 입던 낡은 겉저고리를 꺼내 새것과 비교해 보았다. 그는 저절로 웃음이 터져 나왔다. 천양지판•이란 바로 이런 걸 두고 하는 말이다! 그다음 식사를 하면서도 그 '겉저고리'의 꼬락서니를 상기하고는 입가에 연방 쓴웃음을 짓고 있었다. 유쾌한 기분으로 식사를 마치고는, 식후에도 서류 같은 건 베낄 생각도 않고 어두워질 때까지 그대로 침대에 뒹굴며 시간을 보냈다. 날이 어두워지자 얼른 옷을 갈아입고 외투를 껴입은 다음 거리로 나섰다.

유감스럽게도 우리는 이날 저녁에 사람들을 초대한 그 관리가 어디 살고 있었는지 분명히 말할 수가 없었다. 기억이라는 것이 흐릿해져서 뻬쩨르부르크의 모든 거리들과 집들이 한데 뒤엉켜 머릿속에서 뒤죽박죽 섞여버렸기 때문에, 그 속에서 무엇이든 한 가지를 온전한 모습으로 끄집어낸다는 건 지극히 어려운 일이다. 그렇긴 하지만 적어도 그 관리가 시내에서도 손꼽히는 고급 지역에 살고 있었던 것만은 확실하다. 따라서 아까끼 아까끼예비치는 어두컴컴하고, 인적이 드문 길을 걸어야 했으나, 그 관리의 집이 가까워짐에 따라 거리는 점점 활기를 띠며 번화해지고 조명도 한결 밝아졌다. 지나가는 사람들의 수효도 많아져서, 아름답게 차려입은 귀부인들과 수달피 깃을 단 남자들의 모습도 눈에 띄기 시작했다. 도금한 못을 주위에 돌려 박은, 격자 모양의 손잡이가 달린 초라한 영업용 썰매들은 점점 자취를 감추고, 그 대신 새빨간 비로드 모자를 쓴 멋진 복장의 마부들이, 곰의 털가죽으로 만든 무릎 덮개가 깔린 번지르르한 고급 마차를 몰고 가는 것이 더욱 자주 눈에 들어왔다. 마부석을 화려하게 장식한 자가용 마차들이 눈 위에 요란스러운 바퀴 소리를 내며 거리를 질주했다. 아까끼 아까끼예비치는 신기한 듯이 이러한 모든 것을 바라보았다. 벌써 몇 해 동안이나 그는 밤거리에 나와 본 적이 없었던 것이다. 등불이 휘황한 상점 진열장 앞에 멈춰 서서 그는 호기심 어린 눈으로 포스터를 들여다보았다. 거기에는 구두를 벗기 위해 날씬한 다리를 허벅지까지 드러내 보이고 있는 미녀의 모습과, 그 등 뒤에서 입술 밑에 세모 모양의 수염을 멋지게 기른 사내 하나가 옆방 문에서 목을 들이

• 천양지판 하늘과 땅 사이와 같은 엄청난 차이.

밀고 있는 모양이 그려져 있었다. 아까끼 아까끼예비치는 고개를 끄덕이며 히죽 웃고는 다시 앞으로 걸음을 옮겼다. 어째서 그는 히죽 웃었을까? 그에게는 전혀 미지의 것이기는 하지만, 역시 어떤 인간이든지 거기에 대해 그 어떤 감각을 구비하고 있는 그런 것을 보았기 때문일까? 아니면 다른 많은 관리들과 마찬가지로, 그도 역시 '프랑스 인들이란 정말 어쩔 수 없는 친구들이라니까!' 하고 생각했기 때문일까? 어쩌면 그런 생각조차 하지 않았는지 모른다. 보통 사람들의 마음에다 맞추어 그가 생각하는 걸 샅샅이 들춰 본다는 건 불가능한 일이니까.

마침내 그는 부과장이 살고 있는 아파트에 다다랐다. 부과장은 호화롭게 살고 있었다. 계단에는 등불이 휘황했다. 숙소는 이 층에 있었다. 현관에 들어선 아까끼 아까끼예비치는 마룻바닥에 줄지어 있는 여러 켤레의 고무 덧신을 보았다. 덧신에 에워싸여 문간방 한가운데서는 사모바르•가 흰 증기를 뿜으며 부글부글 끓고 있었다. 벽에는 외투와 비옷이 쭉 걸려 있고, 그중에는 수달피와 비로드 깃을 단 것도 섞여 있었다. 벽 하나를 사이에 둔 옆방에서는 떠들썩한 소리가 들려왔는데, 마침 문이 열리고 하인이 빈 컵이며 크림 접시며 비스킷 접시 등이 담긴 쟁반을 들고 나왔으므로, 갑자기 그 소리가 크고 분명해졌다. 동료 관료들은 꽤 오래전에 다 모여서 벌써 차 한 잔씩을 마신 모양이었다. 아까끼 아까끼예비치는 자기 손으로 외투를 걸어 놓고 방안에 들어갔다. 순간, 여러 개의 촛불과, 관리들과, 담배 파이프, 카드놀이 탁자 등이 한꺼번에 눈으로 확 들어오고, 사방에서 왁자지껄하는 대화 소리와 의자 움직이는 소음 등이 귀를 때렸다. 그는 어찌할 바를 모르고 방 한가운데 어색하기 짝이 없는 꼴을 하고 서 있었다. 그러나 동료들은 곧 그를 발견하고 환성을 울렸다. 그들은 즉시 현관으로 몰려가 그의 외투를 또 한 번 구경했다. 아까끼 아까끼예비치는 약간 낯이 간지럽기는 했지만 원래가 순진한 인간이라 모두들 자기 외투를 칭찬하는 것을 보고는 기뻐하지 않을 수 없었다. 그러나 얼마 후에는 모두들 아까끼 아까끼예비치도 외투도 내버려 두고, 다시 카드놀이 탁자에 가서 앉았다. 방 안의 소음이며 이야기 소리며 북적거리는 사람들, 이러한 모든 것이 아까끼 아까끼예비치에게는 놀랍고도 이상한 것으로 여겨졌다. 자기는 무엇을 하면 좋을지, 손발이나 몸 전체를 어디다 두면 좋을지 알 수가 없었다. 생각 끝에 그는 놀이를 하고 있는 사람들 옆에 가 앉아서 카드를 들여다보기도 하고 이 사람 저 사람의 얼굴을 바라보기도 했으나, 얼마 안 가서 하품이 나오기 시작했다. 여느 때 같으면 잘 시간이 훨씬 지나 있었으니 그것도 당연한 일이다. 주인한테 인사를 하고 돌아가려 했으나, 다른 사람들이 새 외투가 생긴 것을 축하하는 뜻에서 샴페인을 꼭 마시고 가야 한다고 우기며 놓아주질 않았다. 한 시간 가량 지나서 밤참이 나왔다. 야채샐러드와 콜드비프•, 고기만두와 파이, 그리고 샴페인이 곁들여져 있었다. 아까끼 아까끼예비치도 권에 못 이겨 유리잔으로 두 잔이나 마셨다. 술을 마시고 나니 방 안이 더욱 흥겨워진 것처럼 느껴지기는 했지

• 사모바르 러시아의 가정에서 물을 끓이는 데 사용하는 특수한 주전자.
• 콜드비프 구운 쇠고기를 차게 한 것.

만, 벌써 열두 시가 되었으니 집으로 돌아갈 시간이 너무 늦었구나 하는 생각을 털어 버릴 수가 없었다. 주인이 만류할까 싶어 살그머니 방을 빠져나와 현관에서 외투를 입으려고 찾다가, 외투가 마룻바닥에 떨어져 있는 것을 발견하고 그는 약간 기분이 언짢았다. 외투를 흔들어 먼지를 잘 턴 뒤, 어깨에 걸쳐 입고 계단을 내려와 거리로 나섰다.

거리는 여전히 밝았다. 귀족 집 하인들과 그 밖의 온갖 천민들의 집회소처럼 되어 있는 구멍가게들은 아직 문이 열려 있었고 겉문을 닫은 상점들도 문틈으로 기다랗게 불빛이 새어 나오고 있는 것으로 보아, 아직도 단골손님들이 돌아가지 않고 있는 모양이었다. 안에서는 이웃의 비복(婢僕)•들과 하녀들이, 집에서 자기들을 찾고 있을 주인 생각 같은 건 염두에도 없이, 끝없는 잡담에 정신이 팔려 있음이 틀림없다. 아까끼 아까끼예비치는 전에 없이 들뜬 기분으로 거리를 걸었다. 무엇 때문이었는지는 모르지만, 어느 귀부인의 뒤를 쫓아서 달려가려고까지 했다. 그 귀부인은 번개처럼 그의 옆을 스치고 지나갔는데, 그녀의 몸은 온통 율동에 넘치는 것 같았다. 그러나 그는 곧 걸음을 멈추고 무엇 때문에 별안간 달음질을 치려했는지 이상하게 생각하며, 다시 천천히 걷기 시작했다. 얼마 후 인적이 드문 텅 빈 거리에 이르렀다. 이 근방은 낮에도 그리 기분 좋은 곳이 아니지만, 저녁이면 한층 더했다. 그것이 지금은 더욱 호젓하고 음산했고, 불이 켜 있는 가로등도 점점 뜸해졌다. 이제는 기름도 떨어져 가는 모양이었다. 목조 건물과 울타리가 계속되며, 어디를 보아도 사람의 그림자 하나 없다. 길 위에 깔린 눈만이 반짝거릴 뿐, 덧문을 닫은 납작한 집들은 거무칙칙한 서글픈 빛을 띠고 잠들어 있었다. 이윽고 그는 넓은 광장에 이르렀다. 지금까지의 거리는 여기서 끝나고, 건너편 집들은 보일 듯 말 듯 아득하여, 광장은 마치 무서운 사막처럼 보였다.

어딘지 까마득히 먼 곳에서, 흡사 지평선 끝에 서 있는 것같이 보이는 경찰 초소의 등불이 깜박이고 있었다. 여기까지 오니 아까끼 아까끼예비치의 홍겨운 기분도 적지 않게 손상되었다. 무언가 불길한 예감이 들기라도 하는 것처럼 그는 본능적인 공포를 안고 광장으로 걸어 들어갔다. 뒤를 돌아보았다. 좌우를 둘러보았다. 바다 한가운데 있는 것 같았다. '아니, 차라리 보지 않는 게 낫겠군.' 이렇게 생각하고 눈을 감고 걸었다. 이제는 광장 끝까지 거의 왔겠지 하고 눈을 뜬 순간, 그는 눈앞에 수염을 기른 사내들이 버티고 선 것을 발견했다. 도대체 어떤 사내들인지 분간할 수조차 없었다. 눈앞이 캄캄해지고 가슴속에서 방망이질을 치기 시작했다.

"야, 이건 내 외투잖아!"

그중 한 놈이 그의 멱살을 움켜쥐며 독 깨지는 것 같은 목소리로 말했다. 아까끼 아까끼예비치가 "사람 살려요!" 하고 소리치려 하자, 다른 한 놈이 관리의 머리만큼이나 큰 주먹을 그의 입에 들이대며 "소리만 쳐 봐라!" 하고 을러메었다. 아까끼 아까끼예비치는 외투를 벗기우고 무릎을 차인 것까지는 알았으나, 그대로 눈 속에 나뒹그러진 채 그다음은 아무것도 느끼지 못했다. 몇 분이 지나서야 정신이 들어 일어서긴 했으나, 사람의 그림자라곤 하나도 보이지 않았다. 광장이 몹시

• 비복 계집종과 사내종.

춥다는 것과 외투가 없어졌다는 것을 느끼고 그는 뒤늦게 고함을 치기 시작했다. 그러나 그 소리는 광장 끝까지 들릴 것 같지가 않았다. 그는 죽을힘을 다하여 미친 듯이 부르짖으며 광장을 가로질러 곧장 초소로 달려갔다. 초소 앞에는 순경 하나가 장총에 몸을 기대고 서서, 대체 어떤 놈이 저렇게 소리를 지르며 달려오고 있나 하고 호기심 어린 눈으로 바라보고 있는 모양이었다. 아까끼 아까끼예비치는 순경 앞으로 달려가서 숨을 헐떡이며 경찰관이 감시는 하지 않고 졸고만 있기 때문에 강도가 횡행하고 있다고 호통을 쳤다. 순경은 대답하기를, 자기는 광장 한가운데서 두 명의 사나이가 그를 불러 세우는 것은 보았지만 그의 친구들이거니 생각하고 그 이상 눈여겨보지 않았노라고 했다. 그러고 나서, 자기한테 공연히 욕설을 퍼부을 게 아니라 내일 지서장을 찾아가서 말하면 지서장이 외투를 찾아 줄 거라고 했다.

아까끼 아까끼예비치는 미친 사람처럼 되어 집으로 돌아왔다. 관자놀이와 뒤통수에 조금 남았던 머리털은 이리저리 흐트러지고, 옆구리며 가슴팍이며 바지며 온통 눈 투성이였다. 하숙집 주인 노파는 요란한 노크 소리에 황급히 자리에서 일어나, 슬리퍼를 한 짝만 걸치고는 한 손으로 잠옷 앞섶을 누르며 문을 열어 주러 달려 나왔다. 문을 열고 아까끼 아까끼예비치의 그와 같은 꼬락서니를 보더니 그녀는 질겁하고 뒤로 물러섰다. 그로부터 자초지종을 듣자 그녀는 몹시 놀라면서, 그렇다면 직접 본서의 서장을 찾아가야 한다고 했다. 지서장 같은 건 말로만 약속을 해 놓고는 뒤에서 딴 훙정을 하기 일쑤다. 그러니까 직접 본서의 서장한테 찾아가는 게 제일이다. 다행히 서장과는 잘 아는 사이라고 해도 무방할 정도다. 왜냐하면 전에 자기 집 식모로 있던 핀란드 여자인 안나가 현재 서장 댁 유모로 있기 때문이며 자기도 서장이 집 앞을 지나가는 걸 여러 번 본 일이 있을뿐더러, 서장은 일요일마다 어김없이 교회에 나오곤 하는데, 거기서도 누구한테나 상냥한 눈길을 보내고 있으니까 모든 점으로 보아 마음씨 좋은 어른임에 틀림없다, 라는 것이었다. 이러한 얘기를 듣고 나서 아까끼 아까끼예비치는 슬픔에 싸인 채 자기 방으로 돌아왔다. 그날 밤을 그가 어떻게 지새웠는가는, 다소나마 타인의 심중을 추측할 수 있는 사람들의 판단에 맡기기로 하겠다.

이튿날 아침 일찌감치 그는 서장을 찾아갔다. 아직 자리에서 일어나지 않았다고 해서 열 시경에 다시 가 보았다. 이번에도 "주무십니다."라고 했다. 그런데 열한 시에 또 갔더니 "서장은 나가고 안 계십니다."라는 것이었다. 하는 수 없이 점심시간에 또 한 번 찾아가니까, 접수실에 있는 서기가 얼른 들여보내려고 하지 않고, 어떤 용무로, 무슨 필요가 있어 왔냐느니, 대체 어떠한 사건이냐느니 하고 귀찮게 캐물었다. 이제는 아까끼 아까끼예비치도 더 이상 참지를 못하고, 평생 처음으로 녹록지 않은 인간이라는 걸 보여 줄 양으로, 나는 직접 서장을 만나야 할 필요가 있어서 왔으니까 너희들이 감히 나를 못 들어가게 할 수는 없는 것이다. 나는 관청에서 공무로 온 사람이니까 너희들이 만일 나를 안 들여보낸다면 그때는 상부에 보고할 테니 그리 알아라, 하고 한바탕 을러메었다. 이렇게 나오자 서기들도 아무 소리 못하고 그중 하나가 서장을 부르러 들어갔다.

서장은 외투를 강탈당했다는 얘기를 아주 이상한 방향으로 받아들였다. 사건의 요점엔 전혀 주의를 돌리려 하지 않고 오히려 아까끼 아까끼 예비치에게 무엇 때문에 그렇게 늦게 돌아갔느냐느니, 어디 좋지 못한 집에 가서 빠져 있었던 게 아니냐느니 하고 엉뚱한 질문을 하는 바람에, 아까끼 아까끼 예비치는 그만 어리둥절해서 자신의 방문이 외투 사건 해결에 무슨 효과가 있었는지 없었는지조차 알지 못한 채 그냥 물러 나오고 말았다.

그날은 온종일 관청에 나가지 않았다(이런 일은 그의 일생을 통하여 단 한 번밖엔 없었다). 이튿날 그는 전보다 더욱 을씨년스럽게 보이는 헌 '겉저고리'를 걸치고 핼쑥해진 얼굴로 출근했다. 이런 경우에까지 아까끼 아까끼 예비치를 놀리려 드는 친구도 있기는 했으나, 외투를 도둑맞았다는 얘기는 많은 사람들의 마음에 충격을 주었다. 즉석에서 그를 위해 기부금을 모으기로 했지만 정작 모인 금액은 얼마 되지 않았다. 그렇잖아도 관리들은 국장의 초상화를 신청하는가 하면, 과장의 권유로 과장 친구라는 사람이 쓴 책을 예약하기도 하고 이리저리 많은 돈을 뜯기고 있었기 때문이었다. 동료 중의 한 사람은 아까끼 아까끼 예비치를 동정한 나머지, 그에게 친절한 조언을 함으로써 미력하나마 힘이 되어 주려고 마음먹고, 서장 따위한테 찾아가 봐야 아무 소용 없다고 가르쳐 주었다. 왜냐하면 서장이 상부에 잘 보이려고 어떤 방법으로든 외투를 찾아낸다 하더라도, 그 외투가 자기 것이라는 법적 증거를 그가 제시하지 못한다면 결국 외투는 경찰서에 보관되고 만다는 것이다. 그러니까 사건의 해결을 어떤 고관한테 부탁하는 게 가장 좋은 방법이며 그렇게 하면 그 고관이 사건 담당자에게 편지를 보내서 사건을 원만하게 처리하게 할 것이다, 라는 것이었다.

달리 좋은 방법이 없었으므로 아까끼 아까끼 예비치는 그 고관을 찾아가기로 결심했다. 그 고관이 누구며 어떤 지위에 있는 사람이었는지 아직 알려지지 않고 있다. 다만 참고삼아 말해 둘 것은, 그가 고관이 된 것은 최근의 일이며, 그전까지는 그야말로 하잘것없는 존재에 지나지 않았다는 사실이다. 하기는 현재 그의 지위도, 더 중요한 다른 지위에 비하면 그리 대수롭게 보이지 않는 지위도, 본인에게는 아주 대단한 것으로 생각되는 그런 인간이 세상에 언제나 있는 법이다. 더욱이 그 고관은 여러 가지 다른 수단을 사용하여 자신의 위치를 더욱 대단한 것으로 만들려고 애쓰고 있었다. 이를테면 자신이 출근할 때는 부하 관리들로 하여금 현관까지 마중나오게 한다든가, 어느 누구도 곧장 자기 방에 들어오지 못하게 한다든가, 모든 일을 엄격한 규칙과 순서에 따라 행하도록 한다든가 하는 따위의 내규를 만들어 놓고 있었다. 다시 말해서 십사등관은 십이등관에게, 십이등관은 구등관이나 그 밖의 적당한 관등의 사람에게 보고하도록 하여, 모든 안건이 그러한 순서를 밟아 올라오도록 만들어 놓았던 것이다.

우리의 신성한 러시아는 모든 것이 모방 위주여서, 누구나가 자기 상관이 하는 짓을 그대로 본뜨는 것이 상례로 되어 있다. 심지어는 이런 이야기까지 있다. 어떤 구등관이 독립된 조그만 관청의 장으로 임명되자 당장에 사무실 한쪽을 막아 자기 방으로 정하고는 '집무실'이란 간판을 건 다음 붉은 깃에 금테를 두른 수위를 문 앞에 세워 놓고 사람이 올 때마다 일일이 문을 여닫게 했는데, 그 '집무실'이라는 게 보통 크기의 책상 하나를 겨우 들여놓을 정도였다는 것이다.

그건 그렇고, 이 고관의 태도나 습관 또한 어마어마하고 위엄 있는 것이었지만, 그렇다고 그다지 복잡한 건 아니었다. 그의 생활의 기본을 이루는 것은 엄격성이었다. "엄격히, 엄격히, 모든 것을 엄격히!"라는 게 그의 입버릇이었는데, 이렇게 뇌까리면서 언제나 상대방의 얼굴을 지극히 거만한 눈길로 노려보는 것이었다. 실은 구태여 그렇게까지 해야 할 필요도 없었다. 왜냐하면 이 관청의 행정 기구를 구성하고 있는 몇십 명인가의 관리들은 그러잖아도 언제나 공포감에 사로잡혀 있어, 멀리서 그가 나타나기만 해도 벌떡 일어나 부동자세를 취하고 그가 사무실을 통과할 때까지 그대로 서 있을 정도였으니 말이다.

부하들과의 일상 대화도 어디까지나 엄격했다. 그가 사용하는 말이라고는 '자네가 감히 그렇게 할 수 있는가?' '자네는 지금 누구를 상대로 말하고 있다는 것을 아는가?' '지금 자네 앞에 있는 사람이 누군지 알고 있는 건가, 모르고 있는 건가?' 하는 이 세 마디뿐이었다. 그렇지만 그도 본심은 착한 인간이어서, 친구들도 잘 사귀었고 남의 일도 잘 보살펴 주었다. 그러나 칙임관(勅任官)• 이라는 벼슬자리가 그의 머리를 돌게 했던 것이다. 칙임관에 임명되자 그는 이성을 잃고 흥분하여, 자신이 어떤 태도를 취해야 좋을지 어리둥절해 버린 것이었다. 그래도 자기와 대등한 사람을 상대하고 있을 때는 지극히 의젓한 인간일 수 있었고, 여러 가지 점에서 제법 총명한 인간이기도 했다.

그러나 자기보다 한 계급이라도 낮은 사람이 모인 자리에 나가기만 하면, 대번에 태도가 어색해지고 시무룩해져 입을 봉해 버리고 마는 것이었다. 그러면서도 속으로는 훨씬 재미있는 시간을 보낼 수도 있을 거라고 느끼고 있었기 때문에, 그의 이러한 상태는 한층 더 가엾게 여겨지는 것이었다. 그리고 때로는 무엇이든 재미있는 대화나 놀이에 한몫 끼어들고 싶은 강한 희망이 그의 눈에 나타날 때도 있었으나, 그런 짓을 자기 입장으로 보아 너무 지나친 행동은 아닐까, 지나치게 허물없이 구는 거나 아닐까, 그것 때문에 자기 위신이 깎이는 거나 아닐까 하는 생각이 항상 그를 제지하는 것이었다.

이런 쓸데없는 생각 때문에 그는 줄곧 꿀 먹은 벙어리 노릇을 해야 했고, 간혹 입을 연다 해도 괴상한 외마디 소리를 낼 뿐이어서, 마침내는 따분하기 짝이 없는 친구라는 딱지가 붙고 말았다. 아까끼 아까끼예비치가 찾아간 고관은 바로 이런 인물이었다. 더욱이 그가 찾아간 것은 공교롭게도 가장 좋지 않은 때였다. 하지만 그것은 아까끼 아까끼예비치에게 좋지 않았다 뿐이지 본인인 고관에겐 때맞춰 찾아와 주었다 해도 과언이 아니었다.

고관은 마침 자신의 서재에 앉아서 몇 해 만에 수도에 올라온 죽마고우와 이야기꽃을 피우고 있는 참이었다. 바로 이러한 때에 바쉬마치낀이라는 자가 찾아왔다는 보고를 받은 것이다. "대체 뭣 하는 사람이야?" 하고 그는 퉁명스럽게 물었다.

"어느 관청의 관리라고 합니다." 라는 대답이었다. "음, 그래! 그럼 지금은 바쁘니 기다리라고 해." 하고 고관은 말했다. 고관의 이 말은 전혀 거짓말이었다는 걸 말해 둘 필요가 있다. 그와 그의 친구는 벌써 오래전에 할 얘기를 다 해 버리고 이제는 오랜 침묵 속에서 이따금 서로의 무릎을 가볍게 두드리며, "그렇다네, 이반 아브라모비치!" "그랬었나, 스쩨빤 바를라모비치!" 하는 식으로 같은 말만 되풀이하고 있

• 칙임관　대신의 청으로 임금이 임명하는 벼슬을 이르던 말.

었다. 그럼에도 불구하고 찾아온 관리를 기다리게 한 것은 이미 오래 전에 퇴직하고 시골집에 틀어 박혀 버린 친구에게, 자기를 찾아오는 관리들이 문간방에서 얼마나 오래 기다려야 하는가를 보여 주고 싶었기 때문이다.

마침내 화제도 다 떨어져, 더욱 긴 침묵을 맛보며 등받이가 달린 푹신한 안락의자에 파묻혀 엽권련 한 대를 피운 다음, 그는 문득 생각이 난 것처럼, 보고용 서류를 들고 문 옆에 서 있는 비서에게 말했다. "아 참, 저기 무슨 관리인가 하는 사람이 기다리고 있지? 들어와도 좋다고 일러 주게." 아까끼 아까끼예비치의 온순한 모습과 그의 낡아 빠진 제복을 보자, 고관은 갑자기 그에게로 돌아앉으며 토막토막 끊어진 것 같은 어조로 대뜸 이렇게 물었다.

"용건은 무엇이오?"

그것은 칙임관이라는 관등을 받고 현재의 직위에 올라앉기 일주일 전부터 자기 방에 혼자 틀어박혀 거울을 앞에 놓고 일부러 연습한 어조였다. 아까끼 아까끼예비치는 방에 들어오기 전부터 겁을 집어먹고 있었으므로, 이 말에 약간 당황하긴 했으나, 그래도 돌아가지 않는 혀끝을 억지로 움직여 "실은 그……." 소리를 연발해 가면서, 새로 맞춰 입은 외투를 야만적인 수법에 의해 강탈당했으니 자기를 위해 경찰 국장이나 그 밖의 적당한 인사에게 몇 자 적어 보내서 외투를 찾아주도록 힘을 써 주십사 해서 왔노라고 말했다. 그러나 무엇 때문인지는 모르지만, 고관은 그의 언동이 예의에 벗어난 것이라고 생각된 모양이었다.

"뭐라구?" 하고 고관은 토막토막 끊어진 어조로 말했다.

"당신은 일의 순서라는 걸 모르고 있소. 어딜 찾아온 거요? 모든 사무가 어떠한 순서를 밟아서 진행되는지 알고 있을 게 아니오! 이러한 문제는 우선 창구에 탄원서를 제출해야 하는 법이오. 그렇게 하면 서류가 계장, 과장을 거쳐 비서관한테 넘겨지고, 그다음에 비서관이 나한테 가져오게 되어 있단 말이오."

"그렇지만, 각하!"

아까끼 아까끼예비치는 자기의 온몸에서 진땀이 흐른다고 느끼며 마지막 남은 얼마 안 되는 기력을 쥐어짜다시피 하여 말했다.

"제가 외람되게 각하께 직접 부탁드리는 것도, 실은 그…… 비서관이란 대체로…… 믿을 만한 사람이 못 되는 것이라……."

"뭐, 뭐, 뭐라구?" 하고 고관은 말했다.

"어디서 그따위 정신을 집어넣어 가지고 왔소? 어디서 그따위 사상을 배워 왔느냐 말이오? 요즘 젊은 사람들 사이엔 웃어른과 상관에 대한 지극히 불손한 사상이 만연되어 있어 큰일이라니까?"

아마도 고관은 아까끼 아까끼예비치가 이미 쉰 고개를 넘었으며, 따라서 젊은 사람이라 불릴 수 있다 하더라도 그것은 일흔 된 노인과 비교하여 말하는 경우에나 가능한 일이라는 걸 미처 깨닫지 못한 모양이었다.

"당신은 지금 누구 상대로 그런 소릴 하는 건지 알고 있소? 지금 당신 앞에 있는 사람이 누군지 알고 있느냐 말이오, 응? 알고 있소, 모르고 있소?"

그는 사뭇 발을 구르며, 아까끼 아까끼예비치가 아니더라도 겁을 집어먹지 않을 수 없을 만큼 언성을 높여 호통을 쳤다. 아까끼 아까끼예비치는 망연자실하여 비틀비틀 두어 걸음 물러섰다. 온몸이 후들후들 떨려 더 이상 서 있을 수조차 없었다. 수위가 재빨리 달려와서 부축해 주지 않았던들 그는 그대로 마룻바닥에 쓰러지고 말았을 것이다. 그리하여 그는 거의 인사불성이 되다시피 하여 밖으로 끌려 나갔다. 고관은 예상 이상의 효과를 거둔 데 만족했다. 자기의 말 한마디가 상대방을 기절시킬 수도 있다는 생각에 도취되어 자기 친구가 이 점을 어떻게 보고 있는지 알아보려고 흘끔 곁눈으로 눈치를 살폈다. 자기 친구 역시 어리둥절하여 그 어떤 공포감을 느끼고 있는 눈치인 것을 보고는 마음이 적이 흡족했다.

어떻게 계단을 내려와 어떻게 한길로 나왔는지 아까끼 아까끼예비치는 아무것도 기억에 없었다. 팔도 다리도 전혀 감각이 없었다. 여태까지 상관한테, 그것도 다른 부처의 상관한테 그처럼 호되게 꾸중을 들은 적은 한 번도 없었던 것이다. 그는 입을 쩍 벌린 채 자꾸만 보도에서 벗어나며 거리에 소용돌이치는 눈보라 속을 걸어갔다. 뻬쩨르부르크의 바람이란 원래가 그런 것이지만 이날도 바람은 사방팔방으로, 샛길이란 샛길 전체로부터 그를 향해 휘몰아쳤다. 그는 곧바로 편도선이 부어올라 간신히 집에 돌아왔을 때는 말 한마디 할 힘조차 없었다. 그는 곧장 잠자리에 들었다. 상관의 당연한 꾸지람이 때로는 이처럼 강하게 작용할 수도 있는 법이다!

이튿날 그는 엄청난 열에 시달리고 있었다. 뻬쩨르부르크의 기후가 협력을 아끼지 않은 탓으로 그의 병세는 생각했던 것보다 급속도로 악화되었다. 의사가 와서는 맥을 짚어 본 뒤, 이제는 어찌할 도리가 없으니, 병자가 인술의 도움도 받아 보지 못하고 죽었다는 말을 듣지 않도록 찜질이라도 해 주라고 말했다. 그리고 의사는 그 자리에서, 앞으로 기껏해야 하루하고 한나절밖에 안 남았다고 선언하고 나서, 하숙집 안주인에게 이렇게 말했다. "할머니, 뭐 기다려 보고 말고 할 것도 없습니다. 지금 곧 소나무 관을 하나 주문하도록 하십시오. 이런 사람한테 참나무 관은 과분하니까요."

자신에게 치명적인 이런 말들이 아까끼 아까끼예비치의 귀에 들렸는지 안 들렸는지, 설사 들렸다 하더라도 그것이 과연 그에게 충격적인 효과를 주었지는 어떤지, 그리고 자신의 비참한 일생을 슬퍼했는지 아닌지, 그것은 알 수가 없다. 왜냐하면 그는 줄곧 혼수상태에 빠져 헛소리만 하고 있었기 때문이다. 그의 눈앞에는 쉴 새 없이 괴이한 환상이 나타나는 것이었다. 재봉사 뻬뜨로비치가 나타난 것을 보고는, 침대 밑에 늘 도둑놈이 숨어 있는 것 같으니 그놈을 체포하게 올가미가 달린 외투를 하나 만들어 달라고 하숙집 할머니를 부르기도 하고, 새 외투가 있는데 왜 낡아 빠진 '겉저고리' 가 저기 걸려 있느냐고 묻기도 했다. 그런가 하면 이번엔 자신이 칙임관 앞에 서서 꾸지람을 듣고 있는 듯한 생각이 들어, "죄송합니다, 각하!" 하고 사과하는 것이었다. 그러다가 결국에는 입에 담지도 못할 무서운 욕설을 마구 퍼붓는 바람에 그런 말을 한 번도 들어 본 일이 없는 주인 노파는 성호를 긋기까지 했다. 더욱이 그런 욕설이 '각하' 라는 말에 잇달아 튀어나오곤 했으니 노파는 겁을 먹는 것도 당연한 일이었다. 나중에 가서는 전혀 무의미한 말을 중얼거리기 시작해서, 아무것도 알아들을 수가 없었다. 다만 그의 두서없는 말이며 생각이 언제나 외투라는 한 가지 대상만을 맴돌고 있다는 것만은 알 수 있었다. 그러다가 마침내 가련한 아까끼 아까끼예비치는 숨을 거두고 말았다. 그의 방도 소지품도 봉인되지는 않았다. 첫째는 유산 상속인이 없었기 때문이며, 둘째로는 유산이라 할 만한 것도 없었기 때문이다. 거위의 날갯죽지로 만든 펜 한 묶음, 관청에서 쓰는 백지 한 권, 양말 세 켤레, 바지에서 떨어진 단추 두세 개, 그리고 독자들도 이미 아는 '겉저고리' 뿐이었다. 이런 물건들이 누구의 손에 들어갔는지는 알 수 없다. 솔직히 말해서 필자 자신도 그런 것에는 흥미가 없는 것이다.

아까끼 아까끼예비치의 유해는 묘지로 실려 나가 매장되었다. 아까끼 아까끼예비치가 죽은 후에도 뻬쩨르부르크는 늘 그대로였다. 마치 그런 인간은 처음부터 존재하지 않았던 것처럼. 그리하여 어느 누구의 비호도 받지 못하고, 누구에게도 소중히 여겨지지 못하고, 누구의 흥미도 끌지 못하고, 흔해 빠진 파리까지 핀으로 꽂아 현미경으로 관찰하는 박물학자의 주의조차 끌어 보지 못한 존재. 관청에서는 온갖 조소를 순순히 참아 내고 이렇다 할 업적 한 가지 이루지 못한 채 무덤으로 간 존재는 세상에서 영영 사라져 버린 것이다.

그러나 그에게는 비록 생애가 끝나기 직전이기는 했지만 환하고 기쁜 손님이 외투라는 모습을 띠고 나타나서 그의 가난한 인생에 잠시나마 생기를 불어넣어 주었다. 그러고는 곧 이 세상의 강자들에게도 예외 없이 닥쳐오는, 회피할 길 없는 불행이 그에게도 마침내 닥쳐온 것이었다.

그가 죽은 지 사나흘 후에 관청의 수위가 즉각 출두하라는 국장의 명령을 전하러 그의 하숙을 찾았다. 그러나 수위는 그대로 돌아가서 "그 사람은 다시는 출근할 수 없게 되었습니다."라고 보고하지 않을 수가 없었다. “어째서?” 라는 물음에 수위는 이런 말로 대답했다.

“어째서구 뭐구 없습니다. 죽어 버렸더군요. 사흘 전에 장례를 지냈답니다.”

이리하여 관청에서도 아까끼 아까끼예비치의 죽음을 알게 되었다. 그 이튿날에는 벌써 그의 후임으로 새 관리가 들어와 앉아 있었다. 키가 훨씬 크고, 그다지 반듯한 필체가 아니라 비스듬히 옆으로 기울어진 필체의 사내였다.

그런데 아까끼 아까끼예비치에 관한 이야기가 여기서 완전히 끝나 버리지는 않았다. 마치 아무한테서도 인정받지 못한 그 인생에 대한 보상이라도 되는 듯, 죽은 후에도 며칠 동안이나 요란스런 물의를 일으키며 생존을 계속하도록 운명 지워져 있었음을 대체 누가 상상인들 했으랴? 그러나 그러한 사태가 실제로 발생함으로써 우리의 이 서글픈 이야기는 뜻밖에도 환상적인 결말을 맺게 된 것이다.

뻬쩨르부르크 시내에는 갑자기 다음과 같은 소문이 쫙 퍼졌다. 즉, 깔리낀 다리와 그보다 좀 더 떨어진 곳에 외투를 도둑맞았다는 관리 옷차림의 유령이 밤마다 나타나서, 도둑맞은 자기 외투라는 구실을 붙여 관등이나 신분을 불문하고 지나가는 사람의 외투를 모조리 강탈한다는 것이었다. 고양이 가죽이나 담비 가죽, 깃이 달린 외투, 솜을 누빈 외투, 여우 · 너구리 · 곰 가죽으로 만든 외투, 한마디로 말해서 사람이 자기 몸을 감싸기 위해 만들어 낸 것이면 가죽이든 뭐든 가리지 않고 모든 종류의 외투를 벗겨 버린다는 소문이었다.

어느 관리 하나는 자기 눈으로 직접 그 유령을 목격했는데, 첫눈에 그것이 아까끼 아까끼예비치라는 걸 알아차리긴 했지만 소름이 끼칠

만큼 겁이 나서 죽을힘을 다하여 도망쳐 왔기 때문에, 똑똑히는 관찰할 수 없었으나, 멀리서 유령이 손가락을 치켜세우고 위협하는 시늉을 하는 것만은 분명히 보았다고 했다. 그리고 빈번히 발생하는 외투 강탈 사건 때문에 구등관은 고사하고 칠등관까지도 어깨와 잔등이 추위에 얼어들 지경이라는 호소가 사방에서 잇달아 들어왔다.

경찰에서도 더이상 방관할 수가 없게 되어, 살아 있는 것이든 죽은 것이든 그 유령이라는 것을 무슨 일이 있어도 꼭 체포하여 본보기로 극형에 처하도록 하라고 명령을 내렸는데, 이것은 거의 성공할 뻔했었다. 즉, 끼류쉬낀 골목에서 어느 순경이, 한때 플루트를 연주하던 전직 악사의 외투를 강탈하려던 범행 현장에서 그 유령의 멱살을 움켜잡은 것이다. 순경은 동료 두 사람을 소리쳐 불러서 유령을 붙들고 있으라, 하고 자신은 장화 속에 손을 넣어 자작나무 껍질로 만든 코담뱃갑을 꺼내, 여섯 번이나 동상에 걸렸던 코에 잠시나마 활기를 주려 했다. 그런데 그 담배가 유령조차 견딜 수 없을 만큼 독했던 모양이었다. 순경이 오른쪽 콧구멍을 손가락으로 누르고 왼쪽 콧구멍으로 담배를 들이마시려는 순간 유령이 너무나 세차게 재채기를 하는 바람에 담배 가루가 세 사람의 눈에 들어갔다. 손을 들어 눈을 비비고 있는 사이에 유령은 자취도 없이 사라져 버렸기 때문에, 순경들은 자기 손으로 정말 유령을 붙잡았었는지 어떤지조차 알 수 없게 되었다. 그때부터 순경들은 유령에 대해 극도의 공포를 느끼게 되어, 살아있는 사람조차 무서워 붙잡을 생각을 못했다. 다만 그저 멀리서 "이봐, 어서 갈 길을 가지 못해!" 하고 고함치기가 일쑤였다. 그리하여 관리 옷차림의 유령은 깔리낀 다리 너머에까지 출몰하기 시작, 담이 크지 못한 모든 사람들에게 적지 않은 공포감을 자아내게 했다.

그러나 우리는 앞에서 얘기한 그 고관에 대한 것을 까맣게 잊고 있었던 것 같다. 솔직히 말해서, 그 고관이야말로 이 거짓 없는 실화가 환상적인 경향을 띠게 한 장본인이라 해도 과언이 아닌 것이다. 무엇보다 먼저 공정을 기하는 뜻에서, 이 고관은 가엾은 아까끼 아까끼예비치가 자신한테 힐책당하고 물러간 다음 어떤 연민과도 비슷한 감정을 느꼈다는 걸 말해 둘 필요가 있을 것 같다. 원래가 그는 동정심이라는 것과 아주 인연이 먼 사람은 아니었다. 그의 마음은 대부분의 경우 선량한 감정을 받아들일 수 있을 만큼 너그러운 자세에 있었으나 다만 자신의 관등이 방해가 되어 그것을 표면에 나타내지 못하고 있을 뿐이었다. 시골에서 온 친구가 서재를 나가자마자 그는 곧 불쌍한 아까끼 아까끼예비치의 창백한 얼굴이 떠올랐다. 그 가련한 관리에 대해 생각만 하면 마음이 괴롭고 불안해서, 일주일 후에 그는 부하를 보내어 그 관리가 어떤 인간이며 그 후 어떻게 지내고 있는지, 그리고 실제적으로 그를 도울 수 있는 방법이 무엇인지 알아보도록 했다.

그런데 아까끼 아까끼예비치가 열병으로 갑자기 죽었다는 보고를 받자 그는 깊은 충격을 받고 온종일 양심의 가책으로 몸부림쳤다. 그래서 얼마만큼이라도 울적한 마음을 풀고 불쾌한 일상을 잊어버리려고 어느 친구가 베푼 연회에 참석했다. 거기에는 점잖은 사람들이 모여 있었고, 특히 다행스런 것은 거의 모두가 자신과 같은 관등의 사람들뿐이어서 아무것도 마음에 거리낄 것이 없었다. 이것이 그의 정신 상태에 놀랄 만한 효과를 나타냈다. 그는 마음이 확 풀려 친구들과의 대화에도 즐겁고 상냥한 기분으로 끼어들 수 있었다. 한마디로 말해서 그는 그날 저녁을 무척 재미있게 보낸 것이다. 밤참 때는 샴페인을 두 잔이나 마셨다. 주지의 사실이지만, 이것은 마음을 홍겹게 하는 점에선 상당히 효과 있는 약이다.

샴페인을 다 마시고 나니 그는 좀 과감한 행동을 취하고 싶은 마음이 생겼다. 다름 아니라, 집으로 돌아가지 않고, 전부터 가까이 지내고 있던 까롤리나 이바노브나라는 여자한테 들리기로 결심했다. 독일 출신으로 보이는 이 여성에 대하여 그는 그야말로 친밀한 감정을 품고 있었다. 여기서 미리 말해 두지만 이 고관은 이미 젊다고는 할 수 없는 나이여서, 가정에 있어서는 충실한 남편인 동시에 훌륭한 아버지이기도 했다. 두 아들 중 하나는 벌써 관청에 근무하고 있었고, 좀 들창코인 느낌이 있기는 해도 제법 귀여운 코를 가진 예쁘장한 딸 역시 열여섯 살이나 되었는데, 이 아이들이 날마다 그의 손에 키스하러 와서는 “Bonjour papa(아빠, 안녕!)” 라고 인사를 하는 것이다. 그리고 아직도 생기가 넘치는 밉지 않게 생긴 그의 아내는 자기 손에 먼저 키스를 시킨 다음 그 손을 그대로 뒤집어 남편의 손에 키스를 하곤 했다. 고관은 이렇게 행복한 가정생활에 만족하고 있으면서도, 한편으로는 친구들과의 교제상 시내의 다른 지구에 여자 친구를 갖는다는 것을 지극히 당연한 일로 생각하고 있었다.

여자 친구라고는 해도 그의 아내보다 젊지도 아름답지도 않았지만 이런 것은 세상에 얼마든지 있는 일이므로, 우리가 이렇다 저렇다 할 성질의 것은 아니다. 하여튼 친구 집 계단을 내려와 썰매에 올라타자 마부에게 “까롤리나 이바노브나한테로!” 라고 말하고는, 자기는 따뜻한 외투에 몸을 감싸고 러시아 인으로서는 더할 수 없이 즐거운 상태에 빠져 들어갔다. 즉 아무 생각 없이도 달콤한 상념이 저절로 머릿속에 끊임없이 떠올라, 구태여 그걸 찾아내려고 애쓸 필요조차 없는 것이다. 더없이 마음이 흡족한 그는, 방금 떠나온 연회에서의 재미있는 장면들이며, 몇몇 친구들을 포복절도케 한 익살을 생각해 보았다. 그리고 그것이 여전히 우습다는 걸 알고는 자기 자신까지 친구들과 함께 웃어 댄 것도 지극히 당연한 일이었다고 생각했다.

그러나 이따금 돌발적으로 불어오곤 하는 바람이 그의 흡족한 기분을 방해했다. 바람은 무엇 때문인지 어느 쪽에선지도 알 수 없게 느닷없이 불어 닥쳐, 눈가루를 흩뿌리고 외투 깃을 펄럭이게 하면서 사정없이 그의 얼굴을 후려치는 것이었다. 문득 고관은 누군가가 무서운 힘으로 자신의 외투 깃을 붙잡았다고 느꼈다. 뒤를 돌아본 그는 다 떨어진 헌 제복을 입은 작달막한 사내를 발견했다. 다음 순간 그는 그것이 바로 아까끼 아까끼예비치라는 걸 알아보고는 가슴이 덜컥 내려앉았다. 관리의 얼굴은 눈처럼 창백하여 겉보기에도 죽은 사람, 즉 유령의 모습임이 완연했다. 그리고 유령이 입을 일그러뜨리고 묘지의 입김을 내뿜으며 이렇게 말했을 때 고관의 공포는 극에 달했다. "음, 이제야 네놈을 만났구나! 이제야 네놈의 목덜미를 잡았어! 내가 필요한 건 네놈의 외투다! 나를 위해 힘을 써 주기는커녕 도리어 나를 꾸짖었겠다! 자, 이젠 네놈의 외투를 내놓아라!"

가엾게도 고관은 거의 숨이 끊어질 지경이었다. 관청의 부하들 앞에서는 언제나 강력한 위엄을 보여 왔고, 그의 늠름한 태도나 모습을 보기만 해도 모두들 "거참, 위엄 있는 사람인걸!" 하고 감탄할 정도였지만, 지금의 그는 호걸다운 외모를 지닌 대다수의 사람이 모두 그렇듯, 극도의 공포에 사로잡혀, 혹시 무슨 발작이라도 일어나지 않을까 염려될 지경이었다.

그는 제 손으로 황급히 외투를 벗어 던지고 허둥지둥 마부에게 외쳤다.

"집으로 가자! 전속력으로!"

대개의 경우 그 어떤 결정적인 순간에 주인의 입을 뚫고 나올 뿐더러 무언가 훨씬 효과 있는 행위를 동반하기 일쑤인 이 목소리를 듣자, 마부는 만일의 경우에 대비하여 두 어깨 사이에 목을 움츠리고 채찍을 휘둘러 쏜살같이 말을 몰았다. 육 분 가량이나 걸렸을까, 고관은 벌써 자기 집 현관 앞에 와 있었다. 외투를 잃고 겁에 질려 얼굴이 창백해진 그는 까롤리나 이바노브나를 찾아가는 대신에 자기 집으로 직행했던 것이다. 그는 하룻밤을 말할 수 없는 불안 속에서 보냈다. 그래서 그 이튿날 아침에 차를 마실 때 딸로부터 "아빠, 오늘은 안색이 아주 좋지 않아요."라는 말을 듣기까지 했다. 그러나 아빠는 말이 없었다. 엊저녁에 자기가 어디를 갔었는지, 어딜 들르려 했는지, 그리고 자신에게 무슨 일이 일어났었는지 그런 것은 한마디도 입 밖에 내지 않았다.

이 사건은 그에게 강한 인상을 주었다. 부하 관리들보고 "자네가 감히 그렇게 할 수가 있는가? 지금 자네 앞에 있는 사람이 누군지 알고 있는가?" 하는 말도 전보다는 훨씬 덜 사용하게 되었고 설사 그런 말을 사용한다 하더라도 우선 사정부터 들어 보고 나서 하는 것이었다. 그러나 그보다 더욱 중요한 것은 그날 밤 이후로 관리 옷차림의 유령이 다시는 나타나지 않게 되었다는 사실이다. 그 고관의 외투가 유령한테 꼭 맞았기 때문인 것 같다. 아무튼 누가 외투를 강탈당했다는 이야기는 어디서도 들을 수 없게 된 것이다. 하기는 꼼꼼하고 소심한 사람들은 아무래도 안심이 안 되어, 시의 변두리엔 아직도 관리 옷차림의 유령이 출몰한다고 수군거리고 있었다.

사실 골로멘스꼬에의 순경 하나는 어느 집 모퉁이에서 유령이 나타난 것을 자기 눈으로 직접 본 일이 있었다. 그러나 이 순경은 원래가 형편없는 약골이었다. 언젠가 한번은, 웬만큼 자란 돼지 새끼가 민가에서 달려 나오며 그의 다리를 들이받는 바람이 벌렁 나자빠져서 가까이 있던 영업 마차 마부들이 배를 움켜쥐고 웃어 댔는데, 그러한 모욕에 대해 그들한테서 담뱃값 조로 반 코페이카씩 강제로 거둬들인 일까지 있었다. 그만큼 약골인 사내였으므로 유령을 불러 세울 용기가 없어, 그대로 어둠 속을 뒤따라갔다. 얼마쯤 가다가 유령이 우뚝 멈춰 서서 뒤를 돌아보고 "뭐야?" 하고 물으며, 산 사람에게선 볼 수 없을 만큼 커다란 주먹을 쑥 내미는 바람에 순경은 "아니, 아무것도 아닙니다."라고 대답하고는 얼른 되돌아섰다. 그러나 이 유령은 키도 훨씬 크고 콧수염가지 큼직하게 기르고 있었다. 유령은 오부호프 교(橋) 쪽을 향해 걸어가는 것 같았으나, 이윽고 밤의 어둠 속으로 완전히 사라져 버렸다는 것이다.

이렇게 읽어 보세요

외투에 갇힌 사람, 외투에서 해방된 사람

아까끼 아까끼예비치는 괴상한 이름만큼이나 불운한 인물입니다. 공장에서 찍어낸 기성품처럼 개성도 없고, 눈치도 없고, 오로지 일만하며 개인적인 욕망이라고는 없는 사람처럼 보입니다. 동료들은 그런 그를 끊임없이 무시하고 희롱하지만, 그래도 그는 나름대로 자기 운명에 만족하며 평화로운 생활을 하고 있습니다. 그러던 어느날 혹독한 추위가 찾아옵니다. 아까끼는 더 이상 수선할 수 없을 정도로 낡은 외투 대신 새 외투를 사야하는 상황입니다. 처음부터 그럴 의도는 없었으나 점점 아까끼에게도 새 외투에 대한 욕망이 생기고, 외투값을 치르기 위해 피나는 노력을 합니다. 그러자 확고한 목적을 가진 사람처럼 성격도 굳건해지고 우유부단함도 사라집니다.

드디어 새 외투가 생긴 아까끼. 평온하기만 하던 그의 심장은 세차게 고동치고, 모두들 아까끼의 외투를 칭찬합니다. 얼떨떨한 기분으로 부과장의 초대를 수락하고, 새외투를 입고 화려한 밤거리를 걸으며 즐거워합니다. 부과장의 집에 도착하여 자기도 모르게 들뜬 기분을 느끼지만 사실은 무엇을 할지, 손발이나 몸 전체를 어디다 두면 좋을지 어색하기만 합니다. 시간이 더 있었다면 아까끼는 새 외투와 새 외투가 몰고 온 상황에 적응할 수 있었을까요? 그러나 안타깝게도 들뜬 기분도 잠시, 외투를 잃게 됩니다. 외투를 되찾기 위해 고군분투 하지만 강도를 잡는 길은 첩첩산중입니다. 모두들 엄격한 규칙과 순서만 내세울 뿐 아까끼의 외투를 되찾아주는 데에는 관심이 없습니다. 결국 시름시름 앓던 아까끼는 죽어서 행인들의 모든 외투를 벗기는 유령이 되고 맙니다.

도대체 외투가 무엇이길래, 아까끼를 죽음에까지 이르게 한 것일까요? 우리는 이 작품에서 외투가 '상징자본'*의 역할을 한다는 것을 알 수 있습니다. 오늘날은 페이스북 친구 숫자, 좋아요 개수, 명품, 연봉, 비싼 음식점, 외제차, 학벌 등이 상징자본의 역할을 한다고 볼 수 있습니다. 상징자본이 존재하는 방식은 두 가지입니다. 첫째는 그것의 본질과는 무관하게 진입장벽을 인위적으로 만들어서 신성화시키는 방식입니다. 부과장의 집 벽에 화려하게 장식한 외투들이 걸려 있던 장면 기억나나요? 그곳에 모인

* 상징자본 타인에게 보이는 물질적 또는 지위적 상징으로, 자신을 타인과 차별화하고 권력을 획득할 수 있는 수단이 된다. 상징자본을 소유한다는 것은 자신의 노력, 타인의 도움, 관계 속에서 인정받는 존재가 되어가는 과정에 있다는 것이다. 이때 공감대가 형성된 커뮤니티나 계급이 구성되며 상징자본 획득 노력 여하에 따라 성공과 실패를 경험한다. 이 과정에서 자신이 스스로에게 상징 권력을 부여하기도 하고 타인들이 동의를 표함으로써 수여하는 경우도 있다.

이들은 마치 대단한 파티라도 하는 양 굴지만, 막상 있어 보면 곧 하품이 나오고 마는 흔한 잡담과 카드놀이 뿐입니다. 상징자본을 만드는 또 다른 방식은 그것을 가지지 못한 자들을 핍박하고 따돌리는 것입니다. 낡고 초라한 외투를 걸친 아까끼가 스스로 위축되어 파티에 갈 수 없게 분위기를 만들어갔던 것입니다. 그렇게 해야만 자신들의 값비싼 외투가 더 가치 있는 것으로 느껴지나 봅니다. 사실 추위를 막기 위한 목적이라는 외투의 본질은 모두 같은데 말입니다.

아까끼는 왜 외투를 벗기는 유령이 되었을까요? 단지 자신의 잃어버린 외투에 대한 집착 때문일까요? 비록 아까끼는 죽었지만, 자신이 '외투'로 상징되는 계급의식에 젖은 사회구조에 의해 희생되었다는 것을 깨달았기 때문은 아닐까요? 아까끼를 꾸짖은 고관은 외투를 빼앗기고 나서 인간성을 회복하고 태도가 바뀝니다. 그렇게 본다면 뭐든 가리지 않고 모든 종류의 외투를 벗기는 그의 행동은 악순환의 고리를 끊고자 하는 저항으로 읽을 수 있습니다.

아까끼는 애초에 외투를 지킬만한 능력이 없는 사람으로 보입니다. 약삭빠르지도 않고, 눈치도 없고, 적응력도 부족합니다. 오로지 외투를 고치고 싶어 했을 뿐입니다. 그러나 주위 사람들은 아까끼를 내버려두지 않습니다. 외투를 가질 수밖에 없도록 만듭니다. 물론 아까끼에게서도 원인을 찾을 수 있습니다. 스스로 의미 있는 일을 찾고, 가치 있는 일을 위해 살아가지 않은 점입니다. 시키는 대로 하는 것에 만족하고, 얼마나 높은 사람이 시킨 일인지로 일의 중요도를 판단합니다. 사람들은 의미를 잃어버리는 순간 인정욕망만 남게 됩니다. 의미욕망이 적으면 인정욕망으로 끌려가게 되는 것입니다. 그리고 상징자본의 밑바탕에 깔린 서열의식, 계급의식에 짓눌려 인간다운 삶을 잃어버리게 됩니다.

스스로 느끼는 대로 아름다운 문장을 찾고 의미 있는 일을 추구하며 더 나은 삶과 세상을 꿈꾸는 아까끼를 상상해봅니다. 이런 질문도 던져봅니다. 아까끼를 가여워한 양심 있는 동료가 손을 내밀어 그의 친구가 된다면? 재봉사 뻬뜨로비치가 센 척 하지 않고 적당한 가격에 따뜻하고 튼튼한 외투를 만들어주었다면? 외투를 잃고 괴로워하는 아까끼를 위해 모금했던 사람들이 아까끼에게 좀더 진심으로 관심을 가져주었다면? 고관이 자신의 권위를 세우는 일에 몰두하지 말고 본성대로 소탈하고 인정 많은 사람이 되었다면?

작가는 작품에 등장하는 모든 인물들에게 선한 본성이 있음을 함께 묘사해주고 있습니다. 그러나 언제나 그 본성은 구조적 상황에 밀리고 맙니다. 상징자본으로부터 자유롭고, 사람에게 서열을 매기지 않은 세상에서 그들은 어떤 모습일까요? 정말 유령이라도 나타나 세상의 모든 외투를 벗겨버리면 좋겠습니다. 우리라도 허세 가득한 외투를 벗어버리고 친구들을 평등하게 다시 만나기 위해 노력하면 어떨까요?

타자화의 근원 : 나와 나 그리고 나와 너

자기 자신을 사랑하고 속이지 않으며 자신과 진실하게 만나는 사람이 비로소 세상을 사랑하고 진실한 인간관계를 맺을 수 있습니다. 그러한 관점에서 보았을 때 프리데만 씨의 파멸 원인은 무엇이라고 생각하시나요?

타인의 부정적인 면을 부각시켜 그를 삶의 주체로 보지 않고 비정상이나 비합리적인 것으로 규정하는 것을 타자화라고 합니다. 린링겐 부인처럼 우월주의에 빠져 편을 가르고 차별하고 타인을 혐오하는 사람들에게는 어떤 심리가 있는 것일까요?

키 작은 프리데만 씨

토마스 만1875~1950

소설가이자 비평가. 독일 소설을 세계적인 수준으로 끌어올렸으며 헤세, 카프카와 더불어 독일 3대 소설가로 꼽힌다. 시민의 공동체적인 삶과 자기만족적 삶의 대립 · 갈등을 평생의 화두로 삼았다. 대표작으로 「토니오 크뢰거」, 「베네치아에서의 죽음」, 「어릿광대」 등이 있다.

1

그건 보모 탓이었다. 처음 의심이 들었을 때 그런 나쁜 습관은 당장 그만둬야 한다고 프리데만 영사 부인이 따끔히 타이른 것도 소용이 없었고, 매일 영양가 많은 맥주 외에 적포도주를 한 잔씩 준 것도 도움이 되지 않았다. 이 보모 처녀애가 주방 기구를 닦는데 쓰는 공업용 알코올까지 마신 것이 불시에 들통 났고, 그러다 그 애를 내보내고 새 보모를 구하기 전에 결국 사달• 이 나고 만 것이다. 어느 날 어머니와 아직 장성하지 않은 세 딸이 외출에서 돌아와 보니 생후 한 달밖에 안 된 어린 요하네스가 기저귀용 탁자에서 떨어져 다 죽어 가는 목소리로 신음하고 있었고, 보모는 자신이 무슨 짓을 저지른 줄도 모른 채 그 옆에 무덤덤하게 서 있기만 했다.

사지가 뒤틀린 채 실룩거리는 갓난아이를 조심스러우면서도 단호하게 살피던 의사가 무척 심각한 표정을 지었다. 세 딸은 한쪽 구석에

서서 훌쩍거렸고, 프리데만 부인은 가슴이 찢어지는 것 같은 두려움에 사로잡혀 큰 소리로 기도를 올렸다.

저 아이가 태어나기 전에 네덜란드 영사였던 남편이 급사하는 일을 겪은 불쌍한 여인이었다. 그랬기에 저 어린 아들만이라도 자기 곁은 지키게 해 달라고 소망하는 것조차 과분하게 느껴질 정도로 이미 삶의 의지가 많이 꺾인 상태였다. 그러나 이틀 뒤 의사가 격려의 악수를 하며 설명했다. 이제 직접적인 위험을 염려할 단계는 지난 것 같다, 그리고 무엇보다 처음처럼 멍하게 바라보지 않는 눈길에서 알 수 있듯이 가벼운 뇌 손상도 완전히 회복된 듯하다, 물론 앞으로 어떻게 될지는 차차 지켜봐야 한다며, 앞서도 말했듯이 최선의 결과를 바랄 뿐이라고 했다.

2

요하네스 프리데만이 성장한 회색 박공(牔栱)지붕 집은 한 유서 깊은 상업 도시의 북문(北門) 쪽에 자리하고 있었다. 중간 정도 크기의 도시였다. 그 집은 현관문을 열고 들어서면 석판이 깔린 널찍한 복도가 나타났고, 거기서 하얗게 칠한 목조 난간이 달린 계단을 올라가면 위층이 나왔다. 2층 거실의 벽걸이용 양탄자에는 빛바랜 풍경이 그려

• 사달 사고나 탈.

져 있었고, 진홍색 플러시 테이블보가 덮인 육중한 마호가니 테이블 둘레에는 등받이가 딱딱한 의자들이 놓여 있었다.

어린 시절 요하네스는 아름다운 꽃이 늘 활짝 피어 있는 거실 창가에 조그만 걸상을 갖다 놓고 어머니 발치에 앉아, 정갈하게 탄 가르마 부분이 벌써 하얗게 센 어머니의 머리와 선하고 온화한 얼굴을 쳐다보고, 어머니의 몸에서 항상 풍겨 나오는 은은한 향을 마시며 신비스러운 이야기에 자주 귀를 기울이곤 했다. 아니면 아버지의 사진을 보여 달라고 했다. 사진 속의 아버지는 회색 구레나룻을 기른 상냥한 인상의 신사였다. 어머니 말로는, 아버지는 하늘나라에 계시면서 가족들 모두가 뒤따라오기를 기다린다고 했다.

집 뒤에는 조그만 정원이 있었다. 인근 설탕 공장에서 달착지근한 향이 거의 언제나 바람에 실려 왔는데도 여름이면 가족들은 하루의 상당 시간을 여기서 보내곤 했다. 정원에는 울퉁불퉁하게 혹이 난 늙은 호두나무가 한 그루 있었는데, 키 작은 요하네스는 그 나무 그늘 아래 나지막한 의자에 앉아 호두를 깠다. 그러는 동안 프리데만 부인과 이제는 장성한 세 자매는 회색 범포 천막을 쳐 놓고 그 안에 들어가 있었다. 어머니는 뜨개질을 하는 내내 틈틈이 고개를 들어 슬프고도 다정한 눈길로 아이를 물끄러미 건너다보았다.

작은 요하네스는 예쁘지 않았다. 가슴은 뾰족하게 튀어나왔고 등은 펑퍼짐했으며, 팔은 너무 길고 말랐다. 이런 요하네스가 등받이 없는 의자에 웅크리고 앉아 열심히 호두를 까는 모습은 정말 진기한 광경이었다. 그러나 손발은 곱고 가늘고, 노루 같은 갈색 눈은 커다랗고, 입술은 선이 곱고, 담갈색 머리는 하늘하늘했다. 얼굴도 두 어깨 사이에 그냥 볼품없이 얹혀 있는 것 같지만 어찌 보면 아름다워 보이기도 했다.

3

일곱 살이 되자 요하네스는 학교에 들어갔다. 그 뒤로 시간은 늘 엇비슷하게 순식간에 지나갔다. 그는 날마다 불구자들 특유의, 점잔을 빼는 우스꽝스러운 걸음걸이로 박공지붕 집과 가게들 사이를 지나 고딕식 아치형으로 장식된 전통 깊은 학교에 갔다. 집에 돌아오면 해야 할 일을 마무리한 뒤 아름답고 알록달록한 그림이 있는 책을 읽거나 정원에서 무언가에 몰두했다. 그사이 누나들은 병약한 어머니를 도와 집안일을 했다. 이 집 딸들은 이런저런 사교 모임에도 참석했다. 프리데만 일가가 이 지역에선 상당한 명망가였기 때문이다. 하지만 안타깝게도 딸들은 아직 결혼을 못 했다. 가산이 그리 넉넉하지 않은 데다 외모도 썩 봐줄 만하지 않았기 때문이다.

요하네스 역시 가끔 또래 아이들의 초대를 받았다. 그러나 아이들과 어울리는 것이 별로 즐겁지 않았다. 놀이에 함께 낄 수가 없었던 것이다. 더구나 다른 아이들이 항상 그에게 쭈뼛거리며 거리를 두었기에 친구가 되는 것도 불가능했다.

시간이 지나 요하네스도 아이들이 운동장에서 자기들만의 특별한 경험을 이야기하는 자리에 끼게 되었다. 그는 학교에서 인기 많은 여자아이들에 대해 남자아이들이 이러쿵저러쿵 떠드는 소리에 눈을 동그랗게 뜨고 유심히 귀를 기울였다. 하지만 그런 이야기에 끼어들지는 않았다. 체조나 공 던지기와 마찬가지로 다른 남자아이들이 푹 빠져 있는 그런 일들이 당연히 자기 같은 사람에게는 어울리지 않는 일이라고 생각했기 때문이다. 그렇게 생각하면 간혹 슬퍼지기는 했지만, 남들의 관심거리에 흥미를 보이지 않고 혼자 살아가는 데 이미 전부터 익숙해 있었다.

그럼에도 열여섯 살 때인가, 비슷한 또래의 여자아이에게 갑작스레 마음이 끌린 적이 있었다. 같은 반 친구의 누이로 그 친구 집에 갔다가 알게 되었는데, 굉장히 쾌활한 금발 소녀였다. 요하네스는 그 애 곁에 있으면 이상하게 숨이 막힐 것처럼 가슴이 먹먹했다. 하지만 꾸민 듯이 상냥하고 쭈뼛거리는 그 애의 태도에 깊은 슬픔을 느끼기도 했다.

어느 여름날 오후, 요하네스가 혼자 도시 앞의 제방•을 거닐고 있을 때였다. 재스민 덤불 뒤에서 속삭이는 소리가 들려 조심스럽게 덤불 가지 사이로 귀를 기울였다. 덤불 뒤 벤치에 그 소녀가 키 큰 빨강머리 남자아이와 앉아 있었다. 요하네스도 잘 아는 애였다. 남자아이가 여자아이를 안더니 키스를 하자 여자아이는 키득거리며 입술을 받아 주었다. 이를 본 요하네스 프리데만은 즉시 몸을 돌려 살그머니 자리를 떴다.

요하네스의 머리는 평소보다 더 깊이 어깨 사이로 축 처졌고, 손도 파르르 떨렸다. 칼로 찌르는 듯한 아픔이 가슴에서 목구멍으로 치솟았다. 그러나 요하네스는 아픔을 꾹꾹 참으며 최대한 당당하게 몸을 꼿꼿이 세웠다. 그러고는 속으로 혼잣말을 했다. '그래, 이게 마지막이야! 다시는 이런 일들에 눈길을 주지 않을 거야. 남들에겐 행복과 기쁨을 주는 일도 내게는 항상 원망과 고통일 뿐이야. 이제 끝이야. 이걸로 끝났어. 다시는 이런 일이 없을 거야.'

이렇게 결심하고 나자 마음이 한결 편해졌다. 요하네스는 포기했다. 그것도 영원히. 그는 집에 돌아가 책을 읽고 바이올린을 켰다. 기형인 가슴을 무릅쓰고 배운 바이올린이었다.

4

열일곱 살이 되자 요하네스는 당시 그 부류의 사람들이 모두 그렇듯 상인이 되려고 학교를 떠나, 강 아래쪽에 위치한 슐리포크트 씨의 대형 목재상에 도제(徒弟)•로 들어갔다. 사람들은 그를 이해와 아량으로 대해 주었고, 그 역시 상냥하고 싹싹하게 굴었다. 평화로운 시간이 규칙적으로 흘러갔다. 그러나 요하네스가 스물한 살이 되던 해에 어머니가 지병으로 돌아가셨다.

이것은 요하네스 프리데만의 가슴에 오랫동안 큰 아픔으로 남았다. 그러나 그는 이 아픔을 즐겼고, 커다란 행복에 심취하듯 아픔에 자신을 내맡겼다. 또한 어린 시절의 수많은 기억들로 그 아픔을 더욱 키워 나갔고, 인생에서 처음 맛본 강렬한 체험으로서 가슴 깊이 간직

• 제방 흙이나 돌, 콘크리트 따위로 쌓아올린 둑.
• 도제 직업에 필요한 지식, 기능을 배우기 위하여 스승 밑에서 일하는 사람.

했다.

인생은 우리가 행복한지, 행복하지 않은지 말하기 이전에 그 자체로 아름다운 것이 아닐까? 요하네스는 인생을 사랑했다. 아마 인생이 우리에게 제공하는 최고의 행복을 포기한 그가 자신에게 허용된 즐거움을 얼마나 내밀하고 세심하게 누릴 줄 아는 사람이었는지는 아무도 모를 것이다. 사실 봄철에 도시 앞 들판을 거닐고, 꽃향기를 맡고, 새들의 노랫소리를 드는 것, 이 모든 것이 감사할 일이 아닌가?

요하네스는 교양이 인생을 즐길 수 있는 능력에 속한다는 사실, 아니 교양 자체가 인생의 향락 능력이라는 사실도 알고 있었다. 그래서 교양을 쌓아 나갔다. 음악을 사랑했고, 도시에서 열리는 연주회에는 빠짐없이 참석했다. 게다가 연주하는 모습이 굉장히 기괴하기는 해도 점차 바이올린을 들을 만하게 연주했고, 자신이 불러낸 아름답고 부드러운 음 하나하나를 즐길 줄도 알았다. 또한 많은 독서를 통해 시나브로* 문학적인 감각도 길렀다. 물론 그렇다고 해서 그것을 남들과 나눌 일은 없었다. 그래도 요하네스는 최근 국내외에서 돌아가는 일에도 항상 눈과 귀를 열어 두었고, 시의 운율에 담긴 매력을 음미하거나 섬세하게 서술된 소설의 은밀한 분위기도 감상할 줄 알았다. 이 정도면 향락주의자라고 불러도 무방하지 않을까!

요하네스는 모든 것에 즐길 만한 가치가 있고, 그래서 행복한 체험과 불행한 체험을 구분하는 것이 어리석은 짓에 가깝다는 사실을 깨달았다. 그는 자신의 모든 느낌과 기분을 정말 기꺼이 받아들였고, 그게 우울하건 명랑하건 가리지 않고 소중하게 키워 나갔다. 채워지지 못한 소망인 그리움까지. 그는 그리움 자체를 사랑했는데, 그 이유를 속으로 이렇게 되뇌었다. 제아무리 좋은 것이라도 실현되는 순간 끝나 버리고 말아. 고요한 봄날 저녁의 감미로우면서도 슬픈, 그러면서도 무언가 막연한 듯한 그리움과 소망이, 사실 여름이 가져다줄 그 어떤 성취보다 즐겁지 않을까? 그렇다. 키 작은 프리데만 씨는 진정한 향락주의자였다.

길을 가다가 요하네스를 만나면 예전부터 익숙한, 연민• 섞인 다정한 태도로 인사하는 사람들은 아마 그의 그런 면을 몰랐을 것이다. 또한 밝은색 외투에다 반짝거리는 실크해트•를 쓰고(이상하게도 그에게는 허영기가 조금 있었다) 점잔을 빼며 우스꽝스럽게 거리를 활보하는 이 불행한 불구자가, 유유히 흘러가는 이 인생을 대단히 열정적으로는 아니더라도 스스로 만들어 낸 조용하고 부드러운 행복감에 충만해서 깊이 사랑한다는 사실도 몰랐다.

5

프리데만 씨가 가장 아끼고 열렬히 애정을 쏟았던 것은 뭐니 뭐니 해도 연극이었다. 그는 연극적인 감수성이 무척 뛰어난 사람이었다. 그래서 무대에서 감동적인 사건이 일어나거나 극이 파국으로 치달을

• 시나브로 모르는 사이에 조금씩 조금씩.
• 연민 불쌍하고 가련하게 여김.
• 실크해트 남자가 쓰는 정장용 서양 모자.

때면 자그마한 몸을 파르르 떨기까지 했다. 그는 시립 극장의 일등석에 자리를 정해 놓고 규칙적으로 연극을 보러 다녔고, 때로는 세 누나와 함께 극장에 가기도 했다. 누나들은 어머니가 죽은 뒤 남동생과 공동으로 소유하게 된 그 오래된 집에서 함께 생활하고 있었다.

누나들은 안타깝게도 여전히 결혼을 하지 못했다. 그러나 자족하지 못하고 현실에 불만을 터뜨리며 살 나이는 이미 오래전에 지났다. 맏이인 프리데리케가 프리데만 씨보다 열일곱 살이나 많았던 것이다. 맏이와 바로 아래 동생인 헨리테는 삐쩍 마른 몸에 키만 멋없이 컸고, 반면에 막내 피피는 너무 작은 키에 몸은 뚱뚱했다. 게다가 막내는 말을 할 때마다 몸을 흔들며 입에 거품을 무는 요상한 습관이 있었다.

키 작은 프리데만 씨는 세 누나에 대해 별로 신경을 쓰지 않았다. 누나들은 자기들끼리 똘똘 뭉쳤고, 어떤 일에서건 항상 의견이 같았다. 특히 지인들 가운데에서 누군가 약혼이라도 하면 무척 반가운 일이라며 입을 모았다.

요하네스는 슐리포크트씨의 목재상을 떠나, 대리점이나 너무 과도한 업무를 요하지 않는 작은 사업체를 인수해서 독립할 때가 되었을 때도 누나들과 함께 살았다. 집에서는 식사 때만 계단을 올라가면 되도록 1층의 방들을 몇 개 썼다. 이따금 천식으로 고생했기 때문이다.

요하네스의 서른 번째 생일인 6월의 어느 화창하고 따뜻한 날이었다. 점심 식사 후 그는 헨리테가 만들어 준 목 베개를 두른 채, 입에는 시가를 물고 손에는 양서를 들고 천막에 앉아 있었다. 그러다 가끔 책을 밀쳐 두고 늙은 호두나무 위에서 참새들이 즐겁게 지저귀는 소리에 귀를 기울이고, 집으로 이어지는 말끔한 자갈길과 알록달록한 화단이 있는 잔디밭을 가만히 바라보곤 했다.

키 작은 프리데만 씨는 수염이 없었고, 얼굴도 어릴 때와 거의 변하지 않았다. 다만 얼굴선이 조금 날카로워졌을 뿐이다. 가녀린 담갈색 머리는 옆 가르마로 단정히 넘겼다.

어느 순간 그는 책을 무릎에 내려놓고 햇빛 찬란한 푸른 하늘을 올려다보며 스스로에게 말했다.

"이제 30년이 지났어. 앞으로 10년이 더 남았을지, 20년이 더 남았을지는 몰라. 그건 신만이 아시겠지. 어쨌든 앞으로의 세월도 조용히 다가와 지나간 세월처럼 소리 없이 지나갈 거야. 평정심을 잃지 않고 그 시간을 기다리기만 하면 돼."

6

같은 해 7월 세상을 떠들썩하게 한 관구 사령관 이동 사건이 있었다. 오랫동안 그 자리에 앉아 있던 통통하고 사람 좋은 사령관은 지역사회에서 무척 인기가 많아 주민들은 그와 헤어지는 것을 섭섭해했다. 어떤 연유로 그가 떠나게 되었는지는 알 수 없는 노릇이지만, 수도 출신의 폰 린링겐 씨가 이리로 부임한다는 것은 기정사실이었다.

어쨌든 이 인사이동은 그리 나빠 보이지 않았다. 결혼은 했지만 자식이 없는 신임 중령이 도시 남쪽 근교에 상당히 큰 규모의 빌라를 빌린 것을 보고 사람들은, 앞으로 그 집에서 사교 모임이 자주 열릴 거라고 쉽사리 짐작했기 때문이다. 아무튼 중령이 엄청난 부자라는 소문이 돌았고, 그 소문은 그가 하인 넷, 승마용과 마차용 말 다섯 필, 랜도마차* 한 대, 사냥용 경마차 한 대를 대동하고 온 것만으로도 입증되었다.

사령관 부부는 도착한 지 얼마 되지 않아 지역 명망가들을 방문하기 시작했고, 그들의 이름은 곧 모든 사람의 입에 오르내렸다. 그런데 주된 관심은 남편이 아니라 아내에게 쏠렸다. 남자들은 사령광의 아내를 보고 어리둥절해하며 얼마간 판단을 유보했지만, 여자들은 게르다 폰 린링겐 부인을 보자마자 그 사람됨과 품성에 대해 노골적으로 반감을 드러냈다.

하겐슈트룀 변호사 부인이 대화 중에 헨리테 프리데만에게 말했다.

"수도에서 왔다는 티를 내는 거야 그렇다 쳐요. 어차피 거기서 온 사람이니까. 담배를 피우고 말을 타는 것도 좋다 이거에요! 하지만 행동거지는 그냥 자유로운 정도가 아니라 제멋대로예요. 아니, 그 말도 꼭 들어맞는 것 같지는 않네요…… 아시다시피 그 여자도 뭐 못생긴 얼굴은 아니에요. 어떻게 보면 예뻐 보이기도 해요. 하지만 여자다운 매력 같은건 정말 눈곱만큼도 없어요. 웃는 것도 그렇고 몸놀림도 그렇고, 남자들이 좋아할 만한 구석은 하나도 없다고요! 애교하고는 아예 담을 쌓은 여자예요. 물론 나도 애교 없는 여자를 절대 나쁘게 생각하는 사람이 아니에요. 하지만 스물넷밖에 안 된 젊은 여자가 여자다운 귀여운 매력을 전부 버리고 살아도 되는 거에요? 안 그래요? 난 말은 잘 못해도 무슨 말을 하는지는 아는 사람이에요. 여기 남자들은 너무 놀라 지금도 어리벙벙해 있지만, 몇 주만 지나면 역겨워서 그 여자한테 등을 돌려 버릴 거예요."

"글쎄요, 그 집에서는 아주 떠받들고 사는 것 같던데……."

헨리테가 말했다.

그러자 하겐슈트룀 부인이 소리쳤다.

"맞아요, 그 집 남편! 그런데 그 여자가 남편을 어떻게 대하는지 아세요? 그걸 꼭 봐야 되는데. 아니, 꼭 보게 될 거예요! 나도 물론 결혼한 여자가 남편 말고 다른 남자한테 어느 정도 쌀쌀맞게 구는 것에 대해선 대찬성인 사람이에요. 하지만 그 여자는 자기 남편한테 그래요. 어떻게 하는 줄 알아요? 남편을 얼음처럼 차갑게 노려보면서 불쌍하다는 투로 '이봐, 친구' 하고 말하더라고요. 그걸 보고 있자니 속에서 천불이 났어요. 그것도 그 집 남편처럼 멋진 남자한테 그러니 오죽하겠어요? 탄탄한 몸에 단정하고 신사답고, 몸 관리도 잘해 온 40대 장교한테 말이에요. 결혼한 지 4년 됐다고 하는데…… 아직……."

7

키 작은 프리데만 씨에게 린링겐 부인을 직접 볼 은총이 처음으로 주어진 곳은 대부분 상점만 다닥다닥 모인 대로변이었다. 그가 막 증권거래소에서 짤막하게 발언권을 행사하고 나오던 정오 무렵이었다.

그는 왜소한 몸집으로 점잔을 빼며 걸었다. 그 옆에는 턱수염을 둥

• 랜도마차 지붕을 접을 수 있는 사륜마차. 네 명이 마주 보고 앉을 수 있는 좌석과 앞에 약간 높은 마부석이 있음.

글게 기르고, 눈썹이 무척 두툼하고, 엄청나게 키가 크고, 어깨가 딱 바라진 거상 슈테펜스 씨가 함께 걷고 있었다. 실크해트를 쓴 두 사람은 더워서인지 외투 앞단추를 풀고 있었다. 그들은 산보용 지팡이를 박자에 맞추어 바닥에 딱딱 찍어 가며 정치 이야기를 했다. 그런데 거리 절반쯤 왔을까, 별안간 거상 슈테펜스가 말했다.

"저기 마차를 타고 오는 사람이 린링겐 부인이 아니라면 내 손에 장을 지지겠소."

"그거 잘됐구려."

프리데만 씨는 약간 날카롭고 높은 목소리로 말하고는 기대에 찬 눈길로 앞을 바라보았다.

"그 부인과 대면한 적이 아직 한 번도 없었는데. 저기 노란 마차가 보이는군요."

실제로 린링겐 부인이 오늘 이용한 마차는 노란색 사냥 마차였다. 그런데 하인은 팔짱을 끼고 뒤에 앉아 있고, 그녀가 손수 날씬한 두 말을 몰고 있었다. 품이 넓은 재킷은 색이 무척 환했고, 치마도 밝은 색 계통이었다. 갈색 가죽 띠가 달린 작고 둥근 밀짚모자 밑으로 보이는 붉은빛이 도는 금발은, 귀 위로 말끔하게 묶어 목덜미까지 길게 내려와 있었다. 달걀형의 얼굴은 우윳빛이었고, 중간으로 상당히 몰린 두 눈 언저리에는 푸르스름한 그늘이 있었다. 작지만 조각한 듯이 오뚝한 콧잔등에 총총 박힌 주근깨는 얼굴과 잘 어울렸다. 입은 예쁜지 어떤지 알 수 없었다. 쉴 새 없이 아랫입술을 앞으로 내밀어 윗입술에 문대고는 다시 쏙 집어넣는 바람에 입 모양을 제대로 볼 수 없었기 때문이다.

마차가 다가오자 거상 슈테펜스는 공손히 머리를 숙였고, 키 작은 프리데만 씨도 모자를 살짝 들어 인사를 했다. 물론 그러면서 눈을 크게 뜨고 유심히 린링겐 부인을 관찰했다. 그녀도 채찍을 내려놓고 가볍게 고개를 끄덕이더니 천천히 두 사람 앞을 지나갔다. 좌우 집들과 진열창을 구경하면서.

몇 발짝을 뗀 뒤에 거상이 말했다.

"마차로 한 바퀴 휘 돌고 집으로 돌아가는 길인가 봅니다."

대답 없이 바닥만 내려다보고 있던 프리데만 씨가 갑자기 거상을 쳐다보고 물었다.

"뭐라고 하셨습니까?"

슈테펜스 씨는 다시 한 번 자신의 날카로운 추측을 되풀이했다.

8

사흘 뒤 요하네스 프리데만은 평소처럼 12시경에 산보에서 돌아왔다. 점심 식사 시간은 12시 반이었다. 그렇다면 시간이 30분 정도 있었다. 그는 그 시간 동안 현관문 바로 오른쪽에 붙은 자신의 '사무실'에 들어가 있으려고 하는데 하녀가 복도에서 오더니 말했다.

"손님이 오셨습니다, 프리데만 씨."

"내 손님?"

"아닙니다. 2층 아씨들께 오신 손님입니다."

"누군데?"

"린링겐 중령 부부입니다."

“그래? 그럼 나도 가 봐야지.”

그는 계단을 올라가 2층 복도를 지나갔고, 전망이 좋아 ‘풍경실’이라 불리는 방문 앞에 멈추어 서서 하얀 손잡이를 잡으려고 했다. 그런데 갑자기 동작을 멈추고는 한 걸음 뒤로 물러나 몸을 돌리더니 천천히 왔던 길로 돌아갔다. 걸어가면서 그는 주위에 아무도 없는데도 큰 소리로 이렇게 말했다.

“아냐. 그만두는 게 낫겠어.”

그는 ‘사무실’로 내려가 책상에 앉더니 신문을 집어 들었다. 그런데 1분 뒤 다시 신문을 내려놓고는 고개를 돌려 창밖을 내다보았다. 그러고는 앉아 있는데, 하녀가 들어와 식사 준비가 끝났다고 알렸다. 요하네스는 누나들이 벌써 기다리고 있는 2층 식당 방으로 올라가 악보 세 권을 포개서 올려놓은 자기 의자에 앉았다.

수프를 접시에 푸던 헨리테가 말했다.

“요하네스, 방금 여기 누가 왔다 갔는지 알아?”

“누구?”

“새로 온 중령 부부.”

“그래? 예의 바른 사람들이네.”

“맞아.”

피피가 입가에 거품을 물고 말했다. “둘 다 좋은 사람 같았어.”

이번에는 프리데리케가 말을 받았다.

“그건 그렇고, 우리도 답방을 미루어서는 안 되겠지? 모레 일요일에 가는 게 어때?”

“일요일? 좋아.”

헨리테와 피피가 동시에 대답했다.

"너도 같이 갈 거지, 요하네스?"

프리데리케가 물었다.

"두말하면 잔소리지!"

피피가 이렇게 말하며 몸을 흔들었다.

그런데 프리데만은 이 질문을 흘려들은 채 불안한 표정으로 조용히 수프만 먹었다. 마치 어디선가 들려오는 정체 모를 섬뜩한 귀를 기울이는 듯이.

9

이튿날 저녁 시립 극장에서 〈로엔그린〉이 상연되었다. 도시에서 교양 있다는 사람은 전부 참석한 것 같았다. 자그마한 객석은 위에서 아래까지 꽉 들어찼고, 극장 안은 웅성거리는 소리와 가스 냄새, 향수 냄새로 가득했다. 그러나 1층과 상층을 막론하고 관객들의 오페라글라스는 모두 13호 특별 관람실 쪽으로 향해 있었다. 오늘 거기에 처음으로 린링겐 부부가 나타났기 때문이다. 이 부부를 면밀하게 살필 수 있는 좋은 기회였다.

프리데만 씨는 반짝거리는 흰 셔츠 깃이 목 위로 삐죽 나온 검은 정장을 완벽하게 차려입고 특별 관람실, 즉 13호실에 들어서는 순간 뒤로 주춤 물러났다. 그러더니 자기도 모르게 손으로 이마를 훔쳤고, 순간적으로 콧방울까지 벌름거렸다. 하지만 곧 자기 지정석에 앉았다. 린링겐 부인 바로 왼쪽이었다.

프리데만 씨가 착석하는 동안 부인은 아랫입술을 내민 채 한동안 그를 유심히 지켜보았다. 그러더니 몸을 돌려 등 뒤에 서 있는 남편과 몇 마디 주고받았다. 남편은 콧수염을 멋지게 기르고 갈색 얼굴이 선량해 보이는, 어깨가 넓고 키가 큰 신사였다.

서곡이 시작되고 린링겐 부인이 난간 위로 몸을 내미는 순간 프리데만 씨는 곁눈질로 재빨리 그녀의 자태를 훑어보았다. 그날 참석한 부인들 중에서 유일하게 가슴이 약간 깊이 파인 환한 야회복을 입고 있었다. 소매는 무척 넓고 불룩했으며, 흰 장갑은 팔꿈치까지 올라왔다. 저번에 품이 넓은 흰 재킷을 입었을 때는 몰랐는데, 오늘 보니 몸이 꽤 풍만했다. 가슴이 터질 듯이 천천히 오르락내리락했다. 붉은빛이 도는 금발은 하나로 묶여 목덜미까지 길고 무겁게 내려와 있었다.

프리데만 씨는 평소보다 몇 배는 더 창백했다. 말쑥하게 가르마를 탄 갈색 머리 아래쪽 이마에 땀방울이 송골송골 맺혀 있었다. 린링겐 부인은 붉은 우단*을 입힌 난간에 올려놓고 있던 왼팔에서 장갑을 벗었다. 그때부터 그의 눈은 패물 하나 차지 않은 손과 마찬가지로 푸르스름한 혈관이 드러난 우윳빛의 둥근 팔에서 떨어질 줄 몰랐다. 보지 않으려고 해도 도리가 없었다.

무대에서는 바이올린 연주 사이로 나팔 소리가 우렁차게 울려 퍼졌고, 텔라문트 백작이 쓰러졌으며, 오케스트라 연주는 열광적인 환호의 분위기로 빠져들었다. 프리데만 씨는 미동도 않고 창백한 얼굴로 조용히 앉아 있었다. 머리는 두 어깨 사이로 깊이 내려앉은 듯했고, 집게손가락 하나를 입에 대고 다른 손은 밖으로 접힌 재킷 소맷부리 속에 넣고 있었다.

막이 내려오는 동안 린링겐 부인은 일어나 남편과 함께 특별 관람실을 나갔다. 프리데만 씨는 고개를 돌리지 않고도 그 사실을 알아차렸다. 그는 손수건으로 이마를 가볍게 훔치더니 갑자기 자리에서 일어나 복도로 이어진 문으로 걸어갔다. 그런데 문에서 몸을 홱 돌려 다시 자리로 돌아와서는 조금 전 자세로 꼼짝 않고 앉아 있었다.

2막 시작을 알리는 신호 벨이 울리고 특별실 관객들이 자리로 돌아왔을 때 그는 린링겐 부인의 시선이 자신에게로 향하는 것을 느꼈다. 그러고 싶은 마음이 없었지만 그 역시 고개를 들어 그녀를 보았다. 두 사람의 시선이 마주치자 그녀는 눈을 피하지 않고 당황한 기색이라고는 눈곱만큼도 없이 그를 계속 유심히 관찰했다. 결국 자존심을 꺾어 시선을 내리깐 쪽은 그였다. 그는 얼굴이 더욱 창백해졌고, 달콤하게 타들어 가는 듯한 야릇한 분노를 느꼈다. 음악이 다시 시작되었다.

2막이 끝나 갈 무렵 린링겐 부인이 부채를 떨어뜨렸다. 프리데만 씨 바로 옆이었다. 둘은 동시에 허리를 숙였지만 부채를 집은 쪽은 부인이었다. 그녀는 조롱기 섞인 미소를 지으며 말했다.

"고마워요."

조금 전 둘의 얼굴이 닿을 듯이 가까워졌을 때 그는 그녀의 가슴에서 흘러나온 따스한 향기를 맡았다. 얼굴이 일그러지고 온몸이 오그라들었다. 제대로 숨을 쉴 수 없을 정도로 심장이 쿵쾅거렸다. 그는 그렇게 30초 정도를 더 앉아 있다가 의자를 뒤로 빼 조용히 일어나서

• 우단 벨벳(가죽에 곱고 짧은 털이 촘촘히 돋게 짠 비단).

는 소리 없이 나갔다.

10

그는 등 뒤로 음악 소리를 들으며 복도를 지나 물품 보관소에서 실크해트와 외투, 지팡이를 찾아 계단을 내려가 거리로 나갔다.

따뜻하고 고요한 저녁이었다. 가스등 불빛 속으로 하늘을 향해 묵묵히 서 있는 잿빛 박공지붕 집들이 보였다. 하늘에선 별들이 밝고 부드럽게 반짝거렸다. 거리엔 사람이 거의 없었다. 마주친 몇 사람의 발소리만 보도 위에 저벅저벅 울렸다. 누군가 인사를 했지만 그는 보지 못했다. 고개를 푹 숙이고 있었던 것이다. 뾰쪽하게 튀어나온 가슴이 숨 쉬기 곤란할 정도로 파르르 떨렸다. 이따금 그는 혼잣말로 나직이 중얼거렸다.

"맙소사, 이를 어쩌지? 이를 어째?"

그는 경악스럽고 공포에 질린 눈으로 자기 속을 들여다보았다. 지금껏 그렇게 세심히 가꾸어 왔고, 항상 부드럽고 지혜롭게 다루어 왔다고 생각한 감정이 지금 격랑*에 휩쓸려 마구잡이로 소용돌이치고 뒤집히고 있었다. 그는 갑자기 맥이 탁 풀리면서 현기증과 도취, 그리움, 고통으로 뒤범벅된 채 가로등에 기대서 떨리는 목소리로 중얼거렸다.

"아, 게르다!"

세상 만물이 고요했다. 사방을 둘러봐도 사람 그림자 하나 얼씬거리지 않았다. 프리데만 씨는 다시 기운을 차려 걸음을 내디뎠다. 극장이 있고 상당히 가파르게 강가로 이어지는 거리를 따라 올라갔다. 그러자 북쪽 방향의 중앙로가 나왔다. 그리로 계속 가면 그의 집이었다.

아, 그 여자가 그를 어떻게 바라보았던가! 어떻게? 강압적으로 눈을 내리깔게 한 것일까? 시선으로 그에게 굴욕을 안긴 것일까? 그녀는 여자가 아니고, 그는 남자가 아니란 말인가? 그를 바라보던 그 야릇한 갈색 눈이 기쁨으로 떨고 있지는 않았던가?

그는 다시 무기력하게 치솟는 애욕의 증오를 느꼈다. 그러나 곧 그녀의 얼굴이 자신의 얼굴에 살짝 닿을 듯한, 그래서 그가 그녀의 체취를 흡입한 그 순간을 생각했다. 그는 두 번째로 걸음을 멈추고 기형의 상체를 뒤로 젖힌 채 공기를 들이마셨다. 이어 넋이 빠진 것처럼 어쩔 줄 모르는 절망적인 상태에서 또다시 중얼거렸다.

"맙소사, 이를 어쩌지? 이를 어째?"

그는 다시 기계적으로 걸음을 천천히 옮겼다. 후텁지근한 저녁 공기를 뚫고, 행인 하나 없이 자신의 발소리만 울리는 거리를 지나 마침내 집 앞에 섰다. 그는 현관 복도에서 잠시 멈추어 서서 그곳에 밴, 지하실과 같은 서늘한 냄새를 들이켰다. 그러고는 '사무실'에 들어갔다.

그는 창문이 열린 창가 책상에 앉아 누군가 그를 위해 유리잔에 담아 놓은 크고 노란 장미 한 송이를 똑바로 응시하다가 장미를 들고 눈을 감은 채 향기를 맡았다. 그러나 곧 지치고 슬픈 표정으로 장미를 툭 밀쳐놓았다. 이제 이런 건 모두 끝난 것 같았다. 이런 향기가 그에

• 격랑 거센 파도.

게 이제 무슨 소용이고, 지금껏 그에게 '행복'을 안겨 준 것이 다 무엇이란 말인가?

그는 옆으로 고개를 돌려 고요한 거리를 내다보았다. 간혹 지나가는 사람들의 발소리가 대기를 가르며 울렸다. 하늘엔 별들이 반짝거렸다. 그는 당장 쓰러질 것처럼 지치고 힘이 없었다. 머릿속은 텅 비었고, 절망이라는 감정이 깊고도 부드러운 비애로 녹아들기 시작했다. 시구절 몇 개가 어렴풋이 떠올랐고, 〈로엔그린〉 음악이 귓전에 맴돌았다. 눈앞에 린링겐 부인의 모습이 다시 생생히 나타났다. 난간을 감싼 붉은 우단 위에 놓여 있던 그녀의 흰 팔까지. 곧이어 그는 열에 들뜬 채 깊은 잠 속으로 몽롱하게 빨려 들어갔다.

11

자다가 여러 번 깰 뻔했지만, 그때마다 그는 깨어나는 것에 대한 두려움 때문에 의식 없는 상태로 다시 빠져들어 갔다. 그러나 날이 완전히 밝자 눈을 뜨고 고통스러운 시선으로 주위를 둘러보았다. 어제의 일이 마음속에 선명하게 떠올랐다. 잠으로도 고통은 결코 중단되지 않은 듯 했다.

머리가 몽롱하고 눈이 따가웠다. 세수를 하고 오드콜로뉴를 이마에 가볍게 바르고 나자 한결 나아졌다. 그는 창가의 자리로 가 조용히 앉았다. 창문은 여전히 열려 있었다. 아직 이른 새벽이었다. 5시쯤인 것 같았다. 이따금 빵을 배달하는 소년이 거리를 오갈 뿐 다른 사람은 보이지 않았다. 맞은편 집들이에도 아직 롤커튼이 쳐 있었다. 그러나 새들은 벌써 지저귀고 하늘은 눈부시게 푸르렀다. 아름다운 일요일 아침이었다.

문득 편안하고 익숙한 감정이 키 작은 프리데만 씨를 덮쳤다. 대체 내가 뭘 두려워하는 거야? 모든 게 평소와 똑같잖아? 그래, 어제 내가 나쁜 발작처럼 정신이 깜박 나갔던 건 인정해. 하지만 그것도 이젠 끝이야! 지금도 늦지 않았어. 이런 식의 파멸에서 얼마든지 도망칠 수 있어! 그런 발작을 새로 야기할 자극만 피하면 돼! 그는 용기가 솟구치는 것을 느꼈다. 마음의 갈등을 이겨 내고 자기 속에서 그것을 완전히 짓눌러 버릴 힘을 느꼈다.

시계가 7시 반을 알리자 프리데리케가 커피를 들고 들어와 뒷벽 가죽 소파 앞의 둥근 테이블 위에 놓았다.

“잘 잤어, 요하네스? 아침 식사 가져왔어.”

“고마워.”

프리데만은 대답에 이어 마치 지나가는 말처럼 덧붙였다.

“참 누나, 미안한데 오늘 답방 가는 거 누나들끼리만 가야 될 것 같아. 난 몸이 별로 안 좋아. 같이 갈 상황이 아냐. 잠도 못 잤고, 머리도 아프고…… 간단히 말해서 오늘은 나 빼고 가.”

“아쉽네. 하지만 다음엔 꼭 같이 가야 해. 그러고 보니 몸이 안 좋아 보인다. 두통약이라도 갖다 줘?”

“아니, 지나면 괜찮아질 거야.”

이윽고 프리데리케가 나갔다.

그는 테이블 옆에 서서 천천히 커피를 마시고 뿔 모양의 회른헨 빵을 먹었다. 결연한 태도를 보인 자신이 만족스럽고 대견했다. 식사가 끝나자 그는 시가를 들고 다시 창가로 가 앉았다. 아침을 먹고 나니 기분이 한결 편안해졌다. 행복과 희망이 마구 밀려오는 느낌이었다. 그는 시가 연기를 내뿜으며 책을 읽었고, 눈을 끔벅거리며 햇빛 찬란한 바깥세상을 내다보았다.

이제 거리는 활기를 띠고 있었다. 수레 구르는 소리, 사람들의 말소리, 마차 딸랑거리는 소리가 그가 앉아 있는 데까지 울려 왔다. 이 모든 것 속에서도 새들의 지저귐이 들렸고, 눈부시게 푸른 하늘에서 따뜻한 미풍이 불어왔다.

10시경 그는 누나들이 복도를 지나 현관문을 삐걱 여는 소리를 듣고, 얼마 뒤에는 창문 앞을 지나가는 것을 보았지만 특별히 관심을 두지 않았다. 그러고 한 시간이 지났다. 그는 점점 행복해지는 것을 느꼈다.

신이 나 미칠 것 같은 감정이 가슴을 가득 채우기 시작했다. 아, 공기는 얼마나 신선하고, 새들의 노랫소리는 얼마나 아름다운가! 이럴 때 산보라도 나가면 또 얼마나 즐거울까! 순간 다른 의도는 전혀 없이, 달콤한 경악과 함께 이런 생각이 퍼뜩 떠올랐다. 그녀한테 가면 어떨까? 그는 마음속에서 불안스레 자신에게 보내는 모든 경고의 목소리를 완강히 눌러 버리고는 희열에 찬 결연함으로 이렇게 스스로에게 덧붙였다. 나는 갈거야, 그녀에게!

외출용 검정 정장을 차려입은 그는 실크해트와 지팡이를 들고 급히 집을 나가, 숨을 몰아쉴 정도로 빠르게 시내를 지나 남쪽 교외로 향했다. 지나가는 사람들에게는 눈길 한 번 주지 않은 채 걸음을 내디딜 때마다 열심히 고개만 끄덕거렸다. 넋이 나간 듯 황홀경에 사로잡힌 모습이었다. 이러다 마침내 마로니에 가로수 길에 위치한 붉은 빌라에 도착했다. 대문에 붙은 문패에는 '폰 린링겐 중령'이라고 적혀 있었다.

12

막상 대문 앞에 서자 갑자기 몸이 떨리기 시작했다. 심장이 미친 듯이 요동치며 가슴 안벽을 쿵쿵 두드렸다. 그럼에도 그는 안뜰을 지나 현관 초인종을 눌렀다. 이로써 모든 게 결정되었다. 돌아올 수 없는 강을 건넌 것이다. 그는 될 대로 되라고 생각했다. 갑자기 마음속이 쥐 죽은 듯이 조용해졌다.

문을 열고 나온 하인이 그에게 명함을 받아 들고는 붉은 양탄자가 깔린 계단을 급히 올라갔다. 프리데만 씨는 꼼짝도 않고 양탄자만 꼿꼿이 응시했다. 얼마 뒤 하인이 돌아와, 부인께서 손님을 위로 모실 것을 분부했다고 전했다.

프리데만 씨는 2층 살롱 문 옆에 지팡이를 세워 두고 거울 앞에 섰다. 얼굴은 창백했고, 핏발 선 눈 위 이마에는 머리카락이 찰싹 달라붙어 있었다. 손에 들고 있던 실크해트도 걷잡을 수 없이 덜덜 떨렸다.

하인이 문을 열자 그는 안으로 들어갔다. 꽤 널찍한 살롱은 조금 어두웠다. 창문에 커튼을 친 탓인 듯했다. 오른쪽에는 그랜드피아노가 있었고, 중앙 둥근 테이블 둘레에는 갈색 비단 소파들이 놓여 있었다. 왼쪽 옆벽 소파 위에는 두꺼운 금빛 액자 속에 풍경화 한 점이 걸려 있었다. 벽걸이 양탄자도 어두웠다. 뒤편의 돌출된 유리창으로 종려

나무가 보였다.

1분이 지나자 린링겐 부인이 오른쪽 문 커튼을 양쪽으로 젖히고 두터운 갈색 양탄자를 밟으며 소리 없이 다가왔다. 매우 소박한 스타일의 붉고 검은 격자무늬 옷을 입고 있었다. 돌출 창으로 쏟아져 들어온 빛기둥 속에서 먼지들이 춤을 추듯 하늘거렸고, 그녀의 풍성한 붉은 머리는 빛이 닿자 순간적으로 황금색으로 빛났다. 그녀는 탐색하듯 자신의 특이한 두 눈으로 그를 응시하며 평소처럼 아랫입술을 내밀고 있었다.

"부인."

프리데만이 그녀를 올려다보며 입을 열었다. 키가 그녀의 가슴까지밖에 닿지 않았다.

"저도 부인을 방문해서 인사를 드리고 싶었습니다. 저번에 부인께서 제 누님들을 찾아 주신 자리에 안타깝게도 저는 집에 없었거든요…… 심히 유감으로 생각합니다."

그는 더 이상 무슨 말을 해야 할지 몰랐다. 그런데도 그녀는 계속 서서 그를 뚫어지게 바라보기만 했다. 마치 계속 말하라고 강요하는 것처럼. 별안간 그는 피가 거꾸로 솟으며 이런 생각이 들었다. 이 여자는 내게 고통을 주고, 나를 갖고 놀려고 해. 내 마음을 꿰뚫어 보고 있다고! 여자의 눈이 떨고 있어…….

마침내 그녀가 아주 밝고 맑은 목소리로 말했다.

"이렇게 친히 걸음 해 주시니 감사한 일이군요. 얼마 전 댁에 갔다가 당신을 뵙지 못해 저도 무척 유감이었습니다. 자리에 앉으시겠어요?"

그녀는 그 옆에 앉더니 소파 팔걸이에 팔을 올려놓고는 뒤로 등을 기댔다. 그는 상체를 앞으로 구부린 채 무릎 사이에 모자를 들고 앉아 있었다.

"15분 전에 누님들이 여기 왔다 간 건 알고 계신가요? 그분들 말씀으로는 편찮으시다고 하던데."

"예…… 맞습니다. 오늘 아침까지만 해도 몸이 안 좋았죠. 외출하는 건 무리라고 생각할 정도로요. 이렇게 늦게 찾아봬서 다시 한 번 사과드립니다."

"지금도 얼굴이 안 좋아 보여요."

그녀가 차분하게 말했다. 여전히 그를 꼿꼿이 바라보면서. "낯빛이 창백하고, 눈도 충혈됐어요. 원래 건강이 안 좋은가요?"

"아, 아니, 그, 그건 아니고요……."

프리데만 씨가 말을 더듬었다. "대체로 만족할 만한 수준입니다."

"저도 많이 아파요."

그녀가 그에게서 시선을 떼지 않고 계속 말했다.

"하지만 아무도 그걸 몰라요. 저는 신경이 예민해서 사람들의 이상야릇한 상태에 대해 잘 파악하는 편이죠."

이 말을 끝으로 그녀는 턱을 가슴까지 내리고는 그를 밑에서부터 위로 올려다보았다. 그가 입을 열길 기다린다는 듯이. 그러나 그는 대답하지 않았다. 그저 조용히 앉아 눈을 동그랗게 뜨고 생각에 잠긴 표정으로 그녀를 바라보기만 했다. 아, 그녀의 말은 얼마나 야릇한가! 밝고 편안한 목소리는 또 얼마나 가슴에 와 닿는가! 가슴속에서 심장 고동이 차츰 진정되고 있었다. 그는 마치 꿈을 꾸는 듯했다. 린링겐 부인이 다시 입을 열었다.

"제 기억이 틀리지 않다면 어제 공연이 끝나기 전에 먼저 나가셨죠?"

"그렇습니다, 부인"

"아쉬웠어요. 공연은 별로였지만, 아, 물론 상대적으로는 괜찮은 편이라고 할 수 있겠네요. 어쨌든 당신처럼 연극에 몰입할 줄 아는 관객이 일찍 가 버린 것은 유감이었어요. 음악 좋아하세요? 피아노는 치세요?"

"바이올린은 조금 켤 줄 압니다. 여기서 조금이라는 건 거의 켤 줄 모른다는……."

"바이올린을 켜신다고요?"

그녀는 이렇게 묻고는 그의 머리를 지나 공중으로 눈을 돌리며 잠시 생각에 잠겼다. 그러다 다시 입을 열었다.

"그럼 가끔 같이 연주도 할 수 있겠군요! 저는 피아노 반주를 좀 해요. 여기서 같이 연주할 사람을 찾다니 참 기뻐요. 같이 하실 거죠?"

"부인의 뜻이 그러시다면 따라야지요."

그는 여전히 꿈결처럼 대답했다. 그 뒤 잠시 침묵의 순간이 생겼다. 그때 그는 보았다. 갑자기 바뀌는 부인의 표정을. 그녀의 얼굴이 알아보기 힘들 정도로 미세하게 잔인한 비웃음으로 일그러지는 것을. 그녀의 눈이 예전에 두 차례 그랬던 것처럼 섬뜩하게 떨리면서 그를 탐색하듯 꼿꼿이 바라보는 것을. 그는 얼굴이 벌겋게 달아올랐다. 얼굴을 어디에 둘지 몰라 안절부절못했고, 머릿속까지 아득했다. 그는 그 상태로 고개를 푹 숙이고는 멍하니 양탄자를 내려다보았다. 달콤한 고통이 뒤섞인 무기력한 분노가 다시 짧은 전율처럼 전신을 타고 흘러내렸다.

온몸의 힘을 모아 필사적으로 다시 고개를 들었을 때 그녀는 더는 그를 보고 있지 않았다. 그녀의 시선은 태연히 그의 머리를 넘어 문 쪽으로 향해 있었다. 그는 간신히 몇 마디를 입 밖에 내놓았다.

"부인께서는 이곳 생활에 웬만큼 만족하시는지요?"

린링겐 부인은 대수롭지 않다는 듯이 대답했다.

"아, 그럼요. 만족하지 않을 이유가 있겠어요? 물론 좀 답답하고, 관찰하는 듯한 시선이 조금 부담스럽기는 해요…… 참, 잊어버리기 전에 말씀드려야겠네요. 우린 며칠 안에 몇 사람을 집에 초대할 생각이에요. 격의 없는 조촐한 모임이죠. 뭐, 같이 연주도 하고, 수다도 떨고…… 마침 집 뒤에 아주 예쁜 정원이 있거든요. 강가까지 바로 연결되죠. 간단히 말씀드려서, 당신과 당신 누님들은 당연히 초대를 받으실 거예요. 하지만 기왕 말이 나온 김에 지금 여기서 참석을 부탁드릴게요. 오실 수 있겠어요?"

프리데만 씨가 감사의 인사와 함께 확답을 주는 순간 문손잡이가 아래로 힘차게 꺾이더니 중령이 방에 들어왔다. 두 사람은 일어났고, 린링겐 부인이 서로를 인사시켰다. 중령은 아내에게 했듯이 프리데만 씨에게도 똑같이 정중하게 허리를 숙였다. 구릿빛 얼굴이 열기로 번들거렸다.

중령은 장갑을 벗으면서 힘차고 날카로운 목소리로 프리데만 씨에게 뭐라고 말했다. 그러나 프리데만 씨는 멍한 눈으로 아득히 올려다보며, 중령이 호의의 뜻으로 어깨를 톡톡 두드려 주기만 기다렸다. 그러나 중령은 뒤꿈치를 모으고 상체를 살짝 숙인 채 아내에게 몸을 돌리더니 알아들을 수 있을 만큼 낮은 목소리로 말했다.

"여보, 프리데만 씨한테 우리의 작은 모임에 와 달라는 부탁은 했소? 당신만 괜찮다면 여드레 후에 모임을 열 생각이오. 날씨가 계속 이렇게 좋아서 그날도 정원에 나갈 수 있었으면 좋겠소."

"당신 뜻대로 해요."

린링겐 부인은 이렇게 말하더니 눈으로 남편을 스치고 지나갔다.

2분 뒤 프리데만 씨는 작별 인사를 했다. 문간에서 다시 한 번 허리를 숙였을 때 표정 없이 가만히 자신을 바라보던 그녀와 눈이 마주쳤다.

13

그는 떠났다. 그러나 도시로 돌아가지 않고, 자기도 모르게 가로수길에서 갈라지는 다른 길로 들어섰다. 강가의 옛 성채로 이어지는 길이었다. 그곳엔 잘 가꾼 녹지와 그늘진 길, 벤치가 있었다.

그는 고개도 들지 않고 마치 넋이 나간 사람처럼 빨리 걸었다. 지독하게 더운 느낌이었다. 몸속에서 뜨거운 불꽃이 활활 타올랐다가 가라앉고, 지친 머릿속은 망치로 쿵쿵 두드리는 듯했다.

그녀의 시선이 아직도 그에게 계속 달라붙어 있는 건 아닐까? 그것도 지난번처럼 공허하고 무표정한 시선이 아닐, 조금 전처럼 야릇한 느낌으로 조곤조곤 말을 건넨 뒤 일순간 잔인한 떨림으로 바뀌던 그 시선 말이다. 아, 그녀는 그가 아찔한 느낌으로 어쩔 줄 몰라 허둥대는 것을 즐기는 것일까? 그의 마음을 알고 있다면 그에게 조금은 연민을 가질 수 있지 않을까?

그는 풀이 무성한 방벽 옆 강변을 따라 걸었다. 그러다 재스민 덤불이 반원 형태로 둘러싼 벤치에 앉았다. 사방이 달콤하고 후텁지근한 향으로 가득했다. 파르르 떠는 듯한 강물 위에 햇볕이 뜨겁게 타오르고 있었다.

그는 무언가에 쫓기듯 지치고 고단한 느낌이었다. 그러나 마음속에서는 엄청난 고통의 격랑이 일고 있었다. 다시 한 번 주위를 살핀 뒤 이대로 조용히 물속으로 들어가는 게 낫지 않을까? 그러면 잠깐의 고통 끝에 영원한 평온의 세계로 구원받겠지? 아, 평온! 그것은 그가 원하던 것이었다. 그러나 그가 진정으로 원한 것은 텅 비고 공허한 무(無)의 평온이 아니라 선하고 고요한 상념들로 충만한, 부드럽고 이성적인 평화였다.

이 순간 그는 생에 대한 사무치는 사랑과 잃어버린 행복에 대한 깊은 그리움으로 몸서리쳤다. 그러나 다음 순간, 자기 둘레에서 침묵을 지키는, 무심하게 짝이 없는 자연의 평온함이 눈에 띄었다. 강물은 햇빛을 받으며 유유히 제 갈 길을 흘러갔고, 풀은 파르르 떨며 일렁였고, 꽃은 늘 같은 자리에서 피었다가 시들고 스러졌다. 이처럼 세상 만물이 현재의 삶에 묵묵히 순응하며 따르고 있었다. 문득 이 모든 것에 대한 동류의 감정, 이런 필연성에 대한 동의의 감정이 미친 듯이 밀어닥쳤다. 다른 모든 운명보다 우월하다는 자신감에서만 우러나올 수 있는 감정이었다.

그는 서른 번째 생일의 오후가 떠올랐다. 그때는 남은 생에 대한 어떤 두려움도 희망도 없이 평온하고 행복하게 앞으로의 시간을 내다보았다. 미래에는 더 이상 빛이나 그림자가 없었다. 그저 모든 것이 부드러운 어스름 불빛 속에 잠겨 있다가, 거의 눈에 띄지 않게 서서히 저 뒤편 어둠 속으로 흐릿하게 사라져 갈 뿐이었다. 이것이 당시 그가, 우월감에 젖은 평온한 미소로 다가올 시간들을 바라본 모습이었다. 불과 얼마 전의 일이었다.

그러다 그녀가 왔다. 아니, 와야 했다. 그게 그의 운명이었으니까. 아니, 그녀 자체가 그의 운명이었다. 오직 그녀만이! 그는 첫 순간에 벌써 그것을 느끼지 않았던가? 어쨌든 그녀가 와 버렸다. 그도 자기 삶의 평화를 지키려고 방어를 안 해 본 것이 아니지만, 그녀로 인해 사춘기 시절부터 속에서 억눌러 온 모든 것이 폭발하고 말았다. 자신에게 고통과 파멸밖에 가져다주지 않는다는 사실을 분명히 느꼈기에 억누를 수밖에 없었던 바로 그것이었다. 그것은 저항할 수 없는 가공할 힘으로 그를 낚아채어 파멸의 구렁텅이로 몰아넣었다.

그는 지금 파멸의 구렁텅이에 빠졌다고 느꼈다. 그렇다면 더 싸우고 괴로워해야 할 이유가 있을까? 모든 것은 자기 길을 갈 뿐이다. 그도 자기 길을 계속 걸어가, 저 뒤 아가리를 쩍 벌리고 있는 심연 앞에서 눈을 감으면 그뿐이었다. 운명에 허리를 숙이고, 도저히 벗어날 수 없는 가학적*이면서도 달콤한, 저 어마어마하게 강렬한 힘에 복종하면 그뿐이었다.

강물이 반짝거렸다. 재스민에서 진하고 후텁지근한 향이 뿜어 나왔고, 새들은 사방에서 지저귀고, 나무 사이로는 무겁게 내려앉은 푸르디푸른 하늘 한 점이 빛나고 있었다. 키 작은 곱사등이 프리데만 씨는 그러고도 한참을 더 벤치에 앉아 있었다. 앞으로 몸을 숙이고, 이마를 양손으로 받친 채.

14

린링겐 중령의 집이 담소를 나누기에 무척 좋은 장소라는 점에 대해서는 누구나 동의했다. 식당 홀 안에 멋스럽게 장식해서 길게 이어 놓은 테이블에는 서른 명 남짓 앉아 있었다. 이 집 하인 하나와 일당을 주고 고용한 일꾼 둘이 벌써 부지런히 얼음을 들고 테이블을 돌아다니고 있었다. 홀 안에서는 잔 부딪히는 소리와 그릇 달가닥거리는 소리가 끊이지 않았고, 음식에서 피어오르는 김과 부인네들의 향수 냄새가 가득했다. 이 도시에서 웬만큼 사업을 한다는 사람은 모두 아내와 딸들을 데리고 이 자리에 모여 있었다. 그 밖에 위수(衛戍)•의 거의 모든 장교와 평판 좋은 노의사 한 명, 법률가 몇 명 그리고 이 지역 유지 축에 끼는 사람들도 참석해 있었다. 수학을 공부하는 대학생도 하나 있었는데, 방학 중에 잠시 내려온 중령의 조카였다. 이 대학생은 프리데만 씨 맞은편에 앉은 하겐슈트룀 양과 깊은 대화를 나누고 있었다.

프리데만 씨는 테이블 끝 부분 의자에 근사한 우단 방석을 놓고 앉

• 가학적 남을 학대하는, 또는 그런 것.

• 위수 부대가 질서와 안전을 유지하려고 장기간 머무르면서 경비하는 지역. 외출이나 외박 시에 벗어나면 안 되는 지역.

아 있었다. 아름다운 것과는 거리가 먼 김나지움 교장 부인 옆자리였는데, 슈테펜스 영사가 테이블로 인도한 린링겐 부인과도 멀지 않은 곳이었다. 지난 여드레 사이 키 작은 프리데만 씨에게 일어난 변화는 깜짝 놀랄 정도였다. 기겁할 정도로 얼굴이 창백한 것이야 홀을 가득 채운 하얀 가스등 불빛 탓이라고 할 수도 있었지만, 형언할 수 없을 정도로 슬픈 빛은 띤 그늘지고 충혈된 눈과 쑥 들어간 볼까지 불빛 탓으로 돌릴 수는 없었다. 어쨌든 그는 이런 변화 대문에 평소보다 더 기형으로 보였다.

프리데만 씨는 포도주를 너무 많이 마셨고, 이따금 옆에 앉은 교장 부인에게 몇 마디를 건넸다.

식사를 하면서는 프리데만 씨에게 한 마디도 던지지 않던 린링겐 부인이 이제 몸을 살짝 앞으로 내밀며 그를 불렀다.

"요 며칠 당신이 와서 바이올린을 켜 주길 기다렸는데 오시지 않더군요."

그는 한순간 뭐라 대답도 못 하고 넋이 나간 표정으로 멍하니 그녀를 바라보기만 했다. 그녀는 하얀 목이 훤히 드러나는 밝고 가벼운 옷을 입고 있었는데, 빛나는 머리에는 만개한 노란색 장미 한 송이를 꽂고 있었다. 이날 저녁 그녀의 뺨은 약간 붉었지만, 여느 때처럼 눈가에는 푸르스름한 그늘이 드리워 있었다.

프리데만 씨가 테이블 위의 접시를 내려다보며 무언가 대답을 내놓는 순간, 옆자리의 교장 부인까지 베토벤을 좋아하느냐고 물어 연이어 대답을 해야 했다. 그때였다. 테이블 상석에 앉아 있던 중령이 아내에게 눈길을 던지더니 잔을 부딪치는 시늉을 하며 말했다.

"신사 숙녀 여러분, 커피는 다른 방에서 마실 것을 제안드립니다. 그리고 오늘 저녁엔 정원에 나가는 것도 괜찮을 것 같습니다. 정원에서 바람을 쐬고 싶으신 분이 있으면 제가 동무가 되어 드리겠습니다."

좌중에 잠시 침묵이 흐르자 폰 다이데스하임 중위가 어색한 분위기를 깨려고 재미있는 농담을 했고, 사람들은 폭소를 터뜨렸다. 교장 부인을 모시고 홀을 마지막으로 나선 프리데만 씨는 사람들이 벌써 담배를 피우고 있는, 옛 독일 양식으로 꾸며 놓은 방을 지나 아늑하고 적당히 어두운 거실로 부인을 안내한 뒤 물러났다.

그는 오늘 옷차림에 신경을 많이 썼다. 연미복은 흠잡을 데가 없었고, 셔츠는 눈부시게 희었으며, 예쁜 모양의 길쭉한 발에는 번쩍번쩍 빛나는 에나멜 구두를 신고 있었다. 이따금 구두와 바지 사이로 붉은 비단 양말이 언뜻 보이기도 했다.

그는 복도를 내다보았다. 사람들이 벌써 삼삼오오 짝을 지어 계단을 내려가 정원으로 향하고 있었다. 그는 시가를 물고 커피를 든 채 옛 독일 양식의 방 문가에 앉았다. 방 안에는 몇몇 신사가 잡담을 나누고 있었다. 그는 거기 앉아 거실 쪽을 훔쳐보았다.

거실 문 바로 오른쪽 테이블에 열심히 말을 하는 대학생을 중심으로 사람들이 모여 있었다. 수학을 전공하는 그 대학생은 한 점을 지나는 한 직선과 평행하는 선을 한 개 이상 그을 수 있다고 주장했다. 하겐슈트룀 변호사 부인은 말도 안 된다고 소리쳤다. 그러자 대학생은 사람들이 마치 이해한 것처럼 머리를 끄덕거릴 수밖에 없을 정도로 명쾌하게 자기주장을 증명해 보였다.

그 방 안쪽, 그러니까 붉은 갓을 씌운 나지막한 램프가 있는 터키풍 소파에 게르다 폰 린링겐이 젊은 슈테펜스 양과 앉아 대화를 나누고 있었다. 부인은 노란 비단 쿠션에 살짝 몸을 기댄 채 다리를 꼬고 천천히 담배를 피우고 있었는데, 연기를 코로 내뱉으면서도 아랫입술을 내밀고 있었다. 슈테펜스 양은 그녀 앞에 목각 인형처럼 꼿꼿이 앉아 불안스레 웃으면서 뭐라 대답을 하고 있었다.

키 작은 프리데만 씨에게 주목하는 사람은 아무도 없었고, 그의 큰 눈이 끊임없이 린링겐 부인에게 향해 있다는 것을 눈치 챈 사람도 없었다. 그는 축 늘어진 자세로 부인을 물끄러미 바라보았다. 그의 시선에는 뜨거운 정염*도 아릿한 아픔도 담겨 있지 않았다. 그 안에는 무감각하고 생기 없는 무언가만 담겨 있었다. 힘과 의지가 느껴지지 않는 멍한 몰두라고 할까?

그렇게 10분가량이 흘렀다. 린링겐 부인이 갑자기 벌떡 일어나더니 그에게로 뚜벅뚜벅 걸어갔다. 마치 지금까지 내내 눈을 돌리지 않고도 그를 몰래 관찰하고 있었다는 듯이. 그녀가 프리데만 씨 앞에 멈추어 섰다. 그도 벌떡 일어나 고개를 들어 그녀를 쳐다보았다. 그녀의 입에서 떨어질 말을 기다리며.

"정원으로 나가려고 하는데, 함께 가시겠어요, 프리데만 씨?"

"기꺼이 따르겠습니다, 부인."

15

부인이 계단을 내려가며 말했다.

"우리 집 정원을 아직 못 보셨죠? 상당히 넓어요. 사람들이 거기 너무 많지 않았으면 좋겠네요. 좀 편하게 바람을 쐬고 싶어서요. 식사 중에 머리가 아팠어요. 적포도주가 너무 독했나 봐요. 이리 와요. 저 문으로 가요."

유리문이었다. 문을 열고 나가자 작고 서늘한 복도로 이어졌고, 거기서 계단을 몇 개 내려가자 바로 바깥이었다.

별이 총총한 아름답고 따스한 밤이었다. 꽃밭에서 뿜어져 나온 향기가 사방에 진동했고, 정원에는 달빛이 가득했다. 하얗게 반짝거리는 자갈길에서는 손님들이 담배를 피우고 이야기를 나누며 이리저리 거닐고 있었다. 분수 둘레에는 일단의 사람이 모여 있었는데, 인기 많은 그 노의사가 주변 사람들의 폭소 속에 종이배를 물 위에 띄우고 있었다.

린링겐 부인은 가볍게 고개를 끄덕이며 그들을 지나쳐, 저 멀리 꽃향기 그윽한 앙증맞은 화원이 어둑한 공원으로 바뀌는 지점을 가리켰다.

"중앙 가로수 길로 가요."

그녀가 말했다. 가로수 길 입구에는 낮고 넓은 오벨리스크가 두 개 서 있었다.

저 뒤, 그러니까 일직선으로 뻗은 마로니에 가로수 길 끝 부분에 달빛을 받아 푸르스름하게 빛나는 강이 보였다. 온 사방이 어둡고 서늘했다. 간혹 작은 샛길이 나타났지만, 이 길들도 둥그렇게 돌아 결국

• 정염 불같이 타오르는 욕정.

강으로 이어져 있었다. 꽤 한참 동안 아무 소리도 들리지 않았다.

"물가에 내가 자주 가는 곳이 있어요. 아주 예쁜 곳인데, 거기 잠시 앉아 얘기나 나눠요. 아, 저 봐요, 나뭇잎 사이로 별 하나가 휙 지나가네요."

그는 대답도 없이 지금 그들이 다가가고 있는, 희미하게 빛나는 녹지만 바라보았다. 건너편 강가와 성채의 녹지대도 알아볼 수 있었다. 두 사람이 가로수 길을 떠나 강으로 내려가는 잔디밭에 이르렀을 때 린링겐 부인이 말했다.

"저기 오른쪽으로 조금만 가면 그 장소가 나와요. 보이죠? 다행히 아무도 없네요."

둘이 앉은 벤치는 가로수 길에서 공원 쪽으로 여섯 걸음 정도 떨어진 곳에 있었다. 그곳은 나무들 간격이 넓은 가로수 길보다 따뜻했다. 귀뚜라미가 풀숲에서 찌르르 울고 있었다. 물가에선 풀숲이 가느다란 갈대로 바뀌었다. 달빛으로 환한 강물이 부드러운 빛을 발산하고 있었다.

두 사람은 한동안 침묵하며 강물을 바라보았다. 그러다 어느 순간 그 목소리가 들렸다. 일주일 전에 그가 들었던 목소리, 그러니까 생각에 잠긴 듯이 나직하고 부드럽게 그의 가슴을 건드린 그녀의 목소리였다. 프리데만 씨는 그 소리를 듣는 순간 다시 가슴이 뭉클해졌다.

"언제부터 불구가 됐나요, 프리데만 씨? 태어날 때부터 그랬나요?"

그는 침을 꿀꺽 삼켰다. 목구멍이 죄어 오는 듯했기 때문이다. 이어 그가 낮은 목소리로 공손하게 대답했다.

"아닙니다, 부인. 애기 때 보모가 바닥에 떨어뜨리는 바람에 이렇게 됐습니다."

"지금은 몇 살이죠?"

"서른입니다, 부인."

"서른 살요? 그럼 그 30년 동안 행복하지 않았겠군요?"

프리데만 씨는 고개를 끄덕였다. 입술이 파르르 떨렸다.

"예. 행복하다고 생각했던 건 거짓말이었고 착각이었습니다."

"그럼 행복하다고 믿었다는 말씀이에요?"

"예, 그렇게 믿으려고 애썼습니다."

"용감한 일이네요."

1분이 지났다. 귀뚜라미만 찌르르 울어 댔고, 그 뒤로 나뭇잎이 미세하게 바람에 살랑거렸다.

"나도 불행에 대해선 어느 정도 알아요. 불행에는 이런 여름밤 강가에 나와 앉아 있는 게 가장 좋죠."

그는 이 말에는 대답을 않고, 어둠 속에 평화롭게 잠긴 건너편 강가를 힘없이 가리켰다.

"얼마 전 저는 저기에 앉아 있었습니다."

"우리 집에 왔던 날 말인가요?"

그는 고개만 끄덕였다.

그러더니 별안간 앉은 자리에서 몸을 덜덜 떨며 일어나 흐느끼더니 슬픈 짐승처럼 외마디 비명을 토해 냈다. 구슬픈 비명이지만 거기엔 자기 구원의 의미도 담겨 있는 듯했다. 그는 그녀 앞에 천천히 무릎을 꿇고, 벤치 위에 놓인 그녀의 손을 살짝 건드렸다. 그러고는 그 손에 이어 다른 손까지 꽉 잡았다. 기형으로 뒤틀린 이 작은 남자는 몸을 떨고 움찍거리면서 그녀의 무릎에 얼굴을 묻었고, 도저히 인간 같지 않은 헐떡거리는 목소리로 이렇게 더듬거렸다.

"부, 부인도 제 마, 마음을…… 잘 아, 아시지…… 제 고, 고백을…… 더, 더는 견, 견딜 수가…… 제발…… 제발……."

그녀는 그를 막지도 않았고, 그렇다고 그에게 몸을 숙이지도 않았다. 다만 몸을 약간 뒤로 빼고 꼿꼿이 앉아 있기만 했다. 강물의 미광•이 반사되어 희미하게 반짝거리는, 가운데로 많이 몰린 그녀의 작은 두 눈이 그의 머리 위를 지나 먼 곳으로 뻣뻣이 향해 있었다.

그런 그녀가 갑자기 도도하고 경멸 어린 웃음을 짧게 터뜨리며 그의 뜨거운 손에서 손을 홱 빼내더니 팔을 잡고 그를 옆으로 내동댕이쳐 버렸다. 그런 다음 용수철 튀듯이 벌떡 일어나 가로수 길로 사라졌다. 그는 풀밭에 얼굴을 박은 채 마비된 것처럼 누워 있었다. 이미 제정신이 아니었다. 온몸이 쉴 새 없이 실룩거렸다. 그는 간신히 버티고 일어나 두 걸음을 떼 보았지만 이내 그 자리에 풀썩 무너져 그대로 강가에 누워 버렸다.

이런 창피를 당한 그는 지금 어떤 심정일까? 어쩌면 예전에 그녀가 시선으로 그에게 굴욕을 안겼을 때 느낀 애욕의 증오로 불타오르고 있지 않을까? 그녀에 의해 개처럼 취급받아 이렇게 바닥에 내동댕이쳐진 지금은 그 증오가 자기 자신에게라도 터뜨려야 할 활화산 같은 분노로 바뀌지 않았을까? 아니면, 자신에 대한 역겨움으로 치를 떨고 있을까? 스스로를 파멸시키고 싶고, 갈가리 찢어 버리고 싶고, 완전히 없애 버리고 싶은 갈망으로 가득 차 있지 않을까?

그는 배를 깔고 누운 채 앞으로 조금씩 움직였다. 그러다가 물가에 닿자 거침없이 상체를 물속에 밀어 넣었다. 이후 그의 머리는 들리지 않았고, 물 밖에 놓인 다리도 움직이지 않았다.

그의 몸이 물에 철퍼덕 빠지는 소리에 귀뚜라미들이 한순간 조용해 졌다. 그러다 찌르르 우는 소리가 다시 울렸고, 나뭇잎이 바람에 나직이 쏴쏴 흔들렸다. 사람들의 웃음소리가 긴 가로수 길을 따라 희미하게 들려 왔다.

• 미광 아주 희미하고 약한 불빛.

이렇게 읽어 보세요

타자화•(他者化)•의 근원 : 나와 나 그리고 나와 너

어릴 때 일어난 사고로 불구로 살아야 하는 프리데만은 몸으로 하는 놀이를 철저히 외면합니다. 사랑하게 된 여자가 다른 남자와 키스하는 것을 목격하고 크게 좌절하며 사랑 따위는 하지 않겠다고 다짐하고 스스로 고립을 선택합니다. 성인이 되어 목재상에서 일을 하지만 자신을 온전히 사랑해준 어머니가 죽고 난 뒤 세속적인 욕망을 버리고 자기 혼자만의 세계를 구축합니다. 한가로이 산책하는 즐거움을 찾았으며 꽃향기를 맡고 새소리를 들으며 행복해합니다. 인생을 향유하기 위해서는 교양이 있어야 된다고 생각하며 음악을 듣고 바이올린을 연주하기도 합니다. 소설을 읽고 시를 감상하며 일상을 즐기기도 합니다. 그렇게 홀로 지내다가 그는 린링겐 부인에 대한 사랑을 느끼게 됩니다. 애써 평정심을 지키려고 노력하지만 자신의 삶에 먹구름이 밀려오고 있다는 것을 예감합니다. 자신의 몸이 타는 줄도 모르고 불을 찾아 날아드는 불나비처럼 프리데만은 린링겐 부인에게 사랑을 고백하고는 무참히 거절당합니다. 그리고 그 충격으로 결국 그는 자살을 선택하고 맙니다.

겉으로 드러난 이야기만 따라가다 보면, 주인공 스스로 고립주의를 선택했고, 남편이 있는 여자를 부적절하게 사랑하다 결국 스스로 자살을 선택한 불행한 꼽추의 이야기 같습니다. 하지만 이 이야기에서는 프리데만의 인물적 특성을 파악하고, 장애인으로서 비이성적인 사랑을 한다는 설정의 이면을 들여다봐야 합니다.

이 소설은 진지하고 섬세한 기질을 가진 한 청년이 세상과 담을 쌓고 금욕적 평화를 지키며 살려다가, 숙명적으로 다가오는 세상이라는 파도에 휩쓸려 파멸을 맞이한 이야기라고 할 수 있습니다. 작가는 프리데만이 '자신에게 허용된 즐거움을 얼마나 내밀하고 섬세하게 누릴 줄 아는 사람인지 아무도 모를 것'이라고 이야기합니다. 그는 사소한 것에도 의미를 부여하고, 인간관계에서도 예민할 수밖에 없는 처지였습니다. 그렇기에 혼자만의 행복을 쌓아가며 자기만의 환상을 가졌을지도 모릅니다. 그래서 타인에 대해 잘못된 판단을 했을 수도 있습니다. 속물적인 링린겐 부인의 실체를 보지 못하고, 자신의 진실한 사랑의 대상으로서만 그녀를 보았던 것

• 타자화　특정 대상을 말 그대로 다른 존재로 보이게 만듦으로써 분리된 존재로 부각시키는 말과 행동, 사상, 결정 등을 가리킨다. 타자화는 대상의 이질적인 면을 부각시켜 공동체에서 소외되게끔 만들고, 대상을 하나의 주체가 아닌 객체로서, 스스로의 목소리를 잃게 만드는 행위이므로 바람직하지 않다.

처럼 말입니다.

그는 타인과의 관계 대신 문학과 예술적 교양으로 삶의 빈 곳을 채우려 하였습니다. 그것이 행복이라고 생각했습니다. 그러던 그도 링린겐 부인 앞에서 다음과 같은 고백을 합니다.

"지난 삼십 년 동안 행복하다고 생각했던 건 거짓말이었고 착각이었습니다. 그렇게 믿으려고 했던 것뿐입니다."

'이제까지의 삶이 거짓이었다'라는 것을 드러내기가 쉬운 일은 아니었을 것입니다. 이 말은 자기의 삶에 대한 부정이며, 고통스런 삶이었음을 인정하는 것이었습니다. 그러나 이렇게까지 진심을 털어놓은 그에게 링린겐 부인은 비웃음을 남기고 야멸차게 떠나버립니다. 진심이 짓밟힌 프리데만. 링린겐 부인의 거절은 거절당한 자신에 대한 분노로 돌아왔습니다. 그는 스스로를 살아갈 가치가 없는 존재로 느끼고 일어설 기력도 잃은 채 죽음을 선택합니다. 그가 링린겐 부인처럼은 아니더라도 조금만 속물적이었다면 어떤 선택을 했을까요? 아니면 프리데만이 조금만 더 일찍 자신을 정직하게 마주하고 진실된 삶을 살았다면, 또 사람들과 적극적으로 교류하며 진실한 관계를 맺고 살았다면 어땠을까하는 안타까움이 듭니다.

프리데만의 사랑에 대해서도 생각해 봅시다. 합리적인 기준으로 보면 남편이 있는 사람을 사랑한다는 것은 불륜이며 비이성적인 사랑입니다. 하지만 프리데만의 사랑을 남녀 간의 사랑에 국한시켜서 해석한다면 이야기를 심층적으로 들여다볼 수 없습니다. 여기서는 그의 사랑을 사회화를 거부하고 고립주의를 선택한 사람의 사회적 욕망이라고 해석해 봅시다. 그의 사랑이 좌절된 것은 세상과 함께하려는 욕망의 좌절, 새로운 관계를 맺고자 하는 용기의 좌절로 볼 수 있습니다. 사랑은 타인에게 인정받기 위한 수단의 하나이고, 주체적 존재로 설 수 있는, 인간적인 교류의 한 방식이기도 합니다. 어릴 적 짝사랑의 좌절과 어머니의 죽음으로 그는 관계에 대한 욕망을 거의 포기하다시피 하며 살았습니다. 그러면서 다양한 인간관계 속에서 형성되는 사회화 과정을 충분히 겪지 못하고, 관계 형성에도 미숙해졌습니다. 링린겐 부인에 대한 사랑과 실패는 사회화되지 못한 그의 나약한 모습을 단적으로 드러내주는 것이라 생각됩니다. 인간은 여러 번의 시행착오를 겪으며 성장하고, 상처 입고 좌절하더라도 극복하는 의지를 터득하며 더 단단해집니다. 그런데 프리데만의 고립은 이런 면을 키워주지 못했던 것입니다.

프리데만의 고립과 파멸에는 속물적 타자화와 장애인에 대한 차별이 큰 영향을 미쳤을 것입니다. 린링겐 부인의 그릇된 차별이 타자화를 잘 보여줍니다. 장애를 가졌다는 것은 타인과 다른 것이지 틀린 것은 아닙니다. 차별 받을 이유가 없는 것입니다. 그러나 링린겐 부인은 프리데만에게 삼십 년 동안 장애인으로 살았기 때문에 행복하지 않았겠다고 말합니다. 이 말은 장애인도 행복한 삶을 누릴 수 있다는 사실을 무시하고, 장애인을 차별화, 타자화하는 발언입니다. 프리데만이 가진 여러 가지 모습을 무시하고 장애라는 점을 부각시켜 단정해 버림으로써 스스로 우월감을 느끼는 심리를 드러낸 것입니다. 그녀가 프리데만을 초대하고 바이올린 연주를 들려달라고 했던 것은 프리데만을 이용해 자신은 누구에게나 친절을 베푸는 사람, 우월한 사람이라는 것을 드러내려고 한 것에 지나지 않습니다. 링린겐 부인이 따뜻한 손길은 아니더라도 편견을 가지고 프리데만을 타자화하지만 않았더라면 그는 파멸하지 않았을 것입니다. 링린겐 부인과 같은 우월주의자, 편을 가르며 혐오를 조장하는 자는 두려움을 이기고 세상으로 나오려는 사람들에게서 설 자리를 빼앗아가는 악자입니다. 미숙하고 나약한 사람이라도 공동체 속에서 평화로운 삶을 살 수 있는 권리가 있습니다. 프리데만과 같은 사람들이 고통스러운 삶을 사는 것은 그 사회의 책임이 되는 것입니다.

프리데만의 자살은 사회에 대한 고발이라는 생각이 듭니다. 프리데만의 죽음이 그 개인의 잘못만은 아니기 때문입니다. 또 평범한 삶 속에 존재하는 편견과 차별을 들추어내고 각성시키기 때문입니다. 우리는 프리데만과 같은 사람들이 어떤 욕망과 심리를 갖고 사는지 살피며 살아야 합니다. 또한, 이들을 평화로운 공동체의 주체적 일원으로서 바라보며, 이들과 참다운 관계를 맺고자 노력해야 합니다. 참다운 인간관계를 맺기 위해서는 '나와 나', '나와 너'의 진솔한 만남이 있어야 합니다. 이것이 타자화에서 벗어나는 길입니다. 이 글을 읽는 여러분들은 '나와 나', '나와 너'가 진실되게 만나기 위해 어떻게 해야 하는지 늘 성찰하고 실천하며 살아가기 바랍니다.

진실화해의 중요성

가해자가 사과를 했음에도 불구하고 피해자는 용서나 화해를 해주지 않는 경우가 있지요. 이때 피해자는 왜 용서나 화해를 망설이는 것일까요?

잘못을 했을 때 어떻게 사과해야 진정한 화해가 이루어질까요?

공작 나방

헤르만 헤세 1875~1950

독일 소설가. 성장하는 청춘들의 고뇌와 인간 내면의 양면성에 대한 고찰을 통해 휴머니즘을 지향한 낭만주의 작가이다. 대표작으로 『수레바퀴 밑에서』, 『데미안』, 『모래알 유희』가 있다.

손님으로 와 있던 친구 하인리히 모어가 저녁 산책에서 돌아와 함께 내 서재에 앉아 있었다.

석양녘이었다. 창문 너머로는 가파른 언덕으로 둘러싸인 창백한 호수가 있었다. 때마침 내 어린 아들이 밤인사를 막 하고 난 후라, 우리들의 화제는 아이들이나 아이들의 기억에 대한 것이 되었다.

내가 말했다.

"아이들이 생기고부터는 내가 어릴 때 좋아하던 취미들이 다시 생생하게 되살아났다네. 글쎄, 나는 1년 전부터 나비 수집을 새로 시작했지 뭔가, 좀 보지 않겠나?"

그가 보기를 원했으므로 나는 종이상자 몇 개를 가져오려고 밖으로 나갔었는데, 돌아와 첫 번째 것을 열어보았을 때에야 비로소 날이 너무 어두워졌다는 것을 알았다. 펼쳐진 나비의 형체를 분간할 수 없었던 것이다.

내가 램프를 찾아 성냥을 긋자, 순간 창밖의 경치는 사라져버리고 거기에 칠흑 같은 어둠만이 있었다.

그러자 상자 속의 나비는 램프불 속에서 빛나는 자태를 드러내었으므로, 우리는 고개 숙여 그 고운 빛깔의 형상들을 관찰하며 이름을 불러나갔다.

"여기 이건 노란 밤나방일세."

내가 말했다.

"학명은 풀미네아(fulminea)라고 하는데, 여기선 드문 거라네."

하인리히 모어는 핀에 꽂혀있는 나비 한 마리를 상자 속에서 조심스럽게 꺼내더니 그 날개 부분을 살펴보았다.

그가 말했다.

"참 이상하지, 나비를 볼 때만큼 어릴 때의 기억을 불러일으키는 건 없으니."

그리고 그는 나비를 다시 제자리에 꽂고 상자 뚜껑을 덮으며, "이거면 충분해"하고 말했다.

그가 그렇게 약간은 딱딱하게 말했을 때엔 마치 그 추억이 그에겐 달갑지 않은 듯이 보였다. 내가 곧 그 상자들을 가지고 나갔다가 방으로 돌아오자 그는 그 갈색의 야윈 얼굴에 웃음을 띄우며 담배 한 대를 청했다.

"자네 수집판을 자세히 보지 않을 걸 기분 나쁘게 생각하지는 말게."

그가 말했다.

"나도 어렸을 때엔 그런 것을 갖고 있었지. 그런데 그 기억 때문에 기분이 상했다네. 창피하긴 하지만 그 이야기를 들려주지."

그가 램프 덮개를 열어 담뱃불을 붙이고 램프 위에 녹색의 갓을 씌우자 우리의 얼굴은 어슴푸레해졌다.

그리고 그가 열려있는 창문 곁으로 가 앉자 길쭉하고 마른 그의 얼굴은 거의 어둠속에 파묻혀버렸다.

내가 담배를 피우고 있는 동안 밖에서는 멀리서 들려오는 개구리 울음 소리가 밤을 수놓았으며 내 친구는 다음과 같은 이야기를 들려주었다.

나는 여덟 살이나 아홉 살 무렵 나비 수집을 시작했는데 그땐 다른 장난이나 취미처럼 특별히 열심히랄 것도 없었지.

그러나 두 번째 여름부터인가, 그러니까 열 살 무렵이었는데, 그때부터 나비 수집에 온통 정신이 팔려 어른들이 내게 수집을 못 하도록 해야겠다고 말할 정도가 되어버렸다네. 다른 모든 일을 팽개치고 거들떠도 안 볼 정도였으니까.

나비를 잡고 있을 때면 학교 가는 시간이건 점심시간이건 나는 탑시계 치는 소리조차 못 들었다네. 방학 때면 채집함 속에 빵 한 덩이를 넣고 나가 아침 일찍부터 밤늦게까지 밖에 있었지. 물론 한 끼 먹자고 중간에 집에 오는 일을 생략하고 말이야.

특별히 예쁜 나비를 보면 지금도 그때의 열성에 대해 무언가 알 것만 같다네. 그러면 아이들만이 느낄 수 있는, 마치 소년시절 내가 처음으로 호랑나비한테 살금살금 다가갈 때의 그 알 수 없는 욕심스런 황홀감이 순간적으로 나를 덮치는 걸세. 동시에 어린 시절의 무수한 순간들, 짙은 안개가 낀 벌판에서의 햇빛 쨍쨍한 오후나 서늘한 정원에서의 아침 시간 혹은 보물 찾는 사람처럼 포충망•을 들고 숨어 서 있던 은밀한 숲 가장자리에서의 저녁나절 같은 시간들이 기막힌 놀라

움과 행복감으로 나를 사로잡는 걸세. 그러니 내가 예쁜 나비를 보았을 때 그것이 특별히 드문 것이어야 할 필요는 없는 거라네.

햇빛 내리쬐는 꽃가지 위에 나비가 앉아 있거나 숨을 쉬며 천연색의 날개를 이리저리 움직일 때, 내가 살금살금 다가가 번쩍이는 빛의 점이나 투명한 날개의 혈관 또는 깨끗한 더듬이의 갈색 수염을 볼 때의 느낌은 그 이후의 생활에서는 거의 느껴보지 못한, 부드러운 기쁨과 거친 욕심이 혼합된 긴장과 희열이었다네.

부모님은 가난해서 내게 따로 채집판을 사줄 만한 능력이 없었기 때문에 나는 채집한 것들을 낡은 종이상자에 보관할 수밖에 없었지. 병마개에서 잘라낸 둥근 코르크 조각을 바닥에 붙이고 그 위에 나비를 꽂거나 아니면 상자의 판지조각 사이에 그 소중한 것들을 보관했다네. 처음에는 나도 기꺼이 그 수집품을 친구들에게 보여주었지만, 다른 애들은 유리뚜껑이 달린 나무상자나, 녹색 헝겊판이 달린 유충상자를 갖고 있었기 때문에 원시적인 나의 진열상태를 그 사치스런 아이들 앞에 자랑할 수 없게 되었다네. 점차 그 소중하고 신나는 채집활동에 대해 입을 다물게 되었고, 내가 잡아온 것들을 누이들에게만 보여주었다네. 한번은 푸른빛을 띤 희귀한 오색나비를 잡아서 펼쳐놓았는데, 그것이 마르자 적어도 뜰 위쪽에 사는 선생의 아들에게만큼은 보여주고 싶은 자긍심이 나를 충동질하는 게 아닌가. 그 아이는 전혀 나무랄 데가 없다는 게 흠이었는데, 그 점이 아이들에게는 특

• 포충망　날아다니는 벌레를 잡는 데 쓰는, 그물주머니를 긴 막대 끝에 단 것.

히 마음에 들지 않았었지. 그는 대수롭지 않은 조그만 채집판을 갖고 있었는데, 너무도 깨끗하고 꼼꼼하게 보관했기 때문에 마치 보석처럼 보였다네.

게다가 그는 남다른 대단한 재주가 있어서 상하고 파손된 나비의 날개를 다시 접합시킬 수도 있었지. 그러니 매사에 모범소년이었고, 나는 반쯤은 시기심으로 반쯤은 탄복으로 그를 미워하게 되었어.

이상적인 소년이라고 할 수 있는 바로 그에게 나는 내가 잡은 오색나비를 보여주었다네. 그는 전문가적인 태도로 그것을 꼼꼼히 살피고, 그것이 희귀한 것임을 인정하고서는 20페니히의 값을 매기지 뭔가. 하긴 그 아이 에밀은 우표건 나비건 모든 수집품의 대상을 화폐가치로 평가할 수 있는 애였으니까. 그러더니 곧 그는 비판을 시작하는 것이었네. 푸른빛의 오색나비가 잘못 펼쳐져 있다, 오른쪽 날개는 휘어지고 왼쪽 것은 너무 늘어나 있다는 둥 비판을 하더니 드디어는 그 나비의 다리가 두 개나 부족하다는 또 하나의 결점을 지적하는 게 아니겠나. 나는 그 부족함을 대수롭잖게 여겼으나, 이 불평꾼에 의해 오색나비에 대한 내 기쁨은 완전히 망가져버려서 다시는 그에게 내가 잡은 걸 보여주지 않게 되었지.

2년쯤 지나, 우리는 제법 큰 사내애들이 되었으나 여전히 나비 수집에 대한 열성은 대단했었지. 그 즈음 에밀이 공작나방을 잡았다는 소문이 들려왔었다네. 그건 내 친구 한 녀석이 100만 마르크 유산을 상속받았다거나 로마시대 리비우스의 잃어버린 책들이 발견되었다는 소리를 들었을 때보다도 훨씬 더 나를 자극시키는 거였네. 우리 중 누구도 잡아보지 못한 공작나방을 나는 내가 갖고 있던 나비도감의 그림에서만 보아 알고 있었는데, 손으로 채색된 그 동판화는 현대의 어떤 원색인쇄보다도 훨씬 아름답고 정교했었지. 내가 이름을 알고 있는 것 중에 그리고 내 수집상자에 아직 없는 것 중에 내가 이 공작나방만큼 열렬히 갖기를 갈망했던 것도 없었으니까. 나는 내 책 속의 그 그림을 이따금 관찰하곤 했는데, 어떤 친구 하나가 이런 얘기를 들려주더군. 그 갈색의 나방이 나뭇가지나 바위에 앉아 있을 때 새나 또 다른 적이 공격하려고 하면, 이놈은 접혀진 시커먼 앞날개를 활짝 펼쳐 아름다운 뒷날개에 박힌 커다랗게 빛나는 눈들이 이상하고 예기치 못한 느낌을 주어, 그 새는 깜짝 놀라 나방을 내버려둔다는 거지.

이토록 놀라운 곤충이 그 한심한 에밀의 손에 들어갔다니! 그 얘기를 들었을 때 처음에는 그저 그 희귀한 것을 마침내 직접 보게 되었다는 기쁨과 그에 따른 불타는 호기심뿐이었다네. 그러나 곧 시기심이 발동하여, 이 한심한 녀석이 그 신비스럽고 값비싼 나비를 갖게 되었다는 사실이 하찮게 여겨지는 거였네. 그래서 나는 마음을 억누르고, 달려가서 그가 잡은 것을 보여달라고 하는 따위의 바보짓은 하지 않기로 하였다네. 그러나 공작나방에 대한 생각은 내 마음을 떠날 줄 몰랐고, 다음날 학교에서 그 소문이 사실임을 알게 되었을 때엔 당장 가보리라고 마음먹게 되었다네. 식사가 끝나자마자 나는 곧장 집을 나서서 이웃에 있는 그 집의 4층으로 올라갔었네. 하녀 방과 나무선반 옆에 그 선생의 아들은 종종 내가 부러워하던 혼자 쓸 수 있는 작은 방을 갖고 있었다네. 나는 도중에 아무도 만나지 않고 그 방문 앞까지 올라가 노크를 했는데 대답이 없더군. 에밀은 안에 없었던 거야. 문의 손잡이를 잡아보았더니, 그 녀석이 밖으로 나갈 때면 끔찍이도 잊지 않고 잠가놓던 문이 이상하게도 열려 있지 않겠는가. 그래서 보기만이라도 해야겠다는 생각으로 들어가서 에밀이 자기 수집품을 보관하는 커다란 상자 두 개를 집어들었지. 상자 두 개를 다 뒤져보아도 없자 그 나방이 전시판에 있을지도 모른다는 생각이 들더군. 결국 그것도 찾아내었지. 좁다란 판지와 함께 갈색 날개가 펼쳐진 채로 공작나방은 판대기 위에 놓여 있었네. 나는 고개를 숙이고 밝은 갈색으로 된, 머리카락 같은 더듬이와 우아하고 끝없이 부드럽게 색이 박힌 날개 테, 또 아랫날개의 안쪽 테두리에 있는 깨끗하고 고운 솜털, 그 모든 것을 아주 가까이서 보았네. 종이판으로 덮여 있어 날개에 박힌 눈만은 볼 수가 없었지만.

나는 유혹을 이기지 못하고, 가슴을 두근거리며 종이판을 걷어내고 핀을 빼었지. 그러자 커다란 네 개의 신기한 눈이 그림에서보다 훨씬 더 아름답고 놀라운 자태로 나를 쏘아보는 것이었네. 그 눈빛으로 인해 나는 이 기막힌 놈을 소유하고 싶은 억누를 수 없는 욕구를 느끼게 되었고, 이미 건조되어 그 형태가 잘 보존된 나방을 핀을 뽑아 집어 들고 방을 나왔다네. 생각지도 않게 인생에서 최초의 도둑질을 하게 된 걸세. 물론 그때엔 더 말할 나위 없는 만족감 이외에 다른 느낌은 없었다네.

나는 오른손에다 나방을 숨기고 계단을 내려왔네. 그때 아래쪽에서 누군가가 올라오는 소리가 났는데, 나는 그 순간 양심이 깨어나 자신이 도둑질을 한 형편없는 놈이란 걸 깨닫게 되었다네. 그러나 그것도 잠시였고 들키면 어쩌나 하는 불안 때문에 본능적으로 훔친 물건을 쥔 손을 웃옷 주머니에 찔러넣고 말았다네. 그러곤 천천히 걸었는데, 다가오는 하녀 옆을 지날 때에는 자꾸만 떨리고 창피하고 부끄러우면서도 가득 찬 불안을 떨칠 수가 없었지. 이윽고 현관에 다다랐을 때에는 가슴이 두근거리고 이마에 땀이 흘러내려 제정신이 아니었다네.

그러나 곧 내가 이 나방을 가질 수도 없고 또 가져서도 안 된다는 게 분명해졌기 때문에 그것을 다시 가지고 올라가 없었던 일로 해놓아야 한다는 생각이 들더군. 나는 누구를 만나거나 발각될지도 모른다는 불안을 무릅쓰고 재빨리 계단을 뛰어올라가 1분 후에는 다시 에밀의 방에 들어가 있었지. 나는 조심스럽게 주머니에서 손을 꺼내어 나방을 책상 위에 올려놓았는데, 그 순간 이미 불행한 사태가 벌어졌다는 걸 깨닫고는 울음을 터뜨릴 지경이 되었다네. 공작나방이 부서진 걸세. 오른쪽 앞날개와 오른쪽 더듬이가 떨어져나갔더군. 떨어진 날개를 조심조심 주머니에서 꺼내보았으나 다시 붙인다는 것은 생각도 할 수 없을 지경이었다네.

도둑질을 했다는 감정보다 내가 부서뜨린 이 아름답고 희귀한 것을 볼 때 내 가슴은 더 아팠다네. 내 손가락 위에 그 부드러운 갈색의 날개비늘이 묻어있는 것과 부서진 날개가 놓여 있는 걸 보니 마치 모든 소유물과 기쁨을, 다만 그것들의 전적인 가치를 재인식하기 위해 내버린 것 같은 느낌이 들더군.

처량한 심정으로 집에 돌아와 오후 내내 집 앞 작은 정원에 앉아 있다가 어두워져서야 어머니에게 모든 걸 털어놓고 말씀드려야겠다는 용기가 났지. 어머니가 얼마나 놀라고 슬퍼하실까 짐작할 수 있었지만, 벌을 견뎌내는 것보다 고백하는 것이 더 값지다고 생각하실지도 모른다고 느꼈네.

어머니는 단호하게 말씀하셨네. "네가 에밀에게 가서 그것을 직접 말해야 한다. 그것이 네가 할 수 있는 유일한 일이야. 그렇게 하기 전에는 나는 너를 용서할 수가 없어. 네가 갖고 있는 것 중에서 보상될 만한 물건을 찾아보아라. 그리고 용서를 구해야 한다."

그가 모범소년이 아니라면 그것은 훨씬 쉬웠을 걸세. 그는 나를 이해하지 못하리라는 것, 어쩌면 내말을 믿으려 들지도 않으리라는 것이 틀림없었으니 말일세. 저녁이 되고 밤이 되도록 나는 용기를 내지 못했다네. 그때 아래층 현관에서 어머니가 나를 보시더니 조용히 말씀하셨네.

"오늘이라야만 한다. 이제 가보거라!"

나는 에밀의 집으로 가 아래층에서 그를 찾았지. 그는 나오자마자, 누군가가 공작나방을 망가뜨렸는데 그게 어떤 심술궂은 녀석의 짓인지 혹은 새나 고양이의 짓인지 모르겠다고 말하는 거였네. 그래서 나는 함께 올라가 좀 보여달라고 했다네. 그가 방문을 열고 첫 불을 켜자 판대기 위에 부서져 나간 그 나방이 보였지. 그리고 에밀이 부서진 날개를 조심스럽게 펼쳐, 축축한 압지•에 올려놓고는 다시 원상복귀시키려는 작업을 시도했다는 걸 알 수 있었네. 하지만 그것은 절대로 원상복귀 될 수가 없는 일이었지. 더듬이도 떨어져 나갔고.

나는 그것이 내 소행이라고 말하면서 여러 가지 이야기로 해명을 하고자 애를 써보았네.

그러나 에밀은 내게 화를 내거나 소리를 지르는 대신 이 사이로 "피이." 하고 경멸을 표시하더니 한참 동안 나를 조용히 쳐다보는 거야.

그러고는 "그래그래, 너는 바로 그런 애야"라고 말하는 거야.

나는 그에게 내가 갖고 있는 것 중에서 무엇이든 주겠다고 했는데도, 그는 계속 냉랭하고 경멸에 찬 눈초리로 나를 쳐다보는 것이었네. 결국 나는 내가 수집한 나비 전부를 주겠다고 했다네. 그러나 그는 이렇게 말하는 거야.

"고맙지만 나는 네 수집품을 벌써 알고 있어. 네가 나비를 어떻게 다루는가가 오늘 다시 확인되었단 말이야."

그 말을 듣는 순간 나는 그의 목덜미를 움켜잡아 거꾸러뜨리고 싶은 심정이었으나 꼼짝 못 하고 형편없는 무법자가 되어 그 자리에 서 있었고, 에밀은 여전히 경멸을 품은 채 마치 우주의 질서처럼 차갑게 내 앞에 서 있었다네. 그는 단 한 마디도 욕을 하지 않았고 그저 바라보는 것만으로 충분히 경멸했던 거야.

그때 나는 처음으로, 한 번 결단난 일은 다시 손을 써볼 수 없다는 사실을 알게 되었지. 집으로 돌아가니 다행히도 어머니는 아무것도 묻지 않고 내게 키스를 해주셨지. 시간이 너무 늦었기 때문에 잠자리에 들 수밖에 없었지만, 잠들기 전에 몰래 식당에서 그 커다란 갈색 상자를 가져와 침대에 올려놓고는 어둠 속에서 그걸 열었지. 그러고는 나비들을 꺼내어 차례로 하나씩 손가락으로 가루를 만들어버렸다네.

• 압지 잉크나 먹물 따위로 쓴 글씨가 번지거나 묻어나지 않도록 눌러서 물기를 빨아들이는 종이.

이렇게 읽어 보세요

진실화해의 중요성

우리들은 저마다 아주 소중하게 생각하는 물건이나 사람 또는 가치를 가지고 있습니다. 나에게 있어 아주 귀하고, 중요하고, 아끼는 그것은 그 어떤 것으로도 대체 할 수 없는 경우가 많습니다. 그런데 그것을 다른 누군가가 가벼이 여기거나, 훼손하거나 심지어 영원히 가질 수 없도록 잃게 했다면 내 마음이 어떨까요? 귀한 공작나방을, 심지어 자신이 수집하여 정성스럽게 고이 보관한 나의 공작나방을 친구가 욕심에 눈이 멀어 몰래 훔치려 했고, 게다가 다시는 원래의 모습으로 보존할 수 없도록 처참하게 부숴버린 것을 알게 된 에밀의 심정을 생각해 보시기 바랍니다.

어릴 적 하인리히(이후 '나')는 예쁜 나비를 수집하는데 열을 올렸습니다. '나'는 가정형편이 어려워 수집한 나비들을 볼품없는 상자에 보관해야만 했는데 그것을 멋진 유충상자에 보관하는 다른 아이들 앞에서는 자랑을 할 수가 없었습니다. 그러나 희귀한 오색나비를 잡았을 때는 이웃집 의 에밀에게만은 보여 주고 싶었습니다. 그 아이는 조그만 채집판을 가지고도 나비를 너무도 깨끗하고 꼼꼼하게 보관하였고, 상하고 파손된 나비의 날개를 다시 접합할 수 있는 대단한 재주를 가진 소년이었습니다. 아마 '나'는 채집함이 아닌 나비 자체의 귀함을 알고 있는 에밀에게 인정과 부러움을 받고 싶었는지도 모릅니다. 그러나 에밀은 내가 원하는 예상과는 다르게 오색나비에 대해 채집 상태의 결점을 지적할 뿐이었습니다. 기분이 상한 '나'는 그 후 다시는 그에게 나비를 보여주지 않습니다.

2년쯤 지나 귀한 공작나방을 에밀이 수집했다는 얘기를 듣게 됩니다. 예전 일이 떠올라 찾아가기 주저했지만 공작나방을 직접 볼 수 있다는 생각에 '나'는 결국 그에게 찾아갑니다. 그런데 에밀이 방에 없습니다. '나'는 그의 방을 뒤져 공작나방을 찾아보고는 나방의 매력에 빠져 유혹을 이기지 못하고 그것을 훔칩니다. 훔친 순간 그가 느끼는 황홀한 만족감과 반대로 누군가에게 들킬까 그 귀한 나방을 주머니에 구겨 넣은 그의 모습은 나방에 대한 이중적인 태도로 보입니다. 공작나방을 갖고 싶다는 욕망과 남의 것을 훔쳤다는 죄책감에 갈등하다가 아무도 보지 않았을 때 '나'는 도로 부서진 나방을 책상 위에 두고 나옵니다.

잠시 자리를 비운 사이에 자신의 귀하고 소중한 나방이 부서져 있습니다. 처음 그것을 봤을 때 에밀은 얼마나 놀라고 당혹스러웠을까요? 누가 봐도 다시 고칠 수 없는 상황이지만 어떻게든 다시 복구하려고 시도합니다. 그가 느낄 상실과 낭패감은 소중한 것을 잃어 본 여러분이라면 분명 느낄 수 있습니다. 그런데 그때, 한동안 연락도 없던 옆집 아이가 와서 말합니다. 자신이 그렇게 했다고. 자신이 저지른 일에 이런저런 해명을 하며 사과하는 모습에 에밀의 마음은 오히려 차갑게 식어갑니다. 친구의 사과에도 또한 그에 상응하는 보상을 한다 해도 왜 에밀의 마음은 풀리지 않았을까요?

여기까지 읽은 우리들은 '누구나 실수 할 수 있지', '정말 갖고 싶었던 것에 대한 유혹을 못 참을 수도 있어', '게다가 반성하고 사과까지 했잖아'라고 하면서 오히려 '나'를 이해하고, 그의 사과를 받아주지 않은 에밀을 너무한다고 생각할 수 있습니다. 그렇지만 다시 생각해 보시기 바랍니다. '나'에게 나비는 인정의 수단이자 탐욕의 대상이었습니다. 에밀은 '나'의 채집상태를 보고서 나비 자체를 소중히 여기지 않는다는 것을 일찍이 안 것이지요. '나'는 에밀의 공작나방을 훔친 것을 탐미하는 인간의 한순간의 실수처럼 말하지만 사실 우발적인 실수가 아닙니다. '나'의 나비로 인한 경쟁심, 부러움, 인정욕, 탐욕이 쌓여 만들어 낸 결과물인 것이지요. '나'는 부도덕적이었던 자신의 모습은 인정하지 않은 채 잘못에 대한 갖가지 변명과 보상에 대한 이야기만 했습니다. 이미 '나'의 탐욕을 눈치 챈 에밀은 스스로의 잘못된 점을 드러내고 인정하지 않는 '나'에게 용서해 줄 마음을 갖을 수가 없는 것입니다. 그런데 진실한 화해의 방법을 모르는 나는 에밀의 차가운 말과 태도에 오히려 분노를 합니다. '한 번 결단 난 일은 다시 손을 써 볼 수 없다'는 생각에서 이 일과 관련하여 더 이상의 사과의 마음도, 더 이상의 노력도 할 수 없다며 포기해 버린 겁니다. 이 일로 인해 수치심을 느낀 '나'는 그토록 소중했던 자신의 나비를 하나씩 부숩니다. 자신에게는 더 이상 의미가 없어졌기 때문이죠.

"잘못한 상대가 '미안해'라고 하면 넌 '괜찮아'라고 말해주는 거야." 어른들이 아이에게 가르쳐 주는 이 화행이 겉으로 보이는 화목을 가장하여 얼마나 피해자의 마음을 배려하지 않는 것인지 생각해 봐야겠습니다. 게다가 가해자인 상대가 구구절절 사과의 말을 건네도 내 마음이 풀리지 않는 경우가 종종 있습니다. 그럼 사과는 어떻게 해야 할까요? 어떤 사과의 말을 들어야 화가 난 마음이 좀 누그러질까요? 상대에게 피해와 상처를 준 가해자는 사과하기에 앞서 자신이 저지른 잘못 이면에 있던 자신의 이기심과 욕망을 먼저 깨닫고 진심으로 뉘우치는 과정이 있어야 하겠습니다. 때로는 속물적이고, 탐욕스러웠던 자신을 마주하고 그러한 점을 솔직하게 드러내고 반성하는 마음을 담아 사과를 해야 합니다. 그래야 진심이 전해져 진정으로 화해를 할 수 있는 것입니다.

이 이야기는 어른이 된 '나'가 친구의 나비상자를 보고 어릴 적 겪었던 이야기를 들려주는 형식입니다. 그런데 어릴 적 이야기에서 그만 그칩니다. 상상해 보세요. 어린 하인리히가 당시에 어떻게 했어야 이 일을 어른이 되어서까지 깊은 상처로 남기지 않을까요? '나'는 어릴 적 이야기를 통해 자신의 욕망의 결과에 대해 진정으로 깨달은 바가 있을까요? 혹은 여러분이 비슷한 일은 겪은 경험이 있다면 그에게 (또는 자신에게) 무슨 말을 해주고 싶은가요?

가해자의 심층심리

주인공이 호랑이가 되고 나서도 끝까지 버리지 못한 것은 무엇인가요? 주인공의 욕망과 심리적인 면에서 생각해 봅시다.

주인공을 가해자로 볼 수 있다면 어떤 면에서 그럴까요? 그의 행동, 감정, 관계(주변에 미친 영향) 등을 바탕으로 답을 찾아봅시다.

산월기(山月記)

나카지마 아쓰시 1909~1942

일본 소설가. 중국 고전에 대한 해박한 지식을 토대로 고사를 재해석하거나 재창작한 작품을 많이 발표했다. 단편소설 「산월기」, 「이릉」, 「제자」 등이 있고, 일본 제국주의 식민지 시절 조선의 풍경을 다룬 소설 「범 사냥」, 「순사가 있는 풍경 – 1923년의 한 스케치」 등의 작품이 있다.

당(唐)나라 현종(玄宗) 때인 천보(天寶) 말년의 일이다. 농서(隴西) 사람 이징(李徵)은 학식이 많고 재능이 뛰어나, 젊어서 진사시에 급제해 강남현(江南縣)의 위(尉)에 임명되었다. 그러나 남과 쉽게 타협하지 못하는 성격인데다 자신의 실력에 비해 너무 낮은 관직에 머물러 있다는 생각 때문에 항상 앙앙불락•, 마음이 편치 못했다. 그래서 당장 갈 곳도 없으면서 관직을 박차고 물러나 버리고는, 고산(故山) 괵략 땅에서 조용히 생활하며 모든 사람들과 교류도 끊은 채 오직 시를 짓는 일에만 심혈을 기울였다. 하급 관리로 남아 오랜 세월을 속물스런 윗사람들 앞에서 무릎을 꿇고 지내기보다는, 시인이 되어 후세에 이름을 남기고자 하는 생각에서였다. 그러나 문명(文名)•은 생각처럼 쉽게 얻어지지 않았고 생활도 날로 궁핍해졌다.

이징은 점차 초초해지기 시작했다. 이 무렵부터 몸은 마르고 뼈가 불거져 용모도 험상궂게 변한데다 쓸데없이 눈빛만 날카롭게 빛나 진사에 급제했을 무렵의 아름다운 미소년의 모습은 찾아볼 수 없게 되었다.

몇 년 후 이징은 가난을 못 이긴 나머지 처자의 의식 문제를 해결하기 위해 결국 절개를 꺾고 다시 동쪽으로 가 일개 지방 관리로 봉직하게 되었다. 이는 호구지책• 이기도 했지만 한편으로는 자신의 시작(詩作) 생활에 거의 절망했기 때문이기도 했다. 자신의 동년배는 이미 높은 자리에 있고, 예전에는 우습게 여겨 상대도 하지 않던 자들은 위에서 명령을 내리니, 왕년에 수재로 이름을 날리던 이징의 자존심이 얼마나 많은 상처를 입었는지는 쉽게 상상할 수 있을 것이다.

그는 모든 일에 만족하지 못하고 늘 남을 거스르기만 하다가, 급기야 더 이상 자신을 다스릴 수 없는 지경에 이르게 되었다. 1년 후 공적인 일로 여행을 떠나 여수 강변에 머물렀을 때 결국 발광• 하고 말았다.

어느 날 이징은 한밤중에 갑자기 안색이 바뀌며 잠자리에서 일어나더니 알 수 없는 소리를 지르면서 그 길로 어둠 속으로 뛰쳐나갔다. 그러고는 영영 돌아오지 않았다. 사람들은 근처의 야산을 다 뒤져 봤지만 아무런 흔적조차 찾지 못했다. 그 후 이징이 어찌 되었는지 아는 이는 아무도 없었다.

이듬해 진군(陣郡) 사람 원참(袁傪)이 감찰어사(監察御使)의 칙명

• 앙앙불락 매우 마음에 차지 아니하거나 야속하게 여겨 즐거워하지 아니함.
• 문명 글을 잘하여 세상에 알려진 이름.
• 호구지책 가난한 살림에서 그저 겨우 먹고살아 가는 방책.
• 발광 미친병의 증세가 밖으로 드러나 비정상적이고 격하게 행동함. 또는 그런 행동.

을 받아 영남 지방(嶺南地方)으로 가는 길에 상어(商於) 땅에서 묵게 되었다. 이튿날 날도 새지 않은 이른 새벽에 다음 행선지로 일행과 함께 출발하려는데 역리가 말하기를, 지금 가려는 길에는 사람을 잡아먹는 호랑이가 나타나니 밝은 대낮이 아니면 지나갈 수 없다. 지금은 시간이 이르니 잠시 기다렸다가 날이 밝으면 떠나는 게 좋을 듯하다는 것이다. 그러나 원참은 일행이 많은 것을 마음 든든히 여겨 역리의 말을 뿌리치고 그대로 출발했다.

새벽 달빛에 의지해 숲 속 길을 지나는데, 과연 사나운 호랑이 한 마리가 풀숲에서 뛰쳐나왔다. 호랑이는 원참에게 달려드는가 싶더니 갑자기 몸을 획 돌려 풀숲으로 되돌아갔다. 그러고는 인간의 목소리로 '하마터면 큰일날 뻔했구나' 하고 되풀이하여 중얼거렸다. 그 목소리는 원참이 어디선가 들은 적이 있는 귀에 익은 목소리였다. 원참은 놀랍고 경황없는 중에도 순간 그 목소리의 주인공이 떠올라 외쳤다.

"이 목소리의 주인은 나의 벗 이징 군이 아닌가?"

원참은 이징과 같은 해에 진사시에 급제했다. 친구가 적은 이징에게 원참은 가장 친한 벗이 되었다. 온화한 원참의 성격이 과격한 이징의 성격과 충돌하지 않았기 때문이다.

풀숲에서는 중얼거리던 소리가 멎고 흐느끼는 소리만 희미하게 들려올 뿐이었다. 조금 지나 나지막한 대답이 들려왔다.

"그렇다네. 나는 농서의 이징이라네."

원참은 두려움도 잊은 채 말에서 내려 풀숲으로 다가가 오랜만에 옛 친구와 목소리로나마 인사를 나누었다. 그리고 왜 풀숲에 숨어서 나오지 않느냐고 물었다. 이징의 목소리가 대답했다.

"나는 지금 짐승의 몸을 하고 있다네. 어떻게 창피한 줄도 모르고 이 비참한 모습을 옛 친구인 자네 앞에 내보일 수 있겠나. 그리고 지금 내 모습을 본다면 자네는 틀림없이 두려워서 피하고 싶을 걸세. 그러나 나는 지금 뜻밖에도 옛 친구와 이렇게 만나게 되니 부끄러운 생각도 잊어버릴 만큼 기쁘다네. 제발 잠시만이라도 좋으니, 나의 추악한 외모를 상관 말고 예전에 자네의 친구 이징이었던 지금의 나와 이야기를 나누지 않겠나?"

나중에 생각해 보면 참으로 이상하리만큼, 그때의 원참은 이 초자연의 기이함을 그대로 받아들이고 조금도 의심하지 않았다. 그는 부하에게 명해서 행렬을 멈추었다. 그리고 풀숲 가에 서서 보이지 않는 친구와 이야기를 나누었다. 원참은 서울 장안(長安)의 사정과 옛 친구들의 소식 그리고 자신의 현재 지위를 얘기해 주었고, 소식을 들은 이징은 축하를 건넸다. 젊은 시절 절친했던 친구끼리의 격의 없는 말투로 이야기를 주고받은 다음, 원참은 이징이 어떻게 지금의 몸으로 변하게 되었는지 그 까닭을 물었다.

"지금으로부터 1년 전의 일일세. 여행을 떠나 여수 강가에서 묵던 날 밤이었네. 한숨 자고 나서 눈을 떴더니, 문밖에서 누가 내 이름을 부르는 게 아닌가. 그 소리를 좇아 밖으로 나가 보았지. 그 소리는 어둠 속으로 멀어지면서 자꾸 나를 불렀네. 나는 생각 없이 그 소리를 따라 달리기 시작했네. 정신없이 달리는 동안 어느새 길은 숲 속으로 접어들었고, 나도 모르게 네 발로 달리고 있지 뭔가. 어떤 이상한 힘이 몸속에 가득 찬 느낌이 들어 바위 위로 훌쩍 뛰어올랐지. 정신을 차리고 보니 손과 팔꿈치께에 털이 난 듯했네. 조금 밝아진 후 골짜기

물에 내 모습을 비추었더니 난 이미 호랑이로 변했더군.

처음에는 내 눈을 믿을 수 없었네. 이것은 꿈일 거라고 생각했지. 나는 꿈속에서도 꿈을 꾼 적이 있거든. 그러나 이것은 아무래도 꿈이 아니라는 생각이 들자 망연자실했네. 그리고 두려웠지. 이런 일이 어떻게 일어날 수 있는지 너무도 무서웠네. 도대체 어째서 이런 일이 일어났는지 알 수 없었지. 나로서는 아무것도 알 수 없는 일이야. 이유도 모른 채 주어진 현상과 상황을 받아들여 그저 살아가는 것이 우리 짐승들의 운명이라네.

나는 곧 죽으려고 했지. 하지만 마침 토끼 한 마리가 눈앞에서 달려가는 것을 본 순간, 내 안의 인간의 모습은 순식간에 자취를 감추고 말았다네. 다시 내 안의 인간이 눈을 떴을 때 내 입은 토끼의 피로 얼룩지고 주변은 토끼의 털로 어지럽혀져 있었다네. 이것이 호랑이로서의 첫 경험이었지. 그로부터 지금까지 내가 어떤 짓을 해왔는지에 대해서는 자네의 상상에 맡기겠네.

그래도 하루에 몇 시간 동안은 반드시 인간의 마음이 돌아온다네. 그때는 예전처럼 인간의 말도 할 수 있고 복잡한 사고도 견딜 수 있지. 경서(經書)• 의 장(章)과 구절(句節)도 떠올라 읊조릴 수 있다네. 인간의 마음으로 호랑이로서의 자신이 저지른 잔악한 행동을 깨닫고 자신의 운명을 돌이켜 볼 때가 가장 한심하고 두렵고 분하기도 하지. 그러나 인간으로 되돌아가는 그 몇 시간도 날이 거듭되면서 점차 줄어간다네.

이제까지는 줄곧 내가 왜 호랑이가 되었을까 이상하게만 생각했는데, 얼마 전에 문득 정신이 들고 보니 나는 왜 이전에 인간이었을까 생각하고 있질 않겠나. 참으로 무서운 일일세. 이제 조금 더 지나면 내 안에 있는 인간의 마음은 짐승으로서의 습관 속에 파묻혀 사라져 버릴 걸세. 옛 궁궐의 초석•이 차츰 모래흙 속에 묻혀 버리듯이 말일세. 그렇게 되면 결국 나는 자신의 과거를 모두 잊고 한 마리의 호랑이로서 미쳐 돌아다니며 오늘처럼 길에서 자네를 만나도 몰라보고, 자네를 잡아먹고도 아무런 죄의식조차 갖지 못할 걸세. 인간이나 짐승이나 원래는 다른 존재였던 것일까? 처음에는 그것을 기억하다가 점차 잊어버리고는, 아예 처음부터 자신은 지금과 같은 모습의 짐승이었다고 생각하는 것은 아닐까?

아니 그런 것은 아무래도 괜찮네. 내 안의 인간의 마음이 완전히 사라지고 나면 오히려 속 편한 일인지도 모르지. 그런데 내 안의 인간은 그것을 가장 두려워하고 있다네. 아아, 이 얼마나 두렵고 슬프고 비통한 일인가? 자신이 인간이었다는 기억이 없어지는 것이! 이 기분은 아무도 모를 걸세, 아무도 몰라. 나 같은 신세가 된 사람이 아니고서는. 아, 그렇지. 내가 인간이었음을 완전히 잊어버리기 전에 한 가지 부탁해 둘 일이 있네."

원참의 일행은 숨을 죽이고 풀숲의 목소리에 귀를 기울였다. 그 소리는 계속 말을 이었다.

• 경서 옛 성현들이 유교의 사상과 교리를 써 놓은 책. 『역경』·『서경』·『시경』·『예기』·『춘추』·『대학』·『논어』·『맹자』·『중용』 따위.

• 초석 주춧돌. 기둥 밑에 기초로 받쳐 놓은 돌.

"나는 시인으로서 이름을 얻을 작정이었네. 그러나 뜻을 이루기도 전에 이러한 신세가 되었지. 예전에 써 놓은 수백 편의 시는 세상에 내놓지도 못했네. 그 시들이 지금 어디에 있는지 알 수도 없네. 하지만 아직도 기억에 남아 외울 수 있는 것이 수십 편 있다네. 나를 위해 이것을 기록해서 후세에 전해 주었으면 하네. 그렇다고 내가 어엿한 시인이 되고자 하는 것은 아닐세. 작품이 좋은지 나쁜지는 잘 모르겠지만, 어쨌든 내가 미쳐 버리면서까지 집착했던 것을 일부만이라도 전하지 않고서는 죽어도 온전히 죽을 수 없을 것 같네."

원참은 부하에게 명령해서 풀숲에서 들려오는 말을 받아 적게 했다. 이징의 목소리는 풀숲 가득 낭랑하게 울려 퍼졌다. 짧고 긴 시들을 모두 합하니 30여 편이 되었는데, 격조가 높고 우아하며 표현의 의도나 취향이 탁월해서 한 편 한 편이 모두 한 번 읽으면 작자의 비범한 재능을 금방 알 수 있는 것들이었다. 그러나 원참은 시에 감탄하면서도 한편으로는 다음과 같이 생각했다. 과연 작가의 소질이 일류임은 의심할 여지가 없구나. 그러나 그냥 이대로 일류 작품이 되기에는 어딘가—아주 미묘한 점에서—모자라는 데가 있지 않은가.

자신의 옛 시를 다 읊은 이징은 갑자기 말투를 바꾸어 스스로 비웃듯이 말했다.

"참 부끄러운 이야기지만 이런 비참한 모습을 하고 있는 지금도 나는 내 시집이 장안•의 풍류•인들 책상 위에 놓인 모습을 꿈에서 보고는 한다네. 굴속에 엎드려 꾸는 꿈속에서 말일세. 나를 비웃게나. 시인이 되지 못해 호랑이가 된 이 가련한 사내를."

원참은 그 옛날 청년 이징이 자신을 비웃던 모습을 떠올리며 씁쓸히 이야기를 듣고 있었다.

"그렇지. 이왕 웃음거리가 된 김에 지금의 심정을 시로 읊어 보겠네. 이 호랑이 속에 옛날에 이징이 아직 살아 있다는 표시로 말이야."

원참은 다시 부하에게 명령해 받아 적게 했다.

偶因狂疾成殊類(우인광질성수류)
災患相仍不可逃(재환상잉불가도)
今日爪牙誰敢敵(금일조아수감적)
當時聲跡共相高(당시성적공상고)
我爲異物蓬茅下(아위이물봉모하)
君已乘軺欺勢豪(군이승초기세호)
此夕溪山對明月(차석계산대명월)
不成長嘯但成嗥(불성장소단성호)

어쩌다 광기에 휩싸여 짐승이 되어
불행한 운명의 굴레 벗어나지 못하네.
이 내 호랑이의 날카로운 이빨을 누가 당하랴.
돌이켜 보면 그대와 나 명성도 높았지.
그러나 나는 지금 풀숲의 한 마리 짐승

- 장안　당나라의 서울. (현재의 서안)
- 풍류　멋스럽고 풍치가 있는 일. 또는 그렇게 노는 일.

그대는 수레 위에 높이 앉은 고관이로다.

오늘밤 그대를 만나 골짜기의 밝은 달 바라보며

소리 높여 시를 읊어도 짐승의 울음되어 메아리치네.

차가운 달빛 아래 땅을 촉촉이 적시는 이슬과 나무 사이를 가르는 찬바람은 때가 이미 새벽이 되었음을 알리고 있었다. 사람들은 일의 기이함마저 잊은 채 숙연히 시인의 불행을 한탄했다. 이징의 목소리는 다시 이어졌다.

"아까는 왜 이러한 운명이 되었는지 모르겠노라고 말했지만, 생각해 보면 짐작이 가는 데가 전혀 없는 것도 아닐세. 인간이었을 때 나는 사람들과 어울리기를 꺼렸다네. 사람들은 나를 오만하고 자존심이 강하다고 말했지. 실은 그것이 어쩌면 수치심에 가까운 것임을 사람들은 몰랐던 거야. 물론 온 고을에서 귀재라 불리던 내게 자존심이 전혀 없었다고는 말하지 않겠네. 그러나 그것은 겁 많은 자존심이라고 해도 좋을 만한 것이었네.

나는 시(詩)로 명성을 얻으려 하면서도 스스로 스승을 찾아가려고도, 친구들과 어울려 절차탁마(切磋琢磨)•에 힘쓰려고도 하지 않았다네. 그렇다고 속인•들과 어울려 잘 지냈는가 하면 그렇지도 못했다네. 이 또한 나의 겁 많은 자존심과 존대한 수치심 때문이라고 할 수 있을 걸세. 내가 구슬이 아님을 두려워했기 때문에 애써 노력해 닦으려고도 하지 않았고, 또 내가 구슬임을 어느 정도 믿었기 때문에 평범한 인간들과 어울리지도 못했던 것이라네.

나는 세상과 사람들에게서 차례로 등을 돌려서 수치와 분노로 점점 내 안의 겁 많은 자존심을 먹고 살찌우는 결과를 빚고 말았다네. 인간은 누구나 다 맹수를 부리는 자이며, 그 맹수라고 할 수 있는 것이 바로 인간의 성정(性情)• 이라고 하지. 내 경우에는 이 존대한 수치심이 바로 맹수였던 것일세. 호랑이였던 게야. 이것이 나를 망가뜨리고, 아내를 괴롭히고, 친구들에게 상처를 입히고, 결국 내 겉모습을 이렇게 속마음과 어울리는 것으로 바꿔 버리고 만 것이라네.

지금 생각하면 나는 내가 갖고 있던 약간의 재능을 허비해 버린 셈이지. 인생은 아무것도 이루지 않기에는 너무도 길지만 무언가를 이루기에는 너무도 짧은 것이라고 입으로는 경구를 읊조리면서, 사실은 자신의 부족한 재능이 드러날지도 모른다는 비겁한 두려움과 고심(苦心)• 을 싫어하는 나의 게으름이 나의 모든 것이었던 게지. 나보다도 훨씬 모자라는 재능을 가졌음에도 불구하고 오로지 그것을 갈고닦는 데 전념한 결과 당당히 시인이 된 사람들이 얼마든지 있는데 말이야. 호랑이가 되어 버린 지금도 가슴이 타는 듯한 회한을 느낀다네.

나는 이제 인간으로 생활할 수 없다네. 설령 내가 지금 머릿속으로 아무리 훌륭한 시를 짓는다고 해도 그걸 어떻게 세상에 발표할 수 있

• 절차탁마 칼로 다듬고 줄로 쓸며 망치로 쪼고 숫돌로 간다는 뜻으로, 학문을 닦고 덕행을 수양하는 것을 비유하는 말.

• 속인 일반의 평범한 사람. 또는 학문이 없거나 풍류를 알지 못하고 고상한 맛이 없는 속된 사람.

• 성정 성질과 심정. 또는 타고난 본성.

• 고심 몹시 애를 태우며 마음을 씀. '애씀'으로 순화.

겠나? 그런데다 내 머리는 날이 갈수록 호랑이가 되어가고 있네. 어찌 하면 좋겠는가? 내가 허송해 버린 과거를. 이것만 생각하며 나는 견딜 수 없네. 그럴 때면 나는 맞은 편 산꼭대기 바위에 올라가 인적이 드문 계곡을 향해 울부짖지. 가슴이 찢어지는 듯한 슬픔을 누군가에게 호소하고 싶어서 말일세.

나는 어젯밤에도 달을 향해 울부짖었다네. 누가 이 괴로움을 알아주었으면 하는 심정에서 말일세. 그러나 다른 짐승들은 내 울음 소리를 듣고 그저 두려워 떨며 엎드릴 뿐이네. 산도 나무도 달도 이슬도 그저 한 마리의 호랑이가 분에 못 이겨 미쳐 울어대는 것으로밖에 여기지 않는다네. 하늘을 향해 울부짖고 땅에 엎드려 통곡을 해도 누구 하나 내 심정을 알아주는 사람이 없네. 내가 인간이었을 때 상처받기 쉬운 내 속마음을 아무도 알아주지 않았던 것처럼 말일세. 내 털가죽이 젖어 있는 것은 단지 밤이슬 때문만은 아니라네."

얼마 지나지 않아 날이 밝아오기 시작했다. 나무 사이로 어디에선가 날이 새는 것을 알리는 피리 소리가 구슬프게 들려 왔다.

"이제 이별할 때가 되었군. 호랑이로 돌아가야 되는 시간이 다가왔으니. 그런데 또 한 가지 헤어지기 전에 꼭 부탁할 것이 있네. 내 처자의 일일세. 그들은 아직 괵략에 사는데 내 운명에 대해서 모르고 있다네. 자네가 일을 다 마치고 돌아가거든 나는 이미 죽었다고 전해 주지 않겠나? 물론 오늘의 이 일만은 밝히지 말아 주게나. 뻔뻔스러운 부탁이네만, 그들의 어려움을 불쌍히 여겨 길거리에서 굶주려 죽지 않도록 헤아려 준다면 나로서는 더 큰 은혜와 행복이 없겠네."

말이 다 끝나자 풀숲에서 통곡 소리가 들려 왔다. 원참도 눈물을 머금으며 기꺼이 이징의 뜻을 따르겠다고 대답했다. 그러나 이징은 곧 자신을 비웃듯이 말했다.

"사실은 이것을 먼저 부탁했어야 하지. 내가 인간이었다면 말일세. 굶주려 얼어죽기 직전에 있는 처자보다도 나의 보잘 것 없는 시 나부랭이에 더 신경을 쓰고 있었으니. 그러니까 이런 짐승으로 변하지 않았겠는가?"

그리고 덧붙여 말했다.

"자네가 영남에서 돌아올 때쯤에는 내가 호랑이가 되어 친구인 줄도 모르고 달려들지도 모르니 절대로 이 길을 지나지 말게나. 그리고 이제 헤어지고 나면 1백 보쯤 앞에 있는 언덕 위로 올라가 이쪽을 돌아보게. 지금의 내 모습을 다시 한번 보여 주고 싶어서 그러네. 나의 용맹을 자랑하고 싶어서가 아닐세. 그저 추악한 내 모습을 보여 주어 또다시 이곳을 지나며 나를 만나려는 마음이 일지 않게 하기 위해서라네."

원참은 풀숲을 향해 정중히 이별을 고하고 말에 올랐다. 풀숲에서는 또다시 참지 못한 오열이 새어 나왔다. 원참도 몇 번이나 풀숲을 돌아보며 눈물 속에서 발걸음을 떼었다.

일행은 언덕 위로 올라가 그들이 이야기를 들으며 서 있던 숲 속을 바라보았다. 그리고 곧 호랑이 한 마리가 풀숲에서 뛰쳐나오는 것을 보았다. 호랑이는 하얗게 빛을 잃은 달을 올려다보며 두어 번 포효하는가 싶더니 다시 풀숲으로 되돌아가 자취를 감추었다.

이렇게 읽어 보세요

가해자의 심층 심리

이 소설은 자존심과 수치심으로 인해 호랑이로 변해 버린 한 남자의 삶을 그리고 있습니다. 이야기를 읽다보면 먼저 인간이 호랑이로 변한다는 독특한 설정 때문에 호기심을 가지게 되고, 호랑이가 된 이징의 고백을 들으며 가여움도 느끼게 됩니다. 그리고 소설 끝에 달을 보고 울부짖는 호랑이를 보면서 그의 삶의 향방이 어떻게 될지 궁금증도 일게 됩니다. 한편으로 여러 가지 의문이 꼬리에 꼬리를 물고 이어집니다. 이 이야기를 어떻게 해석해야 할까? 주인공이 짐승으로 변한다는 것은 어떤 의미일까? 호랑이의 상징적 의미는 무엇일까? 주인공을 어떻게 평가해야 할까? 작가의 의도는 무엇일까요?

주인공 이징은 자신의 명성과 체면을 중요시하는 인간이었습니다. 호랑이가 되어서도 시인으로서 이징이라는 이름을 후세에 남겨 달라고 부탁하는 것을 보면 그에게 있어 출세 욕망은 삶 그 자체라고 보아도 무방할 것 같습니다. 강한 인정욕망, 타인보다 잘나야 한다는 강박관념 때문에 그는 고집 세고 타협할 줄 모르는 인간이 되었습니다. 이런 성품은 처자식은 물론이고, 주위 사람들에게 많은 상처를 안겨 주었고, 좋은 관계에서 멀어지게 만들었습니다. 관직을 박차고 나온 후, 시인으로서 명성을 얻지 못하면서 그는 더욱더 고립 속에 살아갔습니다. 누구보다 뛰어난 재능으로 인정받던 사람이었으므로 출세하지 못한 데서 느끼는 괴로움은 매우 컸을 것입니다. 곤궁한 생활 때문에 어쩔 수 없이 선택한 지방관직에서도 그의 괴로움은 더해 갔습니다. 자신보다 지위가 높아진 동기의 명령을 받아야 했으므로 이를 견디지 못해 더욱 포악해져서 일에서나 관계에서나 말썽을 일으키는 사람이 되었습니다. 결국 그는 타인에게 악영향과 해를 끼치는 사람으로, 거기에서 더 나아가 호랑이로 변해버렸습니다.

많은 짐승 중 왜 호랑이로 변했을까요? 호랑이는 강한 힘을 가진 포식자입니다. 맹수로 군림하며 약한 짐승을 사정없이 잡아먹는 존재이지요. 또한 호랑이는 습성 상 무리 짓지 않고 홀로 살며 주로 밤에 활동합니다. 인간으로 치자면 약자 위에 선 강자, 폭력으로 군림하는 자이자 타인을 기피하며 어둠 속에 은둔하는 자 정도로 볼 수 있지 않을까 합니다. 인간관계의 면에서 볼 때도 이징의 삶은 타인과 더불어 사는 삶이 아니었습니다. 호랑이가 상징하는 바가 이징의 삶과 비슷하지 않나요?

원참과의 만남에서 호랑이가 된 이징은 과거 자신의 잘못에 대해 고백합니다. 겉으로 내세운 자존심 때문에 이기주의자이자 가해자가 되었던 자신을 말입니다. 인간이었을 때 이징은 이런 생각으로 살았을 것입니다. '나의 약점이 드러나면 다른 사람이 나를 얕볼 것이고 그것은 견딜 수 없는 수치이다. 그러므로 약점이 드러나지 않도록, 강한 척해야 나를 함부로 하지 않을 것이다.' 그러기 위해서 그는 타인과 자신을 끊임없이 비교하며 그들보다 위에 서야 겨우 안심했을 것이며, 포악한 행동으로 타인을 무시하고 상처 주는 길을 선택했을 것입니다.

그는 사람이 내면의 성정(性情)인 자존심과 수치심을 잘 다스리지 않으면 호랑이 같은 야수와 다를 바 없다고 말합니다. 이 말은 자신의 욕망을 돌아보지 못하고 자존심을 가장한 수치심 속에 살게 되면, 선과 악, 옳고 그름에 대한 이성적 판단을 내리지 못하는, 약육강식의 본능에 따라 움직이는 짐승처럼 살게 된다는 의미입니다. 이징은 이후로는 그나마 남아있는 인간성이 사라져서 나중에는 친구도 못 알아보고 잡아먹을지도 모른다고 애통해 합니다. 소설의 마지막에 달을 보며 포효하는 호랑이는 다시는 인간으로 돌아갈 수 없음을 슬퍼하고 있었을 것입니다. 호랑이의 슬픈 절규 속에서 잘못을 깨달았어도 돌아갈 수 없음에 후회하고 한탄하는 마음을 읽어볼 수 있습니다.

이징의 삶은 인정욕망으로 인해 가해자가 되어가는 과정을 상징적으로 드러내며, 가해자의 심층적인 심리에 어떤 감정이 자리잡고 있는지 잘 보여줍니다. 많은 가해자들이 겉으로는 강한 척, 자존심 센 척 하지만, 속으로는 남보다 못하다는 것이 드러날까 봐 전전긍긍하며 열등감과 수치심에 사로잡혀 살고 있다는 것을 말입니다. 만약 이징이 강한 척하는 것이 얼마나 헛된 것인지, 어떻게 사는 것이 의미 있고 가치 있는 것인지 성찰해 보았다면 어땠을까요? 자신이 가진 것을 조금 더 사랑할 수 있었다면, 타인의 눈치를 보지 말고 스스로의 변화를 추구하며 살았다면 어땠을까요? 잘못을 했더라도 인간은 원래 나약한 존재라는 것을 인정하며 용서를 비는 마음을 가졌다면, 좀더 나은 삶을 살지 않았을까 싶습니다.

여러분이 지내는 교실에서도 헛된 자존심을 내세우며 센 척하는 친구들이 있을 것입니다. 이징의 이야기를 바탕으로 생각해 보면, 그 친구들의 내면에 어떤 심리가 숨어 있을지 예상할 수 있습니다. 그렇다면, 그런 자존심에서 벗어나기 위해서는 어떻게 해야 할까요? 우선은 자신과 타인을 비교하고, 우월해져야만 된다는 욕망에서 벗어나야 합니다. 비교하기에 앞서 자신이 가진 것에 대해 수용하고 신뢰하는 마음을 가져야 합니다. 그리고 삶에서 가치 있고, 의미 있는 것은 무엇인지를 스스로 성찰하며 찾아나가야 할 것입니다. 이런 태도를 갖는다면 진정한 자아존중감은 물론이고, 평화로운 관계에도 한 발짝 다가서게 될 것입니다.